WORLD OF WARCRAFT®

ILLIDAN

월리엄 킹 지음 / 유미지 옮김

제우미디어

일리단

초판 1쇄 | 2017년 2월 9일
초판 5쇄 | 2017년 7월 14일

지은이 | 윌리엄 킹
옮긴이 | 유미지

펴낸이 | 서인석
펴낸곳 | 제우미디어
출판등록 | 제 3-429호
등록일자 | 1992년 8월 17일
주소 | 서울시 마포구 독막로 76-1 한주빌딩 5층
전화 | 02-3142-6845
팩스 | 02-3142-0075
홈페이지 | www.jeumedia.com

ISBN | 978-89-5952-531-7
• 파본은 본사나 구입하신 서점에서 교환해드립니다.

제우미디어 소설 공식 카페 | cafe.naver.com/jeunovels
제우미디어 페이스북 | www.facebook.com/jeumedia

만든 사람들
출판사업부 총괄 손대현 | **편집장** 전태준 | **책임 편집** 최현준 | **기획** 홍지영, 문대현, 이경인
디자인 총괄 디자인 수 | **제작** 김금남 | **영업** 김영욱, 박임혜

그 먼 곳까지 다녀오는 길을 함께해준

아들 댄에게 바칩니다.

ILLIDAN

서막

몰락 6년 전

주위는 고대의 암흑에 잠겨 있었지만, 눈 없이도 볼 수 있는 그에게는 별로 문제가 되지 않았다. 한때 매우 뛰어난 마법사이기도 했던 그의 영혼 시야는, 육체의 눈이 보여줄 수 있는 것보다 훨씬 명확하게 그가 갇혀 있는 감옥 안 전경을 드러내 보였다.

하지만 영혼 시야 없이도 아무 문제없이 감옥 안을 거닐 수 있었다. 그는 바닥의 모든 판석부터 자신을 결속한 마법 하나하나까지 모두 알았다. 영혼 시야와 촉각으로 체득한 것들이었다. 아홉 걸음으로 감옥을 가로지르는 동안, 발걸음의 반향(反響)이 조금씩 달라지는 것까지 지긋지긋할 정도로 잘 알고 있었다. 마법이 주위를 가득 채우며 흘렀다. 주문과 주문, 마법과 마법, 영혼을 짓이기는 그 힘이 의도하는 건 단 하나. 그가 이곳에 묻힌 채 조용히 잊히고, 용서받지 못하게 하는 것이었다.

그를 가둔 자들은 이곳이 그의 무덤이 되기를 원했다. 그리고 기나긴 세월이 흐르는 동안 그를 잊고 말았다. 그를 죽이는 편이 더 자비로운 일이었으리라. 하지만 그자들은 그를 살려두었고, 그것이 자비인 척했다. 그

것이 그의 형 말퓨리온 스톰레이지와 그가 사랑했던 여인 티란데 위스퍼윈드처럼 그를 가둔 자들이 자기 마음을 달래는 방법이었다.

수백 년의 아득한 세월이 흐르는 동안, 그는 다른 살아 있는 존재의 목소리를 단 한 번도 듣지 못했다. 오직 그의 간수인 감시자들만이 때때로 말을 걸었고, 그러는 동안 그는 점차 감시자들을 싫어하게 되었다. 그리고 무엇보다 감시자들의 책임자인 감시관 마이에브 새도송을 혐오하게 되었다. 마이에브는 수많은 방어 체계를 뚫고 그가 탈출할까 봐 걱정했는지, 유난히 자주 그를 찾아왔다. 한때 그녀는 그를 죽이려 했었다. 하지만 이제는 온 세계가 그를 잊어버릴 때까지 그가 감옥에 갇혀 썩어가게 하는 것이 그녀의 궁극적인 임무였다.

뭐지? 구속의 주문이 희미하게 떨리는 건가?

불가능했다. 이곳에서 빠져나갈 수는 없었다. 죽음도 가능하지 않았다. 그가 아무리 자기 몸에 해를 입혀도 주문이 모든 상처를 치유했다. 물이나 음식이 없어도 마법이 생명을 유지시켰다. 고위 마법사들이 시전한 결속의 주문들은 서로 너무나 단단히 엮여 있어서, 그를 이곳에 산 채로 묻은 자들만이 주문을 해제할 수 있었다. 물론 그들이 그럴 일은 없겠지만. 그를 끔찍이도 두려워하는 그들이 그를 석방할 리는 없었다. 이해할 만했다.

그는 수 세기 동안 자신을 감금한 자들을 어떻게 벌할 것인지 곰곰이 생각했다. 그에게 남은 선 시간뿐이 있다. 김옥에 갇혀 있던 기간에 비하면, 자유로웠던 시절은 찰나에 불과했다. 그가 아닌 다른 자였다면 아마 미쳐버리고 말았을 것이다.

어쩌면 이미 미쳐버렸는지도 몰랐다. 감옥에 갇힌 후 몇 천 년이 흘렀을까? 그 기간은 이미 헤아릴 수조차 없었다. 그게 가장 끔찍했다. 수천 년을 이 감옥 안의 어둠에 갇혀, 어느 방향으로도 아홉 걸음 이상 걷지 못하는 신세. 한때 아제로스의 인적 없는 황야에서 악마들을 사냥하던 그가 짐승의 우리로도 쓸 수 없는 장소에 묻히고 말았다.

그는 그저 공동의 적에게 승리하려 했을 뿐이었는데 이런 처벌을 받았다. 그는 동족의, 아니 이 세계의 숙적인 불타는 군단에 침투했다. 그는 악마 침략자들이 초래한 모든 해악을 되돌리려 했다.

그렇다고 보상이라도 받았던가? 아니다! 그저 산 채로 매장되었을 뿐이다. 그는 반역자라고, 배신자라고 불렸다. 한때 영웅으로 칭송되기도 했지만, 이제는 누구도 그렇게 생각하지 않았다. 혹시나 그를 기억하는 자들이 있다고 해도, 그의 이름은 그저 저주에 불과했다.

무기가 부딪치는 소리였나? 그는 이 생각을 잠시 묻었다. 가슴속에 희망이 차오르게 하고 싶지는 않았다. 그가 자유로워지기를 원하는 자는 아무도 없었다. 그가 하이잘 산에서 나이트 엘프의 고대 마법의 원천인 영원의 샘을 다시 만들고자 했을 때, 가족과 친구들이 그에게 등을 돌렸다. 그가 탈출하기를 바라는 건 아마 악마들뿐일 것이다. 하지만 간수들은 그의 탈출을 허용하느니 차라리 그를 죽이는 길을 택할 것이다. 그리고 마법이 남아 있는 한, 그 죽음을 막을 방법이 없었다.

하지만 느낌은 사라지지 않았다. 주위 마법의 흐름이 미세하게 떨려왔다. 지금까지 그를 구속해온 주문이 약해지고 있었다. 그는 손을 앞으로 들어 올려 손가락을 펴고는, 팔을 뻗어 마법을 흡수했다. 수천 년 만에 처음으로 무언가 응답해왔다. 미약한 반응이라 모두 상상처럼 여겨지기도 했다. 그는 아지노스의 쌍날검을 불렀다. 그 무기는 감옥 밖 선반에 의기양양하게 진열된 채 지금껏 그를 조롱해왔다. 하지만 지금은 그의 영혼에 쌍날검을 귀속시킨 힘이 그 강력한 무기를 그의 손 안에서 구체화시켰다. 쌍날검으로 힘이 흘러들고, 칼날의 룬이 빛을 내뿜었다.

심장이 더 빠르게 뛰었다. 입이 바싹 말랐다. 마침내 자유를 되찾을 수 있는 기회가 왔다. 그는 쌍날검을 단단히 틀어쥐었다. 오래전, 그 검으로 악마들을 처단했었다. 지금은 엘프를 죽여야 한다. 한때 그런 생각이 불편했던 시절도 있었지만, 지금은 그렇지 않았다. 어쩌면 기뻐하게 될지도 모를 일이었다.

마법 족쇄가 다시 깜빡거렸다. 전투의 소리가 조금씩 가까워졌다. 구속의 주문이 일부 사라졌다. 어쩌면 피가 쏟아지면서 마법이 오염되었거나, 전투 중 방출된 주문에 의해 파괴된 것인지도 몰랐다. 구속이 약해지자 마력이 그에게 쏟아져 들어왔다. 심장이 두근거리고, 피부가 간질거렸다. 숨을 내쉬면 불길이 뿜어져 나올 것만 같았다. 그렇게도 오랫동안 단절되었던 마력이 흘러드는 느낌은 그야말로 압도적이었다.

감옥 밖 통로에서 인기척이 느껴졌다. 그는 공격할 준비를 했다. 목소리가 들렸다. 전혀 예상치 못한 목소리였다.

"일리단, 당신이야?" 티란데 위스퍼윈드가 물었다.

복수에 대한 꿈이, 보복을 위한 계획이 사그라졌다. 감옥에 갇혔던 그 오랜 시간이 애초에 존재하지 않았던 것만 같았다. 그런 감정이 그를 놀라게 했다. 지금껏 자신은 그 무엇에도, 그 누구에게도 흔들리지 않으리라 생각했었다. 특히 그녀에게 흔들리는 일은 없을 거라고 믿었었다.

수십 년을 사용하지 않아서인지, 목소리는 무척이나 거칠었다.

"티란데… 당신이군! 어둠 속에서 긴긴 세월을 보내고 이렇게 당신 목소리를 들으니 내 마음에 순수한 달빛이 비치는 것 같아."

자신의 약한 모습이 역겨웠다. 이런 모습은 자유와 탈출을 갈망하던 그가 내뱉을 만한 말이 아니었다. 하지만 그 말은 아무렇지도 않게 입 밖으로 나왔고, 희망이 가슴을 가득 채웠다. 어쩌면 티란데는 예전의 행동이 실수였음을 깨달았는지도 몰랐다. 어쩌면 그를 풀어주려고, 그를 용서하려고 찾아왔는지도 몰랐다.

"군단이 돌아왔어, 일리단. 우리 동족에게는 다시 한번 당신이 필요해."

그러자 일리단은 쌍날검을 움켜쥐었다.

"동족에게 내가 필요하다고? 그 동족이 날 버렸어!"

분노에 목이 메어 말을 이을 수가 없었다. 그가 예상했던 대로 악마들이 돌아왔다. 그리고 이제야 동족은 그의 도움을 원하고 있다. 분노가 뜨겁게 끓어올라 그를 꿰뚫고 커다란 공허를 남겼다. 그리고 그 텅 빈 공허를 채우고자 더욱 많은 마력이 흘러들어 왔다.

의심할 여지가 없었다. 그를 구속하던 주문이 약해졌다. 티란데가 지금까지 한 행동이 구속의 주문을 약화시켰다.

일리단은 격노와 억눌린 좌절을 한데 집중시켜 강력한 주문을 형성하고 방출했다. 약해진 마법의 사슬은 이내 파괴되었다. 처음엔 느리게, 하지만 점차 빠른 속도로 그를 구속하는 주문들이 붕괴되었다. 일리단은 감옥의 창살을 부수고 바위를 찢었다.

티란데가 그곳에 서 있었다. 언제나처럼 아름다운 그녀가 일리단을 바라봤다. 오랜 세월도 티란데를 바꿔놓지는 못했다. 여전히 늘씬한 키와 창백한 보랏빛 피부, 흘러내린 푸른 머리칼을 빛내는 그녀는 사원의 무희처럼 단아하고 놀드랏실 위로 떠오르는 달빛처럼 사랑스러웠다. 티란데에게서 피와 마법의 냄새가 풍겼다. 그녀도 일리단의 분노를 마주하기가 부담스러웠는지 고개를 돌려 시선을 피했다. 이렇게 긴 시간이 지나고 마침내 만난 그녀가 자신을 외면하는 모습에 그는 마음이 아팠다.

"티란데, 한때 당신을 사랑했던 마음으로 악마들을 사냥하고 군단을 무너뜨리겠다."

일리단은 송곳니를 드러내며 거친 목소리로 말했다.

"하지만 내가 동족에게 빚진 건 아무것도 없어!"

이번에는 티란데도 그의 시선을 맞받았다. 여러 감정이 얼굴을 스쳤다. 희망. 공포. 저건 연민일까, 후회일까? 확실하지 않았다. 그녀의 감정에 마음이 흔들리는 자신이 싫었다. 그녀의 기분 따위는 아무런 의미도 없었다. 정말 그랬다.

티란데가 입을 열었다.

"그래, 어서 위로 올라가자! 이렇게 시간을 지체하는 동안에도 악마의 타락이 번지고 있으니."

그게 전부였다. 수천 년을 갇혀 있다가 받은 인사라고는 그게 전부였다. 사과도, 회한도 없었다. 이 끔찍한 장소에 그를 버렸던 티란데가, 이제 와서 도움이 필요하다고 말하고 있었다. 하지만 가장 끔찍한 건, 일리단 자신이 기꺼이 그녀를 도우리라는 사실이었다.

감옥 밖에는 사체가 여기저기 널브러져 있었다. 이곳에서 큰 전투가 벌어졌고, 티란데가 그를 풀어주려고 치열하게 싸워야 했다는 것만은 분명했다. 상황이 꽤나 절박한 모양이었다. 숲의 수호자의 거대한 사체를 내려다보고 있으려니, 불타는 군단이 돌아왔다면 그럴 만하다는 생각이 들었다. 병력이 도시를 파괴하듯, 군단은 세계를 파괴했다.

"당신이 이자를 처치했어?"

일리단이 칼리팍스의 사체를 가리키며 물었다.

"그래. 그 숲의 수호자가 당신을 풀어주려 하지 않았어."

일리단은 웃었다.

"마이에브가 꽤나 화를 내겠군. 그 여자가 좋아하던 친구니까."

티란데의 얼굴이 붉게 달아올랐다.

"웃을 일이 아니야."

"당신이 날 여기에 가둔 이후, 지난 수천 년 동안 웃을 일이 없었으니, 내 유머 감각이 조금 이상하더라도 이해해줘."

"일만 년이야."

"뭐라고?"

"당신이 갇힌 지 일만 년이 넘었어."

그의 입가에서 웃음기가 사라졌다. 그 말의 무게는 마치 이 세계가 머리를 짓누르듯 무거웠다.

"그렇게 길었던가."

일리단의 목소리는 부드러웠다. 고대의 금고였던 감옥을 바라보며, 그는 자신을 가둬두었던 주문을 더듬었다. 일리단은 성큼성큼 걸으며, 어서 이곳을 떠나 다시는 돌아오지 않겠다고 결심했다.

"나를 왜 풀어준 거지?"

그는 티란데에게서 일말의 회한을 엿볼 수 있으리라 기대하며 물었다.

"아까도 얘기했지만, 불타는 군단이 돌아왔어. 당신보다 그 악마들을 잘 아는 이는 없잖아. 당신보다 더 많은 악마를 처치한 이도 없고."

"내가 배신할 거라고는 생각하지 않아? 다들 나를 '배신자'라고 부르고 있어."

"배신자였지만, 결국엔 옳은 쪽을 선택했지."

그러자 일리단은 문신이 그려진 손으로 주위를 가리켰다.

"그래서 어떻게 됐는지 봐."

"당신은 죽을 수도 있었어. 수많은 우리 동족이 그랬던 것처럼."

"우리 동족이라고? 자꾸 우리 동족을 들먹이는군. 그들은 우리 동족이 아니야. 당신 동족일 뿐."

"우리를 그렇게 증오하는 거야?"

"물론이야. 하지만 나는 악마들을 더 증오하지."

그의 입술이 뒤틀리며 비웃음이 떠올랐다.

그 말을 듣고 싶었던 모양인지, 티란데가 고개를 끄덕였다. 의심스러웠다. 그가 감옥에 갇혔던 건, 그녀가 자비로웠기 때문이 아니었다. 언젠가 일리단이 다시 필요하리라는 사실을 알았기 때문이었다. 그는 무기고에 걸린 무기처럼 이곳에 보관되어 있었던 것이다.

앞쪽에서 거대하고 익숙한 힘을 지닌 존재의 기척이 느껴졌다. 일리단의 형 말퓨리온이었다. 티란데가 있는 곳이라면 그게 어디든, 연인인 말퓨리온이 함께하리라는 걸 기억했어야 했다. 일리단은 잔뜩 긴장하며, 당장이라도 도약하여 전투를 벌일 준비를 했다.

티란데도 그걸 느낀 모양이었다. 그녀는 앞으로 달려 나갔지만, 대드루이드 말퓨리온 스톰레이지의 강력한 위세에 눌려 멈춰 서야 했다. 일리단의 형은 거대했다. 사슴뿔 같은 뿔이 이마에서 뻗어 나왔다. 풀려난 일리단을 보고는 그 준수한 얼굴에 실망한 표정이 역력히 떠올랐다. 말퓨리온이 티란데를 도우러 온 것이 아니라는 건 분명했다.

발톱의 드루이드 네 명이 각각 곰으로 변신한 채 말퓨리온의 곁을 지켰다. 그들은 갈퀴발톱이 도드라진 앞발을 흔들며 일리단을 향해 으르렁거렸다. 그가 탈출하는 사태에 대비하여 이곳을 지키던 드루이드들인 만큼, 지금도 그를 막겠다고 작정한 모양이었다.

"말퓨리온!" 티란데가 목소리를 높였다.

일리단은 화를 다스리려고 애썼다. 그를 비난했던 형이 이곳에 있었다. 잠시 시간이 흐른 후에야 일리단이 씁쓸하게 입을 열었다.

"영원과도 같은 시간이었어. 어둠 속에서 영원한 시간을 견뎌야 했으니까."

말퓨리온은 차분하게 일리단의 눈을 바라봤다.

"넌 죄악의 대가를 치르는 처벌을 받았을 뿐이다."

충격적인 위선이었다. 어떤 형이 자신의 혈육인 동생을 일만 년 동안이나 무덤과 다를 바 없는 감옥에 가둔단 말인가?

"대체 어떤 자격으로 날 심판했는지 알 수 없군. 기억하는지 모르겠지만, 우린 함께 악마들과 맞서 싸웠는데 말이야."

둘 사이의 갈등은 불꽃이 튈 정도였다. 그 순간 둘은 싸울 준비가, 서로를 죽일 준비가 되어 있었다.

티란데가 소리쳤다.

"둘 다 당장 그만둬요! 모두 끝난 일이에요."

그녀는 말퓨리온을 바라보며 말했다.

"내 사랑, 일리단이 우릴 도와주기만 한다면, 악마들을 다시금 물리치고 우리가 사랑하는 대지를 지킬 수 있어요!"

말퓨리온은 고개를 가로저었다.

"그 대가는 생각해봤소, 티란데? 이 배신자의 도움을 받았다가는 우리 모두 파멸에 이를지 모르오. 나는 관여하지 않겠소."

일리단은 애써 태연한 표정을 지었다. 형이라는 자가 아직도 그를 괴물이자 군단의 꼭두각시 취급을 하고 있었다. 형에게 그리고 모두에게 보여주고 싶었다. 그 어떤 악마도 그를 지배할 수 없다는 사실을.

"형편없이 나약하고 우유부단한 형은 어디든 가서 벌벌 떨고 있는 게 낫겠군. 시간은 부족하고, 난 해야 할 일이 있으니까."

일리단은 조금씩 되찾은 마력을 강렬하게 내뿜으며 주위에 있던 모두를 석벽에 내던졌다. 그는 비틀거리는 이들을 지나쳐 자신의 감옥이었던 장소를 벗어났다. 이번 일이 끝나면 자신은 또다시 배신자라고 불릴 것이다. 그런 대접을 받아도 할 말이 없었다.

하지만 절대로, 감옥에 다시 갇힐 생각은 없었다.

제 1 장

몰락 4년 전

　어둠달 골짜기의 하늘을 뒤덮은 검은 구름을 뚫고, 초록색 유성들이 떨어져 내렸다. 검은 사원의 성벽 위에 놓인 거대하고 화려한 악마의 공성 병기는 지축을 뒤흔들며 캘타스 선스트라이더 왕자의 블러드 엘프 병력에게 죽음을 퍼부었고, 아웃랜드의 붉은 대지 위에는 그들의 사체가 이리저리 흩뿌려졌다. 병력이 끊임없이 희생되는 동안에도 엘프들은 계속해서 밀어붙이며, 아웃랜드의 군주로서 이 산산이 부서진 세계를 지배하는 불타는 군단의 총독 마그테리돈의 성채를 점령하겠다는 의지를 불태웠다.

　일리단은 잠시 멈춰 서서 검은 사원을 가만히 바라봤다. 경험이 부족한 자의 눈에는 그 방어선이 튼튼해 보이겠지만, 그의 눈에는 허술한 부분이 보였다. 높이 솟은 방벽 전체에 배치된 파수병의 수가 너무 적었고, 방어 주문은 흐트러지기 시작했다. 관문의 강철 기둥은 잔뜩 녹이 슬어 얼룩덜룩했다. 방어군은 자신들과 비교하면 무척이나 열세인 적의 병력에 의아해하며 상당히 느긋하게 반응하고 있었다. 어쩌면 악마 동맹군의 지원을 기대하는지도 몰랐다. 만약 그렇다면, 이번엔 크게 실망하게 될 것이다.

일리단과 동료들은 아웃랜드의 길고 무더운 하루를 꼬박 쏟아부어 악마들이 소환되는 관문을 봉인했다. 그쪽에서는 지원군이 올 일이 없었다.

일리단은 캘타스 왕자에게 시선을 던졌다.

"마그테리돈은 지난 몇 년간 꽤나 힘을 키웠지만, 지금껏 제대로 싸워볼 만한 상대를 만나지 못했다. 향락과 자만심에 빠졌어. 그 입만 산 똥개는 우리의 머리와 의지의 상대가 되지 못한다."

훤칠한 키와 매력적인 외모가 돋보이는 블러드 엘프의 왕자 캘타스가 일리단을 올려다봤다. 전투의 쾌락이 그의 눈에서 타올랐다.

"아주 영예로운 전투가 될 겁니다, 주인님. 마그테리돈의 병력은 수적으로 우릴 크게 압도하지만, 우리 병사들은 최후까지 싸울 준비가 되어 있습니다."

일리단은 그럴 필요까지는 없기를 바랐다. 악마 군주 킬제덴의 복수에 대비하려면 하루속히 검은 사원과 아웃랜드의 지배자 자리를 되찾아야 했다. 일리단이 불타는 군단에 다시 합류한 후, 킬제덴은 그에게 얼어붙은 왕좌를 파괴하고 모반을 일으키려는 하수인을 제거하라는 임무를 주었지만, 그는 완수하지 못했다. 기만자는 실패를 용납하지 않았다. 일리단은 악마의 차원문을 닫으면 킬제덴이 자신을 찾아내지 못하리라 생각했다. 이 요새를 차지하면 그런 차원문들을 계속 닫아두는 데 필요한 막강한 전진 기지를 확보하는 셈이었다.

엘프 마법사가 손을 들어 올리고 비전 마력의 화살을 성벽에 쏘아 보냈다. 관리에 소홀했다고는 해도 지금의 방어선은 공성 병기의 공격을 막아내기에 충분했다. 성벽 위의 수비군들이 발사한 화염구 하나가 그 마법사를 향해 떨어져 내려, 핏빛으로 붉게 물든 땅에 꽂혔다. 캘타스의 중대 하나가 그들 곁을 지나쳐 성벽의 그림자 속으로 들어섰다.

일리단은 사원 내부의 악마들을 감지하며 주먹을 불끈 쥐었다. 낯선 이 곳 아웃랜드에서는 악마의 마법에 대한 유혹이 더 강렬하게 느껴졌고, 이는 굴단의 해골에 담긴 강력한 힘을 섭취한 후로 더욱 심해졌다. 그 유물에서 샘솟는 악의 마력이 그의 육체와 힘의 깊이를 모두 변화시켰지만, 그 후로 몇 달 동안은 심신의 균형을 찾지 못해 힘겨운 시간을 보내야 했다. 일리단은 새롭게 얻은 악마의 날개를 넓게 펼쳤고, 캘타스 왕자는 걱정스러운 시선으로 그를 바라봤다. 일리단은 깊이 숨을 들이쉬며 억지로 마음을 가라앉혔다.

길고 기이한 길이 그를 이곳으로 이끌었다. 티란데가 그를 풀어준 이후, 그는 고향 아제로스에서 불타는 군단이 패배하는 모습을 지켜봤고, 악마 군주와 맹약을 맺었으며, 나이트 엘프와 악마 양쪽의 적을 피해 아웃랜드로 도망쳐왔다. 그리고 다시 숙적 마이에브의 손에 붙잡히기도 했지만, 블러드 엘프의 젊은 왕자 캘타스와 나가의 지도자 여군주 바쉬에게 구출되었다. 캘타스와의 인연은 일리단이 블러드 엘프의 마법에 대한 갈증을 충족시켜주겠다는 약속에서 시작되었다. 이제 일리단은 불타는 군단의 이름 아래, 이 산산이 조각난 세계를 지배하는 지옥의 군주를 권좌에서 끌어내리려 하고 있었다.

캘타스는 그를 바라봤다. 충성을 약속한 데 대한 대답을 기대하는 눈빛이었다. 일리단이 입을 열었다.

"너희 백성들의 열정이 나를 기쁘게 한다, 캘타스. 그들의 정신력과 힘은 이 가혹한 황야에서 날카롭게 다듬어졌고, 그들의 용기만으로도 충분히…."

"일리단 군주님, 새로 도착한 병력이 인사를 드리겠다고 합니다."

여군주 바쉬가 미끄러지듯 나타나 그의 말을 끊었다. 그녀는 거대하게 불거진 근육을 꿈틀거리며 하반신으로 똬리를 틀었다. 나이트 엘프를 닮은 묘하게 아름다운 얼굴은 끔찍한 뱀의 육체와 강렬한 대비를 이루었다.

일리단은 고개를 돌려 바쉬가 가리키는 방향을 바라봤다. 몸집이 거대한 한 무리가 어슬렁거리며 다가왔다. 한눈에 알아볼 수 있었다. 뒤틀린 드레나이들이었다. 드레노어가 조각나 아웃랜드가 되기 전부터 이곳에 살고 있던 드레나이 종족이 타락하여 만들어진 변종이었다. 그들 역시 일리단의 연합 세력 중 하나였으며, 마그테리돈이라는 공동의 적을 제거한다는 목적 아래 하나가 된 관계였다.

뒤틀린 드레나이는 거대하고 투박한 괴물이었다. 그 커다란 손에는 모두 원시적인 무기를 들고 있었다. 일리단은 신비한 지각을 이용하여 주위에 더 많은 일행이 몸을 감추고 있다는 사실을 알아챘다. 강력한 마법 때문에, 일리단처럼 영혼 시야를 지니지 못한 자들은 뒤틀린 드레나이를 볼 수조차 없었다.

뒤틀린 드레나이 중 가장 크고 기이한 형체를 지닌 자가 절뚝거리는 걸음으로 발굽을 또각거리며 앞으로 나섰다.

"우리는 수 세기 동안 오크와 놈들의 악마 주인들과 맞서 싸웠습니다."

그 드레나이는 가슴 깊은 곳에서 터져 나오는 거친 쇳소리 같은 목소리로 말했다. 말하는 게 고통스러운 듯했다.

"이제야 놈들의 저주를 영원히 끝낼 수 있게 되었습니다. 당신의 명령을 따르겠습니다, 일리단 군주님."

뒤틀린 드레나이의 수장 아카마였다. 호감이 가는 모습은 아니었다. 송곳니가 잔뜩 튀어나오고, 턱에서는 늘어진 촉수가 꿈틀거렸다.

"제때 도착했구나. 저 성벽 위의 병기들을 침묵시키고, 관문을 열어야 한다."

일리단의 말에 아카마가 고개를 끄덕이며 손짓을 했다. 거의 눈에 띄지 않는 뒤틀린 드레나이들이 무리 지어 공터를 가로지른 후, 검은 사원의 성벽을 기어 올라갔다. 소수의 블러드 엘프와 나가 병력이, 포물선을 그리며 발사되는 악마의 기계 포탄을 피해 그 거대한 요새로 접근했다. 일리단, 캘타스, 여군주 바쉬가 합류했고, 아카마와 호위병들도 그 뒤를 따랐다.

다시 한번, 소위 아웃랜드의 군주라는 자의 오만함이 드러났다. 적절한 방어 태세를 갖춘 요새라면 끓는 기름통이나 연금술로 피운 불을 준비해 공격자들에게 퍼부어야 했다. 하지만 이곳의 수비군은 아무것도 하지 않았다. 일분일초가 무척이나 길게 느껴졌다. 이렇게 성벽 가까이에 다가와 보니, 일리단은 악마의 전쟁 기계에 동력을 공급하는 마법 생성기가 윙윙거리는 소리까지 들을 수 있었다.

갑자기 성벽 안쪽에서 전투의 아우성이 들려오더니, 검은 사원의 거대한 문이 열렸다. 아카마와 호위병들도 달려들어 전투에 합류했다. 뒤틀린 드레나이들이 마법 생성기를 파괴하자 폭발음이 들려왔고, 장벽의 전쟁 기계들이 침묵했다. 나가와 블러드 엘프 병력이 재차 관문을 향해 진격했다.

아카마가 돌아왔다. 흉측한 얼굴에는 의기양양한 기쁨이 가득했다. 아주 오랫동안 오늘만을 기다려왔으리라. 일리단은 빙긋 웃으며 말했다.

"약속했던 대로 네 동족의 복수가 실현될 것이다, 아카마. 오늘 밤이 끝날 때쯤에는 우리 모두 복수의 순간에 흠뻑 취해 있겠지. 바쉬, 캘타스, 마지막 공격 명령을 내려라. 분노의 시간이 다가왔다!"

열린 문 사이로 광활한 안뜰에 뼈다귀가 높이 쌓여 있는 모습이 일리단의 눈에 들어왔다. 붉은 피부의 타락한 오크들이 이리저리 허둥거렸고, 지휘관들은 어떻게든 병력을 통솔하여 침략자들을 격퇴하고자 고래고래 소리를 지르며 명령을 내렸다.

검은 사원 안에는 일리단 병력의 열 배에 달하는 타락한 오크가 포진해 있었고, 모두 추악한 마법으로 뒤틀려 일반 오크보다 훨씬 더 강하고 흉포했다. 하지만 이제 그런 건 아무 의미도 없었다. 일리단의 병력은 쐐기 형태의 진형을 유지하며, 칼이 오크의 살점을 베어내듯 우왕좌왕하는 적진을 꿰뚫었다.

일리단은 타락한 오크의 가슴에 긴 손톱을 꽂아 넣었다. 그리고 주먹을 움켜쥐고는 뼈가 으스러지는 소리와 함께 심장을 뽑아냈다. 타락한 오크는 울부짖으며 달려들었고, 죽어가면서도 일리단의 목을 물어뜯으려 이를 딱딱 부딪쳤다.

일리단은 사체를 머리 위로 들어 올린 후, 달려드는 붉은 피부의 병사들을 향해 내던졌다. 묵직한 시체가 적들을 덮쳐 모두 바닥에 쓰러뜨렸다. 그는 적들 가운데로 도약해 들어가 쌍날검을 꺼냈고, 무자비한 힘을 실어 좌우로 휘둘렀다. 목과 사지가 잘린 적들이 이리저리 쓰러졌다. 온몸이 피로 뒤덮였다. 그는 입술을 핥으며 전진했고, 계속해서 검을 휘둘러 적을 베어버렸다.

죽어가는 자들의 비명이 주위를 가득 채웠다. 캘타스와 바쉬가 강력한 주문을 시전하자, 마법이 벼락처럼 떨어져 내렸다. 일리단도 마법을 쓰고 싶어 몸이 근질거렸지만, 마그테리돈과 최후의 전투를 치를 때까지는 힘을 아껴야 했다.

한편으로는 무기를 부딪치는 일이 기뻤다. 자신의 손으로 직접 적의 피를 흩뿌리는 일만큼 짜릿한 것은 없으니까. 마음 깊은 곳, 사슬로 묶인 채 억눌려 있는 악마는 이런 전투를 즐겼다.

타락한 오크도 잘 싸웠지만, 일리단과 그의 동맹군에게는 상대가 되지 않았다. 나가는 그들보다 체격도 훨씬 크고 육체적인 힘도 강했기 때문에, 뱀과 같은 몸으로 적을 칭칭 감아 그대로 터뜨려버렸다.

블러드 엘프는 마법과 검의 달인이었다. 타락한 오크만큼 강하지는 않았지만 더 빠르고 민첩했으며, 목숨조차 아끼지 않는 강한 충성심으로 캘타스 왕자를 지키기 위해 적에게 달려들었다.

뒤틀린 드레나이는 악마의 손아귀에서 고향 땅을 해방시키겠다는 결의를 한껏 드러냈다. 굶주린 적의 칼날 앞에 쓰러져 죽어가는 타락한 오크의 단말마가 하늘을 향해 퍼져 나갔다. 단 몇 분 만에 안뜰은 깨끗이 정리되었고, 타락한 오크는 검은 사원 안쪽으로 퇴각했다. 마그테리돈의 거처가 열린 것이다.

"승리는 우리 것입니다. 카라보르 사원은 다시 한번 우리 동족의 것이 될 겁니다."

아카마가 결의에 가득 찬 목소리로 말했다.

"사원은 너희에게 돌아갈 것이다. 조금만 기다리면 된다."

일리단은 쌍날검을 칼집에 넣으며 말했다.

사실이었다. 그는 검은 사원을 뒤틀린 드레나이에게 돌려줄 생각이었다. 하지만 먼저 목적을 달성해야 했다.

아카마는 차가운 눈길로 일리단을 바라봤다. 그는 뭉툭한 손가락으로 깍지를 낀 채 머리를 감쌌다. 믿어야 한다는 절실함이 얼굴에 새겨져 있었다. 마그테리돈의 폭정에 더럽혀지고 검은 사원이 되기 전까지 카라보르 사원은 뒤틀린 드레나이의 성지였다. 일리단은 그곳이 아카마 개인에게도 무척 중요한 장소라는 사실을 알고 있었다. 그건 곧 필요하다면, 아카마를 꼭두각시처럼 움직이게 할 수 있는 끈이기도 했다. 일리단의 진짜 목적은 일개 뒤틀린 드레나이의 욕망 따위보다 훨씬 중요했다. 양심의 가책 따위에 방해받기에는 너무 오랫동안 계획해왔던 일이다.

"지옥의 군주를 처치하고 나면, 타락한 오크 부관들은 대부분 우릴 따르게 될 것이다. 놈들은 가장 강한 자를 따를 뿐이고, 마그테리돈을 섬겼던 것이 실수였음을 우리가 여실히 보여준 셈이니까. 사원 안에 남은 악마들은 내게 충성을 맹세하거나, 아니면 죽음을 맞이하겠지."

그러자 바쉬가 고개를 끄덕이며 말했다.

"머리를 자르면 몸뚱이는 쓰러지기 마련이지요."

"마그테리돈을 처치하실 겁니까?"

아카마의 물음에 일리단은 잔혹한 미소를 지었다.

"그보다 훨씬 끔찍한 일을 해줘야지."

"그게 무엇입니까?"

일리단은 아카마의 목소리에서 의혹의 감정을 느꼈다. 아카마는 그들이 하는 일에 의구심을 품고 있었다.

"두고 보아라."

"분부대로 하겠습니다, 군주님." 아카마가 대답했다.

"그러면 이제 일에 대해 이야기하자. 정복해야 할 세계가 있다."

알현실의 문이 미끄러지듯 열렸다. 악마의 악취가 일리단의 코를 찔렀다. 마그테리돈의 '뼈의 왕좌'에서 불길이 너울거렸다. 지옥의 군주는 키가 블러드 엘프의 다섯 배나 되고, 켄타우로스와 비슷하게 두 팔과 네 다리를 지닌 악마로, 체구는 용에 필적할 만큼 거대했다. 마그테리돈의 다리는 고대 사원의 천장을 받치는 기둥처럼 굵었고, 그 다리는 워낙 길어서 그 아랫배 밑으로 엘프가 지나다닐 수 있을 것 같았다. 거대한 한 손에는 함선의 돛대처럼 길고 공성추처럼 묵직한 글레이브를 들고 있었다. 양옆에는 박쥐의 날개와 닮은 커다란 날개를 펄럭이는 파멸수호병 둘이 서 있었는데, 둘 다 주인처럼 키가 컸고 하급 악마 한 무리 정도는 가뿐히 압도하는 위세를 뿜어냈다. 일리단은 적의 힘과 공격성을 느낄 수 있었다.

지옥의 군주는 불타는 눈으로 일리단을 응시하며 낮게 으르렁거렸다.

"낯선 자여, 네가 누구인지는 모르겠지만, 꽤나 강대한 힘을 갖고 있구나. 군단의 일원이냐? 날 시험하러 여기까지 온 것이냐?"

일리단은 웃으며 대꾸했다.

"난 널 대신하러 왔다. 넌 퇴물이다, 마그테리돈. 지나간 시대의 유령일 뿐이지. 미래는 내 것이다. 지금 이 순간부터, 아웃랜드와 그 위의 모든 것은 내게 고개를 숙이리라."

지옥의 군주는 육중한 몸을 움직여 앞으로 나서면서 거대한 글레이브를 들어 올렸다. 그가 걸음을 내디딜 때마다 대지가 전율했다.

"이 버러지 같은 놈, 네놈을 짓밟아주마. 그리고 곤죽이 된 네 육신을 영혼과 함께 씹어 삼켜주겠다."

마그테리돈의 목소리에는 그 누구에게도 지지 않는 힘을 지닌 자 특유의 과도한 자만심이 넘쳐흘렀다. 악마들로 구성된 마그테리돈의 호위병들이 전진했다. 일리단은 풀쩍 뛰어올라 쌍날검을 휘두르며 악마의 육체를 베어냈다. 그 공격으로 지옥수호병 하나의 팔이 잘려 나가면서 도끼가 땅에 떨어졌다. 그리고 심장이 한 번 뛰는 사이, 일리단 왼손의 쌍날검이 적의 목부터 사타구니까지 반으로 갈라놓았다.

일리단의 병력도 전장으로 돌진했다. 파멸수호병은 막강했지만 수가 너무 적었다. 캘타스와 바쉬의 주문에 흔들리고, 공격자들에게 둘러싸인 파멸수호병들은 사냥개 무리에 에워싸인 곰처럼 죽어갔다.

일리단은 전방으로 돌진하여 마그테리돈과 직접 맞섰다. 지옥의 군주는 거대한 글레이브를 내리쳤지만, 일리단이 서 있던 자리를 할퀴는 것에 그쳤다. 그는 이미 그 자리를 피해 아웃랜드 군주의 기둥과도 같은 다리 사이로 몸을 굴리며, 쌍날검을 두 번 휘둘러 마그테리돈의 양쪽 앞다리 허벅지 근육을 베었다. 지옥의 군주는 분노로 가득 차 포효하며, 다시 한번 무기를 휘둘렀다. 일리단은 악마의 배 밑으로 몸을 날리며 다시 한번 더 칼을 휘둘러 깊은 상처를 냈다. 그리고 마그테리돈의 거대한 꼬리 위로 뛰어올라 척추를 타고 내달려 악마의 두꺼운 목에 검을 꽂아 넣었다.

마그테리돈 위에 올라선 일리단은 자신의 병력이 지옥의 군주 호위병들을 모두 쓰러뜨렸음을 확인했다. 악마들은 제거되었다. 일리단은 손을 높이 들고 구속의 주문을 외웠다. 강렬한 마력의 파동이 방출되어 지옥의 군주를 강타했다. 주문이 파고들자 마그테리돈은 몸을 움찔거렸다.

자신의 뜻을 실행에 옮기며, 일리단은 심장이 뛰는 것을 느꼈다. 마치 거인과 줄다리기를 하는 기분이었다. 마그테리돈의 걸음이 느려졌다. 악마 역시 자신을 억제하는 힘을 느꼈는지 얼굴을 한껏 일그러뜨렸다.

"강하구나… 필멸자치고는." 지옥의 군주가 말했다.

"난 필멸자가 아니다." 일리단이 대꾸했다.

"죽일 수 있는 건 모두 필멸자다."

일리단의 이마에 땀이 송골송골 맺혔다. 가슴속에서 거친 숨결이 터져 나왔다. 그는 날개를 펴고 마그테리논 위로 날아올라 다른 이들에게 신호했다. 때가 되었다. 바쉬가 고개를 끄덕인 후, 손을 들어 올리며 주문을 외웠다. 불줄기가 일리단의 시선을 가로지르며, 지옥의 군주 주위에 섬세한 마법진을 그렸다. 마그테리돈은 무슨 일이 벌어지고 있는지 이해하고는 거칠게 포효했다.

일리단은 그 주문에 마력을 더 주입했다. 지옥의 군주는 우뚝 멈춰 서서 움직이지 않았다. 묘비 크기만 한 송곳니가 번뜩이며 마법의 빛을 반사했다. 악마는 벌떡 일어서며 자신의 마력과 함께 압도적인 힘으로 마법에 저항하려 했다.

일리단은 온 힘을 다해 지옥의 군주를 억누르며 캘타스를 흘긋 쳐다봤다. 그 블러드 엘프는 연회장의 음식을 바라보는 미식가처럼 입맛을 다셨다. 막대하게 방출된 마법이 캘타스 안의 무언가를 일깨운 것이 분명했다.

"캘타스."

일리단은 힘겹게 왕자의 이름을 불렀다. 그의 목소리가 캘타스의 귀에 닿았다. 캘타스는 두 팔을 활짝 벌리고는 주문에 목소리를 더했다. 거대한 마력이 쏟아져 내렸다. 주문이 자리를 잡았다. 지옥의 군주는 잔뜩 화가 나서 울부짖었지만 아무 소용없었다. 워낙 강력한 힘으로 구속된 탓에, 어떻게 해도 벗어날 수 없었다. 일리단은 웃었다. 승리는 그의 차지였다. 아주 오랫동안 꿈꿔왔던 계획의 첫 번째 단계가 끝났다.

아카마는 마지막 구속의 주문을 외치는 일리단의 목소리를 들었다. 마그테리돈은 선 채로 얼어붙어 아무런 행동도 하지 못한 채, 분노하며 당황해하고 있었다. 악마는 그 강대한 몸을 꿈틀거렸지만, 구속에서 벗어나지는 못했다.

끝났다. 지옥의 군주를 물리쳤다. 아카마와 그의 종족은 패배에 대한 복수를 완수했다. 카라보르 사원은 악마의 끔찍한 손아귀에서 벗어날 것이다.

아카마는 잠시 동안 승리의 기쁨을 만끽했다. 그의 힘이 다른 세계 마법사들의 힘과 합쳐져, 한순간이나마 마그테리돈처럼 강력한 악마를 굴복시킬 수 있었다.

일리단은 땅으로 내려섰다. 날개가 펄럭이며 접히고는 어깨 옆으로 축 늘어졌다. 마법 문신을 환하게 밝히던 빛도 잦아들었다. 아카마가 곁으로 다가왔다.

"승리는 우리 것입니다, 군주님."

"그렇다, 충직한 아카마여. 정말 그렇다."

일리단이 '충직한'이라는 말을 강조하는 데서 어딘가 조롱하는 듯한 기색이 느껴졌을까? 별로 중요하지는 않았지만.

"당신이 카라보르 사원을 해방시켰습니다."

"우리가 카라보르 사원을 해방시켰다."

"언제 시작하면 좋을지 여쭤봐도 되겠습니까, 군주님?"

"뭘 시작한다는 것이냐?"

차디찬 손아귀가 아카마의 심장을 움켜쥐었다. 그는 일리단의 얼굴을 올려다봤다. 아무런 표정도 읽을 수 없었다. 그 악마사냥꾼의 얼굴은 가면이었다. 룬천이 텅 빈 눈구멍을 가리고 있었다. 어쩌면 지금껏 아카마가 두려워했던 일이 현실이 되었는지도 몰랐다.

"이제 사원을 정화해야 합니다, 군주님. 그리고 우리 성하께 돌려드릴 준비를 해야 합니다. 형제들과 저는 밤낮으로 움직여 필요한 의식을 마치겠습니다. 이곳을 마그테리돈의 추악한 손길이 닿지 않았던 때로 되돌려 놓겠습니다."

일리단이 천천히 고개를 끄덕였다.

"차후에 그리할 때가 올 것이다."

"차후라니요, 일리단 님?"

"내 일이 끝나야 한다. 아웃랜드를 해방하기 전에, 해야 할 일이 많다."

"하지만 사원은 이제 해방되지 않았습니까, 군주님?"

"불타는 군단이 마수를 뻗치는 한 진정으로 해방된 곳은 없다. 우린 이곳을 요새화해야 한다. 이 사원은 악마에게 저항하는 모든 이들을 비추는 봉화가 될 것이다."

아카마는 침을 꿀꺽 삼키며 절망감에 빠져들었다. 사실 어느 정도는 예상했던 일이었다. 하지만 자신의 생각이 얼굴에 드러나지 않도록 주의했다. 아카마는 두 눈을 내리깔고는 말했다.

"의심할 여지없이 말씀하신 대로입니다, 일리단 군주님. 저도 이제 잠시 물러나, 제 동족들에게 이 기쁜 소식을 전해도 되겠습니까?"

"그렇게 하라." 일리단은 잠시 말을 멈췄다가 다시 입을 열었다.

"이 사원은 뒤틀린 드레나이에게 돌아갈 것이다, 아카마. 그저 그 날이 오늘이 아닐 뿐."

"물론입니다, 군주님. 믿어 의심치 않습니다."

아카마는 서둘러 마그테리돈의 알현실을 떠났다. 여행 준비를 해야 했다. 도움이 될 누군가를 만나야 했다. 떠나면서 아카마는 캘타스 왕자의 조롱하는 듯한 시선이 자신을 뒤쫓고 있음을 느꼈다. 왕자는 무슨 일이 일어날지 이미 알고 있었던 모양이었다. 여군주 바쉬도 마찬가지였다. 다행히 뒤틀린 드레나이는 일리단의 박애 정신을 전적으로 신뢰하지 않았다. 아카마는 배신자라 알려진 자와 협력 관계를 맺을 때는, 이와 같은 만일의 사태에 대비하는 것이 현명하다고 생각했다.

악마사냥꾼은 아카마가 카라보르 사원을 되찾는 일을 도와주지 않을 모양이지만, 도와줄 자들은 또 있었다. 일리단이 무엇을 원하든, 아카마와 동족의 성역은 정화되어야 했다.

일리단은 캘타스, 바쉬와 함께 검은 사원에서 가장 높은 지붕 위에 서서 어둠달 골짜기의 황량한 전망을 내려다보았다. 그는 흉벽 위에서 당당히 아웃랜드 전체에 자신이 승리했음을 선포했지만, 지금은 불안하기만 했다. 기대했던 것처럼 승리의 기쁨에 도취되지도 않았다. 오히려 공포가 점점 더 커지기만 했다.

저 멀리 하늘은 핏빛으로 붉게 물들었다. 진홍빛 구름이 검은 사원을 향해 몰려들었다. 강한 바람이 일리단의 날개를 잡아끌었고, 붉은 모래의 강이 바람을 타고 흘렀다. 일리단은 피부를 간질이는 지옥 마법의 티끌이 사방을 가득 채우고 있음을 깨달았다.

캘타스 왕자가 소리쳤다.

"이건 뭐냐, 바쉬? 이 폭풍은 어디에서 오는 거지?"

그러자 나가 여군주 바쉬가 다급히 대답했다.

"고개를 숙여라, 이 바보야! 뭔가 끔찍한 게 다가오고 있어!"

마법의 티끌이 점점 더 환한 빛을 내뿜었다. 빛나는 오라가 지붕 근처에 형성되더니, 하나로 뭉쳐져 거대하고 빛나는 형체를 이루었다. 요새의 탑처럼 커다란 그 형체가 그들의 머리 위를 맴돌았다. 그 모습을 지켜보던 일리단은 어째서인지 뒤틀린 드레나이를 떠올렸다. 뿔이 있었다. 피부는 불타올랐고, 발굽 주위에서는 불꽃이 깜빡이며 온몸을 비췄다. 그 형체에서는 지옥의 군주마저 어린아이처럼 보이게 할 힘이 뿜어져 나왔다. 일리단은 자신이 다시 한번 킬제덴을 알현하고 있음을, 불타는 군단의 거의 진부를 지휘하는 악마 군주가 이 자리에 나타났음을 깨달았다.

킬제덴은 일리단을 매섭게 응시했다.

"멍청한 종자 같으니. 넌 내 명에 따라 얼어붙은 왕좌를 파괴해야 했는데, 임무에 실패했다. 그래 놓고서 이 저주받은 촌구석에 숨으면 내 눈을 피할 수 있으리라 생각했느냐! 일리단, 난 네가 그보다는 영리한 녀석일 거라고 믿었다."

킬제덴의 시선에 눈을 맞출 수밖에 없었다. 기만자의 눈은 마치 자석처럼 모두의 눈길을 끌어당겼다. 경배와 경외감을 강제로 불러일으켰다. 무한한 약속과 영원한 공포가 담긴 눈이었다.

그들 사이에 연결이 이루어졌다. 접촉 시 마치 전기에 감전되는 듯한 황홀감이 느껴졌다. 일리단은 킬제덴의 잔혹한 정신이 자신의 마음을 더듬는 것을 느꼈다. 적의 표층적 사고가 불꽃이 깜빡이듯이 부분적으로 감지되었다. 수많은 세계가 황무지로 변하고, 여러 제국이 장난감이 되고, 궁극의 힘이 이 강대한 존재와 하수인들에게 고개 숙이는 것을 보았다. 모두 기만자가 사용하는 유혹의 기술이었다. 이것이 네 것이 될 수 있다. 그 눈은 그렇게 약속했고, 그 맹약이 진실이라는 데 한 치의 의혹도 남기지 않았다. 킬제덴에게 복종하라. 그러면 네 적이 파멸하리라. 정복을 갈망하는 네 꿈이 실현되리라. 네가 바라는 건 모두 네 것이 되리라. 하지만 킬제덴을 거역했다가는….

일리단이 오랫동안 두려워했고, 또 오랫동안 계획해왔던 순간이 마침내 다가왔다. 기만자가 자신의 진짜 생각을 읽게 할 수는 없었다. 킬제덴에게 보여주고 싶지 않은 게 있었다. 되돌릴 수 없는 때가 오기까지, 그 악마가 알아내서는 안 될 계획이었다.

킬제덴의 의지가 막대한 힘을 쏟아붓는 것이 느껴졌다. 악마 군주의 힘이 마치 해일처럼 일리단을 휩쓸었다. 그는 당당히 버티고 서서 힘을 억누르며, 자신의 정신을 지키는 외부 방벽을 무너뜨렸다. 일리단은 두 번째 계층을 강화하고는 천천히, 조심스럽게, 마치 자신이 감당할 수 있는 한계에서 벗어나 어쩔 수 없다는 듯 무너져 내리게 했다. 그러면서 바로 이 순간을 위해 준비해온 주문을 읊조렸다. 미묘하게, 그 누구도 느끼지 못하는 사이 일리단의 비밀이 그의 정신 깊은 곳에 있는 금고에 담겨 사라졌다. 그와 동시에 일리단은 킬제덴의 정신이 마지막 방벽을 때려 부수고, 자신의 가장 내밀한 생각이라고 여겨지는 곳으로 침범하도록 허용했다.

거대하고, 꽤나 거슬리는 악마 군주의 기척이 느껴졌다. 킬제덴은 일리단의 기억에 파문을 일으켰다. 회상의 거미줄을 면밀히 확인하며, 찾고, 찾고, 또 찾았다.

일리단은 많은 마법사들이 그러는 것처럼 자신의 정신 일부를 봉인해두었다. 누구에게나 절대로 드러낼 수 없는 비밀과 갈망이 있었다. 킬제덴은 이 점을 잘 알고 있었고, 마찬가지로 살아 있는 모든 존재의 약점을 알았다. 일리단은 그 악마를 위해 먹음직스러운 생각의 단초들을 남겨놓고는, 자신의 정신 한 층 전체를 속임수의 수호물 뒤에 감춰두었다.

킬제덴의 날카로운 정신도 그의 비밀을 더듬지 못했다. 그 대신 최근의 일들에 대한 기억을 좇았다. 킬제덴이 호기심에 끌어낸 여러 영상이 일리단의 정신 표층을 스쳐 지나갔다.

일리단은 다시 타락한 악령숲에 들어섰다. 형에게 자신이 악마의 노리개가 아니라는 사실을 열띠게 증명하고 싶은 마음이었다. 아지노스의 쌍날검이 마력이 깃든 서리한의 칼날에 부딪쳐 청아하게 울리던 소리가 들렸다. 인간의 배신자이자 리치 왕의 하수인으로, 스컬지라고 지칭하는 언데드 병력을 이끌던 아서스 왕자와 전투를 벌이던 때의 기억이었다. 싸움은 교착 상태에 접어들었다. 아서스는 굴단의 해골이 있는 곳을 알려주겠다며 일리단을 유혹했다. 반드시 찾아내야만 하는 물품이었다.

일리단은 해골의 봉인을 풀고 악마로 변화하던 순간 밀려들었던 황홀경을 다시 한번 느꼈다. 그는 유물에서 방출된 힘을 사용하여 스컬지의 지휘권을 차지했던 공포의 군주 티콘드리우스와 그 숙주를 꺾었지만, 결과적으로는 일리단의 패배였다. 형과 티란데가 변화한 그의 모습을 보고는 그를 배신했기 때문이었다. 일리단은 자신에게 남은 건 추방뿐임을 알았다.

킬제덴이 일리단과의 마지막 만남을 상기하며 짓궂게 웃는 것이 느껴졌다. 킬제덴은 얼어붙은 왕좌를 파괴하고 반역한 리치 왕을 제압하면, 일리단이 다시 군단에 합류할 수 있게 해주겠다고 제안했다. 하지만 말퓨리온은 앞서 동생 일리단의 계획을 좌절시켰고, 일리단을 킬제덴의 분노를 피해 달아나야 하는 신세로 만들었다. 일리단의 노력이 얼마나 진실한 것이었는지 살펴보느라 킬제덴이 잠시 집중하는 게 느껴졌다.

그는 아웃랜드로 도망쳐 오던 일과 결국 마이에브의 손에 붙잡혔던 일을 다시 경험했다. 다행히 캘타스와 바쉬의 도움을 받을 수 있었다. 오늘의 승리와 마그테리돈을 실각시킨 일도 모두 킬제덴의 정신 앞에 낱낱이 드러났다. 그제야 일리단은 킬제덴이 자신과 함께 지옥의 군주가 패배하는 모습을 지켜봤다는 사실을 깨달았다. 기만자는 아웃랜드를 누가 지배하든 관심이 없었다. 그저 아웃랜드가 군단의 이름 아래에 놓여 있기만 하면 되는 것이다.

접촉은 갑작스럽게 시작되었던 것만큼 느닷없이 끊어졌다. 악마 군주는 일리단의 정신에서 물러났다. 그리고 일리단은 몇 시간처럼 길게 느껴졌던 시간이 사실 심장이 두 번 뛰는 정도의 시간이었음을 알아챘다.

일리단의 심장이 쿵쾅거리며 갈비뼈를 때렸다. 최후의 순간이 코앞까지 다가왔다. 지금은 일리단이라도 킬제덴의 힘에 저항할 수 없었다. 여기서 자신이 죽는다면, 그동안 준비해온 모든 계획과 희생이 물거품이 되고 말 것이다. 일리단은 적당한 말을 찾았다. 지금 그를 구원할 수 있는 무기는 말뿐이었다. 일리단은 자신을 낮추면 악마의 허영심을 충족시킬 수 있다는 사실을 알았기에, 애원하는 목소리를 적절히 더하며 말했다.

"킬제덴 님! 저는 그저 잠시 물러나 병력을 강화하고 싶었을 뿐입니다. 리치 왕은 반드시 제거하겠습니다. 약속합니다!"

악마의 시선이 일리단에게서 바쉬, 그리고 캘타스 왕자에게로 향했다. 일리단은 그들 모두의 목숨이 극히 불안정한 상태라는 것을 깨달았다. 영원까지 이어질 것만 같던 침묵이 지나가고, 악마가 입을 열었다.

"그랬나? 그래, 여기 모아놓은 종복들은 꽤나 그럴듯해 보이는구나. 마지막으로 기회를 한 번 더 주겠다, 일리단. 얼어붙은 왕좌를 파괴해라. 그러지 못하면, 나의 영원한 분노를 맞이하게 되리라!"

지옥 마력이 쇄도했다. 킬제덴 주위의 빛이 견딜 수 없을 만큼 강렬해지다가 사라졌고, 그 뒤를 이어 악마 군주가 사라졌다. 일리단은 긴 한숨을 내쉬었다. 해낸 것일까? 자신의 진짜 목적을 킬제덴에게 감출 수 있었던 것일까? 기만자를 기만하는 데 성공한 것일까? 조만간 그 결과를 알게 될 것이다.

자신을 대하던 킬제덴의 태도를 떠올리자 분노에 절로 주먹이 움켜쥐어졌다. 꼭두각시 취급을 하다니. 일리단은 화를 억눌렀다. 언젠가 적들이 저지른 짓에 대한 대가를 치르게 해줄 것이고, 그때는 킬제덴도 예외가 될 수 없었다. 조금만 더 복종의 가면을 쓰면 된다. 시간을 벌기 위해서, 일단은 기만자가 지시한 일을 해야 했다.

일리단은 동료들을 바라봤다. 모두들 의혹이 가득한 눈빛으로 그를 마주 바라보고 있었다. 아주 잠깐 자신의 계획을 설명해줄까도 생각해봤지만, 일리단은 이내 그 생각을 떨쳐버렸다. 그들 역시 조사의 대상이었다. 그들도 악마 군주의 협박과 유혹을 느꼈다. 마음속 깊은 곳에서 어떤 대답을 했을지 누가 알겠는가? 일리단은 그들을 주시하며 말했다.

"여기에 숨는 건 그다지 현명한 생각이 아닌 것 같구나. 그래도 우리에겐 할 일이 있다. 죽음의 차디찬 심장 속으로 날 따라오겠는가?"

여군주 바쉬는 똬리를 튼 하반신 위로 상체를 한껏 세웠다.

"나가는 당신의 지시를 따릅니다, 일리단 님. 어디를 가시든 우리가 뒤따르겠습니다."

캘타스 왕자는 어딘가 멍해 보였다. 악마 군주의 영향력을 한 몸에 받은 뒤였으니 당연한 반응이었다. 그는 애써 정신을 차리고 말했다.

"블러드 엘프도 그대 것입니다, 주인이시여. 그대의 뜻에 따라 스컬지를 몰아내고, 얼어붙은 왕좌를 산산조각 내겠습니다."

"아직 시간이 있다. 떠나기 전에 해야 할 일이 있어. 우린 준비가 되어야 한다."

제 2 장

몰락 4년 전

마이에브 섀도송은 거대하게 타오르는 아웃랜드의 태양을 피하려고 손을 눈 위에 올리고는 말라붙은 대지를 살폈다. 그녀의 시선이 모래투성이 길에서 언덕으로 옮겨갔다. 언덕배기 위쪽에서 그들을 추적하는 외계 종족이 허둥대며 바위 뒤로 몸을 숨기는 모습이 눈에 들어왔다.

"벌레 친구들이 아직도 따라오는 것 같군요." 아닌드라가 말했다.

마이에브는 부관을 흘긋 바라봤다. 나이트 엘프는 으레 그렇듯, 아닌드라도 키가 크고 호리호리했다. 땀에 젖은 감시자 휘장이 몸에 엉겨 붙었고, 초록색 머리카락이 눈을 가리지 않게 붉은 스카프로 질끈 동여맨 모습이었다. 아닌드라는 마이에브가 가장 신뢰하는 부관은 아니었지만, 지금은 찬밥 더운밥을 가릴 때가 아니었다. 불과 몇 주 전, 마이에브의 손아귀에서 일리단을 탈주시킨 매복 공격에서 살아남은 병사들은 지금 그녀 뒤로 늘어선 삼십여 명이 전부였다. 배신자 일리단이 탈출하는 과정에서 죽인 병사들의 목숨값은 여군주 바쉬와 캘타스 왕자에게서 톡톡히 받아낼 생각이었다.

"칼날발톱들이 포기하지 않는군. 배가 고픈 모양이다."

마이에브가 말했다.

"저 녀석들은 먹이를 생포해서 새끼들에게 먹인다고 하더군요."

놀랍지는 않았다. 아웃랜드는 괴수들이 우글거리는 끔찍한 대륙이었다. 마법으로 둘러싸인 마이에브의 방어구도 그 뜨거운 열기를 막아내지 못했다. 이마에서 흘러내리는 땀을 닦아내고 싶은 마음이 굴뚝같았지만, 얼굴을 모두 가린 투구 때문에 그럴 수도 없었다. 그녀는 다시 언덕을 올려다보며 눈살을 찌푸렸다. 벌레 괴물들이 잔뜩 모여들어 우글거리고 있었다. 그 움직임은 거대한 거미를 연상시켰다.

멀리서 지옥절단기의 거대한 고동 소리가 들려왔다. 그 거대한 전쟁 기계는 지축을 쿵쿵 울리며 이 말라붙은 황무지를 누볐다. 감시자들도 이틀 전에 지옥절단기 하나와 마주쳤다가 가까스로 도망쳤다. 악마철로 만들어진 거대한 발아래 피떡이 될 뻔한 순간이었다.

마이에브의 밤호랑이가 도전에 응하기라도 하듯 흉포하게 포효하자 다른 호랑이들도 응답했다. 언덕 위쪽에서 칼날갈퀴 한 마리가 나타나 그 소리의 근원을 찾았다.

"제가 저 칼날갈퀴의 미간에 화살을 꽂을 수 있습니다."

아닌드라가 살깃을 초록색과 빨간색으로 물들인 독특한 화살을 꺼내며 말했다. 그녀는 자신의 활 솜씨에 대한 자부심이 워낙 강해서인지, 언제든 기회만 있으면 실력을 뽐내고 싶어 했다.

마이에브는 입을 꼭 다물고 웃어 보였다.

"귀찮게 그럴 필요가 뭐 있나? 어차피 수천 마리가 우글거리고 있는데."

그녀가 밤호랑이를 건드리자 맹수는 다시 성큼성큼 걷기 시작했다.

"따라오게 내버려 둬라. 혹시라도 우릴 공격한다면, 그때는 그게 얼마나 어리석은 짓인지 가르쳐줘야겠지. 그러기 전까지는 아까운 화살을 낭비하지 마라."

병사들은 그녀의 뒤로 줄지어 서며 지친 눈으로 주위를 둘러봤다. 마이에브는 그들에게도 신경을 써야 했다. 아제로스에서라면 이번 사냥에 모두가 헌신하리라는 사실을 의심할 여지가 없었겠지만, 이곳에서는 상황이 달랐다. 병사 중 일부는 일리단을 쫓아 마법 차원문을 통과한 이후로 줄곧 두 눈에 묘한 빛이 어른거리기도 했다.

그녀는 다시 한번 건조한 공기를 들이마셨다. 아제로스에서도 이렇게 바싹 말라붙은 지역을 다녀본 적은 있었지만, 이곳 지옥불 반도에서는 타나리스의 사막과 비교해도 어쩐지 더 목이 말랐다. 타나리스에서는 적어도 바다가 가까이 있다는 사실을 느낄 수 있었지만, 지금까지 이 땅 어디에서도 바다가 있다는 증거는 찾지 못했다. 그녀가 경험한 바에 따르면 아웃랜드는 거대한 공허 위에 떠 있는 것 같았고, 물이 무척 귀했다.

"놈은 도망치지 못할 겁니다, 감시관님." 아닌드라가 말했다.

마이에브는 고개를 가로저으며 잡념을 떨쳤다. 그녀는 부관과 눈앞에 놓인 임무에 집중했다.

"물론이다. 두 세계의 간극을 넘어 여기까지 쫓아왔는데, 배신자가 정의의 심판을 피하도록 내버려 둘 생각은 없어."

"그러나 이곳에는 놈의 막강한 동맹이 있습니다."

아닌드라의 목소리는 침착했지만, 일말의 의혹이 담겨 있었다. 다른 감시자들이 입을 다물었다. 모두들 마이에브의 대답에 귀를 기울였다.

"놈의 동맹이 아무리 강해도 도망칠 수는 없다."

마이에브는 무언의 질문에 정면 대응하기로 결심했다.

"우린 일리단을 이미 한 번 붙잡았었다. 이번에도 다시 붙잡을 것이다."

아닌드라의 얼굴이 가면처럼 얼어붙었다. 그리고 자신의 의혹을 지휘관에게서 감추려는 듯 마루를 향해 고개를 돌렸다. 꿈틀거리는 칼날발톱들은 여전히 감시자들과 보조를 맞추고 있었다. 마이에브는 오른쪽을 바라봤다. 곤충 괴물 수십여 마리가 경사면을 뒤덮고 있었다. 앞쪽에 칼날발톱이 더 있다면, 마이에브와 일행은 함정을 향해 다가가는 꼴이었다. 물론, 이런 상황이 이곳에서 마주친 첫 번째 함정은 아니었다.

"우리가 처음 놈을 붙잡았을 때는 캘타스도 바쉬도 없었습니다."

아닌드라가 말했다. 강력한 두 명의 마법사가 일리단을 구출하고 동료 감시자들을 학살하던 모습이 뇌리에 각인되어 있는 게 분명했다.

"캘타스 왕자는 치졸한 변절자다. 여군주 바쉬는 추악한 괴물에 불과하고. 놈들이 우리를 방해하면, 모두 제거해버리면 그만이야."

마이에브도 그 말을 어떻게 실행해야 할지 확신하지 못했지만, 그런 의혹은 잠시 미뤄두어야 했다. 블러드 엘프 왕자와 나가 여군주는 이제 아무 의미도 없었다. 중요한 건 일리단뿐이었다. 그 악의 존재를 가둬두는 데 벌써 일만 년의 생을 바쳤는데, 이제 와서 놈이 사악한 계략을 실행에 옮기도록 내버려 둘 수는 없었다.

"뒤틀린 드레나이 현자가 도움이 될 수 있을까요? 아카마라는 자 말입니다."

"나도 모른다, 아닌드라. 쓸모가 있을지도 모르고, 없을지도 모르지. 하지만 장기적으로는 아무 상관 없어. 우린 승리한다. 언제나 그래왔고, 앞으로도 그럴 것이다."

아닌드라는 시선을 외면했다. 마이에브는 침묵이 내려앉기를 기다린 후 다시 주위의 풍경을 향해 시선을 돌렸다. 아웃랜드의 대지를 산산조각 낸 것은 마법이었다. 그런 힘에 섣불리 손을 대면 일어날 수 있는 끔찍한 결과를 보여주는 경고가 바로 이 세계였다. 전에도 그와 같은 모습을 본 적이 있었다.

일만 년 전에 일어났던 일이었지만, 마이에브에게는 아직도 어제 일처럼 생생했다. 아니, 몇 시간 전에 일어난 일 같았다. 그건 바로 불타는 군단을 그녀가 처음 마주친 순간이었다. 그 끔찍한 기억은 후벼 판 상처처럼 생생했다.

그 당시만 해도, 적의 힘을 온전히 이해한 이는 하나도 없었다. 모두들 군단은 그저 제어할 수 없는 마법에 의해 생겨난 일시적인 위협에 불과하고, 일리단도 그저 길을 잘못 든 마법사에 불과하다고 생각했다. 적어도 다른 이들에게는 그랬다. 마이에브는 그게 사실이 아님을 오래전부터 알고 있었지만.

아웃랜드의 대기에서 느껴지는 오존 냄새가 지옥불정령과 처음 대치했던 당시의 기억을 깨웠다. 자아가 거의 없는 그 존재의 악취는 다르나서스의 아름다운 건축물 사이에서 한밤중에 피어나던 꽃들의 향기처럼 생생했다. 지옥불정령은 너무 컸고, 강력한 마법으로 가득해서 저항할 수 없었다. 그 거수가 지나가고 나면, 나뭇잎들은 불타는 몸뚱이의 열기에 휘말려 가을 낙엽처럼 메말라갔다. 마이에브는 엘룬의 힘을 불러냈고, 달의 여신은 그 악마를 파괴하여 불타는 돌덩이만 남겼다. 그리고 악마의 공격에 부상을 당한 이들의 그을린 육신을 치유하는 일은 마이에브에게 맡겨졌다.

그건 일천 번의 전투 중 하나일 뿐이었다. 그녀는 고대의 전쟁에서 끔찍한 일을 수도 없이 목격해야 했다. 숲이 불타고 국가가 멸망했다. 그런 경험을 기반으로 마이에브는 타락한 마법을 사용하여 힘을 얻으려는 자들과는 타협의 여지가 없다는 사실을 배웠다. 그런 자들은 제거하고, 박살 내고, 처단해야 했다. 무고한 이들을 파멸시키기 전에, 선하고 귀한 모든 것들을 타락시키기 전에.

마이에브는 처음부터 그런 사실을 알고 있었다. 다른 이들이 그녀와 같은 것을 보지 못한다는 사실이 안타까웠다. 그 당시에 그녀의 말을 들었더라면, 지금 이런 사냥을 할 필요도 없었을 것이다. 일리단의 사악한 계략이 처음 드러났을 때 그를 처리했더라면, 무고한 생명을 수도 없이 구할 수 있었을 터였다.

그 대신 그들은 일리단의 쌍둥이 형인 말퓨리온과 티란데 위스퍼윈드의 뜻에 따랐다. 일리단의 사악한 계획이 명명백백히 드러난 후에도 그 둘은 여러 차례 일리단의 목숨을 구해주었다. 고대의 전쟁이 끝나갈 때 즈음, 마이에브가 배신자의 목숨을 끊으려 했을 때에도, 그들은 일리단에게 자비를 베풀어 죽이지 않고 수감해야 한다고 주장하지 않았던가?

그 이후 티란데는 한 발 더 나아가 일리단의 감옥을 지키던 감시자들을 해치기까지 했다. 티란데는 일리단을 풀어준 것에 대해, 불타는 군단과의 전쟁에서 그의 도움을 받기 위한 것이라고 항변했다. 처음에는 그 말이 옳은 듯 보였다. 일리단은 그들을 도왔다. 하지만 곧 그의 실체가 드러나기 시작했다. 일리단은 굴단의 해골에서 힘을 흡수하여 스스로 악마가 되었고, 그 영혼 안의 괴물이 겉으로 발현되며 육체까지 변형되었다. 그런데도 말퓨리온은 동생을 죽이지 않고, 그저 숲에서 쫓아냈을 뿐이었다.

마이에브는 코웃음을 쳤다. 일리단은 불타는 군단의 도구에 불과했다. 지금까지 늘 그래왔고, 언제까지나 그럴 것이다. 그 바보들 때문에, 마이에브는 일만 년이라는 시간 동안 그 추악한 마법사를 감시하며 보내야 했다.

대체 무엇을 위해서?

마이에브는 분노가 차올라 이를 악물었다. 티란데도 일리단 곁에 함께 수감되어야 했다. 그녀는 일리단을 탈옥시킴으로써 자신의 오만함과 어리석음을 명백히 증명했다. 마이에브가 서약한 모든 맹세를 조롱한 셈이었다. 일만 년에 걸친 감시를 잔혹한 우스갯소리로 바꿔놓았다. 그런데도 티란데는 여전히 나이트 엘프의 지도자였다. 그럴 자격이 전혀 없는데도 말이다.

오른쪽에서 들려온 소리가 마이에브의 주의를 끌었다. 칼날발톱들이 다가오고 있었다. 놈들은 네 발로 걸으며 몸을 낮춰, 지형의 굴곡을 이용해 원거리 무기와 마법의 사선으로부터 벗어났다. 어쩌면 그 짐승들은 마이에브가 생각했던 것보다 영리한지도 모른다.

놈들의 수를 생각해보면 그런 건 딱히 상관이 없었다. 놈들은 가까이 다가와서 마이에브의 남은 병력을 쉽게 쓰러뜨릴 수 있었다. 지금은 단 한 명의 병사도 잃을 수 없는 상황이었다. 그녀는 손을 들고 이동 속도를 두 배로 높이라는 신호를 보냈다. 감시자들은 흠잡을 데 없이 일사불란한 모습으로 속도를 높였다. 커다란 호랑이들은 긴 다리를 쭉 뻗으며 질주했다.

아닌드라가 마이에브의 곁으로 다가와 의아한 표정을 지었다. 아마 돌아서서 싸우라는 명령을 기다리고 있었는지도 모른다. 지금은 아무 이유 없이 목숨을 버릴 때가 아니었다. 배신자의 흔적이 앞에 남아 있고, 사냥 감의 냄새가 바람에 실려 왔다.

마이에브는 일리단에 대해 생각했다. 그는 이제 엘프가 아니었다. 그녀는 변해버린 일리단의 모습을 떠올리며 몸서리쳤다. 뿔과 발굽, 박쥐의 날개가 생겨난 일리단은, 자신이 숭배하고 또 배신했던 에레다르와 비슷한 악마의 모습으로 변해 있었다.

그가 과연 악마들을 배신했을까?

그 점이 일리단의 정신을 이해하려 할 때의 가장 큰 걸림돌이었다. 정신이 온전한 자라면 그 누구도 이해할 수 없었다. 그 미치광이가 정말 원했던 게 무엇인지 누가 알겠는가? 일리단은 갈망하던 암흑 마법의 힘에 너무나도 뒤틀려, 그 사고의 흐름을 도저히 따라갈 수 없었다. 아주 난해한 문제였다. 사냥꾼은 사냥감을 이해해야 했다. 사냥감을 함정에 몰아넣으려면 그래야만 했다.

그 점이 때때로 마이에브를 불편하게 했다. 소문이 들려왔다. 등 뒤에서 남들이 무슨 말을 수군거리는지 그녀도 잘 알고 있었다. 그토록 오랫동안 감시해왔던 적과 마찬가지로 그녀도 뒤틀려버렸다고 주장하는 자들이 있었다. 씁쓸하고도 터무니없는 그 낭설에 마이에브는 웃음을 터뜨렸었다.

나약한 것들! 모두 약해 빠졌다. 다들 깊숙이 뿌리내린 악을 상대할 준비가 되어 있지 않았다. 해야 할 일을 해내는 이들을 두려워했다. 자신들을 파괴할 악마들과 타협했고, 그게 지혜라고 스스로를 속였다. 하지만 마이에브는 달랐다. 절대로 타협하지 않았다. 일리단이 죽거나 다시 감옥에 갇히기 전까지는 한시도 쉬지 않을 것이다. 그녀는 자신의 의무를 알았다. 서약을 지킬 것이다. 다른 자들이 자신에 대해 어떻게 생각하는지 신경 쓰지 않았다. 결코 자신의 임무를 외면하지 않을 것이다.

"마이에브 감시관님!"

아닌드라의 목소리가 상념에 빠진 마이에브를 깨웠다.

"무슨 일이냐?"

그 서늘한 목소리에 부관은 몸을 움찔하며 대답했다.

"저깁니다!"

마이에브의 시선이 아닌드라가 가리키는 방향으로 향했다. 한 무리의 칼날발톱이 산비탈에 줄지어 서 있었다. 감시자들은 마루 위쪽을 향해 달리면서, 구불거리는 길이 길게 이어지는 계곡을 내려다봤다. 앞쪽에서는 네 발 달린 그 괴물들이 길을 막고 서 있었다. 마이에브는 일리단을 떠올리며 상념에 빠져 있느라 이 함정을 제때 알아차리지 못했다. 그녀는 배신자를 향해 다시 한번 욕설을 내뱉었다.

"전투 준비!" 마이에브가 소리쳤다.

마이에브와 감시자들이 나란히 한 줄로 도열했다. 그녀는 부하들을 살펴보며 누가 공포에 질려 이리저리 시선을 돌리는지, 또 누가 냉철하고 차분한 학살자의 시선으로 적을 노려보는지 관찰했다. 후자의 눈빛이 훨씬 많다는 사실이 자랑스러웠다. 이 나이트 엘프들은 압도적인 수의 적에게 포위되어 있었다. 하지만 수백 마리의 외계 괴수들과 맞서면서도 두려워하지 않았다.

일부는 활과 글레이브를 꺼냈다. 기수의 감정에 호응하듯, 밤호랑이들도 격렬하게 포효하며 저항의 뜻을 내보였다. 드루이드 사리우스는 탈것에서 내려, 가죽에 신비한 징표가 새겨진 거대한 곰으로 변신했다. 마이에브는 선택 가능한 방안을 살폈다.

압도적인 수의 칼날발톱에 맞서 싸우려고 했다가는 순식간에 몰살당할 것이 분명했다. 무언가가 저 생물들을 흥분시킨 모양이었다.

마이에브는 고개를 돌려 지금까지 달려온 길을 흘긋 바라봤다. 긴 모래투성이 길은 텅 비어 있었다. 별다른 어려움 없이 후퇴할 수는 있겠지만, 그랬다가는 처음 이 여정을 시작했던 곳으로 돌아가게 된다. 아카마와 접촉하려면 계속해서 앞으로, 원주민들이 장가르 습지대라고 부르는 곳까지 전진해야 했다.

호기심이 동한다는 건 인정했다. 그 뒤틀린 드레나이의 전갈은 그가 일리단의 계획에 대해 알고 있음을 암시했고, 텔하마트 사원에서 아카마에 대해 알아낼 수 있었던 건 그가 잿빛혓바닥 부족의 수장이라는 사실뿐이었다. 아카마는 병력을 거느리고 있었고, 이 땅에 대해서도 잘 알았다. 게다가 마이에브에게 접촉해온 유일한 인물이었다. 첩자들은 어떻게 마이에브를 찾아낼 수 있었던 걸까? 또 아카마는 어째서 마이에브에게 전갈을 보낸 걸까? 혹시 함정은 아닐까?

하늘이 점차 검게 변해갔다. 낮은 언덕이나 거대한 나무들이 지평선에 드러나기 시작했다. 대기는 묘하게 알싸한 향을 풍겼다. 썩고 부패한 냄새와 더불어 명확히 설명할 수 없는 어떤 내음이 바람에 실려 전해졌다. 마이에브와 감시자들을 향해 불어오는 산들바람에서는 희미하게 습한 기운이 느껴졌다.

장가르 습지대는 아주 드넓은 지역이었다. 수렁으로 이루어진 대지에 외계의 끔찍한 생물들이 가득했다. 마이에브는 깊게 숨을 들이쉬며 적들을 바라봤다. 괴물은 수가 아주 많았지만, 규율이라는 게 없었다. 우글우글 몰려든 무리 이곳저곳에 허점과 빈틈이 보였다. 병력의 공격을 집중시키면 적의 방어선을 뚫고 바람처럼 길을 따라 달릴 수 있었다. 이 생물들이 늪지까지 따라올 것 같지는 않았다. 이 메마른 언덕이 놈들의 거주지일 테니까.

"내 뒤에 쐐기 대형으로 집결해라. 이 짐승들을 관통하여 길을 내겠다."

감시자들이 고개를 끄덕였다. 아닌드라가 뿔피리를 들어 올려 길고 낭랑한 소리를 냈다. 나이트 엘프들은 언덕 아래로 돌진했다.

초승달 본그림자를 뽑는 마이에브의 입술이 미소로 뒤틀렸다. 전투에 몰두하면 잠시나마 상념을 잊고 정신을 쉬게 할 수 있었다. 마이에브의 밤호랑이가 포효했다. 엘프들은 털과 발톱, 근육과 검을 곧추세우고 칼날발톱과 충돌했다.

마이에브는 가장 가까이 있던 벌레를 초승달 본그림자로 베어버리면서 놈이 일리단이었으면 좋겠다고 생각했다. 배신자는 지금 무슨 짓을 꾸미고 있을까? 불현듯 궁금해졌다.

제 3 장

몰락 4년 전

마이에브는 오레보르 피난처의 뒤틀린 드레나이 마을을 향해 밤호랑이를 몰았다. 입술을 핥다가, 포자에 닿은 혀가 따끔거렸다. 사방에 포자가 가득했다. 머리카락과 옷에도 온통 들러붙어 있었다. 귀 뒤에도, 땀에 젖은 윗옷 소매에도 내려앉았다. 빛을 발하는 진균이 부하들의 피부에서 자라났으며, 조심스럽게 씻어내고 치유 마법까지 사용해야 온전히 제거할 수 있었다.

그녀는 지옥불 반도가 끔찍하다고 생각했었지만, 이곳은 훨씬 더 지독했다. 아웃랜드의 입구인 지옥불 반도는 타락한 오크와 각종 흉측한 생물들이 가득한 사막 지옥이었지만, 장가르 습지대는 그보다 훨씬 더 어둡고 기이한 곳이었다. 뜨겁고 습하고 질척거렸다. 하늘로 치솟은 잿빛 골짜기 떡갈나무보다 더 거대한 버섯이 햇빛을 가렸다. 가오리와 유사한 부유 생물들이 그림자 속을 누볐고, 해파리와 기이한 외계 괴물을 절반씩 섞어놓은 무언가가 공중을 떠돌았다.

오크는 적었지만, 위협적인 존재들이 즐비했다. 칼날발톱 무리를 물리치고 난 후, 감시자들은 걸어 다니는 거대 진균류의 공격을 받았다. 오우거들의 매복 공격과 독침을 쏘는 거대한 곤충 떼의 습격을 받기도 했다. 감시자 콜레아는 곤충에 쏘인 후 피부에 나타난 작은 유충들에게 눈과 두뇌까지 파먹힌 끝에 목숨을 잃었다. 일리단 앞에 늘어놓아야 할 또 하나의 죽음이었다.

마이에브는 다시금 다르나서스의 아름다운 모습을 바라보고 싶었다. 그 상쾌한 공기를 들이마시고, 탁 트인 광장을 거닐고, 음유시인과 가객들의 노래에 귀를 기울일 수만 있다면, 그녀는 일천 년의 생이라도 포기할 수 있었다. 애써 울컥한 기분을 억누르며, 그녀는 나약함을 드러내는 자신의 모습을 경멸했다. 가질 수 없는 것을 갈망하는 일만큼 무의미한 것도 없었다.

오레보르 피난처는 이 지역에서 한때 문명의 상징이었던 곳의 흔적 같았다. 오래전 거대한 광장이었던 대리석 토대 위에, 이제는 당장이라도 무너져 내릴 듯한 오두막들이 드문드문 서 있을 뿐이었다. 악취를 내뿜는 고인 물이 거대한 기둥의 주춧돌을 둘러싸고 있었고, 날카롭게 솟은 산맥이 피난처를 내려다보고 있었다.

주위에는 온통 뒤틀린 드레나이들이 절뚝거리며 돌아다녔다. 그들은 나이트 엘프가 평생 처음 보는 진귀한 구경거리인 것처럼 일행을 바라봤다. 가끔 빈손을 내밀며 구걸하는 자들도 있었지만, 대부분 패배감에 젖은 지친 눈으로 시선을 외면했다. 마이에브의 눈에 비친 그들은 자기 몸을 지키고자 두 손을 들어 올릴 의지조차 없는 것처럼 보였다. 동맹으로 삼을 만한 자들이 아니었다.

하지만 모두가 그런 건 아니었다. 일부는 무기를 들고 조심스럽게 마이에브 일행을 응시했다. 그녀는 밤호랑이를 몰고 그런 자들 중 하나에게 다가가 물었다.

"아카마는 어디에 있나?"

그 뒤틀린 드레나이는 한동안 그녀를 바라보다가 나이트 엘프 병사들을 향해 시선을 돌렸다. 처음에는 대답하지 않으려는 줄 알았지만, 그는 엄지손가락으로 마을 중앙을 가리켰다.

일부 오두막에서 흐느끼는 소리가 들려왔다. 부패하는 육신의 악취가 마이에브의 코를 자극했다. 이 지역에서 상처는 쉽게 짓물렀다. 때로는 베인 상처 안으로 포자가 들어가, 마치 오래된 빵에 들러붙는 곰팡이처럼 엉겨 붙기도 했다. 뒤틀린 드레나이 노파 하나가 절뚝거리며 지나갔다. 깨진 대리석 바닥에 고인 웅덩이를 발굽으로 밟자 사방으로 물이 튀었다. 노파는 눈을 내리깐 채 주위에 둘러선 이방인들에게는 신경도 쓰지 않았다. 자신의 비참한 고통에 깊이 빠져들어, 그 너머의 것은 보지 못하는 모양이었다.

"이자들은 뭘 먹고 사는 거죠?"

아닌드라도 마음이 불편한 듯했다. 뒤틀린 드레나이들의 모습이 그녀에게 남아 있는 연민을 자극한 모양이었다.

"이끼와 손에 잡히는 벌레들을 먹고 살겠지." 마이에브가 대답했다.

자신과 부하들이 지난 며칠 동안 먹어온 것이기도 했다. 외계 동식물이라도 먹을 수는 있었다. 적어도 아직까지 독에 중독된 자는 없었다. 아주 더디게 작용하기 때문에 아직은 체감할 수 없는 맹독이 담겨 있을 가능성도 있지만, 마이에브의 주문도 오염물을 감지하지는 못했다.

"오는 길에 본 호수에도 물고기를 비롯한 여러 생물들이 있을 테고."

"그렇군요."

아닌드라는 일행을 공격했던 거대한 파충류 히드라를 떠올린 게 분명했다.

"아카마라는 자가 정말로 도움이 될 거라고 생각하십니까? 자기 동족에게도 도움이 되지 못하는 것 같은데요."

아닌드라가 주위의 폐허를 향해 손짓하며 의구심을 드러냈다. 마이에브도 그렇게 생각했지만, 겉으로 드러내고 싶지는 않았다. 일행의 사기를 더 떨어뜨릴 필요는 없었으니까. 앞쪽에서 다른 뒤틀린 드레나이 파수병이 나타났다.

"아카마." 마이에브가 파수병에게 말했다.

병사는 광장 가장자리에 있는 작은 오두막을 향해 손짓했다. 잿빛 로브를 입은 경비병 한 무리가 나이트 엘프 일행을 바라보고 있었다. 적대적인 모습은 아니었지만, 그렇다고 상냥해 보이지도 않았다.

마이에브는 밤호랑이를 몰고 가까이 다가갔다.

"아카마를 찾고 있다."

뒤틀린 드레나이들은 못 들은 척 아무런 대꾸도 하지 않았다. 잠깐의 침묵이 지나간 후, 경비병들은 들리지 않는 신호를 감지하기라도 한 듯 옆으로 비켜서며 길을 내주었다.

감시관 마이에브는 밤호랑이에서 내려섰고, 아닌드라와 다른 감시자들이 그 뒤를 따랐다. 그들이 다가서자 경비병들은 창을 내려 길을 막았다.

"당신만 들어간다. 당신이 마이에브 섀도송이라면 말이다."

장교의 것으로 보이는 계급장을 단 경비병이 말했다.

긴장감이 주위를 가득 채웠다. 감시자들은 마이에브의 곁을 떠나려 하지 않았다. 함정인지도 몰랐다. 한편으로는, 이들을 동맹으로 삼으려면 문제를 일으키지 않는 편이 좋았다. 마이에브는 혼자서도 얼마든지 자신의 몸을 지킬 수 있었고, 누구든 그녀를 공격한다면 그 사실을 명확히 깨닫게 될 터였다.

"여기서 기다려라." 마이에브가 일행에게 말했다.

사리우스가 그녀를 바라봤고, 그녀는 가만히 고개를 끄덕였다. 그 드루이드는 슬며시 일행에서 떨어져 나와 잔해 더미의 그림자 속으로 이동했다. 사리우스는 다시 나타나지 않았고, 대신 커다란 새 한 마리가 잔해 위로 날아올라 반짝이는 구슬 같은 눈으로 주위를 둘러봤다.

경비병들은 무표정한 얼굴로 가만히 서 있었다. 마이에브는 오두막 안으로 들어섰고, 뒤틀린 드레나이 어린아이 하나가 흐느끼는 소리를 들었다.

오두막 중앙의 모닥불 옆에는, 온몸이 곱아 기이하게 변형된 뒤틀린 드레나이 하나가 몸을 숙인 채 아이의 이마에 손을 댔다. 그가 낮게 중얼거리자 마이에브는 강력한 마력의 흐름을 느낄 수 있었다. 지옥 마법의 타락한 기운도, 비전 마법의 뒤틀린 흐름도 아닌 무언가 다른 힘이었다. 그녀는 경계를 늦추지 않았다. 마법에 악의 힘을 숨기는 데는 수많은 방법이 있었으니까.

아이의 울음이 잦아들자, 그 뒤틀린 드레나이는 아이의 귓가에 무언가를 속삭였다. 곧이어 더욱 큰 마력이 흘러나왔다. 그러자 아이의 흐느낌은 멈추고, 편안한 호흡과 작고 귀여운 코골이 소리가 들리기 시작했다.

뒤틀린 드레나이는 자리에서 일어나 마이에브를 향해 돌아섰다. 겉모습으로 느껴지는 나이에 비해 쌕쌕거리는 숨소리가 무척이나 노쇠하게 들렸다. 그는 대화라는 행위 자체가 고통스럽기라도 한 듯 힘겹게 말을 뱉었다.

"당신을 기다리는 동안 이들을 위해 뭐라도 하고 싶었다."

그는 휴식이 필요한 것처럼 잠시 말을 멈추고 힘겨운 호흡을 이어갔다.

"로자리아는 폐가 썩어 들어가는 열병을 앓고 있었지만, 이제는 균을 모두 태워버린 것 같다. 몸을 따뜻하게 하고 건조한 곳에서 지내면, 회복할 수 있을 것이다."

"네가 아카마로군." 마이에브가 말했다.

"그렇다. 내가 잿빛혓바닥의 지도자 아카마다."

"나와 이야기하고 싶다는 전갈을 보냈었나?"

"당신이 마이에브 섀도송인가?"

"네가 내 이름을 어떻게 알게 되었는지 궁금하군."

"그가 언급했다."

"그가 누구지?"

"당신이 배신자라고 부르는 자다."

마이에브는 초승달 본그림자를 향해 손을 뻗었다. 아카마는 움직이지 않았다. 그는 그저 두 팔을 넓게 벌리고는 자신에게 무기가 없음을 내보였다. 사실 무기는 아무 의미도 없었다. 이미 그는 마법을 다룰 줄 안다는 사실을 분명히 드러낸 후였으니까.

"배신자에 대해 뭘 알고 있나?" 마이에브가 물었다.

"아아, 끔찍하게 많은 것을 알고 있지. 함께 걷자. 할 이야기가 아주 많으니까."

아카마는 오두막의 뒷문을 향해 손짓했다. 어쩌면 이건 마이에브를 부하들에게서 떼어놓으려는 수작인지도 몰랐다. 그렇다 하더라도 새로 변한 사리우스가 지켜보고 있을 것이다. 또한 마이에브는 어떤 상황에서도 자신의 몸을 지킬 만큼 강했다.

"먼저 가시지."

마이에브는 우아한 손짓으로 문을 가리키며 말했다. 아카마는 고개를 끄덕인 후, 그녀가 공격할 리 없다고 강변하듯 그녀에게 등을 보인 채 절뚝거리며 걸었다.

그들은 건물 뒤쪽으로 빠져나왔다. 무너져 내린 가옥들이 주위를 둘러싸고, 반쯤 폐허가 된 구조물 주위에 쓰레기가 이리저리 널려 있었다. 쓰레기를 비롯한 주위 모든 것에 이끼가 들러붙고, 반짝이는 벌레들이 그 주위를 윙윙 날아다녔다. 마이에브가 눈살을 찌푸리자 아카마가 말했다.

"늘 이랬던 건 아니다. 오레보르 피난처도 한때는 무척 아름다웠으니까."

"나야 네 말을 믿을 수밖에 없겠지."

"사실이다. 넬쥴에 의해 파괴된 후 이 세계는 변했다. 한때 이곳은 문명의 중심지이자 배움의 장소였고, 교역의 중심지이기도 했지."

"믿기 힘든 말이군."

"일만 년 전에 내 동족이 이곳을 거닐었을 때는, 아름다운 석상을 감상하고 우아한 저택을 감탄하며 볼 수 있었다."

"난 거처를 마련하려고 온 게 아니다. 동맹을 찾아왔다."

아카마는 고개를 들어 그녀를 바라봤다.

"당신의 동족 중에서 그런 말을 한 건, 당신이 처음은 아니다."

"일리단은 내 동족이 아니야. 그는 오래전 불타는 군단과 처음 맹약을 맺던 그 날, 이미 나이트 엘프로서의 모든 자격을 상실했다."

"하지만 그의 얘기를 듣다 보면, 한때 당신 동족의 위대한 영웅이었던 것 같더군."

"그자의 얘기를 들었으니 그랬겠지. 내 얘기를 들었다면 달랐을 것이다."

둘은 마을의 경계를 표시하는 표석을 지나, 드넓고 잔잔한 호숫가에 도착했다. 작은 섬들이 점점이 물 위에 떠 있고, 거대한 벌레들이 윙윙거리며 수면 위를 떠돌았다. 아카마는 작고 고요한 웅덩이 곁에 멈춰 섰다. 이곳은 물이 그나마 맑았다. 그래도 주근깨처럼 희미한 포자들이 수면에 떠 있었고, 물속 깊은 곳에서는 검은 형체가 유유히 헤엄치고 있었다.

"나라면 아마 당신 말을 믿었을 것이다."

아카마가 중얼거리며 호수가 내려다보이는 곳에 놓인, 깨진 바위 의자를 향해 손짓했다.

"앉지 그러나."

마이에브는 선 채로, 보란 듯이 초승달 본그림자에 한 손을 얹었다.

잔뜩 찡그린 아카마의 표정은 아무래도 미소를 지으려는 것 같았지만, 뒤틀린 입술 사이로 위협적인 송곳니가 드러났다.

"여기에선 그 누구도 당신을 해치지 않겠지만, 마음대로 해라. 이제 배신자에 관해 이야기해보자."

마이에브는 그 말을 기다리고 있었다.

"그자는 온 세계에 걸쳐 추악한 악을 퍼뜨리는 존재다. 아주 오래전, 아제로스에서 측정하는 시간으로는 일만 년도 더 전에, 그자는 우릴 배신하고 불타는 군단에 팔아넘겼다. 일만 년 동안이나 나는 그자가 죗값을 치르는 모습을 감시해왔다. 그러나 결국 예상치 못했던 자가 우릴 배반하고 내 부하들을 살해한 탓에, 놈은 탈출하고 내 분노를 피해 이곳까지 흘러들어 왔다. 그자는 추악한 마법사이자, 형언할 수 없는 사악함에 물든…."

아카마는 한 손을 들어 올려 손바닥을 내보였다.

"모두 알고 있다. 나도 그와 이야기를 나누었고, 곁에서 함께 싸우기도 했으니까…."

마이에브는 주위를 둘러봤다. 당장이라도 물속에서 나가가 나타나거나 덤불 속에서 블러드 엘프가 뛰쳐나올 것 같았다. 하지만 아무 일도 일어나지 않았다.

아카마는 고개를 한쪽으로 기울이고는 왜 그러는지 모르겠다는 표정으로 그녀를 바라봤다. 마이에브가 그에 대해 잘 몰랐더라면, 즐거워하는 표정이라고 생각했을 것이다.

"배신자를 왜 섬기는 거지?"

마이에브는 목소리에서 노기를 숨길 수가 없었다. 그녀의 분노는 악마들도 벌벌 떨게 했지만, 아카마는 그저 어깨를 으쓱할 뿐이었다.

"내 동족을 도와 카라보르 사원을 해방시키겠다고 했기 때문이다. 내 적의 적이었지."

마이에브는 아카마의 낯선 눈동자를 쏘아봤다. 아카마는 깍지 낀 손가락을 내려다보며 긴 한숨을 내쉬었다.

"그게 사실이 아니었던 건가?" 마이에브가 물었다.

"우리가 사원을 차지한 지 벌써 한 달 이상이 지났지만, 그 사원을 내 동족에게 돌려주려는 모습은 전혀 보이지 않았다. 앞으로도 마찬가지일 거라는 생각이 들더군. 예전 지배자인 마그테리돈을 끌어내렸지만, 결국은 그 지옥의 군주 자리에 더 끔찍한 존재를 앉힌 게 아닌가 싶어 두렵다. 일리단은 킬제덴과 새로운 맹약을 맺었지. 그 악마 군주를 위해 얼어붙은 왕좌를 파괴하기로 약속했고. 내 동족의 성역을 아직도 불타는 군단이 차지하고 있는 것 같다. 그저 지도자가 바뀌었을 뿐."

"그리고 너는, 내가 네 적의 적이라고 생각하는군."

아카마는 고개를 끄덕였다.

"당신은 그를 가뒀다. 내 추측이 틀리지 않았다면 그는 당신을 증오하고, 두려워하고 있었다. 당신이 지닌 막강한 힘을 나도 느낄 수 있다."

마이에브의 얼굴에 미소가 지어졌다. 저무는 초승달처럼 가늘고 차가운 미소였다.

"날 두려워하는 게 당연하지. 난 그자를 또다시 구속하거나, 아예 죽일 것이다."

"나도 그럴 거라고 생각했다."

그의 목소리는 차분하고 냉철했다. 뒤틀린 드레나이는 고개를 돌려, 잔잔한 호수에서 뭔가 엄청난 진실이 드러나기라도 할 것처럼 수면 위를 응시했다.

"상황이 그렇게 되면 너에게도 도움이 되는가?" 마이에브가 물었다.

답은 이미 알고 있었다. 이 뒤틀린 드레나이가 아무리 신성한 현자 시늉을 해도, 지금은 그저 배반을 꾀하고 있을 뿐이었다. 배신자를 섬기면서도 지금 여기에 그녀와 함께 있다는 사실이 그 증거였다. 써먹을 곳이 있을 것이다. 그의 말을 그대로 돌려주자면, 아카마는 지금 적의 적이었다.

"그 신성한 땅을 되찾을 길이 없다면….""

아카마는 잠시 말을 멈추고 쌕쌕거리며 숨을 몰아쉬고는, 두 손의 깍지를 풀고 그녀를 바라보았다.

"나는 청춘을 그 사원에서 보냈다. 그곳은 신성한 장소였… 아니, 지금도 신성한 장소이다. 또다시 악의 손에 훼손되는 건 보고 싶지 않아."

마이에브는 그 말에 대해 곰곰이 생각했다. 아카마는 그녀가 아닌 자기 자신에게 말하는 듯했다. 목소리에는 깊은 고통과 상실감이 깃들어 있었다.

"그렇다면 이제 어떻게 할 생각이지?"

"지금으로서는 할 수 있는 일이 없다."

"뭐라고?"

마이에브는 당혹감을 감출 수 없었다. 무기를 움켜쥔 손마디가 하얗게 변했다. 이곳에 올 때는 적의 함정에 빠지거나 아니면 동맹을 얻는 두 가지 결과만을 예상했었다. 그녀의 영혼은 무엇이든 해야 한다고 외쳤다. 일리단이 날뛰고 있는데 이 가여운 퇴물은 여기 주저앉아 뭘 하는 거지?

"일리단은 너무 강하다. 게다가 캘타스 왕자와 여군주 바쉬의 지원도 받고 있지. 둘 다 이미 만나봤을 것이다. 또한 희생이 따랐을 테고."

"난 놈들이 두렵지 않아."

"두려워하는 게 좋을 것이다."

"내가 누굴 두려워할지 말지는 네가 관여할 바가 아니야."

아카마는 왼손으로 사과하는 듯한 손짓을 했다.

"그 말이 옳다."

사과를 들은 마이에브가 아카마에게 말했다.

"너는 도움을 구하고자 나를 여기까지 데리고 왔다가, 이 폐허에서 자신감을 잃은 건가?"

어쩌면 아카마는 마이에브의 병력을 보고 실망했는지도 모른다. 그녀가 일리단을 붙잡을 수 있을 거라고 믿지 않는지도 모른다. 어쩌면 나름대로 그녀를 평가해본 결과, 세력이 부족하다고 판단했는지도 모른다.

"아카마, 너는 내 도움을 바라면서도 내게 아무런 제안도 하지 않는군."

"당신네 엘프들은… 그렇게 오랜 세월을 살면서도 참을성을 도통 배울 줄 모르는군. 모든 일에는 때와 장소가 있다. 최선의 복수는 서두르지 않을 때 가능한 것이고."

"난 복수를 원하지 않는다. 정의를 원할 뿐."

"그래, 당신이 그렇게 믿고 있다는 건 잘 알았다."

이번에는 마이에브도 아카마의 목소리에 조롱하는 기색이 담겨 있다고 확신했다. 아카마는 다시 한번 고개를 돌려 먼 곳을 바라봤다. 뭔가 커다란 형체가 수면에 파문을 일으킨 후 다시 물속으로 사라졌다. 큼직한 벌레 한 마리도 함께 사라졌다.

"저 녀석들은 물속에서 며칠이라도 기다린다. 미동도 없이 가만히 멈춰서서 말이야. 저들이 위험한 존재라고는 생각조차 할 수 없지. 그러다가 사냥감이 사정거리 내로 들어오는 순간 공격한다. 강력한 턱으로 팔을 잘라내 버리기도 하고."

"물고기 흉내를 낼 생각인가?"

"뱀장어에 가깝다."

"어류 생태학에 대해 배우려고 여기까지 온 건 아니야."

"하지만 무언가 원하는 게 있겠지."

"네가 나를 돕지 않는데, 나라고 어떻게 도울 수 있겠나?"

"때가 되면, 당신에게 필요한 모든 것을 지원하겠다. 하지만 당신의 무모함 때문에 내 동족이 불필요하게 학살당하는 일은 없어야겠지."

마이에브는 무기를 움켜쥐고 있던 손을 풀고는 깊이 숨을 들이쉬며 마음을 가라앉혔다. 서서히 격노가 사그라졌다.

"좋다. 적어도 일리단이 뭘 하고 있는지는 말해라."

"마그테리돈을 지옥불 성채로 데려가고 있다."

"왜지?"

아카마는 어깨를 으쓱했다.

"내게 모든 이야기를 다 하는 건 아니라서 말이야."

"너를 믿지 못하는 건지도 모르지."

"나름의 이유가 있을 테지."

뒤틀린 드레나이는 허리춤에 달린 주머니를 뒤적거리다가, 기이한 룬이 새겨진 거친 조약돌을 꺼냈다. 그러고는 손바닥 위에 얹어 마이에브에게 내밀었다. 그녀는 조약돌을 물끄러미 바라보면서도 집어 들 생각은 하지 않았다. 돌에서 마법이 느껴졌다. 지옥 마법의 부정함이나 비전 마법의 사악함은 아니었다. 적어도 마이에브가 느끼기에는 그랬다.

"전해야 할 말이 생기면, 이걸 통해 내가 당신에게 접촉하겠다. 나도 쌍둥이 돌을 하나 갖고 있거든."

조약돌은 아카마가 내민 손바닥 위에 아직 놓여 있었다.

"당신이 이 돌을 꺼린다면, 다른 방법을 찾을 수도…."

마이에브는 그의 손에서 돌을 집어 들었다. 마법의 기운이 건틀렛 너머 손을 간지럽혔다. 끔찍한 일은 일어나지 않았다.

"네 마음대로 해라."

아카마는 고개를 조금 숙였다.

"그가 왜 당신을 두려워하는지 알겠군. 둘은 서로 꽤나 비슷하다."

아카마는 자리를 떠났다. 마이에브는 검은 거울 같은 호수에 비친 자신의 반영을 뚫어져라 바라봤다. 좌절감에 잔뜩 격앙된 자신의 얼굴이 그녀를 마주 봤다. 마이에브는 허리를 숙여 자갈을 하나 주워들고는, 물속에 던져 자신의 모습을 깨뜨리고 호수에 파문을 일으켰다.

제 4 장

———

몰락 4년 전

마이에브와 감시자들은 따뜻해진 바위 위에서 천천히 기어갔다. 지옥불 반도의 타오르는 태양이 커다란 바위 옆쪽으로 긴 그림자를 드리웠다. 밤호랑이를 빠른 속도로 몰았지만 장가르 습지대로부터 돌아오는 길은 무척이나 긴 여정이었다. 하지만 일리단을 기습 포획할 수만 있다면, 안장에 쓸린 아픔 따위는 얼마든지 감수할 수 있었다. 아카마는 필요 없었다. 필요한 건 배신자가 예측하지 못할 때 공격할 수 있는 기회뿐이었다.

아닌드라는 오른손을 들어 손가락 세 개를 펴 보였다. 마이에브는 낮게 포복하여 부관의 곁으로 다가간 후, 벼랑 너머로 고개를 내밀고서 아닌드라의 손짓이 옳다는 사실을 확인했다. 타락한 오크 셋이 그곳에 서 있었다. 붉은 피부와 빛나는 눈이 유난히 두드러진 육중한 근육질 생물들은 오크 특유의 구부정한 자세를 하고 있었다. 그 모습만 봐도 그들이 잔뜩 흥분한 채 온몸의 근육을 팽팽히 긴장시키고 있다는 사실을 쉽게 알 수 있었다. 빠르고 격렬한 움직임은 누군가를 한 대 때릴 핑계를 찾고 있는 것만 같았다.

마이에브는 그들의 소원을 들어줄 생각이었다. 그녀는 지옥불 성채가 내려다보이는 지점에서 일리단이 지나가는 순간을 기다릴 생각이었다.

마이에브는 마력을 끌어내 점멸하며 앞으로 나섰다. 희미하게 펑, 하는 소리와 함께 그녀와 공기가 자리를 뒤바꿨고, 그녀는 거구의 타락한 오크 등 뒤에 나타났다. 단 한 번의 공격이 적의 목을 잘라냈다. 그리고 용수철처럼 앞으로 뛰어나가 두 번째 오크의 가슴에 초승달 본그림자를 꽂아 넣고는 앞으로 굴렀다. 세 번째 타락한 오크는 허둥지둥 도끼를 들어 올리려 했다. 마이에브는 오크의 무릎 뒤쪽을 걷어차 쓰러뜨렸고, 초승달 본그림자가 오크의 경정맥을 잘랐다.

심장이 세 번도 채 뛰지 못한 시간이었다. 아닌드라는 그제야 화살을 걸고 시위를 귀까지 잡아당겼다. 마이에브는 부하들에게 자신의 위치로 이동하라고 손짓한 후, 시체 세 구를 질질 끌어 바위 그림자 속으로 옮겨놓았다. 하늘을 지나가는 와이번의 눈에 띄지 않게 하고 싶었다.

커다란 표범의 체취가 느껴지자 사리우스가 은신한 채 다가왔음을 알 수 있었다. 드루이드인 사리우스는 몸에 기이한 문신이 그려진 거대한 표범 모습을 하고 있었다. 그는 바싹 마른 사막의 땅을 조용히 가로지르며, 이리저리 구불거리는 갈색 길을 따라 걸었다. 그 누구의 눈에도 띄지 않았지만, 그 누구보다도 예민하게 주위를 경계했다. 표범은 인사라도 하듯 으르렁거리고는 마루의 가장자리로 다가갔다. 마이에브도 조용히 그를 따라 절벽 끝으로 다가가서 지옥불 성채를 내려다봤다.

모든 오크 요새들의 잔혹한 외형을 그대로 본뜬 듯한 지옥불 성채는, 그 어마어마한 크기 때문에 더욱 끔찍해 보였다. 성채는 거인 부대라도 수용할 수 있을 만큼 거대했다. 주위의 대지 위로 고고하게 솟아오른 요새의 여러 탑은 마치 하늘을 붙잡으려 하는 거대한 손의 손가락 같았다. 거칠지만 거대한 그 요새는 붉은 바위와 태산처럼 커다란 생물들의 뼈로 이루어졌고, 마법이 바위에 스며들어 있었다. 이렇게 멀리서도 악의 힘이 느껴졌다. 하지만 마이에브의 주의를 끈 건 요새가 아니었다. 지옥불 성채로 향하는 길을 따라 움직이고 있는 행렬이었다.

수만 명의 타락한 오크가 빽빽이 줄지어 서서 수 킬로미터는 될 법한 행렬을 이룬 채 대지를 가로지르고 있었다. 일리단의 깃발을 든 악마들도 함께했다. 선봉에 자리한 건, 새를 닮은 탈것에 올라탄 블러드 엘프 병력이었다. 캘타스 왕자가 선두에 서서, 갈래발굽 스무 마리가 함께 끄는 거대한 수레에 시선을 고정하고 있었다. 커다란 갈래발굽들은 날뛰는 일이 없도록 입마개를 하고 눈을 가린 모습이었다.

마이에브는 거대한 수레 위에 놓인 우리를 보고 그 행렬의 이유를 이해했다. 우리 안에는 지옥의 군주 마그테리돈이 갇혀 있었다. 엘프보다 몇배는 큰 키로 당당히 서서, 나무 그루터기 같은 팔로 지옥강철 창살을 마구 흔들어댔다. 언덕 꼭대기에서도 그 악마의 힘을 느낄 수 있었다. 마치사체 일만 구가 불타는 듯한 악취가 마이에브의 후각을 파고들었다. 마그테리돈은 대형 전함의 닻을 묶는 데 쓰일 법한 사슬들로 단단하게 수레에 묶여 있었다. 대륙의 표류도 멈출 만큼 강력한 주문이 사슬에 결속되어 있는 것이 눈에 띄었다.

수레 위에는 두 날개를 활짝 편 채, 두 손을 엉덩이에 얹은 승자의 모습으로 당당하게 서 있는 일리단이 보였다. 크기만으로는 지옥멧돼지와 다람쥐를 비교하는 것 같았지만, 일리단은 결코 작아 보이지 않았다. 지옥마법의 힘으로 불타오르는 오라가 일리단을 지옥의 군주보다 더 강대한존재로 보이게 했다.

그 광경을 지켜보는 건 마이에브뿐만이 아니었다. 언덕을 따라 타락한 오크의 여러 부족과 다른 무리들까지 모여 있었다. 모두 아웃랜드의 옛 군주가 사슬에 묶여 지옥불 성채로 끌려오는 모습을 지켜봤다. 마이에브의 증오가 하얗게 타올랐다.

배신자여, 승리의 기쁨을 만끽해둬라. 이게 마지막이 될 테니까.

아닌드라가 마이에브의 곁에 다가왔다. 개선 행렬을 본 아닌드라 부관은 눈이 휘둥그레진 채, 느슨한 활시위를 잡고 있었다. 사리우스가 낮게 으르렁거리는 소리는 마치 낑낑거리는 것처럼 들렸다. 머리 위에서는 식인독수리들이 너저분한 날개를 활짝 펴고 빙빙 돌았다.

마이에브는 선택 가능한 방안을 더듬어봤다. 타락한 오크들은 공격에 대비하고 있지는 않았다. 조만간 해가 질 것이다. 일리단은 일몰 전에 지옥불 성채에 도착하고 싶었겠지만, 이동 속도가 너무 느렸던 모양이다. 놈의 자만심과 엉성한 계획 때문인 것이 분명했다. 그녀는 부하들에게 마그테리돈의 우리 근처에서 부채꼴 대형을 이루라고 지시할 수도 있었다. 그러면 배신자 일리단에게 돌진하는 그녀를 다른 감시자들이 엄호해줄 것이다. 단 한 번의 신속한 공격으로 일리단의 머리를 베어낼 수 있으리라. 놈은 터질 듯 팽창한 자만심 때문에, 마이에브가 초승달 본그림자를 뽑아 들기 전까지는 아무것도 눈치채지 못할 것이다.

마이에브는 놈의 잘린 머리를 높이 들어 올린 후, 집결한 타락한 오크 사이로 던져버리는 상상을 하며 잠시 희열을 느꼈다. 그 뒤에는 그녀 자신도 곧 죽음을 맞게 될 것이 분명했지만, 일리단이라는 저주받은 존재를 완벽히 제거할 수 있다면 그럴 만한 가치가 있었다. 오랜 숙적을 자신보다 앞서 소멸시키기만 한다면, 마이에브는 기꺼이 목숨을 바칠 각오가 되어 있었다. 입술이 뒤틀리며 미소를 드러냈다. 일리단의 부드러운 머리채가 손가락 사이에서 느껴지고, 머리를 치켜든 후 잘린 목에서 피가 똑똑똑, 방울겨 떨어지는 소리가 들리는 듯했다.

불가능한 일은 아니었다. 마이에브가 점멸을 사용하여 거리를 좁히면 통제되지 않은 병력들이 미처 반응하기도 전에 일리단에게 접근할 수 있었다. 혼란 주문과 은신으로 자신의 모습을 감출 수도 있었다. 이런 일에 그녀의 능력을 따라올 수 있는 자는 아무도 없었다. 캘타스도, 바쉬도, 일리단도 마찬가지였다.

마이에브는 자신의 팔에 닿은 아닌드라의 손을 뿌리쳤다.

"뭐냐?"

"마이에브 감시관님, 배신자가 사로잡은 지옥의 군주를 이용해서 뭘 하려는 것인지 여쭸습니다. 그자는 악마사냥꾼이라고 불리는 줄 알았는데요. 대체 살아 있는 악마가 왜 필요한 걸까요?"

마이에브는 천천히 증오의 불길을 억눌러 은은한 열기로 바꿔놓았다. 그리고 자기도 모르게 다가갔던 벼랑 끝에서 물러났다. 하마터면 공격 명령을 내릴 뻔했다. 마지막 영광의 불길 속에서 적을 처단하고 죽겠다는 생각에 사로잡혀 실수를 저지를 뻔한 것이다. 만약 잘못되기라도 했다면? 배신자가 어떻게든 탈출하고, 마이에브와 소수의 병력이 적과 맞서야 했다면 어떻게 됐을까?

잘못될 건 없어. 마이에브는 자신의 손을 내려다봤다. 손은 미동도 하지 않았다. 한 치의 떨림도 없었다. 그녀는 아닌느라의 실문에 집중했다. 좋은 질문이었다. 일리단은 지옥의 군주를 붙잡아서 대체 뭘 하려는 걸까? 마그테리돈과 같은 강력한 존재는 일부 하급 악마들처럼 결속을 맺어 복종시킬 수도 없었다. 아무리 일리단이라도 자신이 그처럼 강하다고 생각하는 건 미친 짓이었다.

"저 악마를 이용해서 뭘 하려는 걸까요?"

아닌드라는 마이에브가 듣지 못했다는 듯 다시 물었다. 반드시 답을 들으려는 것만 같았다. 어쩌면 마이에브의 주의를 사냥감에게서 떼어놓는 게 목적인지도 몰랐다.

"제물 아니면 경고겠지. 저 미친놈의 속내를 누가 알겠느냐?"

"하지만 왜 마그테리돈을 제물로 바치려는 걸까요? 얻을 수 있는 게 뭐가 있기에?"

마이에브가 고개를 가로저으며 쓴웃음을 지었다.

"내가 어떻게 알겠어?"

아닌드라는 차분하게 마이에브의 눈과 시선을 맞췄다.

"사냥꾼은 언제나 사냥감에 대해 알아야 한다고 하셨잖습니까."

사리우스도 곁에서 으르렁거렸다. 그도 궁금한 모양이었다. 마이에브는 절벽에서 한 걸음 더 물러났다. 심장이 두근거렸다. 호흡이 가빠졌다. 위험을 무릅쓰고 다시 한번 일리단을 흘긋 바라봤다. 그는 그 무엇도 자신을 해칠 수 없다는 태도로 당당하게 서 있었다. 그 얼굴에서 더러운 웃음을 닦아내고 싶었다. 그 당당한 육신을 가루로 만들어버리고 싶었다.

사리우스가 발톱으로 마이에브의 오른팔을 긁었다. 그제야 드루이드가 무슨 말을 하려는지 알 수 있었다. 일리단이 감시자들이 있는 방향을 향해 돌아보고 있었다. 모든 병력의 시선이 뒤따랐다. 저렇게 멀리서 마이에브가 보일 리는 없었다. 일리단이 그녀를 봤을 리도 없었다.

마이에브는 가파른 벼랑에서 몸을 굴려 그곳을 벗어났다. 아낸도라와 사리우스도 그 뒤를 따랐다. 입이 바짝 말랐다. 그녀는 잔뜩 긴장한 채, 일행을 뒤쫓는 타락한 오크 군단의 흉포한 포효가 들려오기만을 기다렸다.

마이에브는 잠시 누워서 하늘을 올려다봤다. 포효는 들리지 않았다. 경보를 알리는 뿔피리도 울리지 않았다. 어쩌면 일리단은 그들을 보고도 위협적으로 느껴지지 않아 신경조차 쓰지 않는 것일지도 모른다. 그렇다면 그건 또 나름대로 짜증나는 일이었다.

마이에브는 몸을 굴려 비탈길을 내려온 후 벌떡 일어나 적의 시선에서 벗어났다.

침울한 표정의 나머지 병력도 마루에서 기어 내려와 천천히 마이에브의 곁에 모여들었다. 사기에도 좋지 않고, 전술적으로도 좋지 않았다. 마이에브가 타락한 오크들을 덮쳤던 것처럼, 적에게 공격받는 상황을 피하기 위해 일부 병력이 경계를 섰어야 했다. 그녀는 뭔가 말하려다가, 모두의 눈이 자신을 바라보고 있음을 깨달았다.

아닌드라는 검을 쥔 손을 움찔거렸다. 극도로 긴장했다는 사실을 감추려 할 때면 습관적으로 하는 행동이었다. 사리우스는 나이트 엘프 형태로 돌아와 있었다. 매처럼 날카로운 얼굴은 차분한 표정이었지만, 입술을 굳게 다문 채 가늘게 뜬 눈으로 마이에브를 뚫어져라 바라보고 있었다. 늘 매끈했던 이마에도 주름이 깊게 패어 있었다.

마이에브는 나머지 병력을 둘러봤다. 일부는 얼굴이 창백했고, 이마에 맺힌 땀방울은 더위 때문만은 아닌 것 같았다. 다른 이들은 달밤의 올빼미를 경계하는 쥐새끼들처럼 주위를 이리저리 둘러보고 있었다.

모두들 겁에 질려 있었다.

믿을 수 없는 일이었다. 그들은 감시자였다. 위험과 맞닥뜨려도 용감하고 차분할 수 있기 때문에 선택된 자들이었다. 모두들 굳건하게 마이에브를 따라 수많은 역경을 헤쳐온 자들이었다. 그런 그들이 당장이라도 돌아서서 달아날 것만 같은 모습이었다.

나이트 엘프들은 반원을 그리며 줄지어 서서 마이에브를 바라봤다. 그 중 한 명이 입을 열었다.

"우린 저들을 이길 수 없습니다."

마이에브는 분노를 억눌렀다. 감시자들을 향해 소리치고 싶었다. 어리석고 겁쟁이 같은 태도를 질책하고 싶었다. 하지만 그럴 수 없었다. 적들이 그녀의 목소리를 들을 수도 있었다. 소란을 피웠다가는 저들의 주의를 끌어, 막강한 병력이 공격해오는 사태가 발생할 수도 있었다.

마이에브는 부하들의 말이 옳을 수도 있다는 생각을 받아들였다. 그리고 두 눈을 감고 엘룬께 기도를 올렸다. 다시 눈을 떴을 때, 자신의 눈앞에 서 있는 자들은 '감시자'들이 아니라는 사실을 깨달았다. 지하 감옥에서 달려 나왔던 당당한 정예군들은 여기 없었다. 고향에서 멀리 떨어진 야만의 땅에서 길을 잃은 이방인들이, 압도적인 적에게 겁먹은 엘프들이 서 있을 뿐이었다. 일리단은 이미 아웃랜드에서 가장 강력한 악마를 꺾고, 그 악마의 군단을 충직한 추종자들로 바꿔놓았다. 그에게 맞서 승리할 수 없다는 부하들의 말이 옳은지도 몰랐다.

감시자들은 마이에브의 말을 기다리고 있었다. 이런 순간에도 부하들은 그녀를 바라보며 이끌어주길 바랐다. 실망시킬 수 없었다. 그녀는 숨을 깊게 들이쉰 후 말했다.

"그래, 지금 이곳에서는 이길 수 없다."

마이에브가 순순히 인정하자 기뻐하는 이들도 있었다. 한편 그녀의 입에서 그런 말이 나왔다는 사실이 믿기지 않는다는 듯 놀라는 자들도 있었다. 마이에브도 감시자들의 기분을 이해했지만, 거칠고 쉰 목소리로 계속 말을 이었다.

"우리는 지금 이곳에서는 이길 수 없다. 그렇다고 배신자가 우리에게서 영원히 달아날 수 있다는 건 아니다."

감시자들 중 일부는 마이에브가 그 말을 해주길 기다렸다는 듯이, 그녀가 자신들과 같은 생각을 하고 있다는 듯이 고개를 끄덕였다.

"놈은 달아날 수 없다. 그런 죄를 짓고도 유유히 사라질 순 없어. 우린 칼도레이의 복수하는 손이다. 배신자의 최후는 우리 몫이 되어야 한다. 우린 이미 놈을 한 차례 붙잡았고, 지난번에는 놈이 더러운 동맹의 손을 빌려 탈출했을 뿐이야. 저 배신자가 우리 손에서 또다시 벗어날 수는 없어. 정의는 우리 편이다. 망자의 영혼들이 복수해달라며 울부짖고 있어. 놈은 죗값을 치러야만 한다."

마이에브는 감시자들의 눈을 일일이 마주치면서 계속 말을 이었다.

"우린 너무 멀리까지 왔고 또 너무 많은 것을 희생했기에, 기회를 저버릴 수 없다. 당당히 고개를 들고 다르나서스로 돌아가려면, 놈의 시체와 함께해야 한다. 그러지 못하면, 우리는 동족의 기대를 배신한 자들로 기억될 뿐이야. 너희들도 여기서 일어나고 있는 일을 보았겠지. 배신자는 막대한 병력을 모으고 있다. 우린 반드시 그 사실을 아제로스에 알리고, 우리가 임무를 충실히 수행했음을 납득시켜야 한다."

엘프 한 명은 침을 꿀꺽 삼키며 눈물을 훔쳤다. 모두의 눈에 흐르지 않은 눈물이 그렁그렁했다. 마이에브는 무용수 같은 절제된 동작으로 서서히 손을 움직였다.

"모든 일에는 때가 있고, 일리단이 최후를 맞이할 때도 다가오고 있다. 너희는 모두 그 사실을 알고 여기까지 날 따라왔으니, 내가 맹세코 너희 신념이 옳았음을 증명하겠다. 일리단이 악행의 대가를 치르지 않고 달아나게 내버려 두지는 않아."

마이에브는 잠시 말을 멈추고 마지막 말을 강조했다.

"필요하다면 나 혼자서라도 하겠다."

그녀는 그 말의 울림이 끝날 때까지 기다렸다.

"너희는 모두 날 따르겠다고 맹세했다. 각자 그 말의 가치를 알고 있겠지. 그 맹세를 지킬 것인지, 아니면 우리의 적과 같은 자가 될 것인지 자신에게 물어봐라. 너희가 저 배신자만큼이나 신념이 없는 존재인가? 아니면 엘룬의 진정한 딸과 아들인가? 너희 심장의 심장 속에서, 오직 너희 자신만이 그 질문에 답할 수 있다. 각자 마음속을 들여다보고 그 질문에 대한 답을 찾아라. 진실의 순간이 도래했을 때 머뭇거리는 녀석은 필요 없다. 내가 배신자 일리단에게 합당한 처벌을 내릴 때, 내 곁에서 함께할지 말지를 결정할 수 있는 건 너희 자신뿐이다."

엘프들 중 일부는 마이에브와 눈을 맞추지 못했다. 그렇게 몇몇은 시선을 돌렸지만, 대부분은 자랑스럽게도 새로운 결의에 가득 찬 얼굴로 그녀를 바라봤다. 모두의 믿음이 마이에브 자신의 믿음을 북돋우고, 그녀도 평상시와 같은 확신이 되돌아오는 걸 느꼈다.

"함께하겠습니다." 아닌드라가 무릎을 꿇으며 검을 바쳤다.

"저도 함께합니다." 사리우스도 그 뒤를 따랐다.

나머지 감시자들도 차례차례 충성을 맹세했다. 눈에 띄게 망설이던 자들도 다른 이들의 뜻을 따랐다. 친구와 동료들이 그랬기 때문에, 혹은 이 외계의 장소에 홀로 남고 싶지 않았기 때문에 그들도 결국 고개를 숙였다. 마이에브는 만족하며 고개를 끄덕였다. 보잘것없지만 작은 승리를 거둔 셈이었다.

"이제 어떻게 할까요, 마이에브 감시관님?"

아닌드라의 조심스러운 물음에 마이에브가 대꾸했다.

"동맹을 찾아야 한다. 이 땅에서는 무엇보다 동맹이 필요하니까. 아카마보다 용감한 자를 찾아내고, 그가 우릴 도울 수 있을지 알아봐야 한다."

제 5 장

몰락 4년 전

일리단은 마그테리돈이 구속되어 있는 거대한 전당으로 들어섰다. 좌절감에 속이 들끓었다. 아서스에게 패배한 일은 일리단의 자존심에 큰 상처를 냈다. 마이에브가 나타났다는 보고도 아웃랜드 전역에서 들려왔지만, 유령처럼 도무지 붙잡을 수가 없었다. 마이에브는 지금도 일리단을 구속하고 감금하려 했다. 지옥의 군주를 묶은 사슬이 일리단 자신의 수감 생활과 감시자들의 모습을 떠오르게 했다. 가슴속에서 분노가 타올랐다. 그는 여덟 걸음을 걸어간 후, 아홉 번째 걸음을 내딛기 직전에 억지로 멈춰섰다.

"킬제덴 님이 지시하신 임무를 실패한 모양이구나, 꼬마야."

마그테리돈의 목소리가 사방을 울렸다. 악마의 말은 육중한 바위를 쌓아 올려 만든 벽에 반사되고, 방 중앙의 깊은 우물에서 증폭되었다.

"리치 왕을 제거하지 못했다는 것도 별로 놀랍지 않다. 늘 실패하는 것이 네 운명이니까."

일리단은 지옥의 군주를 바라봤다. 지옥불 성채 아래 깊은 곳, 거대한 석실에 갇힌 채 사슬에 묶여 있었지만 마그테리돈은 여전히 막강한 위용을 뿜어냈다. 악마를 구속한 마법 사슬은 팽팽히 당겨져 있었다. 맨티크론 입방체에서 발현되는 구속의 주문은 악마가 움직일 때마다 계속해서 형체를 바꿨다.

일리단은 나직이 주문을 외웠다. 마법 생성기가 활활 타오르고 지옥 마력이 쇄도했다. 마그테리돈은 괴성을 질렀다. 악마의 육신이 불에 그슬리는 냄새가 전당을 가득 채웠다.

"그런 실패자에게 처참하게 패배당한 기분은 어떤가?"

일리단의 조롱에 마그테리돈이 거대한 꼬리를 휘둘렀지만, 구속의 주문과 충돌하며 더 큰 고통만 뒤따랐다.

"내게 이겼다고 생각하느냐?"

마그테리돈이 거친 목소리로 외쳤다. 거대한 전당 안에서도 악마의 거친 숨소리는 마치 낮은 뇌성처럼 들렸다.

"너무 어리석어서 패배했다는 사실조차 이해하지 못하는군. 갇혀 있다는 게 승리의 상징이라도 된다고 생각하는 모양이지?"

일리단은 재차 사슬을 통해 마력을 보냈다. 마그테리돈의 고통스러운 비명에 귀가 멀 것만 같았다. 지옥의 군주는 도살자의 도끼에 찍힌 황소처럼 쓰러졌다. 그러고는 가만히 누워 숨을 고르다가, 간신히 무릎을 꿇고 일어났다.

"패배한 건 나뿐만이 아니다."

마그테리돈이 빈정거리는 목소리로 말했다.

"네놈이 실패했다는 사실을 킬제덴 님이 아시게 되면 어떻게 될지 궁금해지는군. 이번이 네놈의 마지막 기회였을 것이다."

"왜 내가 실패했다고 생각하는 거지?"

일리단은 궁금해졌다. 아제로스에서 돌아온 후로 몇 주 동안 부상을 치료하며 바로 이 순간을 위해 힘을 모았다. 간수들 중 일부가 실수로 지옥의 군주에게 이야기를 흘리기라도 한 걸까? 만약 그렇다면 다시는 그런 실수가 없도록 해야 한다.

"꼬마야, 너처럼 영리하지 않아도 그런 것쯤은 얼마든지 알 수 있다. 네 옆구리에 아주 끔찍한 상처가 보이는구나. 딱히 현자가 아니더라도 네가 자리를 비운 사이에 무슨 일이 있었는지 쉽게 알 수 있다. 살아 있는 시체의 악취와 위대한 검 서리한의 추악한 기운도 네 곁에 맴돈다. 아서스와 싸웠겠지. 그렇지 않느냐? 아마도 패배했을 테고."

사실이었다. 일리단은 아제로스로 돌아가 그 변절한 죽음의 기사와 싸웠지만, 패배하고 말았다. 그리고 그와 함께 리치 왕을 제거하고 킬제덴의 분노를 달래려던 일리단의 마지막 계획도 수포로 돌아갔다. 결과적으로는 중요하지 않은 일이었다. 둘 사이가 갈라지는 건 피할 수 없었으니까.

"그래, 꼬마야. 거미줄과 살아 있는 시체의 냄새가 풍기고, 기이한 역병의 알싸한 향취까지 희미하게 느껴지는구나. 게다가 네가 군단이 아웃랜드에 연 관문을 닫으려 한다는 사실도 알고 있다. 네놈 주문이 날 구속하지만, 그 정도 마법은 느낄 수 있지. 그렇게 했다가는 위대한 킬제덴 님의 분노를 피할 수 없고, 아제로스를 구할 수도 없다. 네 그 소중한 고향 땅에 대한 침공이 한두 해 늦춰질 수는 있겠지만, 결코 막을 수는 없을 것이다."

일리단은 망설임 없이 지옥의 군주에게 고통을 주었다. 마그테리돈은 가까스로 쓰러지지 않고 버텼다. 힘겹게 저항하느라 입술이 뒤틀렸다. 일리단은 그 악마를 죽이는 불상사가 없도록 각별히 조심했다. 마그테리돈은 살아 있어야 쓸모가 있었으니까. 일리단은 악마의 빛나는 오라를 살폈다. 이제 많이 약해진 듯했다. 거의 끝났다. 마그테리돈의 힘이 조금 더 빠져나가고, 의지가 조금 더 약해져야 했다.

"지옥의 군주여, 그곳에 너는 없을 거라고 생각하니 조바심이 난 것인가?"

일리단의 말에 마그테리돈이 웃었다.

"그래, 꼬마야, 그렇다. 나도 보잘것없는 네 세계가 파괴되는 모습을 즐기고 싶구나. 네 소중한 숲에 불을 지르는 일도 재미있을 것 같고 말이야. 백만 명이 처참히 희생되며 내지르는 비명은 꽤나 흥겨운 곡조가 되겠지. 나는 비록 네 세계를 정복하는 일에는 참여하지 못하겠지만, 다른 세계가 또 있다. 군단이 최후의 승자가 되기까지 남은 세계는 그리 많지 않아. 이렇게 기쁜 일에 참여할 수 있는 기회를 너 스스로 저버렸다는 건 정말이지 안타까운 일이다. 네 안에도 이런 일을 즐기는 무언가가 도사리고 있으니 더욱 그렇고. 우리 둘 다 그걸 잘 알고 있지 않느냐. 위대한 킬제덴 님께서 네놈을 처벌하실 때는, 결코 쉽게 끝나지 않을 것이다. 자비를 베푸시는 분이 아니니까 말이야. 특히 너라면 봐주지 않으실 거다. 네가 변절하는 것도 이번이 마지막이다, 배신자."

일리단은 사슬을 통해 또 한 번 지옥 마력을 보냈다. 온몸을 짓찢는 고통에 마그테리돈이 비명을 질렀다. 일리단은 악마의 비명이 바위로 이루어진 천장을 깨뜨리려 할 때까지 마력을 주입했다. 그리고 적절한 순간에 중단했다. 지옥의 군주는 상당히 약해져 있었다. 지금이 기회였다.

"아카마, 이리 와라." 일리단이 말했다.

전당의 문이 열리고 아카마가 들어섰다. 어깨는 구부정하게 잔뜩 움츠리고, 고개를 푹 숙인 모습이었다. 로브에 달린 수도두건 아래로 기다란 촉수가 흘러내렸다. 그는 절뚝거리며 일리단이 서 있는 단상 위로 올라왔다. 아카마의 두 눈은 지옥의 군주에게 못 박힌 채 시선을 떼지 못했다. 분명히 마그테리돈을 두려워하고 있었다. 또한 카라보르 사원을 훼손시켰다는 이유로 그를 증오했다. 아카마의 두 눈 속에는 공포뿐 아니라 악의도 가득했다.

마그테리돈이 헐떡거리며 숨을 들이쉬었다.

"말해봐라, 뒤틀린 자여. 저 배신자가 너희 소중한 사원을 돌려줬느냐?"

"제가 어떻게 하면 좋겠습니까, 군주님?"

아카마는 고개를 갸웃거리며 일리단을 바라봤다. 지옥의 군주를 시선의 한쪽 구석에 놓아두려는 모습이었다.

"아카마, 뭐가 보이느냐?" 일리단이 물었다.

"구속된 마그테리돈이 보입니다. 엄청난 주문들이 놈을 구속하고 있군요. 패배한 적 앞에 당당히 서 계신 군주님의 모습도 보입니다."

일리단이 미소를 지었다.

"내가 이자를 붙잡아둔 이유가 궁금하지 않나?"

"궁금합니다, 군주님."

마그테리돈의 꾸르륵거리는 웃음소리가 방 전체를 울렸다. 고통에 찬 목소리였지만 거기엔 진심으로 우스워하는 기색이 담겨 있었다.

"내 피를 원하는 것이다, 뒤틀린 자여. 네가 생각하는 것과는 조금 다르겠지만."

아카마는 눈살을 찌푸렸다. 수도두건의 그림자에 가려 상대에게는 드러나지 않았을 테지만, 일리단은 그의 표정을 읽는 데 아무 어려움이 없었다.

"이 악마가 무슨 말을 하는 겁니까, 군주님?"

"저자의 말이 맞다. 여러 가지 용법이 있겠지만, 놈의 피로 타락한 오크를 만들어낼 수 있어. 그 피를 증류하여 오크들에게 힘과 흉포함을 주는 영약을 만들 수 있다."

"왜 그러시려는 겁니까, 군주님?"

"충직한 아카마여, 난 군대가 필요하다. 불타는 군단이 다시 돌아오고 있으니, 어떻게든 악마를 막아내야 한다."

일리단은 꽉 쥔 주먹으로 반대쪽 손바닥을 때리며 말을 이었다.

"놈들을 반드시 처치해야 한다. 무슨 수를 써서든, 어떤 대가를 치르더라도."

"하지만 저 부정한 생물들을 더 만든다는 건… 용납받을 수 없는 일입니다, 일리단 님. 불충을 용서하십시오. 하지만 그게 사실입니다."

"네 애완동물이 화가 났구나, 일리단."

마그테리돈의 목소리가 다시 전당을 가득 채웠다.

"물론 이게 처음은 아니겠지. 저 녀석은 꽤나 예민한 생물이다. 신뢰할 수 없는 존재이기도 하고. 넌 눈이 멀어 보지 못하겠지만, 난 녀석의 마음을 읽을 수 있다."

일리단은 주문을 읊어 마그테리돈의 입을 닫았다. 막힌 입에서는 끙 하는 신음 소리와 알아들을 수 없는 혈떡임만이 새어 나왔다. 일리단도 아카마를 의심하고 있었다. 물론 그는 자신을 따르는 모든 추종자들을 모조리 의심하긴 했다. 그런 생각을 드러내지는 않았지만. 마그테리돈의 말에 휘둘려 아카마가 자신이 의심받는다고 생각하기 시작하고, 결국 충성심까지 흔들리게 되는 건 지극히 무의미한 일이었다.

"우리에겐 강대한 병력이 필요하다, 아카마. 그것도 빠른 시일 내에. 그러지 못하면 쏟아지는 군단의 세력 앞에 압도되고 말 테니까. 자, 너도 내가 지시하는 일을, 내가 지시할 때 행해야 한다."

아카마는 두 손을 모으고 촉수가 땅에 닿을 만큼 깊이 고개 숙여 인사했다. 일리단은 두 팔을 넓게 벌리고, 두 날개는 더욱 넓게 벌린 채 양손에 각각 아지노스의 쌍날검을 들었다. 그가 주문을 외우자, 마법의 힘이 그의 뜻에 따라 움직였다. 마그테리돈은 울퉁불퉁하게 불거진 근육을 팽팽히 긴장시키며 사슬과 싸웠다. 지옥의 군주도 피를 흘려야 하는 순간이 오자 내심 두려운 모양이었다.

일리단은 앞으로 걸어가다가 공중으로 날아올랐다. 활짝 펼친 날개가 그를 잠시 공중에 머무르게 했다. 그는 몸을 이리저리 움직이며 의식의 춤을 추었고, 빙글빙글 돌면서 마그테리돈에게 다가갔다. 두 쌍날검이 양손에서 회전했다. 일리단은 고대 악마의 언어로 나직이 노래하듯 주문을 읊조렸다. 그가 휘두르는 쌍날검 뒤에 불의 흔적이 남아, 복잡한 마력의 그물을 그렸다.

일리단은 마그테리돈에게 다가가 검을 휘둘렀다. 칼날은 악마의 살덩이를 갈랐다. 상처에서 초록색 피가 방울방울 떨어졌고, 그의 기둥 같은 다리를 타고 흘러내려 발치에 고였다. 일리단이 옆으로 움직인 후 다시 검을 휘두르자 마그테리돈의 피가 쏟아졌다. 칼날은 그리 깊게 파고들지 않았다. 공격 하나하나가 악마의 두꺼운 가죽에 긁힌 상처를 내는 정도였지만, 피는 점점 더 많이 쏟아졌다. 피 몇 방울이 일리단의 얼굴에도 튀었다. 그는 피 냄새를 맡으며 입술을 핥았다. 알싸한 맛에 혀가 간질거렸다.

힘이 흘러들어 왔다. 악마의 피는 마약과도 같았다. 고인 피를 두 손에 담아 벌컥벌컥 마시고 싶은 욕구를 가까스로 억눌러야 했다. 그 피로 얻을 수 있는 힘은, 일리단이 치러야 할 대가에 비하면 보잘것없었다.

무슨 상관이지? 일리단의 일부가 물었다. 악마들의 피를 마시고 그들의 힘을 흡수하는 것보다 더 즐거운 일은 없었다. 게다가 그건 꼭 필요한 일이었다. 점점 더 많은 악마를 처치하고 마력을 흡수하다 보면, 킬제덴에게 도전할 수 있을 만큼 강해질 수도 있을 테니까.

시야의 한쪽 구석에서 공포에 질린 아카마의 얼굴이 보였다. 그러자 단순한 즐거움이 아니라 더 중요한 목적이 있다는 사실이 떠올랐다. 다른 이유 때문에 이 피가 필요했다. 병력을 만들어내기 위해서였다. 주위를 둘러싼 오크 부족들과 일리단, 그들 공통의 적에게 승리하는 데 필요한 힘을 얻기 위해서였다.

"지금이다, 아카마! 피를 결속해라. 수로를 따라 흘려보내라!"

일리단이 소리치자 아카마가 주문을 시전했다. 피는 느릿느릿 반응했다. 그 안에 담긴 악마의 흔적이 아카마에게 저항했다. 혈장이 소용돌이치면서 나뉘고, 바닥에 새겨진 수로를 따라 흘렀다. 아카마의 마법이 강해지면서 점점 더 많은 힘을 끌어냈다. 분출된 피가 공중에서 소용돌이를 그리다가 송풍구를 향해 흘러들어 갔다. 이 피는 핏줄처럼 연결된 관을 지나 연금술 수조에 모였다. 일리단은 미소를 지었다. 필요한 첫 번째 요소를 확보했다. 이 주문은 몇 시간 정도 유지될 터였다.

이제 일을 해야 할 시간이었다.

일리단은 긴 통로를 지나 걸으면서 간이 침상에 누운 오크들을 내려다봤다. 수조에서 뻗어 나온 관이 오크들의 핏줄에 부글거리는 초록색 액체를 주입했다. 육체에 새겨 넣은 룬이 마법을 이끌었다. 등이 굽은 채 허둥거리며 움직이는 모아그 하수인들이 이 오크에서 저 오크로 옮겨 다니며 모든 과정을 확인했다. 그들의 금속 손톱이 관에 부딪혀 철컹거리는 소리를 냈다. 악마와 같은 두 눈은 교활한 즐거움으로 빛났다. 아카마는 얼굴에 떠오른 혐오감을 감출 생각도 하지 않은 채 그 모습을 바라봤다.

"용납받을 수 없는 일입니다, 일리단 님."

"이미 그렇게 말했었지. 하지만 필요한 일이다."

"정말 그렇게 생각하십니까, 군주님?"

"정녕 내 결정에 의문을 제기하고 싶은 것이냐?"

마그테리돈의 피가 아직 일리단에게 영향을 주고 있었다. 희미한 분노가 그의 정신을 뒤틀었다. 그게 바로 일리단이 하려는 일의 위험한 부작용이었다.

"결례를 범할 생각은 없습니다."

오크 하나가 잠결에 꿈틀거리면서, 끔찍한 악몽에 맞서기라도 하듯 이빨을 갈고 주먹을 움켜쥔 채 버둥거렸다. 마그테리돈의 피가 그 오크에게 영향을 주고 있는 게 분명했다. 정제되고 마법으로 강화된 피가 주입된 오크들은, 피부가 붉은색으로 변하며 거죽이 두껍고 거칠어졌다. 근육은 잔뜩 불거지고 손톱은 갈퀴처럼 변했다. 꼭 감은 눈꺼풀 위로는 희미한 빛이 새어 나왔다.

"이대로 두면 점점 체격이 커지고 무거워질 겁니다." 아카마가 말했다.

"혈청의 영향 때문이다. 그게 이 오크들을 더 강하고 빠르게 만들지. 회복 속도도 빨라질 것이다."

"하지만 그 대가는 무엇입니까, 군주님?"

"흉포하고 사나워질 것이다. 살상도 더 쉽게 할 테고. 분노와 증오, 전투에 대한 갈망으로 가득 차게 된다."

"우리에게 필요한 변화를 유도하면서, 그와 같은 부작용을 완화할 방법은 없습니까?"

"우리에겐 그 모든 것이 필요하다. 너도 불타는 군단이 어떤 존재인지 보았을 터, 그 분노를 느끼지 않았더냐. 우리 역시 놈들처럼 흉포하고 강한 존재가 되어야 승리할 수 있다."

"여기서 군단을 무찌를 수 있다고 생각하십니까, 군주님?"

"놈들을 이곳에 묶어둘 수 있다고 믿는다."

"오직 고향 땅인 아제로스만 지키려고 하시는군요. 그리고 그걸 위해 이 세계를 전장으로 뒤덮을 생각이시고요."

"이 세계는 이미 전장이다, 아카마. 그리고 난 아제로스만 지키려는 게 아니다. 우리 모두를 지키려는 것이다."

"어떻게 하실 생각입니까, 군주님? 우리가 증오하는 존재와 똑같은 존재로 우릴 바꿔놓으시려는 겁니까?"

아카마는 의미심장한 손짓으로 누워 있는 오크를 가리켰다. 이마가 푹 꺼지고, 손톱이 길게 자란 오크였다. 그가 눈을 번쩍 뜨더니, 간이 침상에 자신을 묶은 끈을 끊어버리고 일리단을 붙잡았다. 손아귀의 힘은 강력했고, 갈퀴와 같은 손톱이 일리단의 피부에 깊이 박혔다. 일리단은 그 손을 떨쳐버리고는 오크의 숨통을 후려쳤다. 그리고 꿈틀거리는 그를 붙잡아 단번에 목을 꺾었다. 일리단은 아카마를 바라보며 미소를 지었다. 지옥의 피는 아직 영향력을 미치고 있었다. 살상이 그토록 즐거울 줄이야.

"이 녀석은 조금 지나치게 난폭해진 것 같군."

"진정한 적에 맞서려면 아무리 난폭해도 지나치지 않다고 생각했습니다만."

일리단은 웃었다.

"난 네가 좋다, 아카마. 하지만 내 참을성을 시험하지는 마라. 난 말장난을 하러 여기까지 온 게 아니다. 전쟁에서 승리하고자 이곳에 왔다."

"우리 모두 그렇습니다, 군주님. 그저 우리의 전쟁이 같은 것이기만을 바랄 뿐입니다."

아카마는 흉벽의 총안으로 지옥불 성채 관문에서 나타난 첫 번째 병력을 바라봤다. 일리단이 타락한 오크들을 만들기 시작한 뒤로 일주일이 지났다. 변형이 완료된 수만 명의 타락한 오크들이 줄지어 걸으며 욕설을 내뱉고, 포효하고, 되는대로 지껄였다. 그들은 자신들을 지켜보는 일리단을 보고는 무기를 꺼내 들고 서툰 경례를 붙였다. 일리단은 귀찮다는 듯한 손짓으로 답했지만 표정은 만족스러웠다. 군사력이 증강하고 있다. 이제는 캘타스와 바쉬의 지원에 의존할 필요가 없었다. 이제 그는 자신의 마법 능력에 걸맞은 병력까지 거느리게 되었다. 드디어 아웃랜드의 진정한 군주로 거듭나는 순간이었다.

"저들이 지옥불 반도 전체를 지배할 것이다. 그러면 군단의 관문을 닫고 악마들의 진격을 한 단계 더 늦출 수 있다."

일리단의 말에 아카마가 고개를 숙이며 답했다.

"진심으로 그러기만을 바랍니다."

이제는 자신이 악마와 거래했음을 확신할 수 있었다. 오크를 변형시킨다는 건 광기 어린 계획이었다. 일리단은 그저 또 다른 마그테리돈으로 변해가고 있을 뿐이었다. 아니, 그보다 더 끔찍할지도 몰랐다.

"그렇게 되면, 카라보르 사원을 제 동족에게 돌려주시겠습니까?"

"물론이다, 아카마. 의심하지 마라."

하지만 아카마는 의심했다. 그리고 주머니에 넣어둔, 룬이 새겨진 조약돌에 손을 대고 마법의 기운을 느끼며 쌍둥이 돌을 갖고 있는 나이트 엘프를 떠올렸다.

"출발할 준비를 해라. 내일 검은 사원으로 돌아간다." 일리단이 말했다.

일리단은 검은 사원에서 의회의 회의실이기도 한 지휘실로 들어섰다. 아카마가 그 뒤를 따랐다. 뒤틀린 드레나이 몇몇이 황급히 자리를 피하며 마지막 장식품들을 제자리에 놓았다. 일리단의 상징이 수놓아진 커다란 벽걸이 융단이 높이 걸려 있었다. 아웃랜드의 지도를 입체적으로 새겨놓은 거대한 탁자가 위풍당당한 위용을 자랑했다. 블러드 엘프 몇몇이 그 주위에 모여 있었다. 돌아선 그들은 일리단을 보자마자 경례를 했다. 갑자기 나타난 지배자의 모습에 당황한 게 분명했다.

아름다운 여군주 말란데가 나른한 손짓으로 경례를 붙였다.

"일리단 군주님, 캘타스 왕자가 함께하지 못해 죄송하다고 전해왔습니다. 황천의 폭풍에 있는 군단의 관문 근처에서 병력을 지휘하느라…."

그녀가 말을 마치기도 전에 고위 황천술사 제레보르가 불쑥 끼어들었다.

"사원의 방어 마법을 강화했습니다, 일리단 군주님. 이전까진 한심한 수준이었지만…."

떡 벌어진 어깨에 성기사 특유의 육중한 갑옷을 걸친 파괴자 가디오스가 또 말을 끊었다.

"어둠달 골짜기에서는 군단의 활동이 목격되지 않았습니다, 일리단 군주님. 관문은 저희가 봉인한 이후 그대로 닫혀 있으며, 악마의 세력이 확산되는 조짐도 보이지 않습니다."

베라스 다크섀도는 탁자에 기대어 서며 팔짱을 끼었다. 오직 베라스만이 일리단의 주의를 끌려고 애쓰지 않았다. 일리단은 고개를 가로저었다. 이 블러드 엘프들은 서로를 깎아내리는 계략을 꾸미는 일 외에는 할 줄 아는 게 없었다. 캘타스가 이들을 남겨둔 것도 놀랄 일이 아니었다. 그래도 이들은 효율적인 관리자였으며, 각각의 전문 분야에서는 탁월한 능력을 발휘했다. 아웃랜드에 주둔한 신도레이 병력 중에서도 최고의 정예들이었다. 스스로 '일리다리 의회'라고 칭하는 건 그러한 자만심이 발현되었기 때문이다.

일리단은 한 손을 들어 올린 후 모두가 조용해질 때까지 의회를 바라보며 기다렸다.

"우린 불타는 군단과 전쟁을 치르고 있다."

일리단은 가디오스를 향해 말을 이었다.

"악마 군주 킬제덴이 내게 잔뜩 화가 났다는 얘기를 다시 해야겠나? 조만간 그 악마가 얼마나 분노하고 있는지 체감할 수 있을 것이다."

침묵이 장막처럼 회의실 안에 내려앉았다. 유일하게 들리는 소리라고는 아카마의 쌕쌕거리는 숨소리뿐이었다. 신도레이는 두려워하는 표정이 역력했다. 좋아, 일리단은 생각했다. 두려움이 그들을 살아남게 할 것이다. 그는 고개를 갸웃거리며 제레보르에게 주의를 돌렸다.

"방벽이 모두 준비되었나? 곧 시험해보게 될지도 모른다."

제레보르는 깊이 숨을 들이마시고는 조심스럽게 말을 골랐다.

"그렇습니다, 일리단 군주님. 제 목숨이라도 걸겠습니다."

"좋아, 실제로도 그렇다. 우리 모두의 목숨이 그 방벽에 달린 셈이니까."

일리단은 말란데를 향해 고개를 돌렸다.

"캘타스 왕자에게 현재 상황을 알리는 전갈을 보내라. 불필요한 위험을 감수하게 하고 싶지는 않다. 나를 제외하면, 킬제덴의 공격을 받을 가능성이 가장 높은 건 바로 캘타스니까."

"그렇게 하겠습니다, 일리단 군주님. 제가 지금 당장 처리하지요."

"베라스, 지시한 일은 완수했나?

"물론입니다, 일리단 군주님. 최고의 추격자들을 보내 지옥불 성채로 통하는 경로를 샅샅이 수색하고 타락한 오크의 부족장들을 심문했습니다. 일리단 님께서 개선 행진을 하시던 날, 다수의 나이트 엘프들이 언덕 위에서 목격되었습니다. 몇몇 타락한 오크를 살해하고 탈출했다고 하더군요. 그들 중 하나가 감시관 마이에브 섀도송과 같은 광택 방어구를 입고 있었다고 합니다."

일리단이 송곳니를 드러내자 부하들이 모두 움찔했다. 그의 추측이 옳았다. 그날 마이에브를 보았었다. 즉시 그 언덕을 수색해야 했지만, 당시에는 마그테리돈을 구속하느라 온 힘을 쏟고 있었고, 상대가 마이에브인지 확신할 수 없었다. 소소한 의혹을 해소하는 것보다는 막강한 힘으로 온 부족을 감화시키는 일이 훨씬 중요했다. 몇 안 되는 나이트 엘프를 잡겠다고 전군의 개선 행진을 망쳐놓는 건 강한 지도자의 모습이 아니었다. 그래도 마이에브가 그렇게 가까이 접근했다는 사실은 분명 놀라웠다.

"마이에브 섀도송을 산 채로 잡아서 데려와라, 베라스. 그 여자에 대한 소문이 들리는 곳이라면 어디든 병력을 파견해라. 그간의 빚을 되갚아주고 싶으니까."

"즉시 명을 따르겠습니다, 일리단 군주님."

베라스는 조용히 방을 나섰다.

"그리고 가디오스, 넌 파수병들이 경계 태세를 갖추게 하고, 어떤 위협에도 대응할 수 있는 병력을 준비해둬라."

"이미 그리하였습니다, 일리단 군주님."

가디오스는 잠시 말을 멈췄다가 조심스럽게 입을 열었다.

"실례를 무릅쓰고 제가 검은 사원의 방어선에서 약한 부분을 확인했습니다. 하수 유출구 쪽이 특히 공격받기 쉬운 지점으로 보입니다. 자리를 비우셨던 동안에 여군주 바쉬와 의논했고, 대장군 나젠투스와 부하들을 보내 하수도 주변을 지키게 했습니다."

"하수도를 지키는 것은 불쾌한 일이지만 또한 필요한 것이기도 하다."

"승인하시는 겁니까, 일리단 군주님?"

"물론이지, 잘했다. 그 정도로 방어가 충분하기만을 바랄 뿐이지."

아카마와 가디오스, 말란데, 제레보르까지 방을 떠나 각자의 자리로 향하고, 일리단만 남아 아웃랜드의 지도를 살폈다. 곧 지도 전역으로 병력이 움직이며 전쟁이 이 땅을 휩쓸 것이다. 준비가 되어 있어야 했다. 할 일은 많은데 시간이 없었다. 이제 계획의 다음 단계로 옮겨가야 했다. 자신과 같은 자들을 불러 모아야 한다. 스스로 증오하는 존재가 되어, 군단을 사냥할 자들이 필요했다.

제 6 장

몰락 5개월 전

반델은 어두컴컴한 어둠달 골짜기를 따라 걸었다. 뒤편 '굴단의 손아귀'라고 불리는 높다란 화산에서 지축을 울리는 뇌성이 울려 퍼졌다. 엄청난 크기의 초록색 유성이 지나가고, 타오르는 꼬리가 하늘을 할퀴었다. 유성이 땅에 떨어지자 대지는 겁에 질린 야수처럼 전율했다. 앞쪽 멀리서 검은 사원의 거대한 성벽이 어렴풋이 모습을 드러냈다.

반델은 칼집에 넣은 단검의 손잡이를 만지작거리다가, 다시 지친 눈을 비비며 재와 모래를 닦아냈다. 일리단의 새집을 찾아 먼 곳까지 왔다. 복수를 위해 참으로 먼 길을 와야 했다.

죽은 아들의 모습이 떠올랐다. 지옥사냥개가 볼일을 마친 후, 카리엘의 육체에서 남은 부분은 얼마 되지 않았다. 반델은 아들의 세 번째이자 마지막 생일에 선물해주었던 은으로 만들어진 나뭇잎 목걸이가 자신의 목에 잘 걸려 있는지 손으로 더듬었다.

5년이 지났지만 그 기억은 시리도록 뜨겁게 타올랐다. 반델은 이를 악물고 증오의 파도가 온몸을 휩쓸길 기다렸다. 그날, 가족과 마을 주민 모두와 함께 죽었더라면 훨씬 나았을 것이다.

반델은 비상사태를 알리는 뿔피리가 울렸을 때, 숲속에서 사냥을 하고 있었다. 쓰러진 나무를 뛰어넘으며 숲을 가로질러 돌아왔을 때는, 모조리 불에 타버린 마을의 냄새가 매캐하게 코를 찔렀다.

반델은 그 기억을 밀어냈다. 아픈 마음에 굴복하는 건 너무 쉬웠다. 지금껏 수도 없이 광기와 그 너머까지 떠밀려 갔었다. 깨어 있는 동안에는 그도 자신이 미쳤음을 인정했다. 정신이 온전한 엘프라면 배신자를 추적하고, 추종자들의 비밀을 캐내고자 이렇게 오랜 시간을 보내지는 않았을 것이다. 정신이 온전한 엘프라면 그 마법 차원문을 통과하여 지옥 같은 이 대륙을 찾아오는 일도 없었을 것이다.

성벽이 그의 앞을 가로막았다. 반델은 그림자 속에 숨은 채 기어서 다가갔다. 파수병과 수호의 주문이 너무 많았다. 검은 사원은 전쟁에 대비하기 위한 요새였으며, 반델은 그곳의 주인과 볼일을 끝마치기도 전에 경비병들의 손에 목숨을 잃고 싶진 않았다.

거대한 바위를 높이 쌓아 형성된 외벽 위에는 여기저기 이끼가 끼어 있었다. 비바람과 유성의 충돌에, 고대의 벽이 침식되며 갈라진 홈도 군데군데 남아 있었다. 잿빛 골짜기의 거대한 나무들을 타고 오르는 법을 배웠던 엘프라면 충분히 기어오를 수 있을 것 같았다. 그는 가능한 한 높이 뛰어올라 눈에 띄는 첫 번째 홈에 손가락을 밀어 넣고는 몸을 끌어올렸다.

성벽에 매달린 반델은 팔이 어깻죽지에서 뽑혀 나가는 듯한 기분을 느꼈다. 아래쪽에서는 타락한 오크 정찰병들이 다가오고 있었다. 엘룬의 은총이 이 추악한 장소에까지 도달하리라는 믿음이 있었더라면, 당장에 그는 여신께 기도라도 올렸을 것이다. 하지만 반델은 기도 대신 마음을 굳게 먹고 계속해서 장벽을 기어오르며, 위쪽의 파수병이 자신의 기척을 알아채지 못하기만을 빌었다.

물론 소리가 들릴 가능성은 크지 않았다. 어둠달 골짜기에는 소음이 가득했다. 화산이 우르릉거리는 소리와 울부짖는 바람 속에서 어떤 경비병도 그의 기척을 들을 수는 없을 것 같았다. 그래도 반델은 가끔씩 움직임을 멈춘 채 귀를 기울이며, 적에게 발각된 기색은 없는지 확인했다. 아래쪽에서 정찰병이 그대로 지나쳐 가는 모습이 보였다.

반델은 어둠에 잠겨버린 땅을 내려다보며, 한순간 그대로 손을 놓아버리고 싶다는 충동을 느꼈다. 이렇게 높은 곳에서 떨어지면 바로 목이 부러지고 모든 고통이 끝날 것이다. 그러면 이토록 아픈 삶을 끝내고 가족과 다시 재회할 수 있을 것이다. 하지만 반델은 그런 욕망을 억눌렀다. 아들의 복수도 하지 못한 채 안식을 택할 수는 없었다. 그의 증오는 끝없는 평화에 대한 갈망보다 강했다.

그는 흉벽 너머로 간신히 넘어가 뒤쪽 노대에 몸을 굴린 후, 어둠 속에 누워 숨을 골랐다. 아직까지는 파수병이 보이지 않았다. 잠시나마 승리의 기쁨을 만끽할 수 있었다. 한 무리의 병력이 몰려와도 하지 못했을 일을 홀로 해냈다. 검은 사원의 추악한 뱃속으로 침입해 들어온 것이다.

박쥐의 날개를 지닌 그림자가 달을 가로질러 날았다. 아무래도 오늘 밤에는 반델의 모든 바람이 이루어지려는 모양이었다. 배신자 일리단이 밤바람을 타고 하늘 높이 솟아올랐다. 그자도 오늘은 편히 쉬지 못하는 듯했다. 물론 잠을 설치는 이유는 한두 가지가 아닐 것이다. 지금까지 어둠 속에서 행했던 모든 일들이 악몽이 되어 잠을 쫓고 있는지도 몰랐다.

반델이 마지막으로 악몽을 꾸지 않고 잠을 잤던 것이 언제였던가? 이제는 기억도 나지 않았다. 떠올릴 수 있는 건 오로지 끔찍한 악몽뿐이었다. 그는 다시 한번 카리엘의 목걸이에 손을 가져다 댔다. *아들아, 이제 곧 끝*

이다. 얼마 남지 않았어.

일리단은 검은 사원의 가장 높은 탑 꼭대기에 있는 노대에 내려앉았다. 그리고 아홉 걸음을 걷고는, 돌아서면서 고개를 절레절레 저었다. 그는 난간에 기대어 서서 지평선이 닿는 곳까지 모든 것을 살폈다. 반델은 배신자가 자신을 볼 수 있을지 궁금했다. 일리단의 멀어버린 눈은 다른 자들이 보지 못하는 것까지 본다고 알려져 있었다. 반델이 거기 있는 것을 알게 된다면, 일리단은 어떻게 할까?

일리단이 서 있는 탑까지 가는 건 어렵지 않았다. 흙벽 여기저기 배치된 파수병들은 아직 졸고 있는 듯했다. 다들 성벽 뒤에 숨어 있으니 안전하다고 방심하는 모양이었다. 반델 같은 침입자가 있으리라고는 꿈에도 생각지 못하는 게 분명했다. 그 파수병들은 적의 병력과 악마들을 경계할 뿐, 슬픔에 빠져 복수의 광기에 사로잡힌 나이트 엘프 하나 따위를 막아내는 게 임무는 아니었으니까.

반델은 조심스럽게 앞으로 나아가며, 지나치게 자만하지 말라고 스스로에게 당부했다. 어쩌면 잠들지 않은 다른 파수병들의 눈에 아직 발각되지 않은 건지도 몰랐다. 오랫동안 적을 사냥하며 쌓은 경험이 그에게 타의 추종을 불허하는 은신 능력을 갖게 해주었지만, 그림자 속에 숨을 수 있는 건 반델 혼자가 아니었다. 어쩌면 지금 이 순간에도 잔혹한 파수병 하나가 몸을 숨긴 채 그를 지켜보며, 언제라도 등에 단검을 꽂을 준비를 하고 있는지도 몰랐다.

다시금 반델은 멈춰 서서 자신의 정신이 온전하지 않은 건 아닐까 염려했다. 그의 마음은 이미 한 번 산산이 조각났다. 지옥사냥개가 아들의 사체를 뜯어먹는 모습을 본 그 순간이었다. 갑자기 불타는 나무와 나이트 엘프의 피 냄새가 풍겨왔다. 작은 뼈들이 으깨지는 소리가 들리는 듯했다.

입에서 절로 신음 소리가 새어 나오자, 그는 나지막이 자신을 책망했다. 멀지 않은 곳에서라면 누구든 그 소리를 들었을 것이다. 어리석음 때문에 경비병의 손에 쓰러지고 싶지는 않았다. 이제 더는 실수가 없어야 한다. 눈앞에 놓인 임무에 집중해야 했다.

반델은 일리단이 서 있는 탑 밑에 도달했다. 앞쪽으로 탑의 측면을 빙 둘러 감싸고 있는 경사로가 눈에 보이지 않는 곳까지 이어져 있었다. 그는 행운이 아직 자신의 편이길 기도하며 달렸다. 기대하지 말아야 할 행운에 의존하기보다는, 빠른 몸놀림과 은신술에 모든 것을 걸었다.

마침내 반델은 정상에 도달했다. 헤아릴 수 없이 먼 길을 달려온 이유가 눈앞에 있었다.

일리단은 등을 보인 채 서 있었다. 거대한 날개를 접어 몸을 감싼 모습은 마치 서늘한 밤공기를 피하는 것처럼 보였다. 그는 커다란 뿔이 달린 머리를 낮게 숙이고는 멀리 거대한 화산의 불빛을 바라보고 있었다. 뭘 찾고 있는 걸까? 보이지 않는 눈으로 무엇을 보고 있는 것일까?

일리단은 반델이 그곳에 있다는 걸 처음부터 알고 있었다는 듯 돌아섰다.

반델은 단검을 꺼내 칼날에 새겨진 신비한 룬을 확인하고는 앞으로 걸어갔다. 그러고는 무릎을 꿇고 일리단의 발굽 옆에 단검을 내려놓았다.

"방해해서 죄송합니다, 일리단 님. 그대를 뵙기 전에 파수병들에게 목숨을 잃고 싶지는 않았습니다."

"내게서 뭘 원하는가, 밤추적자여?"

"제 가족을 학살한 자들을 처단하고 싶습니다. 그대의 적을 죽이고 싶습니다."

"내 적은 끝이 없다."

"그대가 배운 것을 배우고 싶습니다. 전 악마를 사냥하고 싶습니다."

"그렇다면 배워야 할 게 아주 많고, 오늘은 너무 늦었다."

"가르쳐주시겠습니까?"

"너 말고도 일천 명이 기다리고 있다. 내려가라. 그리고 쉬어라. 원하는 걸 찾을 수 있게 되리라. 아니면 적어도 원하는 바를 행하다가 죽을 수 있을 것이다."

일리단은 다시 돌아서서 지평선을 바라봤다. 반델은 이제 물러나야 한다는 걸 분명히 알 수 있었다.

무엇을 해야 할지 전혀 모르는 채, 반델은 탑 아래로 내려갔다. 문신이 새겨진 두 형체가 그를 기다리고 있었다. 마치 지금껏 계속 그곳에 서 있었던 것 같았다. 반델을 보고 놀라거나 무기를 꺼내 들지도 않았다.

한 명은 키가 크고 얼굴에 흉터가 있는 여자였다. 나이트 엘프인 듯싶었지만 악마를 닮은 모습이었다. 초록색 불길이 텅 빈 눈구멍에서 타올랐고, 작은 뿔들이 머리에 둥글게 솟아나 있었다. 얼마 안 되는 옷가지 사이로 온몸을 뒤덮은 문신이 빛을 발했다. 문신에 담긴 마법이 반델의 눈길을 끌었고, 그는 문신이 복잡한 퍼즐이라도 되는 것처럼 문양의 의미를 해석하려고 애썼다.

그 여자가 반델의 표정을 보고는 입술을 뒤틀며 웃자, 작은 송곳니들이 드러났다. 반델은 그녀가 차디찬 미소를 보며 마주 웃었다. 마치 소리 없이 검을 겨루고 있는 기분이 들었다.

또 한 명의 나이트 엘프는 그에게 눈길 한 번 주지 않았다. 혹시라도 그랬더라면 반델은 아마 무척 놀랐을 것이다. 그 엘프의 눈꺼풀은 꿰매진 채 굳게 닫혀 있었고, 입술도 마찬가지였다. 등을 구부정하게 굽혀서인지 머리보다 어깨가 더 높았다. 허리 위로는 아무것도 걸치지 않아서 여자 엘프보다 더 많은 문신이 드러났다. 넓은 가죽 허리띠에는 동물 가죽을 매단 길고 날카로운 바늘들이 줄지어 걸려 있었다. 바늘 끝에는 얼룩멸룩한 흔적이 남아 있었고, 그 남자의 몸에는 최근 뚫은 듯한 구멍이 있었다. 바늘 끝에 말라붙은 피는 아마 자신의 것인 듯싶었다.

"일리단 님과 얘기를 나눴겠지?"

여자 엘프의 쉰 듯한 거친 목소리에는 시샘하는 기색이 담겨 있었다. 아무래도 후두부에 뭔가 문제가 있는 듯했다. 마치 너무 오랫동안 비명을 지른 끝에 목이 영구적으로 손상된 것 같았다.

"그렇다."

반델은 그녀의 의미심장한 웃음에 신경 쓰지 않았다. 겁먹을 생각은 없었다.

"아주 특별한 취급을 받았군."

"내가?"

"그분이 모든 탄원자를 직접 만나시는 건 아니거든. 너를 기억하고 계셨던 모양이지? 아니면 뭔가 특별한 걸 계획하고 계시거나."

남자 엘프는 그녀가 말이 너무 많다는 듯이 입술에 손가락을 가져다 댔다. 손가락 끝에는 긴 손톱이 자라나 있었다. 아주 위협적인 모습은 아니었지만, 왠지 마음이 불편해졌다. 눈먼 남자는 턱을 긁다가 피 한 방울이 손톱에 묻어나오자, 입을 꿰맨 실 사이의 작은 구멍으로 손톱을 넣어 피를 빨았다.

"일리단 님의 마음을 짐작하고 싶은 생각은 없다." 반델이 말했다.

"생각했던 것보다는 똑똑한 녀석이구나."

"당신 이름은 뭐지?"

"난 엘라리지엘. 저쪽은 '바늘'이야. 진짜 이름이 따로 있었지만, 이미 오래전에 잊어버렸어. 자기도 기억 못할걸."

반델은 둘에게 고개 숙여 인사했다. 엘라리지엘은 짓궂게 웃었다. 바늘은 조롱하는 기색 없이 고개를 끄덕였다. 반델은 그를 바라봤다. 바늘이라는 자는 일리단처럼 앞을 보는 데 아무 문제가 없는 게 분명했다. 대체 그런 게 어떻게 가능한 걸까?

"일리단 님께서 널 아래로 데려가라고 하셨어."

긴장감에 반델의 어깨가 뻣뻣하게 굳었다.

"어떻게 그런 말씀을 하셨다는 거지?"

"언젠가 너도 알게 될 거야. 살아남는다면 말이지."

바늘은 다시 길고 날카로운 쐐기를 꺼내 자기 팔뚝을 찔렀다. 그리고 잠시 동안 쐐기를 이리저리 움직여서 피 한 방울이 새어 나오게 했다. 그는 입술 사이의 작은 구멍으로 쐐기를 찔러 넣고는 쪽쪽 빨아 먹었다. 얼굴에는 쾌감이 가득했다. 반델은 자신의 정신이 온전한지 의심하며 여기까지 왔지만, 이젠 주위 모든 이들의 정신 상태가 의심스러웠다.

그 둘은 미로처럼 얽힌 통로를 지나 반델을 이끌었다. 그들은 검은 사원의 성벽에 나 있는 작은 비상구를 통과한 후, 허물어져 가는 광활한 폐허에 들어섰다.

"이곳은 한때 카라보르 사원의 일부였어. 오크와 악마들이 원래 건물은 별로 남겨놓지 않았지만 말이야. 그리고 놈들이 남겨놓은 걸 일리단 님과 그분의 용사들이 차지했단 말이지. 우린 이제 베레디스와 그 동료들의 보호를 받으며 여기 머물고 있어."

엘라리지엘의 말에 반델이 물었다.

"베레디스?"

"선임 교관이야."

엘라리지엘은 그 이상의 자세한 이야기는 할 생각이 없어 보였다.

다른 초록색 유성들이 하늘을 할퀴는 사이, 그들은 노대를 연이어 지나 갔다. 비단 천막들이 길게 늘어서 있고, 천막 안에서는 광기에 사로잡힌 웃음소리가 들렸다. 야영지를 통과하자 부서진 벽에 나 있는 동굴 입구가 눈에 들어왔다. 서늘한 바람을 맞으며 닳고 해진 고대의 계단을 한참 동안 내려가자, 거대한 전당이 나타났다.

그곳은 야전 치료소 같은 모습이었다. 사방에 엘프들이 널브러져 있었 다. 일부는 지옥 등불의 깜빡이는 불빛 아래 누워 있어서 그런지 어딘가 많이 아파 보였다. 남자 엘프들 중 일부는 나이트 엘프의 유행에 따라 수 염을 기르고 머리를 초록색으로 물들였으며, 또 일부는 신도레이 특유의 말쑥하게 면도한 모습이었다. 서로서로 수군거리는 자들도 있었고, 자신 의 모습을 감추려는 듯 등불 사이의 어둠 속에 옹송그리며 모여 있는 자들 도 있었다. 대부분은 선잠을 자며 잠꼬대를 했다. 미치광이가 내지르는 듯 한 비명이 들린 후, 한 여자 엘프가 벌떡 일어나 방을 가로지르며 외쳤다.

"벌레다, 벌레, 벌레!"

고함 소리에 많은 이들이 잠에서 깼지만, 크게 신경 쓰진 않았다. 꾀죄 죄한 망토를 몸에 두르고 자던 큰 키의 블러드 엘프 한 명만 자리에서 일어 나 그 여자를 쫓았다. 둘은 곧 시야에서 사라졌다.

"보다시피 여기까지 찾아온 게 너 혼자만은 아니야. 일리단 님을 찾아온 녀석들이 아주 많다고. 그중에서 살아남아 그분을 섬길 수 있는 건 극소수 에 불과해."

"그게 무슨 뜻이지?"

엘라리지엘이 낭랑한 목소리로 웃었다.

"곧 알게 될 거야, 칼도레이. 아무 데나 누워서 좀 쉬어둬. 앞으로 시험을 치르려면 체력이 필요할 테니까."

그녀는 빙글 돌아서더니 그곳을 떠났다. 바늘은 손가락을 이마 앞으로 올린 채 반원을 그리며 돌렸다. 그리고 뒤로 물러나 어둠 속으로 사라졌다.

"엘라리지엘 말에 너무 신경 쓰지 말게."

곁에서 누군가 친근한 목소리로 말했다.

"그냥 신참들 겁주는 걸 좋아하는 거니까. 그녀가 처음 이곳에 왔을 때 누군가 같은 짓을 한 거겠지. 엘라리지엘은 그 전통을 이어가고 싶은 모양이야."

반델은 상대를 바라봤다. 성인 나이트 엘프 특유의 나이를 가늠할 수 없는 모습을 하고 있어서 스무 살인지 아니면 일만오천 살인지 짐작도 할 수 없었다. 흉터와 문신도 없었다. 반델이 주위를 둘러보자, 이 전당에 있는 어느 누구에게서도 흉터와 문신은 보이지 않았다.

상대가 차분히 말을 이었다.

"생각이 많은 친구로군. 무슨 생각을 하는지 알고 있네."

무언의 질문이 둘 사이를 채웠다.

"반델이라고 합니다."

"엘룬이 우리의 만남에 빛을 비추시길, 반델. 난 라바엘이라고 하네."

"뵙게 되어 반갑습니다. 제가 무슨 생각을 하고 있는지 알고 있다고 하셨지요. 사실은 저도 확신이 없어서, 무슨 생각을 하고 있었는지 모르겠습니다."

"여기 처음 와서 이 전당까지 안내받은 모든 자들이 공통적으로 생각하는 걸 떠올렸을 테지. 안내원들이 이상하다는 생각. 그리고 왜 우리에겐 문신이 없고, 눈이 다 있는지 궁금할 테고."

"아까 그 두 엘프와 같은 자들이 또 있는 모양이군요."

"아, 그렇다네, 친구. 아주 많아. 일리단 님은 눈먼 자들의 군대를 모으고 계시거든."

"사실은 눈이 멀지 않은 거겠죠?"

"그렇지."

"그리고 그분처럼 복잡하진 않아도 다들 문신을 지니고 있을 테고요."

"그렇다네."

"그분과 같은 방식으로 다들 변했군요."

"눈치가 빠르군."

"눈이 멀지 않고서야 그런 일들을 눈치채지 못할 수는 없지요."

이 말이 입술을 떠나고 나서야 반델은 그게 얼마나 우스꽝스러운 말인지 깨달았다.

"이곳의 눈먼 자들이 자네보다 앞을 잘 보지 못한다고 생각하나?"

라바엘의 목소리에서 한순간 발작적인 흥분이 느껴졌다. 반델은 오히려 기뻤다. 조금 전까지 라바엘이 워낙 평범해 보여서, 이 아수라장에는 조금도 어울리지 않아 보였으니까.

"아니, 저보다 더 잘 보는 것 같습니다. 절 여기까지 안내하는 데도 문제가 없었고, 오는 길에 다른 이들을 피해서 걷기도 했으니까요. 길을 외웠을 수도 있었겠지만, 이 전당의 모든 이들이 늘 같은 곳에 있는 건 아닐 테지요."

"곰곰이 생각해본 모양이군."

"여기서 뭘 하시는 겁니까?"

"난 복수를 하러, 악마와 싸우는 법을 배우러 여길 찾아왔네. 아마 자네도 같은 이유로 온 거겠지."

반델은 잠시 그 말을 곱씹었다.

"엘라리지엘의 말이 옳았는지도 모르겠군요. 전 그리 특별하지 않은 것 같습니다."

"자네는 분명 특별한 존재야. 어쨌든 여기까지 죽지 않고 찾아왔잖나. 그런 일이 얼마나 흔할 거라고 생각하지?"

반델은 깊이 숨을 들이쉬고 주위를 둘러봤다. 지금까지는 이곳의 모든 이들이 미쳤거나 병약할 거라고 생각했지만, 다시 보니 많은 이들에게 흉터가 있었고, 모두들 가까운 곳에 무기를 두고 있었다. 이곳에는 전사와 마법사, 사냥꾼들이 모여 있었다.

"누군가를 잃었습니까?" 반델이 물었다.

"모든 걸 잃었네."

라바엘은 더 이상의 이야기는 할 생각이 없어 보였다. 반델도 자신의 상실감을 돌이켜 보며, 그 이상 캐물으려 하지 않았다.

"어떤 기분인지 저도 압니다."

라바엘은 주위를 한 번 둘러보고는 대꾸했다.

"하지만 왠지 이곳에 있으면 아직 잃을 게 남아 있다는 기분이 드네."

제 7 장

몰락 5개월 전

마이에브는 편안한 기분을 느꼈다. 갈래발굽 고기가 배를 든든히 채웠다. 길고 따사로운 하루를 맞이하여, 마이에브와 감시자들은 야수를 사냥하며 한숨 돌릴 수 있는 흔치 않은 기회를 누렸다. 주위에 널린 가죽으로 수십 명의 드레나이 병사들에게 입힐 방어구를 만들 수 있었다. 부하들 중 몇 명이 가죽을 골라 칼로 잘라낸 후 기름을 떼어내는 작업을 하는 중이었다. 그 모습은 아주 오래전의 젊은 날을 떠오르게 했다. 어머니와 함께 숲속에서 사냥을 하던 때였다. 그 당시에는 직접 옷을 지어 입었다. 가죽을 잘라내고, 뼈바늘에 힘줄을 꿰어 옷을 만들었다. 추억을 떠올리자 잠시 얼굴에 미소가 지어졌지만, 이내 공포가 밀려왔다. 어머니는 돌아가셨다. 불타는 군단의 손에 목숨을 잃었다. 그 기억과 함께 다시 한번 머릿속에 일리단이 떠올랐다.

배신자가 아직 활개를 치고 있었고, 놈의 힘은 지금도 계속해서 커지는 중이었다. 일리단의 군단과 비교해보면 마이에브와 일행의 힘은 우스울 지경이었다. 그녀는 마음을 비우고 앞서의 좋았던 추억을 떠올렸다. 행복이라는 감정을 느껴본 게 언제였는지 기억도 나지 않았다.

그녀는 이 나그란드가 좋았다. 공기는 깨끗하고, 하늘은 파랗고, 바람은 상쾌했다. 고향의 숲과는 달랐지만, 면밀히 살펴보지만 않으면 제법 비슷해 보였다. 물론 드레노어를 산산이 조각낸 마법의 흔적은 여전히 눈에 띄었다. 거대한 섬들이 하늘 여기저기에 떠올라 바람을 갈랐다. 섬들은 당장이라도 지면에 떨어져 내릴 것 같은 모습이었지만, 실제로 그런 일은 없었다. 지역 거주민들의 이야기를 들어보면, 오랜 세월 동안 저 상태로 안정되어 있다고 했다. 그리고 이곳에도 일리단과 그 악마 주인들의 전쟁에 대한 소문이 퍼져 있었다. 불타는 군단이 나그란드 서쪽 끝에 거점을 구축했고, 악마들이 다시 공격을 준비하고 있다고도 했다.

아닌드라는 불가에 배를 대고 엎드린 채, 사리우스와 즉석에서 만든 마력의 탑 게임을 하고 있었다. 칼로 땅에 육각형 게임판을 그리고, 색이 다른 돌멩이들을 말로 사용했다. 부관 아닌드라는 마이에브가 자신을 보고 있다는 걸 눈치채고는 손을 들어 경례를 했다. 아웃랜드의 태양에 바랜 머리카락은 이제 라임색에 가깝게 변해버렸고, 피부도 바싹 말라 있었다. 튜닉에는 십여 군데나 덧댄 흔적이 있었지만, 살아남은 다른 감시자들처럼 그녀도 튜닉을 벗으려 하지 않았다. 이제 얼마 남지 않은 고향과의 연결고리를 버릴 수는 없었다.

사리우스는 게임에 몰두하고 있었다. 무슨 일이든 지기 싫어하는 성격이었다. 십여 개의 흉터가 새로 생긴 것이 눈에 띄었다. 일부는 시간이 지나 희미해졌지만, 두 개는 최근의 전투에서 입은 부상이었다. 깊은 상처였지만, 다행히 드루이드는 상처가 빨리 아물었다. 그 상처는 어쩌면 으스대려고 일부러 남겨둔 것인지도 몰랐다. 남자들은 그랬다. 너스레와 허풍을 떨며 이야기를 늘어놓을 목적으로 흉터를 간직하곤 했다.

일리단을 파멸시킬 수 있는 길을 모색하며 아웃랜드를 누벼왔던 지난 수년 동안, 두 나이트 엘프 모두 자신이 충직하고 뛰어난 전사임을 증명해왔다. 힘겨운 상황에서도 그들 덕분에 마이에브의 병사들은 살아남을 수 있었다. 지옥불 성채 주변을 정찰하고, 장가르 습지대의 나가와 전투를 벌이고, 검은 사원의 성벽을 감시하며 낭비해야 했던 몇 달의 시간이 떠올라, 마이에브는 자기도 모르게 욕설을 내뱉었다. 지금껏 아무것도 이루지 못했다. 그런데 그 기간 동안 일리단의 세력은 가늠할 수 없을 만큼 커졌다.

마이에브는 야영지 주위를 둘러봤다. 그녀의 세력도 커지긴 했지만, 아직 군대라고 부르기에는 많이 부족했다. 병사 수는 수백 명에 이르렀지만, 대부분 아웃랜드를 떠도는 동안 합류한 드레나이 청년들이었다. 일리단의 악행과 위협에 맞서려는 자들은 많았다. 그래도 아직 충분하지 않았다.

지금껏 이곳에서 뭘 했던 걸까? 아무것도 이루지 못했다. 지난 수년 간 일리단은 더욱 강해졌는데. 드레나이 한 명이 마이에브의 세력에 합류할 때, 오크 일백 명이 일리단의 성채로 들어가 더욱 흉포한 투사가 되었다. 일리단이 군단에 맞서려 한다고 믿는 바보들이 기꺼이 그자의 곁으로 모여들었다. 마이에브처럼 일리단의 본심을 아는 자는 없었다. 그는 뒤틀린 황천에서도 점점 더 많은 악마들을 소환하여 자신의 뜻에 따르도록 만들었다. 그런 일에는 선한 목적이라는 것이 존재하지 않았다.

지금 일리단은 아주 진지하게 게임을 하고 있었다. 그 이유를 정확히 알 수는 없었지만, 그게 사실이라는 것만은 분명했다. 킬제덴이 일리단의 목을 노린다고 주장하는 자들도 있었다. 어쩌면 그게 사실인지도 모른다. 하지만 악의 사도들이 서로 다투는 일이 처음은 아니었다. 일리단은 과거에도 이미 배신을 한 경험이 있으니, 필요하기만 하면 얼마든지 또 그럴 수 있었다. 그의 사악한 본성은 사라지지 않았다. 그자가 손을 댄 것은 모두 타락했다. 이번에도 다르지 않을 것이다.

그때 야영지 외곽에서 시끄러운 소리가 들렸다. 파수병들이 누군가를 몰아붙이고 있었다. 병사들이 무기를 들었다. 감시자들은 모두 일어섰다. 마이에브도 무슨 일인지 확인하고자 소란이 벌어진 곳으로 다가갔다. 인근에서 오우거들이 목격된 적은 있었지만, 그들이 지금 찾아왔을 리는 없었다. 그랬다면 이미 전투가 벌어졌을 테니까. 가까이 다가가자 사냥꾼 복장을 한 뒤틀린 드레나이 무리가 눈에 띄었다. 낯선 자들이 한 파수병과 대화를 나누고 있었다. 적대적인 것 같지는 않았지만, 속임수인지도 몰랐다.

마이에브는 조용히 그들 뒤로 다가가 주변 상황을 확인했다. 적이 침투한 흔적은 없었다. 어둠 속에 숨어 있는 자들도 없었다. 멀리서 밤호랑이가 으르렁거리는 소리가 들렸다. 바람의 정령이 저녁 하늘을 가로지르며 포효했다.

마이에브는 어둠을 벗어나 모습을 드러냈다. 뒤틀린 드레나이 이방인들의 지도자가 갑자기 나타난 그녀를 보며 움찔했지만, 이내 자세를 가다듬었다.

"반갑소." 그가 말했다.

"여기서 뭘 하고 있는 거지?" 마이에브가 물었다.

"우리도 같은 걸 묻고 싶군. 당신들은 지금 쿠레나이의 땅에서 쿠레나이의 사냥감을 잡아먹고 있소. 아무래도 그 질문을 해야 하는 건 우리 쪽인 것 같은데."

마이에브도 쿠레나이에 대해 들어본 적이 있었다. 아카마나 잿빛혓바닥 부족과는 동맹을 맺지 않은 뒤틀린 드레나이 진영이었다.

"이 갈래발굽에게는 낙인이 찍혀 있지 않았다. 돌보는 자도 없었고 말이야."

"이곳은 우리의 사냥터요. 당신들에게 손님의 권리를 허락하지도 않았고."

마이에브는 그 말을 곱씹었다. 그리고 일부러 오만한 태도로 이방인들을 둘러보며 상대방의 인원을 헤아리는 시늉을 했다. 그 후에 자신의 병력을 돌아봤다. 이방인들의 수는 20대1로 열세였다.

마이에브의 행동을 지켜보고 있던 뒤틀린 드레나이가 웃었다.

"당신이 군대를 거느리고 있다는 건 잘 알겠소. 하지만 사태가 악화되면, 텔라아르에서도 군대가 동원될 거요. 우리 군대가 당신네보다 훨씬 많소."

"하지만 지금 이곳엔 없지." 마이에브가 말했다.

짙어지는 어둠을 뚫고 아닌드라가 나타났다. 까악, 하는 소리가 머리 위 높은 곳에서 들려왔다. 사리우스가 새의 모습으로 지켜보고 있다는 신호였다.

"오래 걸리진 않을 거요. 이 뿔피리를 불기만 하면 되니까."

"그게 입술에 닿기도 전에 내 화살이 네 눈을 꿰뚫을 거다."

아닌드라의 말에 마이에브가 그녀를 노려봤다. 지금은 활 솜씨를 자랑할 때가 아니었다. 뒤틀린 드레나이들에게 싸움을 걸어서 얻을 건 없었다. 마이에브가 드레나이를 보며 말했다.

"불쾌하게 할 생각은 없었다. 우린 그저 이 땅을 지나는 이방인으로서, 먹을 것과 몸 누일 곳을 찾았던 것뿐이다."

"그렇다면 텔라아르로 왔으면 좋았을 거요. 우리 부족이 그 두 가지와 함께 뭔가 다른 것도 제공해줬을 테니까."

뒤틀린 드레나이는 야영지를 다시 한번 둘러봤다.

"이렇게 많은 드레나이 청년이 소수의 이방인들을 따르고 있다니, 아레크론이 좋아할 만한 사연이 있을 것 같군."

마이에브는 그 말에 기운이 났다. 어쩌면 동맹을 확보할 수 있을지도 모른다. 부대 하나가 아군에 합류할 수도 있었다.

"서로 할 말이 아주 많을 것 같군. 괜찮다면 내가 부하들과 함께 너희 도시를 찾아가 아레크론과 대화하겠다."

"난 먼저 가서 당신이 방문한다는 사실을 알려야 하니, 길을 안내할 부하들을 남겨놓겠소."

마이에브는 그가 함정을 준비하러 가는 게 아니기를 바랐다.

텔라아르는 인상적인 요새였다. 깊은 협곡을 내려다보는 높은 산봉우리 꼭대기에 건설된 그 도시에는 성벽이라는 것이 필요하지 않았다. 텔라아르로 접근하는 길은 현수교를 이용하거나, 공중에서 날아 내려오는 방법뿐이었다. 마법이나 비행 장치를 사용하지 않고 공성전을 펼치는 것이 사실상 불가능한 곳이었다.

마이에브의 밤호랑이가 걸음을 옮길 때마다 밧줄 다리가 흔들렸다. 커다란 호랑이는 잠자코 걸었지만, 이 야수가 아래를 내려다볼 때마다 맥박이 빨라지는 걸 그녀도 느낄 수 있었다. 밧줄 다리의 널빤지 사이사이로 엿보이는 광경은 까마득하기만 했다. 뒤틀린 드레나이들이 그녀의 일행을 몰살시킬 작정이었다면, 다리를 고정한 밧줄을 끊는 것만으로도 충분했을 것이다. 물론 그들을 안내하는 뒤틀린 드레나이들도 함께 죽게 되겠지만 마이에브는, 원하는 바를 이루기 위해서라면 동족이라도 얼마든지 희생시키는 지도자를 많이 봐왔기 때문에 그런 가능성을 무시할 수는 없었다.

마을 외곽에는 낯선 방문객을 보려는 주민들이 많이 모여 있었다. 서로를 떠밀거나 자리를 다투지는 않았지만, 그렇다고 뒤틀린 드레나이에게서 흔히 나타나던 무력감도 찾아볼 수 없었다. 다들 무장을 갖추고, 필요하다면 언제든 싸울 준비가 되어 있는 듯했다.

다리에서 내려서자 마음이 놓였다. 마이에브는 잠시 멈춰 서서 어깨 너머로 부하들을 확인했다. 다들 무사한 모습을 보니 기뻤다. 아레크론은 아무래도 배신할 생각은 없는 모양이었다. 적어도 아직까지는 그랬다.

군중 한가운데에, 눈에 띄게 덩치가 크고 고귀한 태생으로 보이는 뒤틀린 드레나이가 창을 든 병사들에게 호위를 받고 있었다. 주황색과 보라색이 섞인 방어구가 무척 인상적이었다. 네 개의 긴 촉수가 얼굴에서 흘러내렸고, 움직일 때마다 꼬리가 흔들거렸다.

"아칼 헥타, 텔라아르에 잘 왔소. 나, 아레크론이 그대를 환영하오."

"환대에 감사한다. 어서 이야기를 나누고 싶군."

그들은 모자이크 무늬로 꾸며진 길을 따라 걸으며 텔라아르를 가로질렀다. 좌우로 전형적인 드레나이식 반구형 건물들이 늘어서 있었다.

마이에브는 정예 투사의 눈으로 모든 것을 꼼꼼히 살폈다. 매복이 가능한 곳과 궁수가 배치될 만한 위치를 확인했다. 언제라도 공격이 시작될 것만 같았다. 지금까지 너무 오랜 시간을 야생의 땅에서 보냈던 탓에, 모든 마을은 함정으로, 모든 주민은 잠재적인 적으로만 보였다. 이런 현실에 마음이 아팠지만, 경계를 늦출 수는 없었다.

마이에브는 낮은 탁자 너머의 아레크론을 주의 깊게 바라봤다. 그 뒤틀린 드레나이는 정직한 표정으로 환영하는 몸짓을 보였지만, 그런 것 역시 기만일 수도 있음을 그녀는 이미 오래전에 배웠다. 의심하는 마음을 겉으로 드러내지는 않았지만, 단 한 순간도 경계심을 내려놓을 생각은 없었다.

둥그런 방의 바닥에는 두꺼운 양탄자가 깔려 있었다. 뒤틀린 드레나이 소년 하나가 방문객들을 보고 싶은 마음에, 구슬을 꿰어 만든 커튼을 젖히고 안을 들여다봤다. 마이에브는 아이와 시선을 맞췄다. 아레크론이 아이를 보며 말했다.

"코르키, 가서 자거라. 이미 잠잘 시간이 지나지 않았느냐. 난 우리의 새 친구들과 할 이야기가 있다."

"네, 아버지."

코르키는 그렇게 대답하면서도 자리를 떠나려 하지 않았다.

"코르키!"

"네, 아버지?"

"말을 듣지 않으면 혼쭐이 날 줄 알아라."

"알겠어요, 아버지."

그제야 아이는 돌바닥에 발굽을 달각거리며 멀어졌다.

"착한 아이지만, 아무래도 내가 너무 오냐오냐했던 것 같소."

마이에브도 그 말에 동의하긴 했지만, 굳이 맞장구를 칠 필요는 없을 것 같았다.

"당신 아이로군."

"불현듯 저 아이가 걱정되고는 한다오."

마이에브는 기회를 포착했다.

"아이를 키우려면 걱정거리가 많을 테지. 우린 힘겨운 시대를 살고 있고, 상황은 점점 더 악화되고 있으니까."

아레크론이 고개를 끄덕였다.

"사실이오. 하지만 빛이 우리를 지켜주실 거요. 언제나 그랬고, 언제나 그럴 것이오."

"내게도 당신과 같은 신념이 있었다면 좋았을 텐데."

마이에브가 미처 다른 말을 하기 전에, 뒤틀린 드레나이가 말을 잘랐다.

"빛에 대한 신념은 모두의 것이오. 그저 받아들이기만 하면 되지."

마이에브는 지루한 신학 논쟁으로 시간을 낭비하고 싶지 않았다.

"아, 나도 빛이 우리 모두를 지켜보신다고 확신한다. 앞으로도 우릴 지켜주실지는 잘 모르겠지만. 배신자 일리단은 아웃랜드 전체를 지배하려 한다. 이미 타락한 오크 수만 명과 다른 괴물들까지 끌어들였어. 갈퀴송곳니 저수지의 수원에서는 나가가 거대한 마법 기계를 가동시키고 있다. 물론 좋은 일에 사용할 리는 없지. 난 놈들의 지도자인 여군주 바쉬를 잘 알아. 농담이 아니다. 아주 사악한 여자야."

마이에브는 다급한 심정이 목소리에 드러나도록 했다. 이미 여러 차례 반복했고, 지금껏 많은 드레나이 청년들을 그녀의 세력에 합류하게 만들었던 말이었다. 하지만 아레크론은 청년이 아니었다. 그는 꽤나 노련한 지도자였지만, 어린 아들에 대한 일이라면 감상적이 되기도 했다. 그리고 그 부분이 바로 마이에브가 공략해야 할 지점이었다.

"당신 아이에게 안전한 미래를 물려주고 싶다면, 당장 어떻게든 해야 한다. 배신자가 압도적인 세력을 손에 넣기 전에."

아레크론은 양쪽 손바닥을 마이에브에게 내밀었다. 그리고 넉살 좋은 미소를 지으며 말했다.

"일리단이 이 세계를 위협한다는 사실을 내게 알려주려고 애쓸 필요는 없소."

"그렇다면 앞으로의 전투에서 당신의 도움을 기대해도 되겠지?"

그러자 아레크론은 어깨를 으쓱했다.

"그렇게 간단한 문제가 아니오."

마이에브는 억지 미소를 지었다.

"아웃랜드에서는 모든 게 간단하지 않더군."

"무슨 말인지는 알았소, 감시관 마이에브. 당신이 마을과 마을을 누비며 소위 배신자와의 성전에 참여할 병사들을 모으고 있다는 얘기도 이미 들은 바 있소. 젊고 충동적인 드레나이 젊은이들이 당신을 따른다고 하더군. 나는 젊지도, 충동적이지도 않소."

마이에브는 투사도 아니라고 덧붙이고 싶었지만, 입을 다문 채 미소를 지우지 않았다. 이곳은 아제로스가 아니었다. 갑작스럽게 나타난 이방인으로서, 그녀는 동족에게 요구할 때와 같이 이들의 도움을 기대할 수는 없었다. 뒤틀린 드레나이들에게 마이에브의 길이 옳다는 사실을 알려줘야 했다. 젊은이들이 더 용감했다. 지금까지 경험한 바로는 어디에서나 그랬다.

"정말이오. 나도 당신을 돕고 싶소, 마이에브. 일리단의 힘에 대한 당신 평가는 옳을 거요. 난 그저 이 작은 마을에 그렇게 강한 존재가 관심 갖지 않기를 바라는 것뿐이오."

"두려워하는군." 마이에브가 말했다.

"난 그 사실이 부끄럽지 않소. 하지만 당신이 생각하는 것과는 조금 다를 거요."

"공포는 공포다. 일단 공포가 당신을 지배하게 되면, 결국엔 두려움의 대상이 무엇인지는 아무 상관도 없게 되지."

"당신에겐 참 쉬운 문제겠지, 그렇지 않소? 여기저기 떠돌아다니며 그럴듯한 말을 늘어놓으면 젊은이들이 당신을 따르니까. 당신은 그 행동의 결과에 대해 생각하지 않아. 죽어가는 우리 젊은이들을 생각해줄 필요도 없을 테고."

마이에브는 아레크론을 똑바로 바라봤다.

"내 동족들도 일리단의 폭정을 막기 위해 수많은 목숨을 바쳤다. 당신이 밖에서 만난 나이트 엘프들은, 나와 함께 배신자를 추적하던 병력 중에서 살아남은 자들일 뿐이야."

아레크론은 두 손을 모으고 고개를 끄덕였다.

"당신이라면 게릴라전을 펼치면서 황무지로 숨어들어 적의 분노를 피할 수 있을 거요. 하지만 나와 내 부족은 그렇지 않소. 그럴 수도 없고. 여기 텔라아르가 우리의 고향이고, 우리에게는 아이들이 있소."

"처음에 왜 당신의 아이를 보여준 것인지 궁금해하던 참이었다."

아레크론은 오른손을 내저으며 어깨를 으쓱했다.

"당신은 정말 냉소적이고 분노에 가득 찬 나이트 엘프지만, 분명히 정의롭기는 하오. 그래서 어떻게든 당신을 도울 생각이오. 보급품과 무기를 주겠소. 우리 젊은이들 중에도 당신을 따르겠다는 이들이 있으면 모두 데려가도 좋소. 단, 우리 마을 경비병은 설득하지 말아주시오. 적으로부터 우리 마을을 지키려면 그들이 필요하니까."

마이에브는 상대의 말을 곰곰이 곱씹었다. 아레크론이 일리단과의 전면전에 끌려들어 가는 것을 원치 않는다는 사실은 명백했다. 하지만 그가 일리단의 친구가 아니라는 사실도 분명했다. 지금 상황을 고려해보면, 그 정도로 만족해야 했다.

마이에브는 웃음에 온기를 더했다.

"위험을 감수해주는 것에 감사하고 싶군. 도움을 줘서 고맙다."

"서로 오해는 하지 않는 게 좋겠소. 전쟁이 다가오고 있소. 일리단의 시선이 텔라아르에 미치는 것도 시간문제요. 하지만 아직은 아니고, 난 가능한한 그렇게 되는 날을 지연시키고 싶소. 당신의 대의는, 모두 당신 몫이오."

아레크론은 손을 뻗어 깨끗한 물을 잔에 따랐다. 한 잔은 마이에브에게 건네고, 다른 한 잔은 자신이 집어 들었다. 그리고 그녀가 무슨 생각을 하는지 짐작했다는 듯, 물 잔을 먼저 입술에 가져다 댔다. 마이에브는 물의 냄새를 맡은 후 혀끝으로 맛을 보았다. 아무 약품도 담겨 있지 않은 것을 확인한 후에야, 한 모금을 마셨다. 아레크론이 웃었다.

"당신이 일리단에 대해 잘 아는 것 같아 한 가지 물어보고 싶소. 그가 아웃랜드에서 뭘 하고 있는 것 같소?"

"아제로스에서 자신을 추적해온 정의의 심판을 피하려는 거겠지."

"그건 말할 필요도 없겠지. 그러니까 구체적으로 그의 계획이 무엇이오? 어째서 그렇게 강력한 군대를 만들고 있는 거요? 아주 오래전 오크들이 그랬던 것처럼, 일리단도 당신의 고향땅을 침공하려 한다고 생각하시오?"

"그게 가장 가능성이 높은 추측이라고 생각한다. 일리단은 언제나 영광과 정복을 추구했어. 놈은 금지된 지식을 갈망하는 것만큼, 늘 그런 힘을 갈망해왔다."

"그가 아주 강력한 마법사라는 이야기도 있던데."

"우리 종족 가운데서 태어난 최고의 마법사 중 하나였지."

이런 말을 해야 한다는 사실조차 마이에브는 불쾌했다. 그녀는 늘 일리단이 다루는 마법을 경멸했으니까.

"걱정스러운 얘기로군. 마법이 우리 세계에 초래한 결과는 당신도 보았을 테지. 드레노어는 산산이 조각났고, 수백만 명의 목숨이 희생되어야 했소."

아레크론은 일리단의 마법에 담긴 힘을 두려워했다. 합리적이지만, 겁쟁이 같은 태도였다.

"그러니 더더욱 일리단을 막아야 한다."

"그는 이전에 불타는 군단과 맹약을 맺지 않았소?"

"필요할 때는 늘 그랬다."

"그런데 이제는 군단과 전쟁을 하려는 것 같더군."

"그래, 그런 것처럼 보이지. 하지만 실제로는 무슨 일이 일어나고 있는지 누가 알겠나? 그저 불타는 군단과 잠시 불화를 겪고 있는지도 모른다. 어쩌면 마그테리돈을 대신하려다가 그 배신자가 생각보다 더 많은 적을 만들었는지도 모르고. 그자의 주인들이 벌을 주려고 하는지도 모르지. 어떤 경우든, 그자를 몰아내려는 자들에게는 최고의 기회가 아닐 수 없다."

"그래, 그럴 가능성도 있소."

"동의하지 않는 건가?"

"기분을 상하게 할 생각은 없지만, 아무래도 당신이 적을 공격할 기회를 찾는 것은 쉽지 않을 것 같소. 하지만 당신을 도와줄 수 있는 이들이 있소. 아주 강력한 마법의 힘을 지니고 있는 존재요."

마이에브는 가만히 아레크론을 응시했다.

"추악한 마법 따위를 쓰는 자들과는 힘을 합치지 않는다."

"나루는 빛을 섬기오. 그들의 힘도 빛에서 나오는 것이고."

"나루라고?"

"최근 샤트라스에 나타났소. 당신이라면 나루와 공동의 목표를 찾을 수 있을 거요. 그들도 당신 동족인 일리단의 친구는 아니니까."

"일리단은 내 동족이 아니다."

"불쾌하게 할 생각은 없소. 가끔씩 혀가 제멋대로 움직여서 말이오."

"나루에 대한 자세한 이야기를 듣고 싶다."

"그들은 헤아릴 수 없이 강력한 빛의 존재요. 불과 몇 달 전에 샤트라스에 나타났지. 그곳의 폐허가 된 사원에서 알도르 사제회가 수행하는 예배에 이끌려 나타난 나루는, 지금 샤트라스를 악마들로부터 보호하고 있소."

"그들이 군단을 막아내고 있다는 얘긴가?"

"그렇소. 그들은 샤트라스를 악마에 저항하는 이들의 성역으로 만들었소. 그리고 킬제덴의 하수인들에게 맞서는 이들을 한데 불러 모으고 있소. 당신도 그곳에 잘 어울릴 거요. 틀림없이 그곳 병력의 지휘관이 될 수 있을 테지."

아주 마음에 드는 이야기였지만, 마이에브는 상대의 말에 숨어 있는 다른 의도를 찾았다. 그저 이 샤트라스라는 곳으로 그녀를 보내버림으로써 골칫거리를 제거하고 싶은 걸까? 아레크론은 특유의 자애로운 눈빛으로 그녀를 바라보고 있었다. 속내를 읽기 힘든 자였다.

"권력 따위는 필요 없다. 그저 배신자가 그에 합당한 처벌을 받게 하고 싶을 뿐이다."

"물론 그렇겠지. 내가 또 오해를 한 모양이군. 그렇다 해도 나루를 찾아가 보는 게 좋겠소. 아웃랜드에서 불타는 군단에 맞서는 모든 세력 중, 그들이 가장 강하다는 것만은 분명하니까."

어쩌면 이 뒤틀린 드레나이의 말이 옳은지도 몰랐다. 이 황무지를 이리저리 돌아다니면서 고작 한 줌의 투사들만을 모으는 데도 마이에브는 오랜 시간을 낭비해야 했다. 샤트라스의 새로운 지도자들과 접촉한다고 해서 잃을 건 없었다. 아니, 아마도 얻는 게 많을 것이다.

"샤트라스에 대해 말해봐라."

"한때는 아름다운 곳이었고, 언젠가 다시 그렇게 될 수도 있는 도시라고 생각하오."

그런 건 마이에브에게 필요한 정보가 아니었지만, 그녀는 초조한 마음을 억눌렀다.

"어떻게 하면 찾아갈 수 있고, 또 누굴 찾아야 하지?"

아레크론은 목표를 달성했다는 듯 의미심장한 미소를 지었다.

"여기서 북동쪽으로 멀리 떨어진 곳에 있소. 샤트라스에 가거든 빛의 정원에서 아달을 만나보시오. 머물 곳이 필요하다면 추천해줄 만한 여관도 있소. 내 사촌이 소유한 곳이지. 내가 소개해줬다고 하면 친절히 맞이해줄 거요."

둘은 밤이 늦도록 샤트라스에 대한 이야기에 열중했다.

마이에브는 떠오르는 태양을 바라봤다. 출발하기에 딱 좋은 시간이었다. 오늘도 역시 맑고 따뜻한 하루가 될 것이다. 텔라아르에서 마이에브와 일행은 몇 주 동안 달콤한 휴식을 즐겼다. 이곳에서도 뒤틀린 드레나이와 일반 드레나이 중 백여 명의 젊은 투사들이 마이에브와 뜻을 같이했다. 이들은 병력의 후미에서 엘레크에 올라탄 채 뒤를 따랐다. 이 거대한 네발짐승과 비교하면 밤호랑이는 고작 아이 같았고, 육식동물인 밤호랑이 옆에서도 엘레크는 불안한 기색을 전혀 내비치지 않았다.

마이에브와 일행이 처음 이곳에 도착했을 때 그들을 맞이했던 거주민들이 모여들어 그들이 떠나는 모습을 지켜봤다. 마이에브의 부대에 새롭게 합류한 이들에게 작별 인사를 건네는 주민들도 많았다. 사랑하는 이가 떠나지 못하도록 설득하는 모습도 눈에 띄었다. 마이에브는 그들을 막을 생각은 없었다. 자신과 함께하는 병사들 중 그 누구도, 가족의 눈물 때문에 전우를 등지는 일은 원치 않았다. 전쟁을 치르기 위해서는 더 강한 자들이 필요했다.

아레크론도 거대한 보석으로 장식된 엘레크의 등에 올라타 그들이 떠나는 길을 배웅했다. 그는 마이에브를 향해 고개 숙여 인사하며 말했다.

"알도르 사제회를 찾아가시오. 나루를 제외하면 그들이 샤트라스에서 가장 강한 진영이고, 당신을 도울 가능성도 가장 크니까."

"그렇게 하겠다."

마이에브가 고개를 끄덕이자 아레크론이 나직이 덧붙였다.

"그리고 내가 당신이라면, 잿빛혓바닥 부족과 지도자 아카마와는 협력하지 않겠소. 신뢰할 수 없는 자들이니까."

마이에브는 의아했다. 처음 접촉한 이후 지금까지 여러 차례 아카마를 만나봤고, 이제는 그자의 힘도 잘 알고 있었다. 아카마를 믿는 건 아니었지만, 아직까지는 눈에 띄는 기만도 보이지 않았다.

아닌드라가 밤호랑이를 몰고 곁으로 다가왔다. 눈빛을 보니 출발 명령을 기다리고 있는 게 분명했다. 마이에브가 고개를 끄덕이자, 아닌드라가 뿔피리를 불었다. 밤호랑이들이 포효했고, 엘레크는 우렁찬 소리로 울었다. 환호하고, 작별 인사를 나누고, 슬피 우는 군중을 뒤로한 채, 마이에브의 부대는 줄지어 텔라아르를 떠났다.

마이에브는 샤트라스에서 무엇을 만나게 될지 궁금해졌다.

제 8 장

몰락 4개월 전

반델은 카라보르 폐허의 거대한 안뜰에 다른 자들과 함께 서 있었다. 수백 명의 지원자들이 노대에 줄지어 섰다. 벌써 몇 주째 일리단이 돌아오기만을 기다리고 있었다. 아무도 그가 어디에 있는지 알지 못했다. 가장 가까운 추종자들조차 일리단의 왕래를 알지 못했다.

반델은 초조해졌다. 지금껏 꽤 오랜 시간, 엘라리지엘이나 바늘과 같은 문신을 지닌 투사들의 지도 아래 훈련을 해왔다.

자기가 신이라도 되는 양 거만하고 자신감 넘치는 금발의 베레디스 교관은 그에게 악마의 천성에 대해 가르쳐줬다. 그가 어둠의 의회에 침입해 들어가 저주받은 이름의 책을 훔쳐냈다는 소문도 돌았다.

부드러운 말씨의 알란디엔은 침투 전략을 설명했다. 그녀는 일리단에게 직접 훈련을 받았다고 주장했다.

그들 중 가장 나이가 많은 나이트 엘프인 네사렐은 무기 사용법을 가르쳤다. 그는 나이 탓에 허리가 굽긴 했지만, 검만 들면 젊은이처럼 민첩하게 움직였다.

모두들 무기 다루는 연습을 하고, 동료 신병들과 대련을 하고, 조금씩 서로에 대해 알아갔지만, 반델이 본래의 목적을 이루는 데는 아무런 진전이 없었다.

때로는 당장 이곳을 박차고 나가, 아웃랜드에 들끓는 불타는 군단의 하수인 수만 마리 중 하나라도 죽이는 게 더 나은 복수가 될 것 같았다. 물론 그러다가는 곧장 죽음을 맞이하고 아무것도 이루지 못할 것이다. 불타는 군단은 그런 하수인이 무수히 많았으니까.

라바엘이 그의 곁에 다가와 섰다. 반델이 처음 이곳에 도착한 이후, 둘은 줄곧 함께였다. 주위에 함께 모인 다른 이들과 비교하면, 라바엘은 평범해 보였다. 지난 몇 주 동안, 반델은 후보생 대부분을 만나보았다. 다들 마음에 품은 이야기가 하나씩 있었고, 그 이야기는 모두 끔찍하고 처절했다. 신병들 중 대다수는 캘타스 왕자가 악마와 싸우는 법을 배우라며 보낸 블러드 엘프들이었다. 칼도레이는 그에 비해 훨씬 적었다.

다른 나이트 엘프 중에는 영원노래 숲 출신의 셀라단이라는 자가 있었다. 그의 몸은 지옥불정령에게 십여 차례 구타당한 탓에 끔찍한 화상을 입은 상태였다. 오른쪽 얼굴은 턱 부분이 심하게 움푹 파여 있었다. 그토록 심한 화상을 입은 나이트 엘프라면 고통 없이 움직일 수 없을 테지만, 이유는 알 수 없어도 셀라단은 마을 경비병 시절처럼 유연하게 움직였다.

아름다운 이스테스는 불타는 군단의 공격에 아이 셋을 모두 잃었다. 그리고 불타버린 아이들의 유해를 주머니에 넣어 가슴께에 매달고 다녔다. 반델은 미치광이처럼 중얼거리는 그녀의 혼잣말에 귀를 기울여 그 모든 사연을 알게 되었다. 상태가 좋지 않은 밤이면 이스테스는 불이 타오른다며 끝도 없이 비명을 질렀다. 블러드 엘프 남자 하나가 강제로 그녀를 조용히 시키려 한 적도 있었다. 하지만 그녀는 칼을 단 한 번 휘두르는 것으로 그자를 죽여버렸다.

마벨리스는 웃고, 웃고, 또 웃었다. 그에게는 모든 것이 웃긴 모양이었다. 아무 일도 아닌 것에 웃거나, 다른 동료가 고통을 겪는 모습을 보며 웃는 건 당혹스럽기도 했다. 그의 두 눈 속에는 다른 이들의 고통으로부터 기쁨을 느끼는 무언가가 있었다.

시아나. 그녀는 군단에 관한 일이라면 유난히 날카롭게 반응한다는 점만 빼면 평범했다. 악마들이 자신에게 어떤 짓을 했는지 얘기하지 않았지만, 그녀를 보고 있으면 온몸으로 복수를 갈구하고 있다는 느낌을 받을 수 있었다.

라바엘은 블러드 엘프를 신뢰하지 말라고 당부하면서, 그들이 비전 마법에 대한 중독 때문에 뒤틀렸다고 주장했다. 반델에게는 아무 상관 없는 일이었다. 불타는 군단이 침공한 이후로, 그는 동족이 지닌 편견 따위는 신경도 쓰지 않았다. 자신의 증오가 이끄는 여정을 따라가는 것만으로도 버거웠기 때문이었다.

그래도 한 가지는 분명했다. 악마들 때문에 고통을 받아야 했던 다른 종족에 비해, 엘프들은 불타는 군단을 증오해야 할 이유가 훨씬 더 많았다. 그런 점이 자신과 닮아 있었기에, 그는 모든 엘프에게서 묘한 동지애를 느꼈다.

반델과 동료들이 처음으로 이 길을 걷는 지원자는 아니었다. 다른 자들도 있었다. 대부분 자기들끼리 어울렸지만, 가끔씩 훈련하는 모습이 눈에 띄기도 했다. 온통 문신과 흉터로 뒤덮이고, 신체가 기이하게 변형된 그들은 반델과는 근본적으로 다른 부류로 보였다.

그들 모두가 눈이 멀어버린 건 아니었지만, 다들 눈이 조금씩 달랐다. 바로 그 점이 별개의 정예 부대를 나타내는 표시였다. 검은 사원의 하수인들과 병사들도 그들을 대할 때면 늘 두려움과 존경심이 섞여 있는 듯했다. 후보생들은 경외감과 질투가 섞인 시선으로 그들을 바라봤다. 그들은 이곳에 찾아온 지원자 모두가 원했던 냉철함과 힘, 자신감을 갖고 있었다. 신비로운 느낌이 그들을 감싸고 있었고, 어딘가 낯선 미지의 힘이 느껴졌다. 문신을 지닌 병사들은 이미 악마들을 해치운 경험이 있다는 소문도 돌았다.

반델도 불타는 군단의 존재감을 느낀 적이 있었다. 일리단이 구속한 하수인들이 검은 사원에 머물고 있기 때문이라고 막연히 생각했지만, 가끔씩은 악마들이 자신을 지켜보는 듯한 서늘한 느낌에 뒤를 돌아보면, 바늘이나 엘라리지엘이 자신을 보고 있었던 일도 적지 않았다. 문신을 지닌 병사들의 묘한 시선은 늘 그를 불편하게 했다. 무언가가 그를 이렇게까지 동요하게 만든 건 정말 오랜만이었다. 후보생들 사이에 또 다른 소문도 돌았다. 일리단이 사실 이미 반쯤은 악마가 되었고, 교관들도 모두 그와 같은 변화를 겪었으며, 악마를 제거하기 위해서는 스스로 악마가 되어야 한다는 이야기였다.

검은 사원 자체도 무척 불편한 장소였다. 마그테리돈의 영향력 때문에 신성한 장소가 뭔가 다른 것으로 변형되어버렸다. 일리단의 추종자인 소위 일리다리들은 그곳의 분위기를 바꿀 어떤 노력도 하지 않았다. 일리단은 악마사냥꾼이라고 불렸지만, 그를 따르는 자들 중에는 악마의 수가 굉장히 많았다. 카라보르의 폐허 속에서도 박쥐의 날개를 지닌 거대한 파멸수호병이 어슬렁거리며 신성했던 대지를 더럽혔다. 반델은 검은 사원에서 메아리치는 괴물들의 괴성을 들은 적도 있었다. 서큐버스와 사티로스에 대한 이야기도 후보생들 사이에서 흔히 언급되었다.

반델은 생각에 깊이 빠져 라바엘이 자신의 어깨를 흔드는 것도 몰랐다.

정신을 차리고 고개를 돌린 그의 시선은 라바엘의 손가락이 가리키는 곳으로 향했다. 일리단이 날아드는 매와 같은 모습으로 검은 하늘에서 안뜰을 향해 내려왔다. 마치 사냥감을 쫓는 매처럼.

반델은 일리단이 거대한 가죽 날개를 펄럭이며 낙하 속도를 늦춘 후, 자신 앞에 내려앉는 모습을 보면서도 움직이지 않았다. 앞이 보이지 않는 일리단의 눈은 먼 곳에 초점을 맞추고 있었지만, 갈퀴발톱이 길게 뻗은 손가락은 모여 있는 후보생들을 똑바로 가리켰다.

조롱하는 듯한 웃음이 배신자 일리단의 입술을 뒤틀었다.

"이제 시작이다."

뭘 시작한다는 거지? 반델은 궁금했다. 지금까지는 무기 훈련과 동료들의 불평에 귀를 기울이는 게 전부였다. 일리단이 마침내 어둠의 지식을 나눠줄 준비가 됐다는 뜻일까? 서로 짝을 지어 대련하거나 베레디스와 같은 교관의 끝도 없는 강의를 들어야 했던 지루한 날들이 끝나고, 드디어 악마를 처치하는 실질적인 방법을 배울 수 있게 되는 걸까?

일리단의 차가운 미소가 사라졌다.

"주위를 둘러봐라. 지금은 오백 명이 넘지만, 모든 일이 끝나면 백 명도 채 남지 않을 것이다."

그는 잠시 말을 멈추고 그 말이 충분히 전달되기를 기다렸다. 그리고 웃음을 머금은 채 말을 이었다.

"너희는 모두 불타는 군단을 없애는 일에 목숨을 바치겠다고 맹세했다. 그리고 이제 그 맹세를 증명할 기회가 왔다. 누가 첫 번째가 되겠느냐?"

처음에는 그 누구도 대답하지 않았다. 다들 주위를 두리번거리며 눈치만 살폈다. 마침내 때가 되었지만, 그 누구도 지금의 위치를 벗어나 자신을 기다리는 운명 앞에 선뜻 다가서지 못했다. 긴장감과 공포가 후보생들을 뒤덮었다.

반델은 깊이 숨을 들이쉬고는 앞으로 나섰다.

"전 복수를 하지 못한다면 차라리 죽겠습니다. 필요한 일은 뭐든 하겠습니다."

일리단이 고개를 끄덕였다. 반델은 자신의 행동을 배신자가 기다리고 있었으리라 생각했다. 아니, 어쩌면 모든 게 그의 상상에 불과한 것인지도 몰랐다.

"좋아, 소환 마법진 안으로 들어서라."

일리단이 손짓을 하자, 불길이 땅 위에 복잡한 기하학무늬를 그렸다.

반델은 빛나는 룬에 둘러싸인 커다란 오각별 안으로 들어섰다. 룬의 맥동에는 의미가 있는 것 같았다. 잠시만 곰곰이 생각해보면 그 의미를 이해할 수 있을 것 같았지만, 실제로는 그렇지 못했다. 그의 눈앞에서 룬들은 최면에 걸리기라도 한 듯 흐릿해졌다. 피부가 간질거렸다. 입이 바싹 말랐다. 녹황색 불씨가 주위를 맴돌았다.

일리단이 주문을 외웠다. 지옥 마력이 샘솟았다. 기온이 뚝 떨어졌다. 공기가 아른거리며 응결되더니, 지옥사냥개가 실체화되었다. 상상의 산물인지는 몰라도, 반델의 아들 카리엘을 해친 녀석과 놀랍게도 닮아 있었다.

지옥사냥개는 끔찍하게 울부짖으며 반델을 향해 달려들었다. 긴 촉수를 까닥거리며 크게 벌린 입에는 상어와 같은 이빨이 가득했다. 반델은 룬 단검을 그러쥐고 지옥사냥개를 향해 도약했다. 아들을 해친 야수와 닮았다는 이유 때문에, 그 어느 때보다 맹렬한 분노가 치솟았다. 그는 촉수를 향해 단검을 찔러 넣으며, 몸을 비틀어 지옥사냥개의 주둥이를 피했다. 칼날이 녀석의 감각 기관을 잘라냈다. 지옥사냥개는 온몸을 뒤틀면서도 송곳니로 그의 육체를 물어뜯으려고 발버둥 쳤다.

지옥사냥개와 접촉한 팔 부분이 뜨겁게 타올랐다. 면도날 같은 이빨이 살점을 뜯어냈다. 복수에 대한 열망 때문에 놈의 놀라운 속도를 감지하지 못했던 것이다. 반델은 뒤쪽으로 멀리 도약했다. 무언가 등을 간지럽혀 돌아보니, 마법진이 그려진 공간을 벗어날 수가 없었다. 공기가 고체가 되기라도 한 듯, 마법이 그를 가뒀다. 그가 앞쪽으로 공중제비를 넘자, 놈의 주둥이가 얼굴로부터 불과 한 뼘 떨어진 곳에서 덜컥 다물렸다. 유황 냄새를 풍기는 지옥사냥개의 숨결을 헤치며 반델은 놈의 입천장에 단검을 꽂았고, 칼날은 놈의 뇌까지 깊숙이 들어갔다.

지옥사냥개는 주둥이를 다물려고 했지만, 단검이 입안에 박혀 다물 수 없었다. 입을 움직여봐야 마법이 주입된 단검이 점점 깊이 두개골 안으로 파고들뿐이었다. 헐떡이는 쇳소리가 놈의 입에서 새어 나왔다. 지옥사냥개는 무릎을 꺾으며 쓰러졌고, 몸이 경직되면서 꼬리가 이리저리 흔들렸다.

반델은 열띤 승리의 쾌감에 도취된 채 일리단을 바라봤다. 다음은 뭐지? 순간 일리단이 마법진 안으로 들어섰다. 그 어떤 주문도 그를 막지 못했다.

일리단은 아래로 손을 뻗어 손톱으로 지옥사냥개의 가슴을 가르고, 아직도 뛰고 있는 심장을 끄집어냈다. 그는 그 심장을 반델에게 건넸다.

"먹어라." 일리단이 말했다.

예상치 못한 일이었다. 더럽고 역겨운 고깃덩어리를 바라보며, 반델은 잠시 명령을 거부할까 생각했다. 하지만 고민은 잠시뿐이었다. 일리단의 모습을 바라보고 있노라면, 그의 뜻을 거스르는 일은 애초에 선택지가 없다는 사실을 알 수 있었다. 반델은 두 손을 모아 심장을 받아들었다. 지옥사냥개의 심장은 축축하고 끈적거렸다. 잘린 혈관에서는 암녹색 산성 체액이 흘러나왔다. 손바닥이 화상을 입는 것처럼 화끈거렸다.

반델은 주위를 둘러봤다. 희미하게 아른거리는 마법진 너머에서 모두의 눈이 그를 지켜보고 있었다. 고깃덩어리를 입으로 가져갔다. 혀를 내밀었다. 손바닥과 마찬가지로 혀도 화끈거리며 뜨겁게 달아올랐다. 지옥사냥개의 육신에는 지옥 마법이 가득 들어차 있었다.

반델은 축축한 심장을 한 점 베어 물고는 억지로 씹었다. 살점은 질겼고, 입술에 닿는 느낌은 꿈틀거리는 것처럼 불쾌했다. 한 점을 꿀꺽 삼키자 죽은 악마가 그의 목을 틀어막기라도 하는 것처럼 목이 메었다. 그는 구역질을 하며 억지로 다시 삼켰다. 커다란 민달팽이가 꿈틀거리며 식도를 내려가는 느낌이었다.

일리단은 사체 주위에 고인 피 웅덩이를 가리켰다.

"마셔라."

반델은 웅크리고 앉아 두 손에 피를 담았다. 손가락이 화끈거리는 느낌이 더욱 강해졌다. 욕지기와 현기증 때문에 머리가 빙글빙글 도는 것 같았지만, 가까스로 그 끔찍한 액체를 한 모금 마실 수 있었다. 고블린 양조장에서 빚어낸 쓰레기 밀주처럼 목이 화끈거렸다. 반델은 자신이 악마의 독에 중독되는 건 아닌지 염려스러웠다. 뱃속이 뒤틀렸다. 토하고 싶었다. 뱃속에서 무언가가 발길질하는 듯한 끔찍한 느낌이 들었다. 악마의 육신이 똬리를 튼 채, 밖으로 나오려고 뱃속을 온통 갉아먹는 광경이 머릿속에 떠올랐다.

일리단이 주문을 읊기 시작했다. 거대한 초록색 빛의 구체들이 그의 주위를 맴돌며, 아른거리는 에메랄드 태양처럼 타올랐다. 구체가 뜨거운 열기와 마법의 힘으로 불탔기 때문에, 반델은 피부가 갈라지는 것 같은 기분을 느꼈다. 번개가 구체와 구체 사이를 연결하며 빠직거리는 마력의 감옥을 만들었다. 곧이어 일리단이 무어라 한마디를 내뱉자, 번개의 화살은 반델을 향해 날아왔다. 마법이 몸을 가득 채우는 순간, 반델은 비명을 질렀다.

다리에 힘이 풀렸다. 반델은 머리를 감싸며 쓰러진 후, 옷에 붙은 불을 끄려는 사람처럼 이리저리 굴렀다. 고통은 강렬했다. 그는 일리단이 자신을 죽이려 한다고 확신했다. 고개를 들자 변형된 모습으로 자신을 내려다보는 일리단의 모습이 보였다. 이제는 엘프와 닮은 구석이 조금도 없었다. 암흑의 오라가 주위를 감싸고 있어, 뒤틀린 형체는 흐릿하게만 보였다. 순수한 악의가 눈구멍에서 불타오르는 것이, 두 눈을 감싼 천 너머에서도 보였다. 반델은 사악한 빛의 웅덩이를 향해 추락하는 기분을 느꼈다. 끝없는 공허 속으로 떨어지는 것만 같았다.

기이한 감정이 가득 차올랐다. 심장 속에서 분노가 타올랐다. 반델은 손을 뻗어 일리단의 목을 조르고 생명을 뽑아내려 했다. 하지만 그의 육신은 반응하지 않았다. 감각이 뒤섞였다. 초록색 빛이 지글거리며 타오르는 소리가 들리고, 일리단이 완전한 룬어로 주문을 외우는 소리가 들렸다. 아래쪽 검은 사원의 바위 사이로 마법이 고동치는 것이 느껴졌고, 반델은 자기 안의 공허를 인지했다. 무언가가 커지고 있었다. 심히 거대하고 강력한, 그리고 더없이 악한 존재가 그의 영혼을 집어삼키려 했다.

곧이어 온 세상이 아른거리며 사라졌다.

제 9 장

몰락 4개월 전

사방으로 온 마을이 불타올랐다. 고대 나무의 잎사귀들도 잿더미가 되어 흩날렸다. 통나무로 만든 집들은 우지끈 소리와 함께 쓰러지며 불탔다. 이글거리는 솔잎 냄새가 대기를 가득 채웠다. 나무속에서 부글거리며 끓어오른 수액이 열기에 시달려 펑 소리를 내며 터졌다.

그는 연기로 가득 찬 거리를 질주하며 부인과 아이의 이름을 목 놓아 불렀다. 한 손에는 기다란 사냥용 칼이 들려 있었다. 악마들이 폐허 속에서 사방팔방 헤집고 다녔다. 임프는 타오르는 건물들을 향해 불화살을 날렸다. 거대한 지옥불정령이 육중한 몸을 이끌고 거리를 짓밟았다. 가면을 쓰고 중무장한 모아그는 이리저리 뒤뚱거리며 눈에 보이는 모든 것을 향해 무기를 휘둘러 마법의 불로 뒤덮었다. 마을 중앙에 있는 기다란 집의 지붕보 위에는 날개 달린 공포의 군주가 거대한 몸집을 자랑하며 서 있었다.

반델은 앞쪽에 나타난 자신의 집을 보며 한순간 희망을 품었다. 문간에 카리엘의 얼굴이 나와 있었다. 아버지를 손짓하며 부르는 듯했다.

모든 것이 현실 같았다. 비참했던 지난 5년의 세월이 연기처럼 사라지고, 아들을 구할 수 있는 두 번째 기회가 주어진 것만 같았다. 하지만 반델은 이 모든 게 사실이 아니라는 걸 알고 있었다. 악몽 속에서 그랬던 것처럼, 그는 다음에 일어날 일을 알고 있었고, 예상은 빗나가지 않았다.

아들의 모습이 집 안으로 사라졌다. 작은 주먹이 마지막으로 끌려 들어갔다. 반델은 훌쩍 뛰어 문턱에 다다랐다. 카리엘이 누워 있었다. 감기지 않은 두 눈은 천장을 향해 공허한 시선을 던졌다. 가슴팍에는 지옥사냥개가 웅크리고 앉아 아들의 몸을 뜯어먹고 있었다. 아이가 무척이나 자랑스럽게 여겼던 작은 은빛 잎사귀는 여전히 목에 매달려 반짝였다.

지옥사냥개가 고개를 들고 반델을 쳐다봤다. 거대한 바퀴벌레의 더듬이처럼 촉수가 흔들거렸다. 악마의 송곳니에는 카리엘의 피가 묻어 있었다. 아침에만 해도 명랑하게 웃음을 터뜨렸던 아들이 차갑게 식은 채 널브러진 모습을 보자, 고통의 창이 반델의 심장을 꿰뚫었다.

달콤한, 너무나도 달콤한 고통이야.

몸속 깊은 곳에서 목소리가 들렸다. 심장이 터지고, 머리가 쪼개질 것만 같았다. 이런 고통을 또다시 견뎌낼 수는 없었다.

하지만 앞으로도 계속 그래야 할 텐데. 난 그 고통을 만끽하며 네 영혼을 삼킬 것이고.

마음속에 정체를 알 수 없는 낯선 존재가 자리 잡고 있었다. 반델 자신의 목소리 같았지만, 그 주인은 달랐다. 이 끔찍한 공포를 바라보고, 한껏 만끽하고, 매 순간을 즐기는 어떤 존재의 목소리였다.

네 공포가 내 배를 채운다. 날 강하게 만들지.

그때 지옥사냥개가 반델을 향해 달려들었고, 잠시 그 목소리를 잊어야 했다. 그 악마는 짧은 다리로 무척이나 빠르게 움직였다. 커다랗게 벌린 주둥이에서 날카로운 이빨이 드러났다. 반델은 공격을 피하면서 몸을 돌려 칼을 휘둘렀고, 지옥사냥개의 옆구리에 초록색 상처를 남겼다. 분노와 증오가 공격에 힘을 실었다. 놈의 육체를 베자 두 가지 감정이 모두 충족되었다.

그래, 복수해라. 내 배를 채워라.

반델은 충격에 휩싸여 잠시 멈춰 섰고, 지옥사냥개의 공격을 가까스로 피했다. 그는 앞으로 달려 나갔지만 아내의 사체에 발이 걸려 넘어졌다. 반델은 몸을 굴려 재빨리 일어서서 벽을 등지고 다가오는 악마와 마주했다. 지옥사냥개가 사납게 뛰어올랐다. 피할 방법이 없었다. 반델도 도약했다. 지옥사냥개의 목덜미를 붙잡은 그는 놈의 심장 부위에 칼을 찔러 넣었다. 유황 냄새를 풍기는 놈의 숨결이 반델의 후각을 자극했다. 악마의 발톱이 그의 가슴을 이리저리 할퀴어, 가죽조끼를 찢고 깊은 상처를 남겼다.

이렇게 맛 좋은 고통이라니.

통증 때문에 제대로 움직일 수 없었지만, 그는 체중을 앞으로 실었다. 지옥사냥개가 뒤로 나자빠졌다. 그는 다리를 벌리고 놈의 가슴에 올라타 그대로 찍어 눌렀다. 반델은 칼자루를 두 손으로 움켜잡은 채, 지옥사냥개를 찌르고 또 찔렀다. 꿈틀거림이 잦아들고 결국 놈은 움직임을 멈추었다.

연기가 주위를 가득 채웠다. 상처를 입은 반델이 땅 위에 드러누웠다. 고개를 돌리자 카리엘의 얼굴이 보였다. 그는 손을 뻗어 아들의 뜬 눈을 감겨주었다. 눈물이 볼을 타고 흘러내렸다. 움직일 수가 없었다. 움직이고 싶지 않았다. 불타는 집과 함께 잿더미가 될 때까지 그대로 누워 있고 싶었다.

이렇게 배부른 슬픔이라니.

넌 누구냐? 반델이 물었다. 두근거리는 악마의 심장을 씹어 삼키던 자신의 모습이 머릿속을 스쳤다.

넌 날 먹었다고 생각했겠지만, 사실은 내가 널 먹은 것이다.

한순간 반델은 악마의 살점이 자신의 육체를 파고들어 융합하는 걸 느꼈고, 악마의 영혼이 자신의 영혼과 합쳐지는 것을 실감했다. 불타는 마을이 흔들렸다. 고개를 들자 검은 사원의 안뜰에서 일리단이 자신을 내려다보고 있는 모습이 보였다. 그는 악몽을 떨쳐내려 했지만, 그 꿈은 끊임없이 되풀이되며 그의 정신을 사로잡고 모든 감각을 몰아냈다. 결국 반델은 폐허가 된 집으로 돌아와, 현실과도 같은 악몽을 끊임없이 반복해서 경험해야 했다.

거대한 형체가 문간을 채우며 불타는 마을의 빛을 가렸다. 악마였다. 반델은 힘겹게 일어섰다. 불에 타 죽는 건 몰라도, 적의 손에 죽을 수는 없었다.

그는 비틀비틀 앞으로 나서며 칼을 휘둘렀다. 침입자는 아무렇지도 않게 그의 손목을 붙잡았고, 팔을 뒤틀어 반델을 길거리에 내동댕이쳤다. 그는 땅바닥에 나가떨어지면서도 몸을 굴려 일어섰다. 주위를 둘러보니 다른 악마들은 모두 죽었고, 사체들만이 땅 위에 널브러져 있었다.

악마가 돌아서자, 반델은 그가 어딘가 다르다는 걸 알 수 있었다. 얼핏 나이트 엘프로 보였지만, 그들보다는 키가 크고 악마의 특징이 두드러졌다. 빛을 발하는 문신이 온몸을 뒤덮었다. 타락한 신의 얼굴이 반델을 내려다보았다. 눈은 룬천으로 가려져 있었지만 그를 볼 수 있는 것 같았다. 반델에게도 낯익은 얼굴이었다. 끔찍한 전설 속의 나이트 엘프가 지금 눈앞에 서 있었다.

"일리단! 이 배신자! 모두 네가 한 짓이더냐!"

반델은 단검을 움켜쥐고 온 힘을 다해 몸을 던졌다. 정확하게 조준한 완벽한 일격이었다. 지금껏 이보다 더 순수한 공격을 해본 적이 없었다. 운명의 무게가 실려 있었다. 그는 배신자의 목숨을 끊는 존재가 될 예정이었다.

칼날의 끝이 일리단의 심장이 있는 곳, 문신으로 덮인 피부에 닿았다. 강철과도 같은 손아귀가 반델의 손목을 붙들고 그대로 멈춰 세웠다.

"난 적이 아니다." 일리단이 말했다.

"네가 저지른 짓의 대가를 치르게 해주마."

반델의 외침에 일리단의 입가로 쓸쓸한 웃음이 떠올랐다.

"네가 처음은 아니다. 하지만 넌 지금 증오를 낭비하고 있을 뿐이다. 이건 불타는 군단의 짓이니까."

"너도 군단을 섬긴다."

"난 나를 섬긴다."

"거짓말하지 마라. 하긴, 거짓말이 일상이겠지."

"내 적들이 그런 말을 퍼뜨리더군."

반델은 다시 체중을 실어 몸을 앞으로 기울였다. 칼날은 움직이지 않았다. 이마에 땀이 맺혔다. 일리단은 아무렇지도 않은 듯했다.

"너 때문에 내 가족이 죽었다."

슬픔에 겨워하며 반델이 이를 갈았다.

"주위를 둘러봐라. 악마가 보이느냐? 모두 죽었다. 내가 죽였다."

"거짓말."

"내가 너무 늦게 도착한 탓에 이 마을을 구할 수 없었다는 사실이 무척이나 가슴 아프다. 이곳은 내게도 소중한 기억이 있는 마을이다. 일만 년 전, 이곳에서 잠시나마 행복했으니까."

"거짓말!"

반델이 주먹을 그러쥔 채 일리단을 때리려 했지만 일리단은 그 주먹을 쉽게 막아냈다.

"건방지게 구는 것도 지긋지긋하구나. 그래도 네게는 조금이나마 힘이 있다고 생각했었다. 사냥용 단검 한 자루로 악마를 죽이는 건 아무나 할 수 있는 일이 아니다. 칭얼거리며 거기 계속 누워 있겠느냐, 아니면 이런 짓을 한 자들에게 복수하겠느냐? 날 따라와라. 그러면 복수할 수 있다."

반델은 배신자의 얼굴을 똑바로 바라봤다. 룬천 때문에 표정을 읽을 수 없었다.

"결코 널 섬기진 않아."

"앞으로의 길은 두 갈래뿐이다. 하나는 광기와 죽음에, 다른 하나는 내 그림자에 이르는 길이지."

"절대로 후자를 선택하지는 않겠다."

일리단은 힘도 들이지 않고 반델을 밀쳐냈다.

"모든 것들의 끝이 다가오는 지금, 나도 바보에게 시간을 낭비할 수 없다. 복수를 하려거든 날 찾아와라."

반델의 시야를 어둠이 뒤덮었다. 불타는 마을에서 피어난 상승 기류가 연기와 불꽃으로 그의 얼굴을 감쌌다. 어둠이 걷혔을 땐 이미 일리단이 사라진 뒤였다. 반델만이 산산조각 나버린 삶의 폐허 한가운데에 홀로 남았다.

머릿속에서 조롱하는 목소리가 들렸다.

그의 말이 옳았다. 지금은 너도 알고 있겠지. 아니, 슬픔을 받아들인 후에야 알 수 있었겠지. 넌 그렇게 오랜 시간 동안 방황하며 그를 찾았다. 이제야 그를 만났지만, 너무 늦어버려서 아무 쓸모가 없겠구나. 넌 내 것이고, 내가 널 갖겠다.

눈앞의 광경이 아른거렸다. 마을이 사라졌다. 반델은 벌거벗은 몸으로 파괴된 대지 위에 혼자 서 있었다. 무기도 없었다. 그의 앞에는 죽은 줄 알았던 지옥사냥개가 버티고 있었다. 오직 하나만 달랐다. 사냥개의 눈이 나이트 엘프의 눈으로 바뀌어 있었다. 반델은 그게 자신의 눈이라는 걸 알 수 있었다.

지옥사냥개가 그를 향해 다가왔다. 도망치지 못하는 사냥감을 가지고 놀려는 사냥꾼의 여유로운 움직임이었다. 반델은 두 손을 펼쳤다. 텅 빈 손이었다. 주위를 둘러보며 뾰족한 돌이나 무기로 쓸 만한 것이 없는지 찾았다. 아무것도 없었다. 악마의 발톱이 땅을 긁었다. 지옥사냥개는 그가 당황하는 순간을 틈타 거리를 좁혀왔다. 놈은 몸을 한껏 부풀리며 아가리를 커다랗게 벌렸다.

반델은 지옥사냥개의 이빨이 자신의 목을 물어뜯기 전에 턱을 붙잡았다. 날카로운 이빨이 그의 손가락을 할퀴었다. 반델은 손으로 더듬어 이빨이 면도날처럼 날카롭지 않은 부분을 찾은 후, 잇몸과 입술 사이로 손가락을 밀어 넣었다. 오른손은 운이 좋지 않아 날카로운 이빨에 찔렸다. 고통은 끔찍했다. 악마의 침이 묻은 부위는 화끈거렸지만, 그런 느낌도 고통을 덜어주진 못했다. 오히려 고통을 더욱 증폭시킬 뿐이었다.

이건 현실이 아니야. 반델이 혼잣말을 했다.

아주 생생한 현실이지. 주문으로 만들어진 이 꿈속에서 네가 죽으면, 실제로도 죽게 될 거야. 그러면 내가 네 영혼과 육체를 차지할 수 있지. 난 이미 널 감염시켰어. 이미 네 능력과 생각을 통제할 수 있다고. 난 이미 예전의 나보다 훨씬 더 강한 존재가 되었다.

반델은 놈의 주둥이를 벌리려 했지만, 다물리지 않게 하는 것만으로도 힘에 부쳤다. 지옥사냥개의 이빨이 손가락을 파고들었고, 이 싸움에서 패배하는 건 시간문제임을 직감했다.

반델은 고개를 숙이고 놈의 짧은 목 부위에 얼굴을 들이밀며, 날카로운 이빨을 피하려고 했다. 하지만 지옥사냥개의 발톱이 보호되지 않은 그의 가슴으로 파고들었고, 생살을 찢으며 근육을 짓이기고 갈비뼈를 바스러뜨렸다. 이제 기회는 단 한 번뿐이었다. 반델은 주둥이를 놓고 놈의 몸 아래쪽으로 파고들어 지옥사냥개를 높이 들어 올렸다. 놈은 미친 듯이 버둥거리며 그를 쓰러뜨리려 했다. 반델은 머리 위로 치켜든 악마를 그대로 내리꽂아, 무릎으로 지옥사냥개의 척추를 부쉈다.

지옥사냥개는 사지를 거칠게 움직이며 버둥거렸다. 반델이 악마의 목을 짓밟아 기도를 박살 내고 나서야 그 움직임이 멈췄다.

반델은 알 수 없는 본능에 휘말린 채 헐떡거리는 지옥사냥개의 배를 걸어차 찢고는, 흉강으로 손을 집어넣어 심장을 꺼냈다. 그러고는 심장을 들어 올려 초록색 피를 짜내 받아 마신 후 그대로 심장까지 삼켜버렸다.

심장은 반델의 식도를 질척거리며 내려갔다. 악마의 육체를 섭취하자 이번에는 힘이 커지는 게 느껴졌다. 세계가 아른거리다가 이내 어두워졌다. 현기증이 났다. 그는 악마의 사체 위로 쓰러졌다. 뱃속이 뒤틀리고 갈기갈기 찢어지는 것 같았다.

반델은 죽은 지옥사냥개 위에 널브러진 자신의 시체 위에 서 있었다. 어떤 외부의 힘에 이끌려 그의 영혼이 서서히 떠올라 암흑 속으로 흘러갔다. 아웃랜드가 끝없는 어둠 속의 작은 점으로 보였다. 그 어떤 정신도 품을 수 없는 광활한 공허 속에 작은 세계 하나가 떠 있었다. 반델은 공허 속에서, 생명으로 가득하고 희망으로 반짝이는 또 다른 세계가 헤아릴 수 없이 많다는 사실을 깨달았다.

그중 하나에 집중하자, 황금의 땅에 찬란한 햇살이 드리우고 근심 걱정 없는 사람들이 땀 흘려 수확하는 모습이 보였다. 그리고 현실의 장막을 찢으며 차원문이 열리는 모습을 보았다. 찢어진 틈에서 그 무엇도 막을 수 없는 불타는 군단의 세력이, 오직 파괴와 학살만을 목적으로 하는 불굴의 악마 병력이 쏟아져 나왔다.

아주 오래전에 일어났던 일이었다. 군단은 아제로스에 처음 발을 들이기 전에, 이미 셀 수 없이 많은 세계를 짓밟으며 존재하는 모든 것을 파괴했다. 군단의 유일한 존재 이유는 만물의 학살이었다.

군단의 진군이 잠시 차단되었던 순간도 있었지만, 놈들은 늘 돌아왔고 그때마다 점점 더 강해졌다. 일부 세계는 파괴되지 않고, 정복된 후 군단의 세력권에 편입되어 병력을 생산하고 전쟁 기계에 동력을 공급하는 역할을 했다.

반델은 불타는 군단에 아이를 잃은 유일한 아비가 아니었다. 매 순간 어딘가에서 일만 명의 아이들이 쉬지 않는 야만의 세력에 의해 목숨을 잃었다.

헤아릴 수 없이 숱하게 죽어간 세계들이 반델의 마음에 스쳤다. 거대한 폐허와 한때 하늘에 닿았을 드높은 건물들이 무너져 내린 모습이 보였다. 당당하고 찬란했던 도시는 이제 끝없는 잔해의 평원만 남았다. 그 우주의 생명이 서서히 깜빡이다가 꺼져버리고, 오직 한 줌의 생명만이 남겨지는 모습을 반델은 지켜봤다.

그는 자신이 보는 광경이 진실임을 결코 의심하지 않았다. 불타는 군단이 지나간 길에는 연기가 피어오르는 잔해만이 남았으니까.

이해할 수 없는 광기였다. 군단은 오직 파괴하기 위해서 존재했다. 모든 곳의, 모든 것이 전멸할 때까지 멈추지 않을 셈이었고, 그후 더 이상 적이 남아 있지 않을 때에는 그 야만적이고 폭력적인 본능을 그들 스스로에게 발산하여 끝내 아무것도 남지 않을 때까지 계속 파괴할 것이다. 말로 표현할 수 없이 끔찍한 광경이었다. 그리고 무엇보다도 가장 끔찍한 것은, 군단이 얼마나 강한 존재인지 반델도 알게 되었다는 점이었다. 모든 곳에 존재하는 모든 세계 중, 그 어디에도 군단을 무찌를 수 있는 세력은 없었다.

이제야 너도 진실을 알았구나. 우리와 함께해라. 그 목소리가 다시 들려왔다. 이번에는 달콤한 목소리로 반델을 꾀어내듯 말했지만, 그 이면에는 이전과 같은 굶주림이 느껴졌다.

절대로 그들과 함께하지 않을 생각이었다.

현실이 바뀌었다. 반델은 부서진 탑의 심장 가운데 서 있었다. 검게 타버린 뼈로 뒤덮인 바닥이 발밑에서 버스럭거리는 소리를 냈다. 그 순간 지옥사냥개가 그를 향해 사납게 달려들었다. 반델은 몸을 숙이고 깨진 갈비뼈를 주워 악마의 심장을 꿰뚫었다. 이번에는 아까보다 더 쉬웠고, 그의 힘도 더 강해진 것 같았다. 악마를 처치할 때마다 그 힘의 일부를 흡수하기라도 하듯이. 그는 또다시 지옥사냥개의 가슴을 가르고, 피를 마시고, 심장을 삼켰다.

거대한 계시가 반델을 강타했다. 이번에는 하나의 우주가 아니었다. 무한에 가까운 우주들이, 복잡한 차원분열도형과 같은 구조를 이루는 모습이 떠올랐다. 매 순간 내린 결정에 따라 새로운 세계들이 생성되었다.

모든 곳에서 불타는 군단이 행군하며 세계와 세계를 연이어 파괴했다. 하나하나의 죽음이 모든 세계가 품은 가능성의 범위를 좁혔고, 결국 수많은 가능성이 한 줌으로 줄어들었다. 그 모든 파괴의 현장에서 군단은 승리하며 미래를 사산시키고, 현재의 모든 생명을 지웠다. 반델은 수많은 아제로스와 수많은 반델과 수많은 카리엘을 보았고, 그들 모두에게 죽음이 찾아오는 모습을 목격했다. 그는 카리엘이 다양한 방식으로 죽어가는 모습을 지켜봐야 했고, 그 수많은 세계 중 어느 곳에서도 죽음을 막지 못했다.

모든 세계에서, 모든 미래에서, 불타는 군단은 그 무엇도 막을 수 없는 존재가 되어 온 우주를 영원한 어둠 속으로 몰아넣었다. 그는 그 모든 것에 도사린 군단의 지도자들을 보았다. 죽었다고 알려진 아키몬드와 킬제덴, 그리고 한때 온 우주를 수호하겠다는 맹세를 했지만 이제는 전 우주를 파괴하는 일에 전념하고 있는 타락한 티탄 살게라스까지.

그 광경들은 계속해서 반델의 두뇌를 파고들어, 그를 광기 너머까지 밀어붙였다. 하나의 죽음을 볼 때마다 그의 일부도 죽었고, 내면의 악마는 그 고통을 먹어 치우며 흡족해했다. 손으로 두 눈을 가려봐도 공포가 밀려드는 걸 막을 수는 없었다. 그는 두 눈을 질끈 감았지만, 보고, 보고, 또 보았다. 더는 견딜 수 없을 때까지.

공포에 빠져 허우적대던 반델은 손가락을 두 눈구멍에 찔러 넣었다. 부드러운 막이 뚫리고 끈적거리는 피가 흘러내렸다. 반델은 계속해서 손가락을 휘저어 눈의 근육과 시신경을 끊고, 끔찍한 소리와 함께 안구를 뽑아냈다.

마지막 순간, 공포에 휩쓸리기 직전 반델은 이것이 바로 일리단이 보았던 광경임을 깨달았다. 이 모든 광경이 일리단을 지금과 같은 존재로 바꿔놓았다. 배신자는 누구보다 먼저 이 길을 걸었다. 이 모든 의식은 일리단의 경험을 재현하기 위한 것이었다.

고통이 반델의 영혼을 불태웠다.

어둠.

침묵.

반델은 고통 속에서 깨어났다. 지금 자신이 있는 곳이 어디인지 알 수 없었다. 아무것도 보이지 않고, 그저 깜빡이며 아른거리는 빛이 느껴질 뿐이었다. 손을 들어 올려 엉망이 된 얼굴을 더듬거리자 예상대로 눈구멍이 텅 비어 있는 것을 느꼈다. 반델 스스로 자신의 두 눈을 파낸 것이다.

공포가 몸을 꿰뚫었다. 살아 있긴 한 걸까? 아무것도 볼 수 없었다. 어쩌면 의식의 여파로 죽어버렸는지도 몰랐다. 어쩌면 그의 영혼이 악몽 속 차가운 황무지에 남겨진 것인지도 몰랐다. 기억의 조각들이 되돌아와 그를 괴롭혔고, 악마의 심장을 삼키던 끔찍한 경험과 그에 대한 기억이 자꾸만 되살아났다. 다행히도 극히 일부만 떠올릴 수 있었다. 그 이상은 기억하지 못한다는 사실이 감사할 뿐이었다. 마음은 그토록 끔찍한 공포를 감당할 만큼 강하지 못했다.

반델은 일어서려 했지만 비틀거리다가 그대로 쓰러졌다. 차가운 돌에 머리가 부딪히자 작은 불꽃들이 주위의 어둠 속으로 번졌다. 시각이 돌아오는 것일지도 모른다는 헛된 희망을 잠시 품어봤지만, 그건 불가능하다는 것을 이미 알고 있었다. 그는 눈이 멀었고, 이제 아무 쓸모도 없는 존재가 되었다.

광기 어린 웃음이 터져 나왔다. 반델은 악마를 죽일 수 있는 힘을 원했지만, 이제는 앞도 보지 못하는 신세가 되었다. 불타는 군단에 맞서 싸우겠다는 열망에 가득 찼었지만, 이제는 그 누구도 군단에 맞서 승리할 수 없다는 깨달음만을 얻었다.

절망이 물밀듯이 밀려 들어왔다. 내면 깊은 곳에서 악마가 배를 채우고 있었다. 악마는 그의 암울함 속에서 양분을 섭취하고, 비참해하는 마음을 속속들이 훑어보며 히죽거렸다.

할 수만 있다면 울었을 것이다. 반델은 절망에 사로잡힌 채 텅 빈 눈구멍을 손으로 덮었다.

제 10 장

몰락 4개월 전

눈부신 판금 방어구를 차려입고 엘레크 위에 올라탄 경비병들이, 다가오는 마이에브를 무표정하게 바라봤다. 경비병들의 휘장에는 나루의 문장이 새겨져 있었다. 마이에브는 그들이 자신의 일행보다 훨씬 더 위압적인 세력들을 많이 보았을 거라고 짐작했다. 샤트라스는 아웃랜드에서 그녀가 보아온 도시들 중 단연코 가장 거대한 곳이었다. 거대하고 두터운 성벽 너머, 갈래발굽이 끄는 수레들이 줄지어 지나간다고 해도 마이에브에게는 보이지 않을 것 같았다. 하늘을 향해 솟아오른 거대한 탑들은 엄청난 규모의 성곽 너머에서도 두드러지게 눈에 띄었다. 도시 위쪽으로는 그보다 더욱 거대한 산맥이 북부로부터의 접근을 차단했다.

하늘을 나는 거대한 야수가 머리 위로 지나가 요새 너머로 내려갔다. 마이에브는 하늘을 나는 가오리들을 갖고 싶었다. 그 위에 올라타기만 하면 신속하게 적을 공격하고, 적이 미처 대응하기도 전에 사라질 수 있을 것 같았다.

하지만 마이에브는 이내 그 생각을 떨쳐버렸다. 그녀가 그런 탈것을 손에 넣을 수 있다면, 적도 마찬가지일 것이다. 그건 그저 전투가 새로운 전장으로 이동한다는 뜻일 뿐이다. 적어도 지상에서 그녀의 병력은 숲의 그늘 속으로 몸을 숨길 수 있었다. 그게 나이트 엘프의 특기였고, 드레나이와 뒤틀린 자들이 지금 배우고 있는 기술이었다.

이곳의 숲은 고향과 비슷하지 않았다. 아웃랜드의 많은 것들과 마찬가지로, 숲은 이질적이고 낯설었다. 혐오스럽고 커다란 나방들이 나무 사이로 날아다녔다. 대부분 지옥 마법에 오염된 곤충들이었다. 이 세계를 경험하면 할수록, 수수께끼의 악한 마력이 온 세상을 가득 채우고 있다는 걸 알 수 있었다. 어쩌면 불타는 군단이라는 존재 때문인지도 몰랐다. 마이에브가 생각하기에 적어도 한 가지는 분명했다. 아웃랜드는 일리단에게 꼭 맞는 장소였다. 그가 갈망하는 모든 것이 여기 있었다. 일반적인 엘프라면 결코 적응할 수 없는 이곳이 일리단에게는 고향처럼 편안한 게 분명했다.

마이에브는 이를 뿌드득 갈다가 아닌드라의 시선을 느끼고는 그만두었다. 잔뜩 찌푸렸던 이마의 주름을 펴고, 문을 향해 전진하라는 신호를 보냈다. 드레나이 경비병들은 접근하는 그들의 모습을 보고도 긴장하는 기색을 드러내지 않았다. 그들은 마지막 순간까지 기다리다가 창을 내려 입구를 가로막았다. 엉성한 경비 태세였다. 밤호랑이라면 충분히 뛰어넘을 수 있었지만, 그런 식으로 해결할 문제가 아니었다.

"샤트라스에 무슨 용무가 있는지 밝히십시오."

오른쪽 경비병이 말했다. 두 명의 경비병 중 상급자인 것 같았다.

"아들을 만나러 왔다."

드레나이 경비병의 표정에는 아무런 변화가 없었다.

"동행한 수행원들도 마찬가지입니까?"

"그렇다."

아마 마이에브의 병력 중 상당수가 드레나이라는 점이 도움이 된 듯싶었다. 아니면 그저 피난민들에게 익숙했는지도 모른다. 그녀의 투사들은 힘겨운 여정과 전투에 시달린 탓에 몰골이 엉망이었으니까. 혹은 더 많은 병력이 샤트라스에 합류하는 것이니 나쁘지 않다고 생각했을 수도 있다.

경비병들이 창을 거뒀다. 군기가 다시 한번 바람에 펄럭였다. 마이에브는 밤호랑이를 몰고 거대한 바위 아치를 통과했다. 그녀는 도시의 관문을 지나자마자 헉하고 숨을 멈출 수밖에 없었다. 이곳에는 고대의 자애로운 힘이 깃들어 있었다. 그 힘이 스며든 바위 하나하나가 모여 불타는 군단의 하수인들을 막아내는 물리적 방벽 그 이상의 것이 되었다. 마이에브는 거대한 중앙 탑에서 고동치는 막강한 마력이 도시 전체를 감싸고 있는 것을 느꼈다.

"빛께서 우리와 함께하시는군요." 아닌드라가 말했다.

그게 무엇인지는 몰라도 그녀 역시 느낀 모양이었다.

"부디 그러길 바라야지. 더러운 기만이 아니길 기도하자."

악은 자애로운 가면을 쓰는 경우가 너무 많았다. 사악한 존재는 늘 신성함의 장막 뒤에 숨었다. 이 방법은 순진한 자들을 기만하기가 아주 쉬웠다. 마이에브는 자신이 속고 있을 가능성에 대해서도 오랫동안 곰곰이 생각해봤다. 일리단을 끝장낼 수만 있다면 킬제덴의 도움이라도 기꺼이 받아들이겠다고 생각한 적도 있었으니까.

그녀는 나루가 생각보다 자애롭지 않은 존재라고 해도 상관없다는 결론을 내렸다. 배신자와 맞서는 데 도움을 준다면 누구와도 맹약을 맺을 준비가 되어 있었다.

그들은 샤트라스의 드넓은 거리를 걸었다. 드레나이 병사들이 동료와

나이트 엘프 지휘관들에게 이런저런 구경거리들을 가리켰다. 이곳에 직접 와보지는 못했더라도, 다들 샤트라스에 대해 들어본 적이 있는 모양이었다. 드레나이에게는 이 도시가, 나이트 엘프에게 있어 다르나서스와 같은 의미일 거라고 마이에브는 짐작했다.

샤트라스는 비록 살아 있는 나무로 이루어진 경이가 아니라 그저 바위로 세운 도시였지만, 나름의 방식으로 인상적이었다. 도시 안에 모인 수많은 드레나이 피난민들과 마찬가지로, 샤트라스 또한 어딘가 파괴된 모습이었다. 마치 한때 강성했던 대도시의 폐허를 보수한 것 같은 느낌이었다. 주위의 거주민들도 그런 장소와 어울려 보였다. 다들 지치고 굶주린 표정이었다. 손을 내밀고 다가오는 이들도 있었다. 그중에는 아이들도 있었다. 마이에브는 이런 피난민들에게 줄 것이 없었다. 병사들을 먹이고 입히는 것만으로도 충분히 힘겨운 일이었고, 동전 한 닢까지 전쟁을 준비하는 데 동원해야 했다.

아웃랜드 전역에서 사람들이 모여들었다. 뒤틀린 드레나이들은 길가에 임시로 세운 달개집에 웅크리고 앉아 있었다. 오크들도 눈에 띈다는 사실이 놀라웠다. 정확한 이유를 설명할 수는 없었다. 오크와는 싸우는 것에 너무 익숙했던 탓에, 본능적으로 칼을 뽑아 들고 싶어 손이 근질거렸다. 하지만 그건 자신을 바라보는 블러드 엘프를 보고 느꼈던 분노에 비하면 아무것도 아니었다. 그리고 그들의 존재를 눈치챈 건 그녀만이 아니었다.

"블러드 엘프군요."

아닌드라가 경멸 어린 투로 말했다. 그녀도 마이에브와 마찬가지로 이 뒤틀린 엘프들을 혐오하고 있었다. 블러드 엘프는 아서스가 태양샘을 더럽히고 그 마력으로 리치 켈투자드를 되살리던 때, 비전 마법의 원천을 잃어버렸다. 그리고 그 때문에 이제는 비전 마법에 대한 채울 수 없는 갈망을 느끼며 살아가야 했다.

블러드 엘프의 입술이 뒤틀리며 비웃음을 지었지만, 마이에브와 그녀의 일행을 똑바로 바라보지는 못했다.

"불쌍한 엘프들이야."

사리우스는 나이트 엘프의 모습으로 곁에서 함께 걷고 있었다.

"저들의 삶은 마력에 대한 비정상적인 갈망 때문에 온통 뒤틀렸으니까."

"난 저런 처지가 되면 살아갈 수 없을 거야." 아닌드라가 말했다.

사리우스는 묘한 웃음을 지었다.

"저들도 한때는 우리 동족이었어. 다시 그렇게 될 수도 있고. 다들 구원을 받을 수 있을지도 모르잖아."

마이에브가 그를 바라봤다. 예상할 수 있었던 일이다. 사리우스는 드루이드였고, 드루이드의 사고방식은 어딘가 조금 이상했다.

"내 생각에 저들은 구원을 원하지 않는 것 같아. 지금의 삶을 즐기는 것 같거든."

"네가 어떻게 알아?"

아닌드라의 말에 사리우스가 물었다.

"저들과 이야기를 나눠본 적이라도 있어?"

"아니. 놈들이 날 죽이지 못하게 하는 것만으로도 너무 바빴으니까."

아닌드라가 부드러운 목소리로 말하며 사리우스를 향해 웃어 보였다.

"너도 기억할 거 아냐?"

"내가 그 상처를 치료했었지."

사리우스도 웃고 있었다. 둘은 서로를 애정 어린 시선으로 바라봤다. 그런 감정이 둘의 능력에 영향을 주지 않는다면, 마이에브는 개의치 않았다.

마이에브는 밤호랑이를 계속 몰면서 자신들을 주시하는 신도레이의 눈이 한 쌍만은 아니라는 것을 눈치챘다. 모두 차가운 시선이었다. 블러드 엘프가 캘타스의 첩자라면, 그를 통해 일리단에게까지 소식이 전해질지 궁금했다.

수정 술잔의 간판이 거리 위에 매달려 있었다. 음악 소리와 흥청거리는 소음이 안쪽에서 흘러나왔다. 마이에브가 병력을 이끌고 안뜰로 들어서자, 뒤틀린 드레나이 마구간지기들이 달려 나와 그들을 맞이했다. 다들 엘레크를 다루는 데는 아무 문제가 없었지만, 밤호랑이에는 그 누구도 손을 대려 하지 않았다.

덩치가 큰 뒤틀린 드레나이가 건물에서 나타났다. 기수들의 숫자를 보고는 그의 눈이 휘둥그레졌다. 머릿속으로 오늘의 수입을 계산하고 있는 모양이었다.

"빛의 축복이 여러분과 함께하시길."

그가 뿔 달린 머리를 깊이 숙이며 말했다. 입 주위의 긴 촉수가 아래로 축 늘어졌다. 그는 손을 모아 깍지를 꼈다.

"수정 술잔에 잘 오셨습니다. 만족스러운 휴식을 약속드리겠습니다."

"기대가 크다. 아레크론이 알렉시우스의 친절함에 대해 칭찬을 늘어놓더군."

마이에브의 말에 뒤틀린 드레나이의 미소가 더욱 커졌다.

"제 사촌을 만나보신 모양이군요. 그렇다면 세 배로 더 환영합니다. 수행원들도 잠잘 곳이 필요하겠지요?"

"나와 장교들 외에는 십여 명의 호위병만 이곳에 묵을 것이다. 나머지 병력은 성벽 밖에 야영지를 세울 테니까."

알렉시우스는 실망감에 얼굴을 살짝 찌푸렸지만, 이내 돌아서서 드레나이어로 지시를 내렸다. 한 무리의 하인들이 최고의 숙소를 준비하러 다급히 움직였다.

"제 개인 거처로 함께 가주신다면 영광이겠습니다. 얘기해야 할 게 아주 많을 테니까요."

마이에브는 그의 목소리에서 다급한 기색을 느꼈다. 어쩌면 아레크론이 이미 연락을 했는지도 몰랐다. 텔라아르와 샤트라스 사이에는 전령이 정기적으로 오가고 있었다.

"그러지. 환대에 감사한다."

알렉시우스의 방은 호사스러웠다. 양탄자와 거울로 장식되어 있고, 포도주 병이 수많은 진열장을 가득 채웠다. 그는 그 술병들 중 하나를 신중하게 선택한 후, 입으로 후 불어 먼지를 털어내고 마이에브에게 병을 보여주었다. 그 행동에 무슨 의미라도 담겨 있는 듯한 몸짓이었다. 그녀는 드레나이 포도주에 대해서는 아는 바가 없었고, 그래서 알렉시우스의 행동에 신경도 쓰지 않았다.

"이 해의 포도주가 아주 훌륭했지요. 우리 세계가 부서지기 한 세기 전에, 이 병이 태어났습니다. 이 포도주를 마시는 건, 옛 드레노어의 맛을 보는 셈이지요."

알렉시우스의 말에 마이에브는 흥미가 있는 척 억지 미소를 짓고, 상대가 병을 열고 포도주를 따라주길 기다렸다. 그는 찰랑거리는 잔을 입술 아래쪽에 대고 한참을 가만히 앉아 있었다. 두 눈을 꼭 감은 채 포도주의 향기를 음미하는 얼굴에는 만족한 표정이 가득했다.

"이 향기를 맡으면 늘 어린 시절이 떠오릅니다."

"어렸을 때부터 포도주를 마셨나?"

"가끔씩 식사와 함께 반주를 마시기도 했죠. 하지만 대부분 향기만 맡았습니다. 아버지와 어머니, 다른 식구들과 함께 둘러앉아 아침을 먹던 때가 생각납니다."

"그건 당신의 세계가 조각나기 전의 일이겠지?"

알렉시우스는 고개를 끄덕이고는 반짝이는 눈을 떴다.

"네, 전 보기보다 나이가 많습니다."

그렇게 말하며 그는 빙긋 웃었다. 자기가 얼마나 늙어 보이는지 잘 알고 있다는 표정이었다.

"끔찍한 시간이었겠지."

마이에브는 알고 있었다. 드레나이와 뒤틀린 드레나이들이 겪어야 했던 고통을 생생하게 떠오르도록 자극하면 그 고통을 초래한 자들에게 맞서려는 자신을 도울 가능성이 높아진다는 사실을.

"세계가 산산조각 났던 때 말인가요?"

알렉시우스의 어조는 마치 마이에브의 표현이 너무 단조롭다고 항변하는 듯했다.

"끔찍하다는 말로는 이야기를 시작할 수 없습니다. 우린 이 세계가 끝장났다고 생각했으니까요. 하늘이 불탔습니다. 대륙이 찢어졌습니다. 사방에 용암이 흘렀죠. 이 산에서 저 산으로 마법이 날뛰었습니다. 산봉우리가 하늘로 떠올라 날아가 버리는 일도 있었습니다. 그 봉우리가 땅으로 추락해서 수천 명의 목숨을 앗아가는 일도 있었고요."

"나그란드에서 그런 걸 본 적이 있다."

"미안하지만 그건 조약돌과 바위를 비교하는 겁니다."

"나그란드에 가본 적이 있나?"

그는 고개를 끄덕였다.

"사업 때문에 텔라아르를 오가곤 하지요. 가끔은 집안일이 있을 때도 있고요."

알렉시우스는 활짝 웃으며, 손바닥을 위로 한 채 두 손을 탁자 위에 놓았다.

"하지만 늙은 여관 주인의 넋두리나 들으러 여기까지 오신 건 아니겠지요. 아레크론의 편지에는 당신이 원하는 게 있다고 했습니다. 아웃랜드의 새로운 군주, 일리단이라는 자를 제거하고 싶으시다고요."

그는 자기 집 안에 있으면서도 누군가가 이야기를 엿들을까 두렵다는 듯이 목소리를 낮췄다. 집주인이 그게 현명하다고 판단했으니, 마이에브도 그를 따르기로 결정하고 목소리를 낮춰 대답했다.

"그렇다."

"그렇게 엄청난 일을 시도하기에는 병력이 너무 적습니다만."

"당신이 그런 일의 전문가라도 되나?"

"평생을 뚱뚱하고 늙은 여관 주인으로 살아온 건 아니니까요. 저도 한때는 전사였습니다. 하지만 당신처럼 강한 적을 상대로 싸웠던 적은 없습니다."

"놈에겐 전에도 이긴 적이 있다."

"하지만 그는 이제 자유의 몸이고, 세력도 더욱 커졌습니다. 부하들도 도처에 숨어 있고요. 금전 한두 푼에 자기가 아는 얘기를 모조리 털어놓는 자들도 많습니다. 제가 당신이라면 대화할 사람을 잘 고르겠습니다. 대화의 내용은 더욱 신중하게 고를 테고요."

"당신 충고는 꼭 기억해두겠다. 이곳에 날 도와줄 수 있는 이들이 있다고 들었다. 나루라고 했던가."

"도움을 받을 수 있을지도 모릅니다. 그들에게도 나름의 걱정거리가 있는 모양이긴 하지만.”

“물어봐서 손해볼 건 없겠지.”

“그렇습니다. 묻지 않는 자는 얻지도 못한다는 말이 있잖습니까.”

뒤틀린 드레나이의 목소리는 그리 희망적이지 않았지만, 원래 태도가 그런지도 몰랐다.

“빛에서 태어난 자들도 가치 있다고 생각하는 이들은 도와줄 겁니다.”

“빛에서 태어난 자들?”

“샤타르. 그게 그 이름의 의미입니다. 알도르 사제회가 사원의 폐허 안에서 의식을 수행하던 때, 그 의식에 이끌려 샤트라스의 폐허를 찾아온 나루들이지요.”

“아레크론도 알도르 얘기를 하던데.”

“그럴 만도 하지요. 그들은 나루와 빛의 하수인입니다. 불타는 군단에 맞서기 위해 힘 있는 이들을 영입하고 있고요. 당신도 기꺼이 받아줄 겁니다.”

“그들의 목표에도 의미가 있겠지만, 내가 빛을 섬기는 최선의 길은 일리단을 쓰러뜨리는 것뿐이다. 놈은 아웃랜드에서 활동하는 불타는 군단의 가장 강한 용사이기도 하니까.”

“그렇다면 이상하지 않습니까? 지금은 불타는 군단과 전쟁을 치르려는 것 같던데요.”

“그저 기만에 불과한 것이다. 아니면 일시적인 불화일 수도 있고. 놈은 전에도 악마 대군주와 사이가 틀어졌던 적이 있었지만, 결국 다시 군단에 기어들어 가 손을 벌렸다.”

“아주 자세히 알고 계시는군요.”

“난 일만 년 동안이나 놈의 감시자였으니까.”

"당신을 끔찍이도 증오하겠네요."

"그리고 두려워하기도 할 테지."

"분명히 그럴 겁니다."

"나루와 만날 자리를 마련해줄 수 있나?"

"그저 빛의 정원으로 가서 이야기를 나누면 됩니다. 지금쯤이면 나루도 당신이 이곳에 왔다는 사실을 알고 있을 거예요. 아마 당신 안의 힘을 감지하고는 이야기를 들어줄 겁니다."

"그렇게 간단한 일인가?"

"당신이라면 그럴 겁니다. 틀림없어요. 당신이 아웃랜드의 새로운 군주와 전쟁을 치르고 있다는 사실은 꽤 주목받고 있습니다."

"여기 놈의 하수인이 있다고 했었지. 블러드 엘프인가?"

"그럴지도 모르지만, 저라면 너무 성급히 결론 내리지는 않겠습니다. 이곳의 신도레이는 샤트라스를 지키기로 맹세한 자들이에요. 점술가 길드는 일리단을 돕는 자들을 좋아하지 않습니다. 그들은 일리단을 배신한 자들이니까요."

"정말 그랬을까?"

"캘타스 왕자가 이 도시를 파괴하라고 그들을 보냈었죠. 정말 막강한 병력이었습니다. 강력한 마법사와 학자가 즐비한 캘타스의 군대에서도 가장 뛰어나고 현명한 자들이었으니까요. 알도르는 최악의 방어전에 대비했지만, 블러드 엘프들은 무기를 내려놓고는 나루와의 만남을 청했습니다. 블러드 엘프 병력의 지도자인 보렌샬이 계시를 봤다고 하면서요. 나루를 섬겨야만 그의 백성들이 살아남을 수 있다는 내용이었다고 합니다."

"속임수였는지도 모른다."

"다들 그렇게 생각했지만, 나루는 보렌샬과 이야기를 나누고는 그의 서

약을 받아들였습니다. 보렌살과 그의 백성은 그 이후로 계속 샤트라스를 위해 봉사하고 있지요."

"기만이다."

"나루는 대화하는 상대방의 마음 깊은 곳을 들여다볼 수 있어서, 기만에 쉽게 넘어가지 않습니다."

"캘타스라면 나루라 할지라도 기만할 수 있다. 무척이나 교활한 녀석이니까."

"목소리가 어딘지 모르게 씁쓸하군요."

"나도 한때 캘타스를 동맹이라 생각했던 적이 있었다."

"상당히 걱정스러운 얘기네요. 어쨌든, 나루 다음에는 점술가 언덕의 블러드 엘프들에게도 도움을 청해보는 게 좋겠습니다."

마이에브의 얼굴이 붉게 물들었다.

"차라리 타락한 오크에게 도움을 청하겠다."

뒤틀린 드레나이는 한쪽 손을 입으로 가져가, 길게 내려온 촉수를 쓰다듬었다.

"내 적의 적은…."

"그 얘기를 한 것도 당신이 처음은 아니다. 하지만 신도레이와 동맹을 맺는다는 건 용납할 수 없는 일이야."

"아쉽군요. 점술가 길드는 무척 강한 마법사들의 모임이라서…."

마이에브는 두 주먹을 꽉 움켜쥐었다. 뒤틀린 드레나이는 자신이 실수했음을 깨달았다.

"이 이야기는 이제 그만하겠습니다."

"그편이 현명할 것 같다."

마이에브는 일말의 후회를 느꼈다. 여관 주인과 사이가 틀어지면 얻을 수 있는 게 없었다.

"지금까지 도와준 것에 대해 감사하고 싶다. 이 세계의 이방인으로서, 이렇듯 친절한 협력에는 값을 매길 수 없지."

"이 세계에서 우리는 모두 이방인이지요, 마이에브 섀도송. 서로를 도와야 합니다."

"또 나를 도와줄 이는 없을까?"

"대마법사 카드가라는 자가 있습니다. 나루가 신뢰하는 동맹이지요. 당신의 고향 땅 출신이라고 했던 것 같군요."

"자세히 얘기해봐."

"그 사람에 대해서는 많은 이야기가 떠돕니다만, 무엇이 진실인지는 파악하기 쉽지 않습니다. 우선 그는 인간입니다. 최근에 인간 몇몇이 샤트라스를 찾아온 적이 있었지요. 카드가에 대해 이야기할 때, 자신을 희생하여 아제로스와 드레노어를 잇는 어둠의 문을 닫은 영웅이라고 하더군요. 살게라스에게 현혹되었던 수호자 메디브의 수습생이었다고 주장하는 이들도 있고요."

"그런 류의 이야기로는 신뢰를 얻을 수 없을 것 같은데."

"샤타르는 그를 믿습니다."

"아쉽지만 난 그럴 수 없어."

"어차피 그는 이제 샤트라스에 없으니 상관없을지도 모르겠군요. 나루가 그를 황천의 폭풍으로 보냈다는 얘기를 들었습니다. 그곳에서 벌어지는 기이한 일들을 조사하러 갔다고도 합니다."

"놀랄 만큼 많은 정보를 알고 있군, 알렉시우스."

"저는 여관 주인입니다. 조금만 귀를 기울이면, 언제나 많은 이야기를 들을 수 있지요."

"당신이 그런 정보들을 들을 수 있어서 정말 다행이군. 물론 나와 나눈 이야기도 다른 누군가에게 전해진다는 사실을 알게 되면 내 기분이 꽤나 나빠지겠지만 말이야."

알렉시우스는 상처받은 표정을 지었다.

"당신은 제 사촌의 소개를 받고 여기 오신 손님입니다. 제가 이 비밀을 유출한다면, 그건 가족과 손님맞이에 대한 모든 전통을 배신하는 행위가 될 거예요."

"물론 그렇겠지. 그저 우리가 같은 생각을 하고 있는지 확인하고 싶었을 뿐이다."

"이제야 제 사촌과 같은 말씀을 하시는군요. 그가 당신을 왜 좋아했는지 알겠습니다."

그래, 이곳이 바로 빛의 정원이로군. 마이에브는 생각했다. 묘하게 인상 적인 장소였다. 공기는 아른거렸고, 수정처럼 영롱한 소리가 사방을 가득 채우며 울려 퍼졌다. 넓고 둥근 전당의 천장에서 커다란 푸른색 수정이 아래를 향해 빛을 내뿜었다. 향 내음이 코를 간질였다. 중앙의 거대한 단상 위에는 막대한 힘을 지닌 빛의 존재가 부유하고 있었다. 나루였다. 겉모습 은 이런저런 기하학적 형태를 이루며 끊임없이 변화했지만, 그중 가장 빈 번하게 취하는 형태는 별의 윤곽을 닮은 모습이었다.

알도르 소속이 분명한 사제들과 함께 탄원자 수백 명이 주위를 오갔다. 로브를 입고 점술가 휘장을 걸친 블러드 엘프들이 마이에브를 뚫어져라 바라봤다. 적대적이지는 않았지만, 그렇다고 우호적이지도 않았다. 그저 그녀가 여기서 뭘 하려는 건지 궁금해하는 표정이었다.

마이에브는 군중을 헤치며 주위 상황을 확인했다. 기도와 탄원의 목소리가 머리 위 거대한 반구형 지붕에 부딪쳐 메아리처럼 울려 퍼졌다.

나루와 만나기까지는 시간이 좀 걸렸다. 다행이었다. 그 시간 동안 마이에브는 나루의 경이로운 존재감에 익숙해질 수 있었다. 아달은 사슬에 묶인 태양처럼 아른거렸다. 사슬에서 풀려나면 나루의 힘이 수많은 도시를 파괴하고 태산도 무너뜨릴 것만 같았다. 그녀가 앞으로 나와 인사하자, 나루의 폭발적인 시선이 온통 그녀에게 쏠렸다. 무릎을 꿇지 않는 것만으로도 온 힘을 쏟아야 했다. 그녀는 고개를 꼿꼿이 들고 빛을 똑바로 바라봤다. 나루가 마이에브의 생각을 읽는 건, 그녀가 펼쳐진 두루마리를 읽는 것과 비슷하리라는 생각이 들었다. 왠지 어린아이가 된 듯한 기분이었다.

"반갑다, 감시관 마이에브 섀도송."

아달에게서 평온한 기운이 사방으로 번졌다. 그 차분하고 맑은 목소리는 모든 곳에서 들려오는 것 같았고, 또 한편으로는 어디에서도 들리지 않는 것 같았다. 어쩌면 그녀의 마음속에서 말하고 있는지도 몰랐다.

"난 아달이다."

"엘룬께서 우리의 만남에 빛을 비춰주시길."

마이에브의 화답에 아달이 물었다.

"어떻게 도와주면 되겠나?"

"제가 누군지 아십니까?"

"그렇다."

"제가 하려는 일에 대해서도 아십니까?"

"그렇다."

"전 일리단을 찾아 아웃랜드에 왔습니다. 놈을 잡아 감옥에 다시 가두고자 합니다."

"야심 찬 계획이다. 일리단은 지금 자신을 아웃랜드의 지도자라고 칭하고 있다. 그 주장을 현실화할 힘도 있고. 네가 누구이기에 그에게 저항하는 건가?"

"일만 년 동안 그를 가둬두었던 자입니다."

"영원의 눈에는 찰나에 불과하다."

마이에브는 슬픈 미소를 지었다.

"제게는 충분히 길었습니다."

"필멸자들이 가늠하기에는 틀림없이 그랬을 테지."

"나루의 시간에서는 다릅니까?"

"우리가 사물을 보는 시각은 너희와 다르다. 우리에겐 늙어가는 육신이 없으니까. 우리는 빛의 존재다."

"그렇다면 일리단을 반드시 막아야 한다는 것도 알고 계시겠지요."

"네게 놀랍도록 잘 어울리는 임무이다."

"제 일생의 과업입니다."

"그건 잘 알겠다. 그래서 지금은 내가 아무런 도움도 줄 수 없다는 것이 더욱 안타깝구나."

"지금 뭐라고 하셨습니까?"

생각할 겨를도 없이 이 말부터 튀어나왔다.

"아쉽지만 우리도 이곳에서 해야 할 임무가 있다. 우린 불타는 군단에 맞선다. 그건 우리의 모든 힘과 노력을 동원해야 하는 임무이기도 하다."

"하지만 일리단은 군단을 섬깁니다. 그와 싸우는 것도 그 과업에 보탬이 될 겁니다."

"지금 일리단은 군단에 맞서고 있다. 그는 현재 군단의 적이지. 이 기회를 이용하여 우리도 힘을 모으려 한다."

"놈은 악마들과 맞서고 있는 듯하지만, 그럴 필요가 있는 동안에만 그리할 겁니다. 그럴 이유가 없어지면, 늘 그랬듯이 놈은 다시 넙죽 엎드려 주인들에게 돌아갈 겁니다."

"증오가 네 눈을 멀게 했다."

"증오가 아닙니다. 전 놈이 죽인 이들과 배신한 이들과 앞으로 살해할 이들을 위해 정의의 심판을 내리려는 겁니다. 일리단이 불타는 군단보다 낫다는 말씀을 하시려는 건 아니겠지요?"

"넌 불타는 군단의 실체를 알지 못한다, 감시관 마이에브."

"그대는 아십니까?"

"우리는 네 일생이 일천 번 반복되는 동안 군단에 맞서왔다. 모든 존재의 최후까지도 그럴 것이다."

"일리단에게 심판을 내리려면 달콤한 말 한마디보다 실질적인 무언가가 필요합니다."

"안타깝지만 지금 네게 줄 수 있는 건 이런 말뿐이다. 너의 길은 네가 찾아야 한다. 지금은 보이지 않을지 몰라도, 이곳에는 네 동맹이 없지 않다. 노력만 한다면 찾을 수 있을 것이다. 점술가 길드의 수석 마법학자가 너를 기다리고 있구나."

"블러드 엘프 말입니까?"

"네 동족 중 하나지."

"블러드 엘프는 제 동족이 아닙니다. 놈들은 오래전에 동족을 저버렸습니다. 우리에겐 공통점이 없습니다."

"적어도 공동의 적은 있다."

"그 이단자들과 얽힐 생각은 없습니다."

"선택은 네 몫이다."

마이에브는 분노를 억눌렀다. 그녀는 고개 숙여 인사한 후, 아달이 접견을 끝내길 기다리지도 않고 그대로 돌아서서 자리를 떠났다. 주위의 블러드 엘프들이 헉하며 놀라는 소리가 들려오자 어쩐지 만족스러웠다. 점술가 휘장을 걸친 키가 큰 블러드 엘프 하나가 다가왔다. 아마 아달이 언급했던 자일 것이다. 마이에브는 그에게 입을 열 기회도 주지 않고 그대로 스쳐 지나갔다.

그녀에게는 아직 원칙이라는 게 남아 있었다. 배신자를 쓰러뜨리는 일일지라도, 협력할 수 없는 자들이 있었으니까.

제 11 장

몰락 4개월 전

반델은 신음 소리를 내며 일어나 앉으려 했다. 머리가 빙빙 돌았다. 두 팔을 벌리고 균형을 잡으려 했지만, 점점 더 어지럽기만 했다. 그는 다시 딱딱한 바닥에 쓰러지며 머리를 부딪혔다. 손으로 더듬어보니 이마에서 축축한 액체가 느껴졌다. 또 무엇인가에 베였다. 앞서 일어서려 했을 때도 머리카락이 온통 피범벅이 되고 말았었다.

토하려 했지만 아무것도 나오지 않았다. 위 속에 있는 악마의 살점은 계속해서 밖으로 빠져나오려고 했다. 역겨운 생각이었지만, 그 악마의 살점을 떠올리니 입에 침이 고였다.

사방에서 비명과 신음, 떠들썩한 소리가 들렸다. 때로는 동료 후보생들의 목소리를 들을 수 있었다. 또 때로는 모든 것이 그저 상상의 산물이고, 자신은 스스로 만들어낸 지옥에 갇혀 있을 뿐이라는 생각도 들었다. 주위는 온통 썩어가는 육신과 괴저, 고름, 분뇨의 악취로 가득했다.

가끔씩 뒤틀린 드레나이 하인들의 발굽이 돌바닥을 울리며, 방을 청소하고 병자들을 씻기기도 했다. 그들은 반델의 몸도 스펀지로 두 번 닦아냈지만, 그는 늘 손을 내저으며 드레나이들을 쫓아버렸다. 혼자 있고 싶었다.

벌레처럼 꿈틀거리는 빛이 시야를 가로질렀다. 처음에는 시력이 다시 돌아오는 줄 알고 희망을 가졌지만, 이제는 모두 정신의 장난일 뿐이라는 생각이 들었다. 주위에 누군가가 있는 소리가 들리면, 뭐라도 보이는 시늉을 하는 것이었다.

"부서진 달, 악마의 달, 피의 달!"

어딘가에서 고함 소리가 들려왔지만, 그게 정확히 어딘지는 분명하지 않았다.

"악마들이 다가온다! 악마가 다가와!"

가죽 날개가 펄럭였다. 바람이 불어와 얼굴에 스쳤다.

"일어나라, 넌 너무 오래 쉬었다."

일리단의 목소리였다. 의식을 치른 이후로 반델이 배신자의 목소리를 들은 건 처음이었다. 굳게 다문 입술이 뒤틀리며 비웃음이 새어 나왔다.

"무슨 의미가 있습니까? 전 이제 앞을 보지 못합니다."

"나도 한때 그런 생각을 했었다. 하지만 이제는 우주의 끝까지 볼 수 있다. 상상했던 것보다는 훨씬 가까이에 있더군."

셀 수 없이 많은 세계를 파괴하며 행진하던 불타는 군단의 모습을 떠올리며, 반델은 일리단의 말에 담긴 씁쓸한 농담을 이해할 수 있었다.

"압니다."

"그렇다면 우리가 무엇과 왜 싸워야 하는지도 알겠지."

일리단의 목소리에 오만한 확신이 담겨 있어 반델은 분노가 치밀었다. 내면의 악마가 꿈틀거렸다. 악마는 일리단의 기척에 반응하며 굶주림과 유사한 기분을 느꼈다. 그것이 반델에게 힘을 주고 자극하여, 입이 멋대로 움직였다.

"제가 본 것과 어떻게 싸운다는 말입니까? 불가능합니다."

불가능해. 불가능하다고. 머릿속 목소리가 속삭였다. 증오가 뒤엉켰지만 여전히 그의 목소리였다. 지옥사냥개가 반델의 영혼에 들러붙었고, 이제 그 영혼이 반델의 정신과 기억까지 지배하는 것 같았다.

"조용히 해." 반델이 머릿속 존재에게 말했다.

일리단이 움직이며 날개를 펼치는 소리가 들렸다. 그는 반델이 누구에게 이야기하는지 알고 있다는 듯 그 말을 무시했다.

"우린 싸워야 한다. 셀 수 없이 많은 세계가 군단에게 짓밟혔고, 놈들을 막지 못하면 다음은 우리 차례가 될 것이다."

종말을 맞이한 풍경의 편린이 반델의 기억 속에서 맴돌았다. 그는 세계가 불타고 국가가 멸망해가는 광경과 그 가운데에서 행진하는 군단의 모습을 보았다. 군단의 승리는 죽음처럼 피할 수 없는 운명이었다. 그의 마음 뒤편에 숨은 존재가 낄낄거리며 웃었다.

"조용히 하라고." 반델은 다시 말했지만 무시당했다.

"일어나라."

일리단의 명령을 거역하는 것은 불가능했다. 반델의 마음속 존재까지도 겁을 먹었다. 그는 휘청거리며 일어섰다. 뱃속이 꿈틀거렸다. 세상이 다시 빙빙 돌았다. 긴 갈퀴가 달린 손이 그의 어깨를 붙잡고 똑바로 세웠다. 아른거리는 빛의 벌레가 그 손이 닿은 지점으로부터 꿈틀거리며 멀어졌다.

"전 앞을 볼 수 없습니다." 반델이 말했다.

"넌 모든 걸 볼 수 있다."

반델의 머리가 더 빨리 빙빙 돌았다. 깜빡이는 빛이 주위를 온통 채웠다.

그가 손을 뻗어 빛을 건드리려 하자 빛은 다른 곳으로 물러났다. 내면에서 분노가 치밀었다. 빛의 벌레가 사방에서 모든 것을 뒤덮고 있었다. 그를 둘러싼 공간을 가득 채웠다. 역겨운 초록색 덩어리에서 끙끙대는 신음 소리가 들렸다. 곧바로 열에 시달리는 엘프라는 걸 알 수 있었다.

반델이 일리단을 향해 돌아서자, 눈부시게 타오르는 빛이 보였다. 가만히 살펴보니 날개가 달린 형체였다.

"배신자여, 날 속였군요. 악마와 싸울 힘을 주겠다고, 가족의 복수를 해주겠다고 약속했잖습니까."

반델의 분노가 일리단의 오라처럼 환하게 타올랐다. 분노가 힘을 주었다. 분노는 담즙처럼 입에 쓴맛을 남겼다. 그는 일리단의 얼굴에 주먹을 꽂아 넣고, 뼈가 부러질 때까지 두들겨 패고 싶었다. 일리단의 피를 마시고 심장을 삼켜, 눈앞에서 타오르는 힘을 자신의 몸에 채워 넣고 싶었다.

이제 현기증은 사라졌다. 움직이는 데 아무 문제도 없었다. 칼이 있었으면 좋겠다고 생각했다.

"그 모든 것 이상을 주었다."

일리단의 타오르는 오라가 움직였다. 반델은 고개를 돌려 그 뒤를 쫓았고, 자신이 목소리의 근원을 뒤쫓고 있음을 깨달았다. 그렇다고 화가 누그러지는 건 아니었다. 좌절감이 차올랐다. 길길이 날뛰며 주위의 모든 것을 난도질하고 싶었다. 피가 흐를 때까지 입술을 깨물었다. 배신자를 죽일 것이다. 그리고 그 자리를 차지하겠다.

반델은 앞으로 뛰쳐나갔다. 부스럭거리는 소리가 들렸다. 주먹을 휘두르자 뼈로 된 틀에 가죽을 씌운 듯한 무언가에 꽂혔다. 날개. 일리단의 날개였다. 잠시 후, 날개가 그를 세차게 쓰러뜨렸다. 그는 땅에 쓰러지자마자 앞으로, 또 하나의 소용돌이치는 빛 덩어리를 향해 굴렀다. 손을 뻗자 누군가의 육체에 닿았고, 열에 들뜬 신음 소리가 들렸다.

의심할 여지가 없었다. 방법은 알 수 없어도, 그는 지금 사물의 위치를 인식하고 있었다.

코로 숨을 들이쉬자 축축해진 붕대와 더러운 육체의 냄새가 났다. 그리고 그 아래에서 풍기는 악마의 악취에 반델은 역겨움과 허기를 동시에 느꼈다. 집어삼키고 싶었다. 그는 아픈 엘프의 팔에 달려들어 물어뜯으려 했다. 그 순간 강력한 손이 그의 목을 붙잡고는, 엘프가 새끼 밤호랑이를 집어 들듯이 반델을 공중으로 들어 올렸다.

일리단의 목소리가 들렸다.

"그만. 네 안에 담긴 것을 지배하는 법을 배워야 한다. 그러지 못하면 그게 널 지배하리라."

분노에 찬 반델이 팔꿈치를 뒤로 휘둘렀다. 다시 한번 그는 방 건너편으로 날아갔다. 세찬 바람이 옆을 스쳤다. 그는 벽에 충돌하기 직전에 그 차가운 벽을 느끼고는 몸에서 힘을 뺐다. 충격은 예상했던 것만큼 심하지 않았다. 그는 몸을 굴려 다시 일어섰다.

일리단이 그를 사냥감에게서 떨어뜨려 놓았다. 반델은 근육을 잔뜩 긴장시키며 도약할 준비를 했다. 녹황색 불길이 타오르며 일리단의 오라가 더욱 예리해졌다. 오라의 티끌이 그의 주위에서 회전하며, 배신자가 손가락과 팔을 움직일 때마다 새로운 도형을 그렸다. 반델은 지금 일리단이 자신에게 결속된 지옥 마법에서 힘을 끌어내는 모습을 보고 있었다. 잠시 후 그 힘의 화살이 일리단의 손가락에서 뻗어 나와 반델의 가슴을 때렸다. 쓰러진 잔에서 포도주가 쏟아지듯, 몸에서 힘이 빠져나갔다. 그는 지독한 현기증을 느껴야 했다. 반델은 일리단의 발굽 옆에 쓰러졌다. 힘과 함께 분노도 그를 떠나고 있었다.

그제야 반델은 제정신을 차렸고 이제 자신이 무엇을 보고 있는지, 자신에게 무슨 일이 일어났는지 똑똑히 이해했다.

"제가 삼킨 악마가… 아직 제 안에 있군요. 그렇지 않습니까?"

"그렇다. 그리고 풀려나고 싶어 한다." 일리단이 답했다.

"악마를 어떻게 지배할 수 있습니까?"

"너는 오늘 그 첫걸음을 걸었다. 나와 함께 걷자."

"왜죠?"

"무슨 뜻이냐?"

"왜 오신 겁니까? 왜 절 도와주시는 겁니까?"

"너는 진정한 적이 누구인지 알기 때문이고, 네가 악마를 쫓는 뛰어난 사냥꾼이 될 잠재력을 지니고 있기 때문이다. 너희 마을이 불타던 날, 네게서 그걸 보았다. 지금도 보인다. 끝이 오기 전에, 내게는 너와 같은 투사들이 필요하다."

여전히 어지러움과 무기력함에 짓눌린 채 반델은 억지로 일어섰다. 진정한 적은 불타는 군단의 셀 수 없는 병력이었다. 지금도 그의 고향을 공격할 준비를 하고 있는 자들이었다.

반델은 잠시 가만히 서서 마음을 가라앉히며, 자신의 것이 아닌 목소리가 내면에서 들려오는지 확인했다. 아무 소리도 들리지 않았지만, 달라지는 건 없었다. 악마가 내면에 남아 있고, 다시 풀려날 기회를 노리고 있다는 것은 의심할 여지가 없었다.

이제 그는 주위에 흐르는 마력의 변화를 모두 인지할 수 있었다. 앞서 보았던 빛은 살아 있는 존재의 오라였다. 환하게 빛나는 것도 있었고, 마력이 가득 찬 것도 있었다. 가장 밝은 빛은 그의 곁에 서 있는 존재에게서 뿜어져 나왔다.

"이것이 그대가 세계를 보는 방법입니까?" 반델이 물었다.

"그것도 한 가지 방법이지. 결국에는 익숙해지게 된다. 사물을 보는 새로운 방식과 현실을 이해하는 기존의 방식이 서로 연결되니까. 너도 예전처럼 세계를 인지할 수 있는 때가 올 것이다. 다소 편협하기는 해도, 우리의 정신은 익숙한 것에 안주하더구나."

"그러면 지금의 방식과 시각이 있을 때 세계를 보던 방식이 전환될 수 있다는 말입니까?"

"물론이다. 그리고 그 사이에서 점진적인 변화도 가능하다."

반델은 전에 봤던 일리단을 상상해보았다. 그러자 거칠기는 해도 원래의 모습에 가까운 일리단이 눈앞에 떠올랐다. 어린아이가 진흙 위에 그린 그림 같았다. 진흙으로 된 입을 움직이며 일리단이 말했다.

"한편으로는 마법을 시전하는 것과 같다. 힘의 흐름을 느낄 수 있게 되지. 살아 있는, 혹은 살아 있지 않은 영혼들을 감지할 수 있게 된다."

둘은 문을 향해 걸었다. 원리는 알 수 없었지만, 반델은 밀도를 상실한 채 공중에 떠 있는 문과 그 주위를 둘러싼 고체를 인지했다. 또 문 너머의 살아 있는 존재들을 감지했다. 그리고 그들 안의 힘을 느꼈다. 모두 무언가를 기다리는 중이었다.

일리단이 그를 앞으로 떠밀었다. 반델은 허리 높이의 무언가에 부딪혔다. 탁자의 모서리 같았다.

"그 위에 누워라."

"왜 누워야 합니까?" 반델이 물었다.

"이제 첫 번째 문신을 받을 때가 되었다."

반델은 손으로 탁자를 더듬으며 나무의 거친 질감을 느꼈다. 그제야 지금껏 촉각에 얼마나 무심했었는지, 또 손의 감촉이 얼마나 부정확했었는지 실감할 수 있었다. 이제 나뭇결과 옹이, 갈라짐까지 모두 느껴졌다. 목수의 대패질이 조금 서툴렀던 모양인지 나뭇결이 거친 부분도 만져졌다. 자신의 다양한 감각이 몇 배나 더 증폭된 것만 같았다.

반델은 탁자 위에 누웠다. 가죽끈이 그를 묶었다. 몸이 구속되는 동안 극심한 공포가 밀려왔다. 가까이 있는 형체에게서 힘이 크게 증가되었고, 공포는 더욱 가중되었다.

"언젠가는 네가 직접 하는 법도 배우게 되겠지만, 지금은 다른 이들이 새겨주는 것을 받아들여야 한다. 가만히 있어라. 고통이 따를 것이다."

일리단의 말이 끝나자마자 문신사가 몸을 숙였다. 너무 뜨거워서 차갑게 느껴지는, 아니 어쩌면 너무 차가워서 뜨겁게 느껴지는 무언가가 반델의 피부에 닿았다. 그는 터져 나오려는 비명을 억눌렀다. 바늘이 움직일 때마다 마치 상처에서 단검을 뽑으며 뒤트는 듯한 느낌이 들었다.

안 돼. 안 돼. 안 돼. 머릿속 목소리가 공포에 질려 횡설수설했다. 그 두려움이 반델에게도 고스란히 전해졌다.

함정이었다. 이곳은 악한 마법이 구체화되는 현장이었다.

바늘이 다시 한번 몸을 찔렀다. 고통이 몸을 휩쓸었다. 두 눈을 뽑아낸 이후 느껴본 그 어떤 통증보다 강렬했다. 반델은 이리저리 몸을 뒤틀며 구속에서 벗어나려 했다. 하지만 가죽끈은 더욱 강하게 조여들었고, 억센 손들이 그의 몸을 찍어 눌렀다.

바늘은 그의 몸을 찌르고 또 찔렀고, 바늘에 닿을 때마다 타는 듯한 고통에 몸부림쳤다. 그리고 그때마다 힘이 빠져나가고 머릿속 목소리도 조금씩 약해졌다.

반델은 죽어가고 있었다. 이 마법은 그를 죽이려는 것만 같았다.

반델은 거친 목소리로 위협하고 흐느끼며 애원하기도 했지만, 고통은 계속될 뿐이었다. 결국 그는 저항할 힘을 모두 잃어버린 채 가만히 누워 문신사에게 몸을 맡겼다.

마침내 가죽끈이 풀렸다. 탁자에서 일어나는 것조차 쉽지 않았지만, 분노와 공포가 잦아들었다. 며칠 만에 처음으로, 그는 진정한 자신을 되찾은 기분이었다. 주위에서 오라의 빛이 거의 보이지 않았다. 한층 고조되었던 감각이 일반적인 수준으로 돌아왔다. 마치 잠시 동안 약에 취해 있다가 이제야 약효가 사라진 것 같았다.

"그저 끝났다는 것이 기쁠 뿐입니다."

반델의 말에 일리단이 답했다.

"최악의 고통은 이제부터가 시작이다."

감옥의 벽이 반델을 둘러쌌다. 안뜰에서는 전투와 훈련이 계속되는 소리가 들려왔다. 모두 그와 같은 엘프들일지 궁금해졌다. 일리단이 약속한 힘의 유혹에 사로잡혀 이곳을 찾아온 바보들일까?

병실에서 벗어나 자신의 방을 갖게 되니 마음이 놓였다. 첫 번째 문신을 새기자마자 그는 이곳으로 옮겨졌다. 문신의 통증과 충격에서 회복되는 데는 하루가 꼬박 걸렸다. 살아 있는 존재들의 오라에 둘러싸여 있지 않아도 된다는 것은 무척 기분 좋은 일이었다. 고요함도 편안했다. 그는 침대에 누워 텅 빈 눈구멍을 더듬었다.

반델의 눈은 영원히 사라졌다. 살아 있는 존재들과 떨어져 있으려니, 오라를 보던 경험 전부가 그저 환각에 불과했던 건 아닐까 하는 생각이 들었다. 어쩌면 모든 게 꿈이었는지도 모른다.

손가락 아래에서 느껴지는 거친 천의 질감이 그렇지 않다는 것을 알렸다. 반델은 눈이 멀었다. 온 세계가 그의 아내와 아들과 같은 파멸을 맞이하게 되리라는 끔찍한 진실을 보지 않으려고 스스로 눈을 없앴다. 그 누구도 불타는 군단을 막기 위해 할 수 있는 일은 없었다. 막아낼 수 있다고 생각하는 건, 그저 배신자 일리단처럼 착각에 빠진 것일 뿐이었다.

검은 사원 같은 요새에 들어앉아 병력에 둘러싸여 있자면, 그런 착각에 쉽게 빠질 수 있었다. 하지만 진실은 어느 누구도 안전하지 않다는 것이었다. 세상 어느 곳도 안전하지 않았다. 불타는 군단이 진짜 힘을 발휘하기 시작하면, 검은 사원도 거인에게 걷어차인 어린아이의 모래성처럼 힘없이 무너지고 말 것이다. 공포의 군주들이 군단의 소유물을 되찾으러 나타나는 순간, 밖에서 무기 훈련을 하는 투사들도 모두 무력하게 죽어갈 것이다. 온 우주를 전복시킬 수 있는 티탄 살게라스가 궁극적으로 승리할 것이 자명했다. 반델은 처음으로 진실을 목격했다.

반델은 멈칫했다. 왜 그런 생각을 하게 되었을까? 그는 환영 속에서 타락한 티탄을 보았다. 아마 그게 이유일 것이다. 일리단이 처음 보았던 환영의 일부가 의식을 통해 그에게 전해졌다. 그건 알 수 있었다. 하지만 가끔씩 반델은 자신의 생각을 통제할 수 없는 듯한 느낌을 받았다.

문신들은 그의 내면에 있는 악마를 결속했다. 악마는 이제 빠져나올 수 없었다. 그는 문신을 따라 손가락을 움직이며, 육체에 흉터로 남은 힘의 선을 느꼈다. 손에 무언가 다른 것이 닿았다. 차갑고 딱딱했다.

처음에는 금속조각이라고 생각했지만, 그건 피부에 박혀 있었다. 얼굴을 더듬어보니 거기에도 있었다. 그제야 자신의 육신이 변형되었다는 사실을 깨닫고, 반델은 움직임을 멈췄다. 한 손으로 다른 손을 만져보니, 자신에게 무슨 일이 일어났는지 분명해졌다. 그의 피부 중에서 악마의 피에 닿았던 부분이 모두 변화했다. 피부에는 비늘 같은 것이 돋아나 있었다.

이건 그저 변화의 시작일 수도 있었다. 병상에 누워 있던 동안에는 분명 피부에 아무 문제도 없었다. 어쩌면 이건 변형의 첫 번째 단계에 불과한지도 몰랐다. 그는 지금 악마가 되고 있는지도 몰랐다.

가능한 일일 수도 있다는 생각이 들었다. 반델은 지금 자신에게 무슨 일이 일어나는지 전혀 모르고 있었다. 일리단이 거짓말을 하는지도 몰랐다. 그는 자신의 목적에 부합하기만 한다면 틀림없이 거짓말도 서슴지 않을 것이다. 변화는 수수께끼의 문신이 악마를 결속한 후에 시작되었다. 분명히 그랬다. 오늘 아침에 일어났을 때만 해도 그런 변화는 나타나지 않았으니까. 그건 틀림없었다. 어쩌면 악마가 그의 정신에 영향을 주지 못하게 되자, 육체에 영향을 주기 시작했는지도 모른다.

반델은 손가락을 손바닥에 대고 문질렀다. 왼손 손가락 끝을 오른손 손가락으로 만져보았다. 손톱이 날카롭고 단단해서 마치 사냥에 나선 표범의 발톱 같았다.

잇몸이 아파서 입도 더듬어보았다. 그래, 치아가 길고 날카롭게 돌출되어 있었다. 어느새 송곳니가 돋아났다.

그는 암울한 기분에 휩싸였다. 악마와 싸울 수 있는 힘을 원했지만, 힘을 얻는 대신 악마로 변해 가고 있는 중이었다. 시간이 지나면 그도 저 밖으로 뛰쳐나가 다른 엘프들의 아이를 학살하게 될까? 반델은 악마가 자신에게 준 비정상적인 분노를 느꼈다. 그 힘을 느꼈다. 대체 무슨 수로 그 힘을 억세할 수 있난 말인가?

어쩌면 그런 일이 일어나기 전에 스스로 목숨을 끊는 것이 최선의 방법인지도 몰랐다. 그는 일어나 앉아 침대 옆의 작은 탁자를 향해 손을 뻗었다. 거기엔 룬새김 칼과 함께 카리엘에게 만들어줬던 목걸이가 놓여 있었다. 그는 목걸이를 들어 올리며 죽은 아들에 대해 생각했다. 카리엘이 지금 아버지의 모습을 본다면 어떻게 생각할까? 아이에게는 괴물로만 보일 것이다. 그저 자신을 살해한 존재로 변해가는 생물과 다르지 않을 것이다.

머릿속이 혼란스러운 거라고, 무언가 정신에 영향을 주는 거라고 스스로를 타일렀다. 어쩌면 문신의 후유증일지도 모른다.

아니, 넌 지금 아주 오랜만에 처음으로 현실을 제대로 직시하고 있어. 네 진짜 모습을 보고 있는 거야. 이룰 수 없는 복수를 꿈꾸다가 증오하던 그 존재로 변해버린 공허한 껍데기. 일리단은 미쳤다. 너도 미쳤고.

그 생각에 반박할 수 없었다. 그는 미쳤고, 이미 아주 오래전부터 미쳐 있었다. 반델 자신도 늘 그럴 거라고 추측했었지만, 이제 그 추측이 확인된 것이다.

증오가 그를 가득 채우고, 이번에는 화살을 자신에게 돌렸다. 반델은 칼을 들고 엄지손가락에 날을 문질러보았다. 마법으로 날이 예리하게 서 있었다. 그는 칼끝을 비늘 아래에 꽂아 넣고는 그대로 떼어냈다. 아팠다. 하지만 고통이 힘을 주었다. 괴저가 발생한 부위를 의사가 잘라 내듯이 비늘을 모두 떼어내기만 하면, 육신의 변형을 멈출 수 있을 것 같았다.

생각이 거기에 미치자 그는 거듭해서 칼을 놀렸고, 결국에는 자신의 피로 온몸이 뒤덮였고, 떼어낸 비늘들이 바닥에 어지러이 널렸다. 기운이 빠지고 어지러웠다. 피를 계속 흘리면 이곳 감옥 안에서 죽고 말 거라는 생각이 들었다.

그 생각에 머릿속 무언가가 웃음을 터뜨렸고, 그제야 내면의 악마가 사실은 갇혀 있지도, 약해지지도 않았다는 사실을 깨달을 수 있었다. 그저 새로운 형태의 공격을 시작하며 그의 생각을 뒤틀고 감정으로 장난을 치고 있을 뿐이었다. 악마는 그의 모든 암울한 생각과 자기혐오를 들여다보고 있었다. 모든 감정과 수치심을 엿보고 있었다. 그 악마는 반델 자신이기도 했으니까.

그는 자리에서 일어났다. 악마는 자신의 실수를 깨닫고는 입을 닫았다. 반델은 비틀거리며 문을 향해 다가갔다. 맨발에 피가 들러붙어 끈적거렸다. 수감실 문이 잠겨 있지 않길 바라며 그는 온 힘을 다해 문을 밀었다. 문이 열리자 그는 더듬거리며 통로로 나섰고, 좌우로 휘청거리며 벽을 더듬었다. 누군가 소리를 질렀다.

"또 하나 나왔다. 아카마를 불러와!"

반델은 그대로 쓰러져 정신을 잃었다.

반델이 정신을 차리자, 주위를 온통 채우고 있는 힘이 느껴졌다. 마음이 놓였다. 스스로 칼로 베어낸 부위가 얼얼했다. 간질거리기도 했지만, 왠지 기분 좋은 느낌이기도 했다. 누군가 그를 내려다보며 서 있었다. 뒤틀린 드레나이의 냄새가 풍겨왔다. 그의 오라는 마법으로 불타올랐다.

"그대가 아카마인가?"

반델의 목소리는 미약했고, 목은 바싹 말라 있었다.

"그래, 넌 반델이겠지. 일리단 님께 깊은 인상을 남긴 것 같더군. 그분이 직접 내게 널 돌보라고 말씀하신 걸 보면."

"치유사인가?"

"그렇다. 난 병자와 부상자들을 치유하는 일을 한다."

"난 그중에 뭐지?"

"둘 다겠지. 뭔가 다른 것이기도 하고. 네 안에는 내가 싫어하는 오염물이 담겨 있다."

"그게 뭐든, 도와줘서 고맙다."

"천만에. 경비병이 널 제때 찾아내서 천만다행인 줄 알아라. 신병들 중 지난 이틀 동안 자살을 시도했던 건 네가 다섯 번째였다. 살아남은 건 너

혼자고."

"난 자살을 하려던 게 아니야."

"그러면 뭐라고 해야 하지? 넌 네 육체를 계속해서 칼로 베어내다가 과다출혈로 목숨을 잃을 뻔했다. 동맥을 찔렀다면 아마 죽었겠지. 대체 무슨일이 있었던 거냐?"

아카마의 목소리에서 호기심과는 다른 느낌이 묻어나자 반델은 경계하기 시작했다.

"그대도 모르나?"

"내가 아는 건 그저 일리단 님께서 너희를 안뜰로 데려가셨고 그중 일부만 살아 나왔으며, 모두 알아보기 힘들 정도로 변형되었다는 사실만 알고 있다. 군대를 구축하고 싶으신 거라면 상당히 우스꽝스러운 방법을 택하신 게지. 신병들을 그렇게 계속 죽여서는 병력의 규모가 커질 리 없으니까."

"무슨 일이 일어나는 건지 아직 모른다면, 묻지 않는 게 나을 것이다. 일리단 님께도 나름의 이유가 있고, 그대가 알아야 하는 거라면 알려주실 테니까."

반델의 말에 아카마는 혀를 끌끌 찼다.

"그렇겠지. 이 사원에는 호기심을 갖지 말아야 하는 일이 너무 많으니까."

그 말을 입증하기라도 하듯, 격렬한 포효가 땅속 깊은 곳에서 들려왔다. 그 소리에 맞춰 바위들이 부르르 떨리는 것만 같았다.

"사원을 방어하기 위해 또 다른 괴물을 결속하셨군." 아카마가 말했다.

반델은 뒤틀린 드레나이의 말을 무시했다. 짜릿한 기억이 그를 스쳤다. 일리단의 말이 떠올랐다. 변형을 겪고 살아남는 건 다섯 명 중, 채 한 명도 되지 않을 거라던 말. 반델은 일리단이 말한 변형이 그 의식을 일컫는 것이리라 생각했었지만, 사실은 그 이후의 변화까지도 포함된다는 사실을 이제야 깨달았다.

모든 것은 이제 시작일 뿐이고, 최악의 사태는 아직 도래하지도 않았다는 확신이 갑작스럽게 찾아왔다.

제 12 장

몰락 4개월 전

일리단은 의회의 회의실로 성큼성큼 들어섰다. 아카마가 충직한 개처럼 그 뒤를 따랐다. 그 뒤틀린 드레나이는 충성스러운 신하처럼 보일 수 있는 일이라면 무엇이든 하는 것 같았다. 베라스 다크섀도의 수하들이 자신을 지켜보고 있다고 생각해서 그러는지도 몰랐다. 사실 알 수 없는 이유로 검은 사원에서 모습을 감추는 일이 너무 빈번해진 탓에 베라스의 시선을 끌게 된 이후로는 줄곧 그랬다. 베라스가 그저 경쟁자의 평판을 손상시키고 싶었던 것일 수도 있지만, 어쨌든 그의 주장에는 분명히 일리단의 호기심을 자극하는 구석이 있었다.

모두의 눈이 일리단에게로 향했다. 각각의 시선에는 두려움이 담겨 있었다. 불타는 군단이 맹공을 시작했다. 캘타스 왕자는 원정대를 이끌고 황천의 폭풍으로 떠난 후로 몇 주째 행방이 묘연했다. 이 자리에 모인 이들 모두 전쟁 상황이 좋지 않다는 걸 알았고, 그래서 일리단이 격분할 거라고 예상했다. 상관없었다. 악마사냥꾼들만 제대로 준비되고 있다면, 모든 것이 계획한 대로였으니까.

일리단은 거대한 지도 탁자 쪽으로 다가갔다. 커다란 보석을 깎아서 만든 악마의 수송선 모형이 십여 곳에 놓여 있었다. 마치 세계의 표면에 들끓는 역병 같은 모습이었다. 나그란드와 지옥불 반도, 황천의 폭풍과 칼날 산맥에 찍어놓은 점 같았다. 아웃랜드의 모든 지역에 적어도 하나 이상은 놓여 있는 것 같았다.

"이 보석은 각각 새로운 야영지의 위치를 나타냅니다, 일리단 군주님."

파괴자 가디오스가 지나치게 빨리 말했다. 그는 일리단이 들어서자마자 자리에서 일어나, 지휘관에게 이름을 불린 사병처럼 서 있었다.

"불타는 군단이 각 위치에 기지를 구축하고 요새화했습니다. 제가 이들 지역을 공격하고 악마들을 몰아낼 계획을 세웠습니다."

"그랬느냐, 가디오스?"

일리단은 믿을 수 없을 만큼 온화한 목소리로 말했다.

"그런데 공격은 어떻게 할 셈이냐? 이들 야영지에는 모두 순간이동 장치가 있다. 한순간에 악마의 지원군이 나타날 수 있다는 말이다."

"일리단 군주님, 당신의 도움을 받아 마그테리돈의 차원문들을 닫은 경험이 있습니다. 이번에도 순간이동 장치를 폐쇄할 수 있을 겁니다."

일리단은 잠시 지도를 살폈다.

"우리가 차원문을 하나 폐쇄할 때마다 다른 하나가 나타난다. 킬제덴은 무한한 병력을 동원할 수 있어. 놈은 그저 우릴 갖고 노는 것이다."

여군주 말란데는 조그맣게 키득거렸다. 일리단에게서 그런 반응은 기대하지 않았던 모양이다.

"그대가 우릴 승리로 이끄시겠지요, 군주님. 전 그대를 전적으로 신뢰합니다. 그대가 벼려내고 계신 그 새로운 병사들이 베레디스나 네사렐, 알란디엔만큼 강하다면, 틀림없이 악마들을 도륙할 수 있을 겁니다."

일리단은 말란데를 바라봤다. 악마사냥꾼에 대해 꽤나 잘 알고 있는 듯했다. 어딘가에서 엿보고 있기라도 한 걸까? 물론 그랬을 테지. 의회의 모두가 그랬다. 모두들 검은 사원 내에서 힘의 균형이 바뀔 수 있는 문제에 대해서라면 왕성한 호기심을 보였다. 그들 자신의 입지가 영향을 받을 수 있기 때문이었다. 말란데가 얼마나 많은 것을 알아냈을까? 악마사냥꾼은 불타는 군단에 역습을 가하기 위한 일리단의 계획에서 가장 중요한 요소였다. 보안이 필수적이다. 공격을 개시할 준비가 되기 전에는, 나스레짐이 그의 속셈을 알아내는 일이 있어서는 안 된다. 일리단은 궁극적인 목표에 대해서는 그 누구에게도 말하지 않았지만, 만에 하나 실수를 했을지도 모른다. 그가 남긴 단서를 기반으로, 말란데처럼 영민하고 의심 많은 자들이 그의 진짜 의도를 유추해낸 것인지도 몰랐다.

일리단은 여군주 바쉬가 곁에 있으면 좋겠다고 생각했다. 그녀는 적어도 늘 직설적이고, 이해하기 쉽고, 전적으로 그에게 충성했으니까. 하지만 아쉽게도 바쉬는 지금 장가르 습지대에서, 그 지역의 모든 수자원을 장악하는 일을 감독하고 있었다. 아웃랜드의 모든 물을 관리하고, 결과적으로 이 행성의 모든 거주민을 통제한다는 계획의 첫 번째 단계였다. 갈증과 가뭄은 아주 강력한 무기가 될 수 있었다.

일리단은 베라스 다크섀도를 응시했다.

"너희 수하들은 캘타스의 행방을 알아냈느냐?"

베라스는 고개를 저었다.

"그들의 마지막 야영지를 찾았습니다만, 그 뒤로는 아무 흔적도 찾을 수 없었습니다."

"아무 흔적도 없었다고?"

"의미 있는 건 없었습니다, 군주님. 모닥불이나 쓰레기뿐이었습니다."

"전투의 흔적은 없었나?"

"전혀 없었습니다, 군주님. 왕자가 차원문을 열고 사라진 것 같습니다. 아무래도 발견되고 싶지 않았던 모양입니다."

베라스는 캘타스가 반란을 꾀했다는 암시를 하고 있었다. 일리단은 그 가능성도 무시하지는 않았다. 검은 사원이 무너지던 날, 킬제덴은 그 블러드 엘프 왕자에게 특히 많은 관심을 보였다. 곰곰이 생각해본 후, 일리단은 기만자가 자신과 동맹들 사이에 불화의 씨앗을 뿌리려 하고 있다는 결론을 내렸다. 어쩌면 그 악마 군주가 그 이상의 일을 했는지도 모르지만, 지금은 그런 이야기를 할 때가 아니었다. 캘타스가 배신했다면, 또 다른 첩자가 남아 있는지도 모른다. 일리단은 그들을 경계하게 만들고 싶지 않았다.

"성급한 결론은 내리지 마라, 베라스. 우선 캘타스부터 찾아라."

"분부대로 하겠습니다, 군주님."

대답하는 베라스의 표정을 보니 일리단과 단둘이서 할 이야기가 있는 듯했다. 그가 아카마를 흘긋 바라봤다. 일리단이 말했다.

"모두 돌아가도 좋다. 너만 남아라, 베라스. 마이에브 섀도송의 행방에 대해 묻고 싶구나."

의회의 다른 구성원들이 줄지어 회의실을 빠져나갔다. 아카마는 문간에 잠시 멈춰 서서 뭔가 말을 하려다가, 이내 마음을 고쳐먹고 자리를 떠났다.

마이에브와 아닌드라를 태운 승강기가 알도르 마루의 측면을 따라 올라갔다. 무엇이 승강기를 움직이는지는 전혀 알 수 없었지만, 낮고 평평한 단상은 하늘을 향해 올라갔다. 강력한 마법이 작용하고 있었다. 마이에브의 밤호랑이가 으르렁거리며 가장자리에서 물러났다. 그 커다란 야수는 균형 감각이 매우 뛰어났지만, 이렇게 높은 곳에서 떨어지는 위험은 피하고 싶은 듯했다.

이 거대한 도시의 윤곽과 빛의 정원을 품은 거대한 탑의 위용은 정말이지 기가 막힌 장관이었다. 너무나도 높은 탑은 하늘에 닿을 것만 같았다. 그 안에서 나루의 힘이 느껴졌다. 그들이 돕지 않겠다고 했던 일을 떠올리며, 마이에브는 심란한 마음을 감추지 못했다. 나루의 도움만 있다면 일리단에게 정의의 심판을 내릴 수 있는 가능성이 상당히 높아졌을 것이다.

사리우스는 폭풍까마귀로 변신하여 승강기 옆에서 함께 날아올랐다. 마이에브는 그의 독특한 깃털을 알아볼 수 있었다. 그는 감시하고 관찰하는 역할을 맡았다. 알도르가 배신할 거라고는 예상되지 않았지만, 그 어떤 가능성도 배제하고 싶지 않았다. 배신은 언제나 예상치 못한 곳에서 일어나는 법이니까.

"가끔은 뒤틀린 드레나이들이 이 승강기를 타고 올라와 정상에서 몸을 던지는 일도 있다고 합니다. 그런 일은 파수병들이 막아야 하지 않을까요?"

아닌드라의 말에 마이에브가 대꾸했다.

"자비를 베푸는 거라고 생각하는지도 모르지."

마이에브는 호위병을 더 데려왔어야 하는 건 아닌지 염려스러웠다. 알도르 마루 정상에서는 어떻게 해도 수적으로 불리할 수밖에 없지만, 적어도 일행의 수가 많다면 마이에브의 중요성을 부각시킬 수 있을지도 몰랐다. 하지만 애처로운 탄원을 하러 온 것으로 보이는 편이 나을 거라는 결론을 내렸다.

승강기가 서서히 정지했다. 그녀는 마지막으로 도시를 내려다보며, 까마득한 저 아래 돌바닥으로 몸을 던져야 했던 슬픈 뒤틀린 드레나이들을 떠올렸다.

그들 위로 두 개의 작은 바위섬이 하늘에 떠 있었다. 드레나이 건축물을 닮은 곡선으로 이루어진 그 섬들은, 측면에서 번지는 빛으로 보건대 마법에 의해 형성된 것이 틀림없었다. 방문객들은 그 놀라운 마법의 발현을 보고 위압감을 느낄 것이다.

거대한 수정이 마루 위 건물들의 측면을 장식했다. 밤이면 수정의 빛이 도시 위 하늘을 비추며, 알도르 사제회와 그들이 섬기는 빛의 순수함을 모두에게 상기시켰다. 마이에브는 그런 생각을 떠올리며 콧방귀를 뀌었다.

육중한 중장갑을 착용하고 보라색 휘장을 두른 알도르 경비병들이 마이에브를 맞이했다. 적대적이지는 않았지만, 그녀의 일거수일투족을 주시하고 있었다. 그녀가 용건을 이야기하자, 그들은 영원한 빛의 제단으로 일행을 안내했다.

푸른색과 하얀색 로브를 차려입은, 키가 크고 아름다운 여성 드레나이가 그녀를 맞이했다. 마이에브가 고개를 살짝 숙이자 여성 드레나이가 인사를 건넸다.

"빛의 축복이 당신을 비추시길, 감시관 마이에브. 나는 알도르의 대여사제 이샤나라고 한다. 내게 할 말이 있다고 들었는데."

마이에브는 드레나이 대여사제의 말에서 미묘한 적대감을 감지했다.

"빛을 따르는 이들의 도움을 구하고자 왔다."

"이미 많은 이들이 당신을 따르고 있다고 들었는데."

"알도르의 도움이 필요하다."

"배신자라 불리는 자를 제거하려고 하는가?"

"감옥에 가둘 생각도 있다."

"왜지?"

마이에브는 너무도 당연한 것을 묻는 대여사제의 말에 당혹스러웠다.

"놈은 악하기 때문이다."

"우리도 힘이 부족하기 때문에, 검은 사원을 공격하는 일에 병력을 낭비할 수 있는 입장이 아니다. 현재 위치를 방어하는 것만으로도 버거울 뿐 아니라, 다른 역할도 수행해야 하니까."

마이에브는 이샤나의 화려한 로브를 눈으로 훑은 후, 다시 주위의 아름다운 장식을 둘러봤다.

"그래, 퍽이나 그렇게 보이는군."

"어둠과 싸운다고 해서 모두 어둠 속에 들어서야 할 필요는 없지."

"악을 제거하려면 때론 직접 손을 더럽혀야 할 때도 있다."

"그리고 때로는 손을 더럽히다가 스스로 악이 되는 일도 있지."

이샤나의 미소는 조롱에 가까웠다.

"빛과 함께하려면 마음이 순수해야 한다."

"난 그렇지 않다고 생각하는 건가?"

마이에브의 목소리에는 분노가 섞여 있었다.

"난 당신이 옳다고 믿는 바를 행한다고 생각한다."

마이에브는 이샤나의 미묘한 말에 눈살을 찌푸렸다.

"내가 행하는 일은 옳다."

"물론, 의심할 여지가 없겠지."

"날 돕지 않겠다는 건가?"

"지금으로써는 도울 수 없다."

"도울 수 없는 건가, 아니면 돕지 않겠다는 건가?"

"당신의 싸움 외에도 치러야 할 전투는 많다, 감시관 마이에브. 더 중요한 전투도 있고."

"일리단을 잡아들이고 유폐시키는 것보다 중요한 건 없다."

"당신에겐 그렇겠지. 하지만 알도르가 생각하는 우선순위는 다르고, 자원도 제한적이다. 힘을 모을 시간이 필요하다."

좌절감이 마이에브의 가슴을 채웠다. 아웃랜드의 거주민들에게 그녀의 임무가 얼마나 중요한지 알려주는 일은 왜 이렇게 어려운 걸까? 가슴께가 근질거렸다. 아카마가 준 조약돌이었다. 지금은 그들이 주로 만나던 시간이 아니었다. 뭔가 시급한 일이 일어난 게 틀림없었다. 잘된 일인지도 몰랐다. 이샤나와 제자리를 맴돌기만 하는 무의미한 논쟁을 계속하고 싶은 생각은 없었으니까.

"시간을 내줘서 고맙군. 이제 그만 자리를 떠나도 되겠나?"

마이에브는 대여사제의 대답을 기다리지도 않고 성큼성큼 승강기로 돌아갔고, 아닌드라가 그 뒤를 따랐다.

아카마와 연락하려면 조용한 장소가 필요했다. 마이에브는 아카마가 알도르보다는 쓸모가 있기를 바랐다.

샤트라스 하층의 거리에는 매일 점점 더 많은 군중이 모여드는 것 같았다. 일리단의 정복 전쟁이나 군단과의 전투에서 패배한 후, 계속해서 피난민들이 이 도시로 몰려들었다. 다들 샤타르의 보호를 받으려 했다.

마이에브는 어깨 너머를 돌아보았다. 뒤쪽에서 블러드 엘프 하나가 수도두건을 쓰고 얼굴 아래쪽을 스카프로 가린 채 황급히 거리를 가로질렀다. 그 몸가짐에는 어딘가 낯익은 구석이 엿보였다. 마이에브를 감시하는 중인지도 몰랐다. 별로 상관은 없었다. 군중 속에서 사리우스가 마이에브를 지켜보고 있었으니까. 조만간 사리우스에게 명령을 내려 미행하는 자들을 붙잡아야 할 수도 있겠지만, 지금은 다른 문제를 생각해야 했다.

그녀는 뒤틀린 드레나이 피난처의 안뜰로 들어섰다. 늘 그곳을 지키는 가엾은 자들이 물을 섞은 시큼한 포도주 잔에서 얼굴을 들고 그녀를 올려다보거나, 멍하니 천장을 바라봤다. 매캐한 담배 냄새가 주위를 가득 채웠고, 더러운 체취가 코를 찔렀다. 마이에브는 앞서 아카마를 만났던 방으로 찾아갔고, 그가 이미 그곳에 도착해 있는 모습을 보고도 놀라지 않았다. 전에도 만났던 잿빛혓바닥 경비병 두 명이 문을 지키고 있다가, 말없이 그녀를 통과시켰다.

아카마는 자리에서 일어나 고개 숙여 인사했다. 적어도 그는 마이에브를 존중하는 태도를 보였다. 지난 몇 년간, 그들은 일종의 이해관계를 구축했다. 그녀도 고개를 숙여 인사를 받았다.

"무슨 일이지?" 마이에브가 물었다.

지난번의 만남보다는 더 나은 이유가 있기를 바랐다. 그때는 일리단이 군단과의 전쟁에서 작은 승리를 거뒀다고 했었다.

"좋은 소식이다. 캘타스 왕자가 병력과 함께 실종됐다. 배신자를 버렸을 가능성이 크지."

아카마가 들뜬 목소리로 답했다. 마이에브는 기쁨의 미소를 감출 수 없었다.

"그게 사실이라면, 일리단의 가장 큰 버팀목 중 하나가 사라진 셈이로군."

그녀는 잠시 그 말을 음미했다. 예전에 아카마는 일리단이 캘타스와 바쉬의 지원을 받고 있기 때문에 자신의 백성들을 전쟁에 참여시키지 않겠다고 말했었다.

아카마의 미소는 그리 오래가지 않았다.

"일리단이 다른 힘의 원천을 찾아냈을 수도 있다."

서늘한 예감이 마이에브를 훑고 지나갔다. 배신자가 사용할 수 있는 속임수가 아직 남아 있는지도 몰랐다. 그런 건 이번이 처음도 아니었다.

"그게 뭐지?"

"나도 확신할 수 없어서 당신과 논의하고 싶었다. 새롭게 영입된 자들은 모두 당신 동족이니까."

"내 동족이라고?"

"엘프들이다. 절박하고 무자비한 엘프들. 잘 단련된 투사들이고, 내 생각에는 모두 불타는 군단에 대한 원한을 갖고 있는 것 같아. 배신자가 그런 자들을 받아들인 후, 죽이고 있다."

"뭐라고?"

"그자들에게 지옥 마법을 주입하더군. 그 과정에서 대부분은 죽어버리고 일부 살아남는 자들은 변화하지만, 그 변화의 방향이 좋지 않아."

"무슨 뜻이지?"

"그들의 몸에는 악의 힘이 충만해지고, 내면에는 악마의 악취를 풍기는 무언가가 자리 잡는다."

공포가 마이에브의 얼굴을 뒤틀었다.

"놈이 엘프들을 악마로 변형시키고 있군."

"내가 잘못 생각한 게 아니라면, 일리단은 자신과 같은 자들을 만들어내고 있다. 그들이 의식을 치르게 하고, 자신과 동일한 문신을 새기는 일을 감독하기도 하지. 내 부하들에게서 들은 소문에 따르면, 그늘에게 마법을 가르친다고도 한다. 이 모든 것이 일상생활이 이루어지는 장소에서 멀리 떨어진, 봉인된 안뜰에서 이루어지고 있고."

일리단이 또 무슨 끔찍한 짓을 계획하고 있는 거지? 마이에브는 불안해졌다. 그를 잘 알기에, 지금 벌어지고 있는 일이 좋은 일일 리 없다고 확신했다.

"네가 더 자세한 정보를 알아내야 한다."

"최선을 다하고 있지만 어렵고 위험한 일이야. 배신자는 이 새로운 군대로 무엇을 하려는 것인지, 그 진짜 의도를 감추려고 꽤나 공을 들이고 있다. 나도 질문을 너무 많이 하다가는 들통나고 말 것이다. 일리단이 우리 관계에 대해 알게 되면, 난 죽음보다 못한 신세가 될 것이고. 신중하게 움직여야 한다."

"신중하게, 신중하게. 넌 항상 신중하기만 하군."

"당신이야 쉽게 말할 수 있겠지. 일이 틀어지는 경우 배신자의 분노를 마주해야 하는 건 당신이 아니라 나니까."

아카마는 잠시 말을 멈추고 거친 숨을 몰아쉬었다.

"당신은 그게 어떤 건지 모르겠지. 카라보르 사원을 벗어날 때마다 거짓말을 해야 한다. 일리단은 이미 나를 의심하고 있는 것 같기도 하고… 아무래도 감시를 받고 있는 것 같다."

마이에브는 조바심이 난 탓에 잘못된 길을 택할 위험에 처해 있었다. 아카마는 분명 겁에 질려 있었고, 충분히 그럴 만했다.

아카마는 다시 깊이 숨을 들이쉬고는 조금은 진정된 목소리로 말을 이었다.

"문신한 투사들이 사원 주위에 나타난 건 이번이 처음은 아니다. 전에도 그런 자들이 있었지만, 기껏해야 한두 명에 불과했고 다들 이내 제 갈 길을 떠났어. 하지만 이번에는 투사들 모두가 사원에 머물고 있고, 매일같이 그런 자들을 더 많이 만들어내고 있다."

"처음에는 실험이었을지도 모르지. 그 악마 엘프들을 만들어내는 마법을 시험해보려는 의도였을 것이다."

"내 생각도 그렇다. 이제는 그런 자들이 무척 많아졌다. 일리단은 술 취한 용병이 부정하게 벌어들인 은화를 탕진하듯이 수많은 목숨을 담보로 그런 자들을 만들어내고 있다. 감춰진 안뜰로 들어가는 열 명 중 하나 정도만 살아나올 뿐이야."

그 소식이 마이에브의 기분을 바꿔놓았다. 캘타스가 사라졌다는 이야기를 들은 후 유쾌했던 기분이 연기처럼 사라졌다. 일리단은 악마의 새로운 장난을 준비하고 있었다.

"모든 게 마음에 들지 않는군."

마이에브의 말에 아카마는 어깨를 으쓱했다.

"그 새롭게 나타난 존재들은 막강하다. 그들을 치유하라는 명령을 받은 적이 있는데, 내면에서 강력한 암흑 마법이 느껴졌다. 일리단은 그들이 전세를 뒤집을 거라고 생각하는 것 같더군."

"그게 가능할 것 같나?"

"그런 자들을 수백 명은 만들어내고 있다. 아니, 수천 명이 될지도 모르겠군. 그들 모두 내가 봤던 자만큼 강력하다면, 아웃랜드는 힘의 균형이 바뀔 것이다. 내가 아는 건 배신자가 광기에 사로잡혀 그런 자들을 가능한 한 많이 모으려 한다는 사실뿐이다. 아무래도 어떤 계획을 염두에 두고 있는 듯하지만, 그게 뭐든 시간이 없어."

"그 배신자의 시간이 없어지고 있는 거겠지."

마이에브가 앞서 좋았던 기분을 되찾으려는 듯이 말을 이었다.

"캘타스의 지원이 없다면, 놈을 끌어내릴 기회가 있을 것이다."

"그렇겠지. 난 카라보르 사원으로 돌아가 준비를 시작하겠다. 움직일 생각이라면, 서두르는 게 좋아. 그 새로운 병력이 준비를 마치기 전에."

마이에브는 일말의 만족감을 느꼈다. 이 뒤틀린 드레나이가 뭔가 행동하겠다고 약속한 것은 이번이 처음이었다. 아카마도 배신자와 마찬가지로 이제 시간이 얼마 남지 않았다는 사실을 실감한 모양이었다.

아카마는 차원문을 통과하여 카라보르 사원에 들어섰다. 주위는 온통 타락한 모습뿐이었지만, 그래도 집에 돌아온 기분이었다. 그는 두 손을 비비고 깊이 숨을 들이쉬며, 근심을 몰아내려 했다.

마이에브를 만나는 일은 늘 신경이 거슬렸다. 그녀는 언제나 분노와 증오로 가득 차 있고, 늘 일리단의 잘못을 비난하는 데 열중했다. 마이에브는 자신이 배신자의 거울상이 되어버렸다는 사실은 깨닫지 못하는 모양이었다.

아카마는 황급히 통로를 지나 자신의 방으로 향했다. 눈이 없는 끔찍한 병사들 중 하나가 지나가는 그를 흘긋 바라봤다. 멀어버린 그 눈이 자신의 뒤를 쫓는 모습을 보는 건 늘 소름이 끼쳤다.

사원 전체가 활기로 가득 차 있었다. 병사들은 행군했고, 마법사들은 주문을 준비했다. 밤낮으로 방어도 강화되고 있었다.

아카마는 동족의 성역에 도착했다. 호위병이 그에게 무언의 경고를 보냈고, 입구로 들어서자 그 이유가 드러났다. 일리단이 방 안에서 기다리고 있었다. 그는 사원이 파괴될 당시에 아카마가 지켜냈던 귀한 수정 조각상을 손에 들고, 빛에 비추며 이리저리 돌려 보는 중이었다.

그는 방으로 들어선 아카마에게 시선조차 주지 않고 말했다.

"아, 아카마, 오늘은 참 만나기 힘들더군."

이런 단순한 말 한마디가 아카마를 불안하게 만들던 때도 있었지만, 이제는 익숙한 일이 되었다.

"오레보르 피난처에 갔었습니다. 생각할 게 많아서. 머리를 비우는 데 도움이 되지요."

"요 몇 년 사이엔 그런 일이 참 많았지."

아카마의 뱃속이 꿈틀거렸다. 배신자가 눈치챈 건가? 계략을 꿰뚫어 보기라도 한 것일까?

일리단은 아카마에게 다가와 그의 어깨에 팔을 둘렀다. 손톱 끝이 뒤틀린 드레나이의 튜닉을 부드럽게 파고들었다.

"대강당으로 함께 가자. 마지막으로 이야기를 나눈 지도 꽤 오래되었구나. 너의 그 외출에 대해 자세히 알고 싶다."

거부할 수 없는 힘으로, 일리단은 아카마와 함께 출구를 빠져나가 어둠의 성역으로 향했다. 악마들이 그의 주위를 에워쌌다. 아카마는 한없이 높이 솟아올라 어둠 속에 잠긴 기둥으로부터 늘어져 내린 거대한 사슬을 바라봤다. 어둠의 전조 같았다.

곧 누군가의 비명이 터져 나왔다. 육체에서 영혼이 뜯겨 나가는 듯한 소리였다.

제 13 장

몰락 3개월 전

반델은 훌쩍 도약하여 타오르는 고리를 통과한 후, 땅 위로 몸을 굴려 회전하는 칼날 아래쪽을 통과했다. 칼은 머리카락 하나 차이로 그를 스쳐 지나갔다. 다시 일어선 반델은 앞으로 내달려 불구덩이를 뛰어넘었다. 그가 또다시 일등을 차지했다. 그것도 상처 하나 없이 모든 장애물을 통과했다.

시아나가 두 번째로 결승점에 도착했는데, 호흡조차 흐트러지지 않은 모습이었다. 반델을 향해 미소를 짓긴 했지만, 또 한 번 그에게 패배했다는 사실에 꽤나 불쾌한 것 같았다. 경쟁심이 아주 강한 여자였다. 유연하고 민첩한 라바엘이 그 뒤를 이었다. 다른 이들도 차례차례 결승선을 통과했다.

의식이 돌아온 후로 몇 주 동안은 사망자가 아주 많았다. 마벨리스와 셀라단, 이스테스는 변해버린 자신들의 모습을 감당하지 못하고 흉벽에서 몸을 던졌다. 시간이 지나면서 마벨리스와 셀라단은 유난히 끔찍한 괴물의 모습으로 변해갔지만, 이스테스만은 반델이 처음 만났을 때 느꼈던 아름다움을 그대로 유지하고 있었다. 뒤틀린 건 그녀의 육체가 아니라 정신이었다. 반델은 먼저 세상을 떠난 아이들과 마침내 함께하게 된 그녀가 평화를 얻었기를 바랐다.

끔찍한 의식을 치른 후, 자기 선택의 결과를 받아들이지 못하는 이들을 솎아내는 것으로 희생이 끝날 것이라는 희망은 사라진 지 오래였다. 변형이 이루어지는 과정에서 절반 이상의 투사가 목숨을 잃었다. 이유 없이 심장이 멈춰버리는 경우도 있었고, 정신이 파괴되어 처리해야만 했던 경우도 있었다. 그 후로도 자기가 목격한 환영을 견디지 못하거나, 내면의 악마와 공존해야 하는 현실을 버티지 못하고 미쳐버리는 자들이 계속해서 발생했다.

반델은 악마가 그들을 흉벽 너머로 떠밀었으리라는 사실을 의심하지 않았다. 그의 내면에 자리 잡은 악마도 매일같이 자신의 존재를 알렸고, 반델 자신도 장기적으로는 이 싸움에서 이기지 못하리라 생각했다. 우울함과 자기혐오 때문에 삶은 견딜 수 없는 것이 되었다. 너무나도 거대한 분노에 휩싸여, 그저 사원을 내달리며 엘프들을 모두 칼로 베어버리다가, 결국 경비병의 손에 쓰러지고 싶은 마음을 억누르기 힘들 때도 있었다.

셀레니스가 그렇게 떠났고, 발람보르와 튜라니스도 그랬다. 그들은 꽤 많은 동료들을 함께 데려갔다. 의식의 생존자들은 모두 그들의 기분을 이해했다. 반델도 머리카락 한 올 차이로 간신히 발작을 피했다. 때로는 그렇게 죽어간 이들과 자신이 다른 점은, 그저 아직 그 지점까지 도달하지 않은 것뿐이라는 생각도 들었다. 카리엘에게 만들어줬던 목걸이를 손에 단단히 쥐었다. 그건 광기를 막는 부적이자, 매일 악마와 싸워야 하는 이유를 상기시켜주는 상징이었다. *아들아, 언제가 되더라도 반드시 복수를 해주마.*

반델의 마음 뒤편에서 무언가가 그를 조롱했지만, 오늘만은 그 목소리를 무시할 수 있었다.

초자연적인 요소에 대한 훈련이 시작되면서 상황은 더욱 악화됐다. 교관인 베레디스, 알란디엔, 네사렐은 지옥의 힘을 내면의 악마에 주입하고, 가장 짙은 어둠의 마력을 집중시켜 창조의 힘을 발휘하는 방법을 가르쳤다.

한편으로는 가슴이 두근거렸다. 반델은 이제 자신의 힘과 민첩성을 몇 배나 증강시키는 법을 알았다. 단검을 꽂아 넣어 바위를 부술 수도 있었다. 지옥 마력의 화살을 쏘아서 가장 강한 방어구라도 불태우고 꿰뚫을 수 있었다. 처치한 적의 영혼을 흡수하여 상처를 치유하는 것도 가능해졌다.

그는 소환한 악마들과 싸우며, 악마를 처치하는 법을 익혔다. 처음엔 후보생들이 무리를 지어 싸워야 했지만, 몇 주가 지나자 단독으로 싸워 이기는 훈련을 받았다. 그러는 동안에 수십 명이 죽었고, 어느 날 밤에는 지옥수호병이 구속을 풀고 카라보르 폐허를 날뛰는 일도 있었다. 베레디스가 지옥수호병을 처치한 후에야 소동이 끝났다. 반델은 그 악마가 자신의 몸 오른쪽에 남긴 기다란 흉터를 손으로 더듬었다. 지옥수호병의 도끼가 반델의 문신을 찢고 뒤틀었다. 그날 이후로 문신이 왜곡되어 특정 주문을 시전할 때 지옥 마력을 끌어내기가 힘들었다.

반델은 아주 짧은 시간 동안 어마어마한 훈련량을 소화했지만, 아무리 많은 것을 익혀도 교관들은 더 노력하기만을, 더 많은 것을 습득하기만을 원하는 것 같았다. 그들은 일리단처럼 의욕이 넘쳤으며, 반델은 이 모든 것에 뭔가 더 큰 의미가 있음을, 그가 배운 모든 것을 사용하여 일리단을 섬겨야 하는 날이 다가오고 있음을 짐작할 수 있었다. 모든 훈련 과정에서 다급함과 절박함이 느껴지기 시작했다. 매일 엄청난 의식이 수행되었다. 매일 점점 더 많은 지원자가 끔찍한 훈련의 먹이가 되었다. 살아남은 자들의 일부도 강한 자들을 길러내기보다는 약한 자들을 처리하기 위해 만들어진 듯한 훈련 과정에 진이 빠졌다.

약한 자들을 죽여. 약한 자들을 죽여. 약한 자들을 죽여. 악마의 목소리가 속삭였다. 카리엘의 반쯤 뜯어 먹힌 사체가 머릿속에서 그를 조롱하듯 꿈틀거렸다. *약한 자들을 죽여. 모두 다 약해.*

반델의 꿈은 끔찍한 공포의 산물이었다. 어느 날 밤에는 잠에서 깨어나 보니, 자기도 모르게 자리에서 일어나 칼을 들고 있었다. 악몽을 꾸는 동안 내면의 존재가 육체를 제어하는 방법을 익히기라도 한 건 아닐지 염려되었다. 타벨리우스는 밤마다 다른 이들의 방에 몰래 숨어 들어가 목을 그었다. 그의 일탈은 '바늘'이 그의 텅 빈 양쪽 눈구멍에 꼬챙이를 찔러 넣은 후에야 끝이 났다.

반델은 살인을 일삼는 야수들과 한 우리에 갇힌 기분이었다. 그리고 그 중에서 살인을 즐기지 않는 건 반델뿐이었다.

그는 다시 주위를 둘러봤다. 일리단의 말이 옳았다. 이제 육신의 눈을 갖고 있던 때만큼 앞을 잘 볼 수 있었다. 아니, 그보다 더 잘 볼 수 있었다. 어둠은 그 무엇도 가리지 못했다. 정신이 지각을 조정했다. 악마가 자신을 돕고 있다는 생각도 들었다. 악마는 그가 힘을 손에 넣길 바랐다. 그런 힘을 하나씩 정복할 때마다, 악마의 유혹에 점점 더 약해질 거라고 생각하는 모양이었다.

상관없었다. 그는 힘을 원했다. 앞을 볼 수 있어서 기뻤다. 그 어떤 엘프의 천부적인 능력보다도 더 잘 들을 수 있어서 기뻤다. 그는 오우거만큼 강하고 밤호랑이처럼 빠른 존재가 될 수 있어서 기뻤다. 그러한 변화가 외모에서도 드러났다. 반델은 손가락 끝에서 손톱을 길게 자라도록 할 수 있었고, 위험한 순간에는 그 능력을 십분 발휘하기도 했다. 전에 단검으로 자해했던 부위에는 커다란 흉터가 남았다. 거울을 보면 지옥의 초록빛이 눈이 있던 자리를 차지한 것을 볼 수 있었다. 능력을 사용할 때는 그 빛이 더 강해졌다.

누군가의 손이 그의 어깨를 잡았다.

"지쳤지, 안 그래?" 시아나가 물었다.

"이제 막 시작하려던 참이야."

반델이 고개를 젓자 라바엘이 말했다.

"그래야지. 이번 대련에서는 내가 이길 걸세. 너무 쉽게 항복하지는 말라고. 자네가 발버둥 쳐야 내 승리가 더욱 달콤해질 테니까."

승리는 달콤하지. 반델의 머릿속 목소리가 말했다. 매일같이 그 목소리는 반델의 목소리를 닮아갔다. *육체는 더욱 달콤하고.*

그들은 안뜰에 들어섰다. 무너져 내리는 카라보르 폐허의 드높은 성벽이 후보생들을 위압적으로 내려다봤다. 문신을 새긴 엘프들이 대련장 사이의 빈 공간을 가득 채우고 싸울 기회만 기다리고 있었다. 판석에 새겨 넣은, 빛나는 녹황색 룬들이 수수께끼 마법진의 윤곽선을 형성하고 있었다. 후보생들의 피부에 새겨 넣은 룬 문신과 유사했다.

각각의 대련장에서는 훈련병 두 명이 교관의 감독하에 싸웠다. 마법으로 엮어낸 오라가 그들의 무기를 감싸고 공격의 충격을 약화시켜서 치명적인 공격도 따끔한 정도로 바꿔놓았다.

반델은 한 쌍의 투사가 빙빙 돌다가, 한쪽이 다른 쪽을 때려눕히는 것을 보았다.

"내가 승리했다!" 승자는 소리쳤고, 패자는 바닥에 축 늘어졌다.

선임 교관 베레디스가 고개를 끄덕인 후 손을 들자 대련이 끝났다. 마법진이 비워졌다. 교관은 라바엘과 반델에게 고개를 끄덕여 시작하라는 신호를 보냈다.

라바엘이 양손에 낫을 들고 마법진 안으로 들어섰다. 보호의 오라가 양쪽 날을 감싸고 아른거렸다. 베레디스는 반델의 룬 단검과 사원 무기고에서 가져온 칼에도 마법을 부여했다. 반델도 마법진 안으로 들어섰다.

라바엘은 오른손에 들린 낫으로 반델을 도발했다.

"오늘은 패배의 의미를 배우게 될 걸세."

라바엘은 곧바로 달려들었다. 흐릿하게 보일 만큼 빠른 움직임으로, 이해할 수 없을 만큼 정확하게 움직였다. 라바엘은 의식을 통해 반델보다 더 큰 힘과 더 빠른 민첩성을 얻었다. 크고 날카로운 손톱과 둥글게 뒤틀린 뿔도 얻었다. 지금 이 대련장에서 악마의 힘을 끌어내는 모습을 보니 라바엘의 변화된 능력이 더욱 두드러져 보였다. 낫이 반델의 이두박근을 강타했다.

"이게 진짜 싸움이었다면, 자네는 이미 팔을 잃었네."

라바엘의 도발에 반델은 마음 깊은 곳에서 분노가 치미는 것을 느꼈다. 이건 공정하지 않았다. 하지만 그런 생각은 잊어야 했다. 실전에서는 어떤 악마도 공정한 기회 따위는 주지 않을 테니까.

"진짜 싸움이었다면, 내가 이미 당신의 심장을 끄집어냈을 겁니다."

조롱하는 투로 말하려 했지만 목소리가 너무 진지했고, 그래서 그 말이 입을 떠나자마자 반델은 자신이 정말 그럴 생각이라는 사실을 깨달았다. 라바엘은 연이어 공격을 해왔지만, 이번에는 반델도 준비가 되어 있었다. 단검이 낫과 맞부딪쳤다. 금속과 금속이 충돌하는 소리가 안뜰 가득 울렸다. 반델은 단검으로 라바엘의 모든 공격을 막아냈다.

폭풍과도 같은 공격이 지나간 후, 반델은 팔을 뻗어 단검으로 라바엘의 심장 위쪽을 겨냥했다. 한순간만 더 빨랐더라면 치명타를 입힐 수도 있었겠지만, 이번에는 라바엘에게 가벼운 부상만 입혔다.

"살짝 긁힌 거야." 라바엘이 빈정거렸다.

광전사의 분노가 반델의 가슴에 불을 지폈다. 조롱당하는 건 견딜 수 없었다. 상대가 아무리 가여운 자라도 용납할 수 없었다. 라바엘 안의 무언가가 반델의 기분을 감지하고 반응했다. 둘 사이에 긴장감이 맴돌았다. 반델은 앞으로 몸을 던지며 라바엘의 머리를 노렸다. 라바엘은 양손의 낫을 모두 들어 올려 검을 막고는 몸을 뒤틀었지만, 그 순간 반델의 두 번째 칼이 그의 복부를 강타했다.

"당신은 죽었습니다. 제가 또 이겼군요."

반델의 내면 어딘가에서 혹은 내면의 무언가가 라바엘이 정말 죽기를 바라고 있음을 느꼈다.

반델이 뒤로 돌아서려는 순간, 라바엘이 으르렁거리는 소리가 들렸다. 야수와 같은 낮은 소리가 엘프의 가슴 깊은 곳에서 새어 나왔다. 입가에는 침이 방울져 떨어졌다. 눈구멍은 마녀의 불꽃이 춤을 추는 피 웅덩이 같았다. 불그스름하게 빛나는 망울이 그의 뿔 끄트머리에서 반짝였다.

"난 지지 않았어."

증오로 가득한 낮은 목소리가 라바엘의 목구멍 깊은 곳에서 흘러나왔다.

대련장에서 싸우는 둘의 주위로 힘이 모여들었다. 매끈한 어둠이 라바엘의 몸을 뒤덮자, 그의 피부는 회색에서 밤보다 더 짙은 검은색으로 변해갔다. 거대한 어둠의 날개가 라바엘의 등에서 솟아 나왔다. 반델은 날개가 움직이며 공기가 밀려나는 것을 느꼈다. 유황과 악마의 오라 냄새가 풍겼다. 황천의 거주민들과 싸울 때보다 더 강렬한 악취였다.

라바엘은 앞쪽으로 도약하며 양손으로 낫을 휘둘렀다. 두 번의 공격 모두 반델의 팔에 고통스러운 충격을 주었다. 이 싸움이 진짜였다면, 이번에야말로 끔찍한 부상을 입거나 죽었을 게 분명했다. 하지만 라바엘은 그걸로 충분하지 않았다. 그는 고통스러운 타격을 연이어 날렸다. 반델은 칼을 들어 올려 첫 번째 낫을 가까스로 막아냈지만, 두 번째 낫이 그의 관자놀이를 강타했다. 고통이 머리를 꿰뚫었다. 피비린내가 코를 가득 채웠다.

어둠이 라바엘의 손에 들린 낫을 삼키며 보호의 주문을 잠재웠다. 그의 힘이 무기에 부여된 보호 마법을 제압한 것이다. 낫은 이제 치명적인 무기가 되었고, 라바엘은 그 무기를 제대로 사용하려 했다.

어느 누구도 간섭하지 않았다. 관중들은 입술을 핥았다. 베레디스는 무심하게 손짓하며 싸움을 계속하라고 지시했다. 싸움의 새로운 양상에 걱정보다는 흥미가 동한 것 같았다. 낫이 움직였다. 피가 흘렀다. 라바엘이 웃었다. 어둠에 감싸인 형체에서 하얀 송곳니가 드러났다.

"이번엔 내가 이긴다."

라바엘이 마법진을 떠나지 않는 한 누구도 싸움에 간섭할 수 없었다. 이 일을 끝내고 싶으면 반델이 마법진 밖으로 나가 패배를 인정할 수도 있었다. 그러고 싶기도 했지만 내면의 무언가가 자신의 피 냄새와 고통에 반응했다. 분노가 시야를 붉게 물들이고, 그와 함께 힘이 찾아왔다. 반델은 두 손을 들어 올리고는 지옥 마력의 화살을 생성했다. 손가락 끝에서 발사된 마력이 라바엘을 강타했다. 굶주린 초록빛 마력이 어둠에 싸인 껍데기를 찢고 조각내 검게 그을린 넝마로 바꿔놓았다.

반델은 주문에 힘을 더 실었다. 라바엘은 육체가 타들어 가는 동안 비명을 질렀다. 반델은 멈춰야 한다고 생각했지만, 그의 일부는 그러길 원치 않았다. 악마만이 그런 결과를 원한 건 아니었다. 반델은 라바엘도 자신이 겪은 것과 똑같은 고통을 경험하길 원했다. 그는 점점 더 많은 마력을 쏟아부었다. 심장박동이 북소리처럼 크게 울렸다. 호흡이 거칠고 불규칙적으로 터져 나왔다. 라바엘이 죽은 후에는 반델의 마력이 패배한 엘프의 타락한 영혼이 남긴 어둠의 파편을 흡수했다. 그리고 그렇게 빨아들인 힘으로 자신의 부상을 치유했다.

반델은 죄책감을 느껴야 한다는 걸 알았지만, 실제로는 쾌감만이 느껴졌다. 그 순간 아쉬운 점은 사체가 된 육신을 게걸스럽게 뜯어먹지 못하고 자제해야 한다는 것뿐이었다. 불에 탄 악마의 육신 냄새가 주위를 맴돌았고, 그 냄새에 절로 침이 고였다.

마법진 주위에 모여 있는 얼굴들을 둘러봤다. 그들을 향해 마력을 방출하고, 베고, 죽이고, 학살하며 이 격투가 일깨운 파괴의 갈증을 해소하고 싶었다. 하지만 그랬다가는 반델 자신도 무사할 수 없었고, 그는 아직 죽을 생각이 없었다. 그는 욕망을 억눌렀다. 귓속에서 천둥처럼 울리던 심장박동이 조금 누그러졌다. 호흡도 규칙적으로 돌아왔다. 그는 교관의 처분을 기다렸다.

베레디스는 고개를 가로저을 뿐이었다. 이미 수차례 경험해본 일이라 그다지 신경 쓸 것도 없다는 투였다.

놈은 널 죽이려고 했어. 머릿속 목소리가 말했다. *네가 내 힘을 흡수하지 않았다면, 놈은 널 죽였을 거야. 넌 내게 목숨을 빚졌어.*

그 말이 옳다는 걸 반델도 인정했다. 그는 동료를 죽였지만, 어느 누구도 그 일에 신경 쓰지 않았다. 반델은 마법진 밖으로 나와 말했다.

"내가 승리했다."

"그래, 네가 이겼다." 베레디스가 고개를 끄덕였다.

제 14 장

몰락 3개월 전

일리단은 방을 가로질러 아홉 걸음을 걸은 후, 돌아서서 다시 아홉 걸음을 걸었다. 이제 마음이 조금 차분해졌다. 아카마 생각이 다시 떠올랐다. 그 뒤틀린 드레나이가 마이에브 섀도송과 함께 음모를 꾸몄다는 사실이 드러나자, 잿빛혓바닥의 지도자 아카마는 목숨을 잃을 뻔했다. 그 많은 엘프들 중에서 하필 마이에브라니! 일리단은 아카마의 배신을 죽음으로 갚아주고 싶었지만, 아카마와 그의 동족이 아직 필요했기에 조금 다른, 더 나은 처벌을 생각해냈다. 상당히 만족스러운 생각이었다. 일리단은 그 뒤틀린 드레나이가 다시는 배신할 수 없게 만들었다. 게다가 아카마가 마이에브를 그의 손아귀로 데려오게 할 방법까지 찾아냈다. 그리고 그 모든 과정을 불타는 군단을 공격하려는 자신의 계획에 포함시켰다. 이제 해결해야 할 문제는 하나뿐이었고, 그것 역시 해결책이 보이기 시작했다.

일리단은 거대한 참나무 책상을 내려다봤다. 그 위에 놓인 지도와 도표를 굴단의 해골이 누르고 있었다. 해골 위에 악마의 피로 각인된 문양은 일리단이 직접 새겨 넣었기에, 오직 그만이 온전히 알아볼 수 있었다. 기하학적인 룬이 아웃랜드의 차원문들과 뒤틀린 황천에 있는 종착지 사이를 연결하는 마력의 흐름을 표시했다.

일리단은 이마를 문지르며 집중했다. 그는 지금 돌파구 앞에 서 있었다. 손에 잡힐 듯 가까워졌다. 수년 동안 아웃랜드 전역에서 수많은 고서 보관소와 마법사의 소장품을 약탈하여 정보를 모아왔다. 지도에 표시된 모든 위치를 찾아가고, 지정학적 마법을 사용하여 뒤틀린 황천으로 이어지는 힘의 흐름을 도식화했다.

수천 마리의 악마를 심문하고, 마그테리돈과 십여 명의 나스레짐, 소위 공포의 군주라는 것들의 이야기 속에서 단서를 찾았다. 주문을 사용하여 일천 번의 소환에서 마력을 추적했다. 임프를 고문하거나 삼키고, 서큐버스를 겁박했다. 오랜 시간 이런 단서들을 조합한 끝에 마침내 준비를 마쳤다.

굴단의 해골에서 힘을 흡수하며 함께 받아들인 굴단의 반쪽짜리 기억 때문에 애를 먹기도 했다. 굴단의 기억은 일리단의 허황된 꿈을 실현할 방법의 단서가 되었지만, 다른 필멸자 그 누구도 보지 못한 기억이 그를 괴롭혔다.

흥분이 점차 고조되었다. 마침내 이렇게 오랜 시간이 지나서야, 하나의 패턴이 보였다. 늙은 흑마법사가 옳았다. 힘이 복잡하게 얽혀 있었다. 자신의 힘을 삼키고 주위의 대지와 대기에서 마력을 흡수하는 그물망. 차원문을 닫으려는 대자연의 힘을 거스르고 통로를 유지하는 것도 그 힘으로 가능했다. 수십 개의 세계로 통하는 길이 열렸다. 경로의 일부는 완전하지 않았지만, 어딘가로 통한다는 것만은 알 수 있었다. 연관된 힘에 대해 알고 있는 것들을 기반으로, 그는 복잡한 천문학적 계산을 통해 궁극적인 도착 지점을 예상할 수 있었다.

일리단은 마침내 그런 차원문들을 탐색하여 자신이 찾는 것을 알아낼 주문을 완성하는 데 성공했다.

소문이 새어 나가고 나스레짐 중 하나가 일리단의 계획을 알아채기 전에, 서둘러 움직여야 했다. 공포의 군주들은 끔찍하게 영리했고, 그들이 일리단을 막는 일에 전념한다면, 그토록 오랜 희생과 수십 년에 걸친 계획이 모두 수포로 돌아갈 것이다.

몸은 몹시 피곤했지만 점점 커지는 흥분으로 가득 찬 채, 일리단은 거대한 주문의 글귀를 각인했다. 그리고 각인이 끝나자, 종이 위에 펜을 내려놓고 깊은 만족감을 느꼈다. 이제 준비는 모두 끝났다. 행동해야 할 시간이다.

일리단은 거대한 원형의 전당 안쪽 깊은 곳으로 걸어 들어갔다. 바닥에는 그가 만든 도식을 백배 정도로 확대해놓은 듯한 문양이 악마와 엘프, 드레나이의 피로 각인되어 있었다. 빛나는 룬이 전당의 외곽을 둘러싸면서, 안으로 흘러들어 온 지옥 마력을 격리했다.

그는 문양의 윤곽을 따라 걸으며 보호와 방어의 주문을 읊조렸다. 그 누구도 이곳에서 하는 일을 엿봐서는 안 되며, 그의 집중이 방해받는 일도 없어야 했다. 그가 마법을 시전하자 모든 문이 닫혔다. 이 방은 물샐틈없이 봉인되었고, 일리단 자신의 날숨 때문에 공기마저 독성을 띠게 될 것이다. 의식에 몰두하여 너무 오랜 시간 머물렀다가는 이곳이 그의 무덤이 될 터였다.

일리단은 거대한 문양의 빈 곳을 따라 방의 중앙으로 향했다. 각인된 선을 밟지 않도록 주의해야 했다. 문양이 조금이라도 부서진다면, 치명적인 결과를 초래할 수 있었다.

방의 정중앙에서, 일리단은 날개를 펼치고 한 차례 펄럭인 후 공중으로 날아올랐다. 다리를 끌어올려 연화좌로 앉고는 자신을 공중에 머물도록 하는 주문을 발동했다. 그가 또 다른 마법을 시전하자, 문양의 꼭짓점에 놓인 화로에 불길이 치솟으며 안에 담긴 향을 피웠다. 환각제를 품은 연기가 공기를 가득 채웠다. 타오르는 향의 연기가 촉수처럼 꿈틀거리며 일리단의 코로 들어갔다.

깊이 숨을 들이쉬자 연기 두 줄기가 폐를 가득 채웠다. 그는 입을 꾹 다문 채 연기 안에 담긴 힘을 마지막까지 모두 흡수했다.

연금술을 오랫동안 체득해온 덕분에 각각의 구성물을 분간할 수 있었다. 용 뼈로 만든 막자로 갈아낸 파멸수호병의 뼈. 가루를 낸 지옥사냥개 피. 증류한 지옥풀 정수. 그 밖의 일천 가지 다른 물질들. 모든 것이 마법사의 정신을 일깨워 그의 영혼을 해방하기 위해 선택된 것이었다.

고대의 굶주림이 뱃속을 뒤틀며, 사악한 마력 속으로 들어오라고 일리단을 유혹했다. 피부가 간질거렸다. 머리카락이 곤두섰다. 혀가 딱딱하게 굳었다. 힘이 그의 안으로 흘러들었다. 너무나도 큰 힘이었다. 신과 같은 기분이 되어, 그저 생각만으로도 무언가를 창조해낼 수 있을 것만 같았다.

일리단은 마력을 잠시 자기 안에 머물도록 한 채, 두 세계의 경계에 서 있는 느낌을 즐겼다. 고요한 마음도 이게 마지막이었다. 지금 이 순간 이후로는 모든 것이 달라지리라.

서서히, 섬세하게, 나비의 날개를 벗겨내듯 일리단은 주문의 마지막 단계를 시전했다. 영혼이 육체와 분리되면서 몸이 가벼워지는 기분이 들었다. 그는 자신의 텅 빈 껍질이 아래쪽에 둥둥 떠 있는 모습을 내려다봤다. 잠시 아련한 현기증과 섬뜩한 공포가 느껴졌다.

지금 일리단의 영혼은 취약했다. 아래 남아 있는 육신에 무슨 일이 생기기라도 하면, 그는 실제로 죽고 말 것이다. 눈에 잘 띄지 않게 가느다란 은

WORLD of WARCRAFT 인물관계도

- 알렉스트라자 스톰레이지
■ 스톰레이지

- 바리안 린
녹대의 심장

- 류로탄

- 가로쉬 헬스크림
전쟁범죄

- 스랄
■ 스랄

- 제이나 프라우드무어
■ 제이나 프라우드무어

- 볼진
■ 볼진

- 아서스 메네실
■ 아서스

월드 오브 WARCRAFT 시리즈

★ 소설
⊕ 설정집

⊕ 아서스: 리치 왕의 탄생
★★★☆☆

⊕ 스톰레이지
★★★☆☆

⊕ 부서지는 세계
★★★★☆

⊕ 제이나 프라우드무어
★★★★★

⊕ 볼진: 호드의 그림자
★★★★☆

⊕ 전쟁범죄: 광기의 끝
★★★★☆

⊕ 스랄: 위상들의 황혼
★★★★☆

⊕ 늑대의 심장
★★★★☆

⊕ 월드 오브 워크래프트 아트북
★★★★★

⊕ 월드 오브 워크래프트 연대기 I
★★★★★

색 실 한 줄기를 영혼과 아래쪽의 육신에 연결했다. 실이 끊어지면 영혼은 육체로 돌아오지 못하고 영원히 방황하게 될 것이다.

너무 많은 것들이 존재하지 않았다. 심장이 뛰지 않았다. 혈관의 피가 흐르지 않았다. 폐 속으로 공기가 흘러들지 않았다. 육체와 뼈, 근육을 잡아당기는 중력도 없었다.

일리단이 처음 군단에 합류하고 살게라스가 그의 두 눈을 앗아간 이후로, 그는 뒤틀린 황천을 들여다볼 수 있었다. 그가 이 힘으로 무엇을 할 수 있는지 깨닫기까지는 수백 년이 걸렸다. 그 후로도 수십 년 동안은 끔찍한 악몽들이 그의 정신을 피폐하게 만들었고, 늘 비명을 지르며 잠에서 깨어나게 만들었다. 그것이 오랜 수감 기간 동안 겪은 가장 끔찍한 고통이었다.

일리단은 이 힘을 통제하기 위해 자신과 같은 고통을 견뎌낼 수 있는 자들이 또 있을지 의심스러웠다. 그처럼 마법에 능숙한 자가 아니라면, 이와 같은 고통을 극복할 수 없으리라.

하지만 꼭 필요한 일이었다. 그 고통을 극복해야 영혼을 내보내 뒤틀린 황천과 그 너머의 끝없는 어둠을 찾아가고, 다른 세계와 다른 우주를 볼 수 있는 능력이 생겼다. 또한 불타는 군단의 계획과 목표에 대한 통찰을 주었다. 이제는 이전보다 훨씬 더 먼 곳으로 떠나, 궁극의 목표를 찾아 무한한 심연으로 들어가야 했다.

거대한 문양이 집중시킨 지옥 마력이 그를 둘러싸고 요동쳤다. 그 힘이 곧 그가 원하는 곳으로 통하는 길을 열어주는 열쇠이자 지도였다.

일리단은 천천히 마법의 흐름을 가다듬었다. 늘 당연하게 여겼던 물리적 감각이 없어서 그도 쉽지 않은 일이었다. 그의 팔다리를 스치는 바람이 느껴지지 않았다. 말을 할 때 횡격막이 떨리지도 않았다. 마력은 그의 의지에 따라 느릿느릿 움직였다. 그는 그 힘을 구체화하고, 집중시켜 문양을 통과시키고, 직접 만든 수호물의 틈으로 보냈다. 협곡을 따라 흐르는 물처럼 마법은 작은 구멍으로 쏟아져 들어갔고, 현실의 막을 찢으며 어딘가 다른 곳으로 통하는 입구를 만들었다.

일리단은 그 공간에 정신을 집중했다. 건너편에서 무언가가 기다린다면, 지나갈 수 있을 만큼 틈이 넓어지는 순간 공격해올 것이다. 지금 이 순간 그는 매우 취약했다. 육체에 묶여 있을 때와는 전혀 달랐다. 그는 기다렸다. 아무런 근거 없이 건너편에 아무것도 없기를 바랐다. 자신을 방어하는 데 필요한 시간도, 마력도 헛되이 낭비할 여유가 없었다.

아무 일도 일어나지 않았다. 일리단은 영혼을 마력의 흐름에 맡기고, 두 세계를 연결하여 뒤틀린 황천으로 이어지는 문을 통과했다. 주위의 풍경이 그 끔찍한 세계로 폭발하듯 바뀌었다.

이 장소를 인식하는 방법은 천 가지나 되었다. 모든 여행자가 나름의 상황과 형체와 정신의 상태에 따라 이곳을 다르게 보았다. 일리단에게 그곳은 십억 개의 별이 반짝이는, 지독히 어둡고 공기가 없는 공허였다. 뒤쪽과 아래쪽에서는 그가 떠나온 세계가 불타올랐다. 그가 소환한 마력은 공허를 가로지르며 뱀처럼 길게 이어져, 무한한 세계 속으로 그를 인도했다. 그건 곧 불타는 군단이 아웃랜드로 오기 위해 사용한 차원문들의 마력 흐름을 나타내고 있었다.

흔들림 없는 의지로 일리단은 빛보다 빠르고 신속하게 그 마력을 따라가, 첫 번째로 연결된 차원문을 찾았다. 그는 뒤틀린 황천을 빠져나와 다른 세계로 건너갔다. 한때 푸르렀던 초원이 모두 사라지고 이제는 사막이 되어버린 세계였다. 무덤에서 빠져나온 사체들이 거리를 가득 메운 묘지의 도시였다. 스산한 녹색 마력이 연결이 끊긴 차원문에서 깜빡였다. 폐허

속에서 임프들이 난잡하게 뛰놀며 욕설을 내뱉었다. 일리단 가까이에 있던 임프 두어 마리가 그의 기척을 눈치채고는, 갑자기 눈이 잘 보이지 않기라도 한 것처럼 주위를 두리번거렸다. 멀리서 불타오르는 피부와 끓어오르는 바위의 팔다리를 지닌 지옥불정령이 육중한 걸음을 옮겼다.

다른 곳으로 이동하는 동안, 생명의 징후는 보이지 않고 오직 파괴만이 눈에 띄었다. 엘프보다 작은 생물들의 해골이, 그들을 지켜주지 못한 외계의 무기들 옆에 널브러져 있는 진지를 지나갔다. 이제는 녹이 슬어버린 방어구와 불타버린 전투 기계의 잔해만이 덩그러니 놓인 옛 전장도 지나갔다.

전쟁이 이곳의 지형을 파괴했다. 마법이 언덕의 정상을 잘라내고, 비옥했던 평원을 유리들판으로 바꿔놓았다. 슬픔에 잠겨 미쳐버린 유령들이 패배와 절망의 노래를 불렀다. 이제 이 땅에 사는 건 악마 몇 마리뿐이었다. 아마도 불타는 군단이 다음 점령지로 옮겨가는 사이에 뒤처졌거나, 군단이 진군할 때 거쳐 가는 중간 거점을 지키기 위해 남았는지도 몰랐다.

산은 깎여서 공포의 군주와 닮은 모습이 되었다. 하나의 국가라고 불러야 할 만큼 거대한 도시의 잔해를 뼈의 해자가 둘러싸고 있었다. 살아 움직이는 거대한 해골이 바다에서 일어나 갈비뼈와 두개골, 대퇴골 모양의 산맥을 헤치며 걸어가다가, 강령 마력이 스러지자 처음 나타났던 곳으로 사라졌다.

일리단은 다시 주문의 흔적을 쫓아 다음 차원문을 통과하고 또 다른 세계로 들어섰다. 이 세계는 물로 덮여 있었지만, 핏빛으로 물든 그 바다는 맹독으로 가득 차 있어 고래만 한 크기의 거주민들은 모두 시체가 되어 있었다. 죽은 해초를 엮어 만든 거대한 뗏목들이 바다 위에서 썩어갔고, 인어들의 사체가 그 주위에 엉켜 있었다. 각각 하나의 도시만큼 거대한 생물들의 사체가 해저에서 부패했고, 그 주위에는 한때 그들을 지켰을 법한 해양 병력의 백골들이 즐비했다. 아무것도 살지 않았다. 미세한 플랑크톤 하나 없었다. 공기를 정화하고 산소를 공급할 식물도 없었기 때문에, 대기 자체가 독성을 띠고 있었다. 그는 다시 다음 차원문을 통과했다.

사막과 불의 세계였다. 유목민과 가축 무리의 뼈가 여기저기 널려 있었다. 모든 오아시스의 물은 오염되어 있었다. 타오르는 태양이 내리쬐고, 흐르는 모래 언덕으로 이루어진 텅 빈 대지에는 바람을 제외하면 움직이는 것이 없었다. 가끔씩 모래가 무너져 내리는 곳에서는, 딱딱한 껍질을 지닌 거대한 벌레의 뼈나 산성 액체 때문에 곳곳에 구멍이 뚫린 황동 마천루의 잔해가 드러났다.

일리단의 영혼은 계속해서 죽은 세계를 잇달아 통과했다. 모두 불타는 군단의 끔찍한 악의가 남긴 기념비로 변해 있었다. 모든 곳이 황폐했다. 그것이 바로 아제로스와 아웃랜드, 얼마 남지 않은 살아 있는 세계가 불타는 군단의 공격을 받게 되면 맞이해야 할 운명이었다. 그는 생명의 흔적을 찾아보았지만 아무것도 발견하지 못했다. 바퀴벌레나 쥐 한 마리조차 없었다. 살게라스의 군대는 살아 있는 모든 것을 제거하려 했고, 모두 성공한 듯했다.

모든 것이 일리단이 예상했던 대로였지만, 그럼에도 이 무의미하고 무시무시한 폭력, 모든 생명에 대한 증오, 세계와 세계, 또 다른 세계에 대한 악의적인 학살은 헤아릴 수 없이 충격적이었다. 그는 평생을 투사로 살아왔다. 그도 싸우고, 죽이고, 증오했지만, 불타는 군단이 왜 이런 짓을 하는지 짐작하기는 쉽지 않았다.

여러 세계로 이어지는 갈림길도 몇 차례 만났지만 언제나 그의 주문이 그를 이끌었다. 일리단의 영혼은 끝없는 세계를 통과하며 찾고, 찾고, 또 찾았다.

시간이 얼마나 흘렀는지도 잊었다. 그의 육체가 기다리는 세계에서는 백 초가 지났을지, 백 년이 지났을지 알 수 없었다. 어쩌면 그의 육신은 이미 죽었고, 영혼만이 이 무한한 황무지를 정처 없이 떠돌면서 셀 수 없이 많은 세계의 파멸을 목격하는 영혼의 증인이 되었는지도 몰랐다.

일리단은 절망하고, 모든 희망을 잃고, 자신의 계산이 틀렸다고 확신하면서 또 하나의 관문을 지났다. 그곳은 기이한 장소였다. 강력한 마법이 주입된 바위들이 뒤틀린 황천의 무한한 공허 속을 둥둥 떠돌았다. 작은 태양이 그 주위를 몇 분에 한 번씩 공전했다. 작고 빛나는 달 수십 개가 그 뒤를 따랐다. 바위 조각들이 마법의 힘에 붙들려 공중을 맴돌았다. 강력한 마력이 이곳을 가득 채운 채, 세계의 근원에까지 깊이 침투해 있었다. 하지만 그게 전부가 아니었다. 멀리 떨어진 바위 주변에서 특정한 악마들의 기척이 느껴졌다. 나스레짐이었다.

그렇게도 찾고 싶었던 곳을 마침내 발견한 것일까? 공포의 군주가 머무는 고향, 나스레자를?

공포의 군주 수백 명과 그 하수인 수천 명이 분명히 이곳에 있었다. 일리단은 조심스럽게 접근했다. 나스레짐은 강력한 힘을 지닌 존재로, 그 누구도 범접할 수 없이 유려하게 마법을 사용했다. 극도로 조심하지 않는다면 영혼 상태의 그를 포착하는 건 어려운 일도 아니었다. 지금도 일리단은 무언가가 자신을 지켜보고 있다는 느낌을 받았다. 그는 얼어붙은 듯 멈춰 섰다. 아무 일도 일어나지 않았다. 공포의 군주들도 그의 기척에 반응하지 않았다. 아무 일도 아니었을 것이다. 그저 두려운 마음이 만들어낸 착각이었을 것이다.

육신이 없는 탓에 물리적으로 흥분되는 감각을 전혀 느낄 수 없었다. 심장이 빨리 뛰지도 않았고, 입이 바싹 마르지도 않았다. 차가운 승리감이 일리단을 만족시켰다. 마침내 찾아냈다. 그가 늘 존재할 거라고 짐작했던 바로 그곳을.

너무 확신하지는 말자. 그는 자신을 타일렀다. 아직은 알 수 없어. 확인해야 한다. 일리단은 지형과 바위 틈바구니에 몸을 숨기고, 은폐와 속임수의 주문을 주위에 엮어놓으며 공포의 군주들에게 다가갔다. 그의 영혼도 강하긴 했지만, 육체를 차지하고 있을 때만큼 강하진 않았다. 이곳에는 그를 발견하는 즉시 존재 자체를 소멸시킬 수 있는 자들도 많았다.

일리단은 자신의 기척을 알아챌 수 있는 주문이 주위에 걸려 있지 않은지 확인했다. 앞쪽에는 초록색 지옥 마력의 등불이 비추는 현무암 탑의 도시가 우뚝 솟아 있었다. 현무암 원반이 건물들 옆에 매달려 있었다. 거대한 공포의 군주들이 날개를 펄럭이며 하늘을 날았다. 지금껏 멸망한 세계를 수없이 지나온 후, 이렇게 많은 지적 존재들을 보게 되니 기분이 묘했다.

일리단은 나스레짐이 수많은 세계를 파괴하고 여러 문명을 지배하려는 계획을 세우는 성을 보았다. 그곳에서는 살게라스를 섬기겠다고 맹약한 자들이 모든 존재를 제거할 계략을 꾸몄다. 악마의 하수인들은 기이한 기계를 이끌고 짐작도 할 수 없는 일을 수행했다. 중앙에는 마력이 흐르는 격자망이 있었고 그 가운데 거대하고 창문 없는 탑이 하나 서 있었다. 끔찍한 초록색 룬이 탑의 측면에서 빛을 발했다. 수많은 하수인이 주위를 오갔다. 이제 의심할 여지가 없었다. 그렇게도 찾아 헤매던 곳을 드디어 발견했다. 굴단의 환영이 거짓말을 하진 않았다.

일리단은 현재 위치와 이곳에 오는 동안 통과했던 관문들의 패턴을 신중하게 계산했다. 하늘에서 반짝이는 별들의 위치가 기준이 되어주었다. 그리고 여기까지 찾아오는 데 필요한 모든 정보를 마음에 새겼다고 확신한 순간, 그는 영혼 걸음의 주문을 종료했다. 은빛 끈이 팽팽해지더니, 남겨둔 육신을 향해 상상할 수도 없는 속도로 일리단을 이끌었다.

무거운 육체와 딱딱한 뼈가 다시 한번 일리단을 가뒀다. 천둥 같은 소리와 함께 공기가 다시 폐 속으로 밀려들었다. 그는 기지개를 켜며, 자신의 의지에 따라 근육들이 반응하는 느낌을 즐겼다. 깊이 숨을 들이쉬며 향기를 맡았다. 얼굴에 미소가 번졌다.

이제 이 전쟁을 불타는 군단의 세계로 이끌 것이다. 적들에게 죄의 대가를 물을 것이다. 한 놈도 빼놓지 않고.

제 15 장

몰락 3개월 전

마이에브는 허리를 숙여 오우거의 공격을 피한 후, 무기를 되돌려 적의 복부를 갈랐다. 그 괴수는 어수룩하게 키득거리며 두툼한 한쪽 손으로 비어져 나오는 내장들을 붙잡아 다시 안으로 넣으려 했다. 그러면서도 남은 한 손으로 거대한 몽둥이를 다시 휘둘렀다. 마이에브는 나무 밑동 크기의 몽둥이를 뛰어넘었다. 오우거가 고통을 느끼지 못한다는 사실은 경험을 통해 익히 알고 있었다.

아닌드라가 몸을 던져 피하려 했지만, 발을 감아드는 뿌리에 걸려 넘어지면서 흙탕물 속에 나뒹굴었다. 사리우스가 으르렁거렸다. 표범으로 변한 그가 어둠을 벗어나 오우거의 등을 공격하면서 갈퀴 발톱으로 할퀴어 근육을 찢었다. 마이에브는 힘을 집중시켜 점멸하며 적과의 거리를 좁힌 후, 경정맥을 노려 일격을 날렸다. 피가 분수처럼 흩뿌려졌고 오우거는 단번에 쓰러졌다. 아닌드라는 몸을 굴려 거대한 사체를 피해 일어섰다. 해조류 때문에 색이 변해버린 물이 그녀의 머리에서 흘러내리며 튜닉을 흙탕물로 물들였다.

마이에브는 주위를 둘러봤다. 병사들이 오우거들을 처리하고 있었다. 어떤 어리석은 이유 때문에 이 거대한 괴수들이 일행을 공격한 것인지 짐작할 수 없었다. 지난 몇 달 사이에 오우거들은 장가르 습지대를 지나가는 일행들을 점점 더 빈번하게 공격하기 시작했다. 여군주 바쉬의 나가들과도 동맹을 맺은 듯했다. 용도를 정확히 알 수는 없었지만, 나가들이 만드는 마법 장치가 이제 거의 완성 단계에 접어들었다. 그 장치들을 공격하려는 마이에브의 계획은 모두 수포로 돌아갔다. 지금까지는 일부 뒤틀린 드레나이 노예들을 해방한 것 외에는 이렇다 할 성과가 없었다. 게다가 그 뒤틀린 드레나이들은 자신의 부대에 받아들일 수도 없는 쓸모없는 자들이었다.

마이에브는 쓰러진 전투원들의 수를 헤아렸다. 물속에 누운 드레나이 두 명은, 머리가 물에 잠겨 있는 것으로 보아 다시는 일어설 수 없을 것이다. 사리우스는 부상자들을 치유하기 시작했다. 그가 오우거의 몽둥이에 부러진 팔을 다시 맞추려고 하자 드루이드의 힘이 솟아 나오는 것이 느껴졌다.

아닌드라는 머리를 흔들어 물을 털어냈다. 마이에브는 이마에 흐르는 땀을 닦고는, 손등에 앉은 큼직한 벌레를 잡았다. 피를 빨아먹고 부푼 몸뚱이가 터지면서 손에 얼룩을 남겼다. 엘룬께 맹세코, 마법을 남용하는 자들보다 이 벌레들이 더 증오스러울 때도 있었다.

"이제 다시는 우릴 공격하지 못하도록 제대로 한 수 가르쳐준 것 같군요."

아닌드라가 쓰러진 오우거의 사체를 살펴보며 말했다. 그 괴수의 키는 엘프의 한 배 반 정도에 불과했지만, 몸무게는 열 배가 족히 넘을 것 같았다. 키에 비해 몸집이 어찌나 큰지 땅딸막해 보이기까지 했고, 크게 부풀어 오른 근육 위로 두꺼운 지방층이 덮여 있었다. 주위의 물은 피와 흙이 섞여 적갈색을 띠었다. 물 위를 걷는 벌레의 발도 붉게 물들었다. 커다란 물고기가 물 위로 튀어 오르더니, 한입에 그 벌레를 집어삼켰다.

"너무 멍청해서 그런 교훈은 얻지 못할 거다."

마이에브는 웅크리고 앉아 물에 손을 씻었다. 손은 도무지 깨끗해지지 않았지만, 적어도 피는 씻어낼 수 있었다.

"아무리 많은 놈들을 죽여도, 계속해서 싸움을 걸어올 거야."

"나가는 뭘 하려는 걸까요?"

아닌드라가 물었지만, 마이에브는 그저 고개만 가로저었다. 부관은 그녀가 모든 해답을 갖고 있기라도 하다는 듯, 끊임없이 질문을 던졌다.

"나도 모른다. 하지만 일리단이 원하는 일이라면, 우리가 막아야겠지."

아닌드라는 그 답이 실망스럽다는 듯 고개를 돌렸다. 마이에브도 더 나은 대답을 해주고 싶었다. 그리고 어떻게든 일리단에게 더 가까이 접근할 수 있는 방법을 찾고 싶었다. 하지만 캘타스가 사라졌다는 소식을 아카마가 전해준 이후로, 일리단은 몇 주째 자신의 요새 안에서 꿈쩍도 하지 않았다. 불타는 군단과 맞서는 일에 블러드 엘프 왕자의 지원이 없어서 불안감을 느낀 게 분명했지만, 캘타스가 사라졌다고 해도 마이에브에게는 별 도움이 되지 않았다.

마이에브는 그 생각을 밀어냈다. 절망에 굴복하기는 너무 쉬웠다. 어떻게든 일리단에게 정의의 심판을 내릴 수 있는 방법을 찾아낼 것이다. 묵묵히 계속해서 시도하다 보면 길이 열릴 것이다. 그녀는 나이트 엘프였고, 아무리 오랜 시간이라도 기다리는 것에 익숙했다. 물론 세계수 놀드랏실이 파괴된 후로 나이트 엘프는 불멸성을 잃었고, 따라서 그 생각은 사실과는 달랐지만 옛 습관은 쉽사리 변하지 않았다.

몸 오른쪽에서 익숙한 느낌이 전해졌다. 그녀는 그림자 아래로 들어섰다. 아카마가 그녀에게 준 조약돌을 주머니 안에서 꺼낸 후 생각을 집중했다. 잿빛 횃바닥 지도자의 모습이 머릿속에 떠올랐다. 그 뒤틀린 드레나이는 유난히 늙어 보였다. 두 눈은 아주 작은 구멍처럼 보였고, 얼굴에도 지금까지 보지 못한 깊은 주름살이 패여 있었다.

"무슨 일인가?"

마이에브의 물음은 아카마와 자신에게만 들린다는 걸 이미 잘 알고 있었다.

"오레보르 피난처에서 만나자. 일이 빠르게 진행되고 있다. 복수의 시간이 다가왔다."

지치고 무기력한 목소리였다. 지금 들려오는 아카마의 목소리에서 전에는 한 번도 들어본 적 없는 나약한 기색이 느껴졌다. 어쩌면 무언가가 주문을 간섭하고 있는지도 몰랐다. 어쩌면 그저 상상의 산물인지도….

"그게 무슨 소리지? 어떻게?"

"처음 만났던 곳에서 만나자. 할 이야기가 많아. 그리고 이제는 연락하는 즉시 움직일 준비를 해두는 게 좋다. 당신 부하들도 전투를 치를 만반의 준비를 마쳐야 하고."

"대체 무슨 일이지?"

"설명할 시간이 없다. 나는 당장 돌아가야 한다. 모든 준비를 마치고 날 찾아와라."

갑작스럽게 접촉이 끊어졌다. 마이에브는 상황이 어떻게 돌아가고 있는 것인지 궁금했다. 그토록 오랫동안 기다려온 시간이 마침내 찾아온 걸까?

마이에브는 조약돌을 집어넣고 그림자 밖으로 나오며 말했다.

"탈것에 올라라. 오레보르 피난처로 간다."

병사들 중 일부가 애처로운 신음 소리를 냈다. 전투가 끝났으니 휴식을 기대하고 있었을 것이다. 아카마의 태도가 워낙 다급했기 때문에 병사들에게 휴식을 허락할 수 없었다. 마침내 배신자를 붙잡을 기회가 찾아왔다는 사실이, 병사들의 휴식이나 나가의 마법 장치를 파괴하는 일보다 훨씬 더 중요했다.

"달리자." 마이에브가 말했다.

모두들 안장 위로 뛰어올랐다. 오우거들의 사체는 거대한 습지대의 거주민에게 일용할 식량으로 남겨두었다.

마이에브는 둘만의 만남에 사용할 목적으로 아카마가 관리하고 있는 오레보르 피난처의 오두막 안에서 초조하게 서성였다. 창문을 통해 병사들이 그녀를 조심스럽게 관찰하고 있었다. 다들 마이에브가 이런 기분일 때는 조심해야 한다는 사실을 배워왔다. 그 망할 뒤틀린 드레나이는 어디에 있는 걸까? 다급한 목소리로 연락해왔으면서 코빼기도 보이지 않았다.

마이에브는 두 손을 내리고 휘장의 솔기를 부드럽게 폈다. 병사들 앞에서 지나치게 초조한 기색을 드러내는 것은 좋지 않았다. 모두 그녀에게서 지휘관의 면모를 기대하고 있었으니까. 그녀는 걸음을 늦추고 몸가짐을 가다듬은 후, 하나하나 차분히 생각해봤다.

회동에 늦는 것은 아카마에게 어울리지 않는 일이었다. 그 뒤틀린 드레나이는 단 한 번도 약속을 어기지 않았다. 그녀는 아카마에게 어떤 문제가 생긴 건 아니길 빌었다. 혹시라도 역모를 꾸민다는 이유로 배신자의 손에 죽었다면, 고위층 첩자를 잃게 되는 셈이었다.

그런 일이 일어날 리 없었다. 아카마는 수년 간 일리단의 시선을 피해왔고, 그것만 봐도 그가 본심을 숨기는 능력이 뛰어나다는 사실을 알 수 있었다. 그자는 지금껏 일리단을 기만해왔고, 이제 얼마 남지 않았다.

모든 게 이상하다는 생각도 들었다. 아웃랜드에서 마이에브에게 최고의 아군은 숙적을 섬기는 돌연변이 괴물이었다. 아카마는 지금껏 그 어떤 빛의 세력의 지도자들보다 더 믿음직한 모습을 보여주었다. 그를 좀 더 믿어볼까 하는 생각도 해봤지만, 쉬운 일은 아니었다. 의심을 모두 버리고, 또 그렇게 함으로써 통제권을 다른 이에게 넘겨주는 것은 내키지 않았다.

그때였다. 주위의 공기가 아른거리고 길이 열리면서 아카마가 나타났다. 어깨는 축 늘어지고, 두 눈을 내리깐 모습이었다. 걸을 때도 발을 평소보다 더 질질 끌고 있었다.

"반갑군. 심각한 소식이 있다."

아카마는 푹 꺼지고 흐릿해진 눈으로 마이에브를 올려다봤다.

"지난번 소식보다는 승리의 가능성을 높여주는 이야기면 좋겠군. 캘타스 왕자가 탈영을 했는지는 몰라도, 우리에겐 별로 도움이 안 됐으니까 말이야."

아카마는 비틀거리며 탁자로 다가가 포도주 한 잔을 따랐다. 지난번의 만남 이후로 폭삭 늙어버린 것만 같았다. 술병을 내려놓는 손길이 조금 떨렸다.

"상태가 썩 좋아 보이지 않는군."

마이에브의 말에 아카마는 어깨를 으쓱이고는 두 팔을 힘없이 벌렸다.

"지난번 만남 이후, 배신자는 밤낮으로 마법을 준비하고 있다. 그게 내 힘을 빼앗았지. 그의 계획이 이제 정점에 이르렀다. 그리고 난 그자가 무슨 일을 하려는 것인지 알 것 같다."

"그게 뭐지? 어서 말해!"

"잠시 시간을 다오." 뒤틀린 드레나이가 지친 듯 대꾸했다.

그는 작은 비약 병을 꺼내 포도주에 섞었다. 그리고 혼합물이 담긴 잔을 입으로 가져가 한입에 털어 넣었다. 그는 곧 몸을 곧게 펴며 당당히 일어섰고, 어느새 지친 기색이 사라졌다. 마이에브가 눈을 가늘게 떴다. 전에는 이런 모습을 본 적이 없었다. 아카마가 비정상적인 자극제를 사용해야만 힘을 낼 수 있으리라는 생각은 해보지 않았다.

"괜찮은 건가?"

그녀의 물음에 아카마가 천천히 고개를 끄덕였다. 마이에브를 안심시키려는 듯했지만 그럴 수 없는 상황이었다. 그는 여전히 느릿느릿 움직이며 고통스러워했다. 많이 아픈 듯 보였다. 하긴, 그렇게 오랜 시간 긴장 속에서 살다 보니 건강이 악화된 것인지도 몰랐다.

"배신자가 드디어 자신의 패를 공개했다. 그자는 새로운 관문을 열려고 한다."

"조금 더 구체적으로 말해줄 수는 없겠나?"

"난 사원에서 떠도는 소문만 들었을 뿐이다. 최근에야 겨우 그의 성소를 둘러볼 수 있었는데, 아무래도 엄청난 의식을 수행하려는 듯한 흔적을 발견했지."

실망감이 마이에브의 목소리에 분노를 더했다.

"그중 어느 것도 우리에게는 큰 도움이 되지 않는다. 놈이 검은 사원 안에 머물러 있는 한, 우리가 할 수 있는 일은 없어. 경비가 너무 삼엄하다."

느닷없이 아카마가 낮은 웃음을 터트렸다. 검은 구름 뒤에서 나타나는 차가운 달을 보는 듯한 기분이었다. 그의 눈이 묘하게 반짝였다.

"그 의식을 수행하려면, 일리단은 사원을 떠나야 한다."

"그게 무슨 뜻이지?"

"차원문은 특정한 때와 특정한 장소에서만 열 수 있어. 그리고 그 장소는 카라보르 사원 내부가 아니다."

"왜 그렇다고 확신하는 건가?"

"그가 준비해놓은 두루마리들을 엿봤다. 그중 일부에 지도가 포함되어 있더군."

정말 가능한 걸까? 마이에브는 잠시 생각에 잠겼다. 마침내 그토록 오 랫동안 기다려 왔던 기회를 붙잡을 수 있는 걸까?

"어느 지역의 지도지?"

"굴단의 손아귀다."

"어둠달 골짜기에 있는 화산? 왜 하필 그곳이지?"

"그곳에는 엄청난 힘이 집중되어 있다. 굴단이 그곳에서 오크와 정령 사 이의 연결을 절단했으니까."

"일리단이 삼엄한 경비 태세를 갖춰놓겠군."

마이에브의 말에 아카마는 다시 한번 그 묘하고 차가운 미소를 지었다. 그는 고개를 가로저었다.

"지금까지의 일을 생각해보면, 그는 비밀을 유지하고자 엄청난 노력을 기울이고 있다. 이번에도 보급품은 극소수의 인원이 사용할 분량만 준비 하고 있어."

"어떻게 그런 걸 다 알고 있는 건가?"

"내가 뒤틀린 드레나이라서 좋은 건, 사원의 거의 모든 노예와 하수인들 이 내 동족의 언어를 사용한다는 점이다. 미천한 뒤틀린 드레나이 따위를 눈여겨보는 자가 없고, 우리는 늘 많은 것을 지켜보지. 그곳에서 일어나는 일 중에서 내가 모르고 지나가는 것은 거의 없다."

"놈이 비밀리에 의식을 거행하려는 계획을 세우고 있다고 생각하는군."

"마침 내게 며칠 후 아무도 모르게 가야 할 곳이 있다는 얘기를 했다."

"왜 네게 그런 얘기를 한 거지?"

그녀는 갑작스럽게 의심스러운 생각이 들었다.

"블러드 엘프의 왕자가 사라진 후로, 일리단은 나를 조금씩 더 신뢰하고 있다. 그가 자리를 비운 사이에 사원을 관리해야 할 자가 필요할 테지만, 일리다리 의회의 구성원은 모두 블러드 엘프거든. 일리단은 내가 야망이 없기 때문에, 자신의 등을 찌르려는 계략을 꾸밀 거라고는 생각하지 않는다."

아카마의 어조에는 씁쓸한 구석이 있었다.

"그렇다면 정말로 검은 사원을 떠날 모양이군." 마이에브가 중얼거렸다.

"그런 모습은 본 적이 없다. 잔뜩 흥분해 있어. 아주 오랜 시간 준비해온 계획이 곧 결실을 맺는 모양이야. 아무래도 지금 훈련시키고 있는 그 엘프들과 뭔가 관련이 있다고 생각된다."

호기심이 마이에브를 잡아끌었다. 그녀도 문신을 한 악마 투사들에 대해 의문을 품고 있었다.

"이번엔 그들도 데려가는 건가?"

아카마는 고개를 가로저었다.

"그 투사의 지도자들은 언제든 지시가 떨어지면 즉시 움직일 준비를 해두라는 명령만 받았다. 의식이 성공리에 끝나면 바로 명령이 내려질 것이다. 의식이 실패할 경우에, 그들을 사원 밖으로 내보내는 위험을 감수하지 않으려는 것 같다."

"그렇게까지 그들을 귀하게 여긴단 말인가?"

"그들을 눈에 넣어도 아프지 않은 존재로 여기고 있다. 자기 영토의 방어를 준비하는 일도 제쳐두고 그들과 더 많은 시간을 보내고 있지. 아무래도 뭔가 중요한 의미가 있는 것 같지만, 그게 정확히 무엇인지는 나도 알아내지 못했다. 이제 며칠 내로 자세한 내막이 드러나겠지."

"의식에는 누가 동행하나?"

"근무 명단을 살펴봤다. 소수의 마법사 무리들이 거의 매일 사원을 떠나고 있다. 전부 상당한 능력을 지닌 자들이고, 또 의식 마법에 대한 경험이 풍부한 자들이지."

"그들을 굴단의 손아귀에 집결시키려는 건가?"

"그렇다고밖에 생각할 수 없지."

"그렇다면 그 배신자가 이 모든 일을 비밀리에 처리하는 이유는…?"

"첩자를 걱정하는 것이겠지. 우려할 근거가 없는 것도 아니고."

아카마는 쓸쓸한 미소를 지었다.

"사원을 떠난 마법사는 몇 명이나 되나? 그리고 얼마나 더 움직일 것 같지?"

"지금 열세 명으로 이루어진 무리 열셋이 화산의 경사면에 집결해 있다. 아주 신비한 의미를 지닌 숫자야. 그가 만들려고 하는 문양의 교차점 숫자와 같기도 하다."

"병력은 극소수라고 해도, 그 정도 숫자의 마법사라면 상당한 위협이 될 수 있다."

"공격이 시작될 때 복잡한 의식 마법에 관여하고 있다면 얘기가 달라지겠지."

아카마의 말이 메아리쳤다. 마침내 기다리던 순간이 왔다. 마지막 기회였다. 배신자를 공격하기에 이보다 더 나은 기회가 다시 생길 리 없었다. 물론 아카마의 말이 사실이라는 전제하에 해당되는 이야기겠지만.

"확실한가?" 마이에브가 물었다.

"지금 상황을 고려하면, 그 무엇보다도 확신한다. 배신자가 굴단의 손아귀 경사면에 마법사들과 함께 나타날 거라고 믿는다. 그는 지금 대규모 의식을 수행하여 차원문을 열고자 한다. 어쩌면 악마들도 아직 거점을 세우지 못한 다른 세계로 통하는 길을 열어, 불타는 군단의 복수를 피하고자 하는지도 모른다."

"안 돼!"

마이에브가 미처 생각하기도 전에 외마디가 튀어나왔다. 배신자가 또다시 손아귀를 벗어나게 내버려 둘 수는 없었다. 요새의 수호자들을 그대로 남겨둔 채, 살게라스의 하수인들이 나타났을 때의 끔찍한 참극을 남은 이들에게 전가한다는 것 역시 배신자에게 어울리는 짓이었다. 하지만 그것만으로는 엘프 훈련병들을 만들어내는 목적을 설명할 수가 없었다.

"내 충고를 받아들이겠다면, 병력을 이끌고 화산의 경사면으로 가서 조사해봐라. 내가 틀렸다고 해도 잃을 건 없겠지. 내 말이 옳다면, 당신의 숙적을 붙잡을 수 있는 최고의 기회가 될 것이다."

"그렇다면 당신은 어디에 있으려는 거지?"

"당신과 함께하겠다. 배신자를 쓰러뜨릴 때는 나도 그곳에 있겠다. 우리 동족을 이끌고 당신을 돕겠다."

마이에브는 한순간 멈칫했다.

"아카마…."

"뭔가?"

"난 지금까지 너와 네 종족을 탐탁지 않게 생각했다. 네 의도를 의심하기도 했고. 하지만 오늘 너는 내가 틀렸음을 증명해주었다."

아카마는 거친 숨을 깊이 들이쉬고는 그녀와 시선을 맞췄다.

"당신 말이 옳기를 바란다."

"서둘러 병사들을 준비시키겠다. 먼 길을 가야 하는데 시간이 얼마 없군."

"내가 길을 열어주지. 그리고 나 역시 사원으로 돌아가서 동족과 함께 준비하겠다. 마침내 복수의 시간이 왔다."

그러자 마이에브가 고개를 가로저으며 말했다.

"배신자에게 정의의 심판을 내릴 시간이 온 것이다."

"어떻게 표현하든, 드디어 우리의 목표를 이룰 수 있는 기회가 왔다. 일리단을 권좌에서 끌어내려야 한다. 그의 사악한 손아귀에서 아웃랜드를 해방시키고, 카라보르 사원을 내 동족의 손에 돌려놓아야 한다."

"그렇게 될 것이다."

마이에브가 눈빛을 빛내며 아카마를 바라봤다.

제 16 장

몰락 3개월 전

굴단의 손아귀에서 퍼져 나오는 으스스한 빛이 모든 것을 뒤덮었다. 거대한 산이 부르르 낮게 진동하면서, 아직 태어나지 않은 지진이 산의 뱃속 깊은 곳에서 파문을 일으켰다. 경사면의 낮은 지점에서 보이는 녹아내린 돌의 호수에서는, 녹색 용암이 거대한 기둥처럼 솟아올랐다. 사방에서 마법의 힘이 요동치며 거대한 빛줄기가 나타났다.

마이에브는 화산 폭발을 예고하는 이 떨림이 지금 시전되는 주문과 관련이 있을 거라고 생각했다. 아카마의 말이 옳았다. 지금 이곳에는 막대한 힘이 담긴 의식이 치러지는 중이었다. 그 의식에 투입된 마법이 얼마나 엄청난 것인지는 의심할 여지가 없었다.

초록빛으로 타오르는 유성이 긴 꼬리를 남기며 연이어 하늘을 가로질렀다. 그 불길한 전조가 무엇을 예고하는지는 마이에브도 알 수 없었다.

그녀의 병사들은, 아니 그중에서도 나이트 엘프들은 그림자 속의 그림자가 되었다. 그들은 야음을 틈타 국왕의 침실에 잠입한 암살자처럼 이 바위에서 저 바위로 조용히 움직였다. 드레나이와 뒤틀린 드레나이는 그런 식으로 몸을 감추지는 못했다. 너무 크고, 너무 굼뜨고, 또 너무 강하기 때문이었다.

아카마는 경계를 늦추지 못한 채 불안한 표정이었다. 그럴 만도 했다. 아카마처럼 이 세계의 분위기에 민감하게 반응하는 자에게는 산이 흔들리는 느낌 자체가 끔찍이도 불편할 것이다. 사실 마이에브 자신도 크게 동요하고 있었다. 주위의 경사면에는 잿빛혓바닥 병사 수십 명이 몸을 숨기고 있었다. 아카마가 데려온 정예 호위군들이었다.

모든 것이 아카마가 예상한 그대로였다. 열세 명씩 무리를 이룬 마법사들이 원을 그린 채 서서 엄청난 규모의 주문을 시전하고 있었다. 블러드엘프와 나가까지 포함된 그들은 하나같이 강력한 마법사였다. 마법의 힘이 선으로 나타나 춤을 추며 마법사들을 서로 연결했다. 마법사들이 주문을 외우며 손짓을 하자 무언가가 그들의 부름에 답했다. 로브 차림의 일리다리들이 마법사들을 둘러싸고 있었다. 호위병인지 하수인인지 알 수 없었지만, 마법사에 비해 수가 적었다.

그렇게 원을 그리며 선 마법사들이 산 여기저기에 퍼져 있었다. 각각은 거대한 문양의 한 꼭짓점을 나타냈고, 그곳으로부터 집중된 마력이 중앙의 제단으로 전달되었다. 그 지점을 내려다보는 마이에브의 입가에 승리의 미소가 떠올랐다. 배신자가 제단 위에 거만하게 서서 지시를 내리고 있었다. 일리단은 마법의 대가답게 그 거대한 주문을 하나로 엮어 소용돌이치는 막강한 회오리로 구체화했다.

마이에브는 지금 열리는 관문의 거대한 규모에 대해 곰곰이 생각해봤다. 이렇게 많은 마력이 한 지점에 집중되고 있었다. 일리단은 헤아릴 수조차 없는 힘을 지닌 존재를 소환하려 하거나, 아니면 가늠할 수도 없는 먼 거리를 연결하려는 것이리라.

어느 쪽이든 상관없었다. 주문은 완성되지 않을 테니까. 지금쯤이면 나머지 병사들도 모두 자리를 잡았을 것이다. 사리우스와 그 일행도, 일리단에게 가장 가까이 있는 마법사들을 제거할 준비를 마쳤을 것이다.

먼저 그 마법사들을 처리하고 나면, 배신자에게 희생당한 모든 이들을 위해 심판이 내려질 것이다. 마이에브의 날카로운 칼날이 그렇게 할 것이다. 예리하게 선 날을 손가락으로 더듬으며 그 순간을 상상하다가, 그녀는 자기도 모르게 몸을 부르르 떨었다.

그녀는 다시금 아카마를 바라봤다. 뒤틀린 드레나이는 입술을 핥으며 고개를 끄덕였다. 그도 이제는 때가 되었다는 것을 알고 있었다. 마이에브는 손을 들어 올려 공격 신호를 내렸다.

멀리서 포효가 들려왔다. 표범 같은 형체가 그림자 속에서 나타나 블러드 엘프 마법사의 목을 향해 달려들었다. 신도레이는 비명을 지르며 쓰러졌다. 다른 마법사들은 주문을 시전하는 데 너무 열중한 나머지 동료가 쓰러진 것도 눈치채지 못했다.

마이에브는 완벽한 공격 시점을 골랐다. 배신자도 잠시 동안 그들이 누구인지 알아보지 못한 듯했다. 드레나이와 뒤틀린 드레나이들이 바위틈에서 나타나 경사면 아래쪽으로 돌진하며, 무기를 꺼내 들고 공격 및 방어 주문을 시전했다.

마법사 무리를 둘러싸고 있던 일리다리들도 불시의 습격에 흔들렸다. 그중 일부가 무기를 꺼낸 후 서로 등을 맞대고 짝을 지었다. 마이에브도 그 용기만큼은 존중하고 싶었다. 그들이 선택한 길은 경멸했지만.

하지만 용기만으로 달라지는 건 없었다. 마이에브의 병사들은 수적으로 우세했다. 아카마의 병사들도 필요하지 않았다. 잿빛혓바닥 부족은 전투에 익숙하지 못했다. 아웃랜드의 황무지에서 몇 달, 아니 몇 년에 걸친 유격전으로 단련된 그녀의 부하들과는 달랐다.

마이에브는 점멸하여 나가 마법사의 등 뒤에 나타났다. 그녀는 적이 미처 반응하기도 전에 무기를 휘둘러 상대의 숨통을 끊었다. 그녀는 날쌔게 다음 마법사에게 접근했고, 신속한 일격으로 블러드 엘프의 팔을 잘라버렸다.

공기가 파르르 떨렸다. 마법의 고동이 잠시 멈췄다. 아직 공격당하지 않은 마법사들이 힘을 두 배로 쏟았다. 마법사가 너무 많이 죽으면, 주문이 통제를 벗어날 수도 있었다. 이토록 대량으로 방출된 마법이 역류한다면 재앙에 가까운 결과가 초래될 게 분명했다.

마이에브는 개의치 않았다. 마법의 역류가 일리단까지 소멸시킨다면, 자신의 죽음쯤은 기꺼이 감수할 수 있었다. 물론 배신자는 또다시 탈출할 지도 모른다. 일리단은 뱀처럼 약삭빨랐으며, 자신의 몸을 지키는 재능 또한 배신의 재능에 필적할 만큼 뛰어났다.

확실히 해야 했다. 마이에브 자신의 칼날에 배신자가 죽어야만, 목적을 이루었다고 말할 수 있었다.

마침내 제단 위에 있던 배신자가 공격에 주의를 기울이기 시작했다. 그는 손 안에서 쌍날검을 회전시키며 주위를 둘러본 후 접근하는 공격자들을 확인했다.

마이에브는 그를 향해 내달렸다. 어서 사정거리 안으로 들어가, 그의 등 뒤로 점멸한 후 치명적인 일격을 날리고 싶었다.

일리단은 고개를 돌려 마이에브를 똑바로 응시했다. 곧이어 쌍날검을 높이 들어 올리며 강력한 마법을 발동시켰다. 그가 시전한 마법은 주위에서 이루어지는 의식과 아무런 관련이 없는 듯했다.

마법 신호가 타올랐다.

마이에브는 사방에서 차원문이 연달아 열리는 것을 느꼈다. 현실의 표면에 틈이 생겨났다. 출발 지점과 도착 지점 사이의 기온과 기압 차이 때문에 그 틈에서 안개구름이 뭉게뭉게 퍼져 나왔다. 그 안개가 차원문을 통해 나타난 대규모 병력을 감춰주었다.

나가 수백 명이 끝도 없이 꿈틀거리며 나타났고, 타락한 오크들도 전장에 뛰어들었다. 관문은 마법사 무리들 사이에서도 나타났고, 여기저기에서 새롭게 나타난 적병들과 마이에브의 병사들이 충돌했다.

마이에브는 관문을 통해 더 많은 지원군이 나타나기 전에, 일리단의 병사들을 관문 너머로 쫓아 보내야 한다는 사실을 깨달았다. 차원문의 입구는 그리 크지 않았다. 소수의 병력으로도 출구를 압박할 수 있었다.

마이에브는 병사들에게 새로 나타난 일리다리를 공격하라고 외쳤다. 임시방편이었다. 조만간 수적으로 유리한 쪽이 승리할 것이다. 하지만 중요한 건 그게 아니었다. 그들이 진짜로 해야 할 일은, 마이에브가 일리단에게 접근하여 악의 역사를 영원히 끝내는 바로 그 순간까지 시간을 버는 것이었다.

마이에브의 병력이 반응을 하는 동시에, 그녀는 배신자가 그런 대응까지 이미 고려했음을 알 수 있었다. 차원문이 너무 많아 소수의 병력만으로는 모두 닫을 수 없었다. 일리다리 무리들이 측면에서 나타나, 소용돌이치는 전투의 현장에 발을 들였다.

마이에브는 걸음을 재촉하며 배신자에게 다가갔다. 다른 모든 것이 실패하더라도, 일리단을 향한 복수만큼은 반드시 매듭짓겠다고 결심했다. 일리단은 그녀의 생각을 모두 알고 있기라도 한 것처럼, 날개를 활짝 펴고 조롱하듯 하늘 높이 날아올랐다.

주위에서 더욱 강력한 마법이 발생하는 것을 느끼며, 마이에브는 주위를 둘러봤다. 강력한 나가 마법사들 사이에 여군주 바쉬가 서 있었다. 일리다리 나가의 지도자가 강력한 주문으로 주위를 휩쓸었다. 마이에브의 병사들은 커다란 도끼에 잘려 나가기라도 하듯 우수수 쓰러졌다.

쓸쓸한 패배의 맛이 마이에브의 입을 채웠다.

거구의 타락한 오크가 그녀를 향해 도약했다. 괴물 같은 도끼가 내리꽂혔다. 그녀는 허리를 숙여 피한 후, 앞으로 몸을 굴리며 초승달 본그림자로 적의 뒷무릎을 베었다.

타락한 오크 전사들이 밀집 대형을 이루고 마이에브를 향해 돌진했다. 그녀는 몸을 긴장시키며 도약할 준비를 했다. 그 순간 순수한 냉기의 화살이 그녀의 몸을 꿰뚫었고, 그 충격으로 움직일 수조차 없었다. 여군주 바쉬의 주문에 당한 것이었다. 타락한 오크들이 광기에 사로잡힌 듯 포효하며 마이에브를 향해 몰려들었다. 그녀는 얼어붙은 근육을 움직이려 했지만 몸이 반응하지 않았다. 이렇게 그녀는 죽고, 일리단은 다시 자유로워질 것이다.

타락한 오크들은 무시무시한 속도로 거리를 좁혀왔다. 붉은 피부의 거대한 오크가 침을 질질 흘리며 도끼를 머리 위로 들어 올렸다. 마이에브는 눈을 감지 않았다. 그때 어디에선가 화살이 날아와 오크의 목에 박혔다. 또 한 발이 놈의 어깨를 맞추자 몸을 뒤틀며 쓰러졌다. 곧이어 더 많은 화살이 비처럼 쏟아지며 타락한 오크들을 쓰러뜨렸다. 화살에는 모두 아넨드라의 붉은색과 초록색 살깃이 달려 있었다. 한 타락한 오크가 동료의 시체에 걸려 넘어졌다. 광전사 하나가 점점 쌓여가는 사체 더미를 뛰어넘어 마이에브와의 거리를 좁혔다. 그녀는 가까스로 팔을 움직여 초승달 본그림자로 공격을 막았지만, 그녀의 움직임은 너무 느렸다. 정말이지 너무 느렸다.

거대한 표범으로 변한 사리우스가 곁으로 다가와, 타락한 오크 광전사의 팔을 물고 체중을 실어 쓰러뜨린 후 발톱으로 숨통을 끊었다. 타락한 오크의 목에 난 검붉은 상처에서 피가 쏟아졌다. 다른 타락한 오크들이 무리를 지어 사리우스에게 접근하기 시작했다. 사리우스는 다시 곰으로 변해, 타락한 오크 전사들의 공격을 막아냈다. 적의 칼이 그의 털가죽을 베어 피가 흐르자, 마법으로 상처를 아물게 했다.

마이에브는 어깨를 붙잡는 누군가의 손길을 느꼈다. 고개를 돌리자 아닌드라의 당황한 얼굴이 눈에 들어왔다.

"빠져나가야 합니다!" 아닌드라가 외쳤다.

전투의 소음을 뚫고 지금껏 소리쳐 명령을 내린 탓에 그녀의 목소리는 이미 쉬어 있었다.

마이에브의 병력은 이제 얼마 남지 않았다. 드레나이와 뒤틀린 드레나이 투사들을 제외하면, 아닌드라와 사리우스뿐이었다. 차원문들이 모두 열렸다. 타락한 오크와 나가가 쉴 새 없이 쏟아져 들어왔다. 몇 명 수준이 아니었다. 대규모의 부대가 집결하고 있었다.

잠시 동안 마이에브는 후퇴에 대해서도 생각해봤다. 병사들에게 훗날을 기약하며 퇴각 명령을 내릴 수도 있었다. 하지만 다시는 이런 기회가 찾아오지 않을 것이다. 무슨 일이 있어도 오늘, 배신자 일리단을 처단해야 했다. 자신과 동료들 모두의 목숨을 잃는다 해도, 그만한 대가를 치를 가치가 있었다.

거대한 그림자가 드리웠다. 위를 올려다보자, 일리단이 날개를 펼치고 강하하는 것이 보였다. 배신자의 스산한 웃음소리가 검과 검이 부딪치는 소리와 뒤틀린 드레나이의 포효와 타락한 오크의 울부짖음과 함께 전장에 울려 퍼졌다.

블러드 엘프와 나가 주문술사들이 방해받았던 의식을 다시 시작하자, 주위에서 마력이 쇄도했다. 검은 구체가 전장 위에서 맴돌았다. 긴 어둠의 촉수가 내려와 부상자들과 죽어가는 자들을 어루만졌다. 그럴 때마다 희생자들은 비명을 지르며 한순간에 노쇠해졌다. 마치 촉수가 생명력을 빨아들이고 있는 듯했다. 검은 불꽃이 그들의 몸에서 빠져나와 부정한 구체 속으로 빨려들었다. 그들의 영혼이 삼켜지고 있었다.

망자의 영혼도 안전하지 않았다. 촉수가 사체에 닿는 순간 가죽 방어구는 넝마가 되고, 사슬 갑옷과 검은 흐릿하게 변색되며 녹이 슬었다. 검은 불꽃으로 변한 영혼이 빠져나와 다른 이들과 같은 운명을 맞았다.

영혼을 흡수할 때마다 부정한 구체는 점점 더 커지고 점점 더 검게 변했다. 검은 번개의 화살이 구체들 사이에서 춤을 추며 거대한 마력 사슬을 형성했다. 아른거리는 구멍이 제단 위에 나타나 쓰러진 자들의 영혼을 흡수했다.

마이에브는 주위를 둘러보며 아카마를 찾았다. 경사면 위쪽에서 그 거대한 주문이 마력을 발휘하는 광경을 넋 놓고 바라보는 그자의 모습이 보였다. 그녀는 칼날로 주위를 헤치며 그에게 다가갔다. 이 함정에 대해 알고 있었을까? 아닌드라는 지휘관인 마이에브 곁에서 최선을 다해 싸우고 있었다. 거대한 곰으로 변신한 사리우스도 괴성을 지르는 타락한 오크 대여섯 명을 상대하며 함께 움직였다. 사리우스의 몸 십여 군데에서 피가 흘렀고, 드루이드의 마법으로도 그 상처를 모두 치유할 수는 없었다.

마이에브는 수백 구의 사체를 바라봤다. 드레나이가 대부분이었고, 나이트 엘프와 뒤틀린 드레나이도 일부 있었다. 타락한 오크와 나가, 블러드 엘프는 생각보다 전사자가 너무 적었다. 마이에브는 죽은 자들 중, 잿빛혓바닥 병사들이 적지 않다는 사실을 눈치챘다. 아카마는 바위 위에 서서 고함을 지르고 있었다.

"이렇게 죽인다는 건 계획에 없었잖습니까! 마이에브를 생포하겠다고 했잖습니까!"

결국 이 모든 사태는 일리단과 저 뒤틀린 드레나이 배신자가 결탁해 꾸민 음모의 결과물이었다. 생각이 거기에 미치자 마이에브의 감정이 분노로 들끓어 올랐다.

마법으로 증폭된 일리단의 목소리가 전장 위로 울려 퍼졌다.

"아, 물론 마이에브는 생포할 것이다. 하지만 해야 할 일이 하나 더 있다."

진정한 악마의 목소리였다.

아카마는 괴성을 지르며 주먹을 치켜들었다. 번개가 손가락 끝을 맴돌았고, 잠시 동안 그 마력을 일리단에게 보내야 할지 말지를 고민하는 듯했다. 그러다가 아카마는 마이에브가 상당히 가까운 곳까지 다가왔다는 사실을 눈치챘다. 아카마가 손짓하자 주위의 공기가 아른거리더니 한순간에 그가 사라졌다.

"위쪽으로 올라가라! 저곳에서 최후의 저항을 시도하겠다!"

마이에브가 소리치자 아닌드라는 고개를 끄덕였다. 하지만 다음 순간 그녀의 두 눈이 충격으로 치떠졌다. 오크의 검이 아닌드라의 가슴을 뚫고 튀어나왔다. 그녀의 입에서 피가 쏟아졌고, 근육질의 붉은 팔이 그녀의 목을 움켜잡았다. 무언가 부러지는 소리와 함께 아닌드라의 목이 꺾이고 그녀는 그대로 고꾸라졌다.

사리우스의 처절한 포효가 협곡을 메웠다. 그의 울부짖음은 골짜기에 메아리치며 잠시나마 화산의 폭발음을 압도했다. 그는 자신을 붙잡은 타락한 오크를 밀쳐내고 앞으로 몸을 던져 아닌드라를 해친 오크를 물어뜯었다. 그는 그대로 뒷발로 일어서서, 마치 맹견이 쥐를 물고 흔들 듯이 오크를 흔들었다. 우두둑 소리와 함께 타락한 오크의 목이 부러졌다.

곰으로 변해 있는 사리우스 주위에서 주문이 폭발했다. 그의 움직임이 느려졌다. 타락한 오크들이 연이어 그를 강타하자 여기저기에서 피가 쏟아졌다. 점점 더 많은 적이 사리우스에게 달려들었다. 드루이드의 힘은 곧 한계에 부딪혔고, 사리우스는 결국 쓰러진 채 조각조각 난도질당했다.

광포한 격노로 마이에브는 이성을 잃었다. 그녀는 타락한 오크들 한가운데로 뛰어들어 무기를 휘두르며 가차 없이 적들을 베었다. 놈들의 목을 자르고, 팔을 자르고, 배를 갈랐다. 붉은 연무가 주위를 뒤덮었다. 마이에브가 사체 더미를 쌓아 올리자 타락한 오크들이 그녀를 두려워하기 시작했다. 하지만 그들 중 용감한 오크 하나가 다시 달려들자, 전 병력이 그녀에게 덤벼들었다. 마이에브는 적을 베고 또 베었고, 조금씩 팔이 지치기 시작했다. 숱한 자상에서 피가 흘러내렸다. 그녀는 자신이 곧 죽게 되리라는 것을 알고 있었고, 배신자를 처단할 수 없다면 놈의 부하들이라도 가능한 한 많이 데려갈 작정이었다.

끔찍한 피로감이 느껴졌고 흘러내리는 피와 땀에 앞이 보이지 않아도 마이에브는 계속해서 무기를 휘둘렀다. 팔다리가 두부처럼 후들거렸다. 더 이상 아무 힘도 남아 있지 않았다. 그녀는 망자의 원 안에 홀로 서 있었다. 타락한 오크들은 경외감에 사로잡힌 표정으로 그녀를 바라봤다. 적 수십 명을 처치했지만 그것으로는 충분하지 않았다. 결코 충분할 수 없었다.

머리 위에서 검은 빛이 깜빡이며 구체와 구체 사이를 오갔다. 망자와 죽어가는 이들의 영혼이 계속 삼켜졌다. 마이에브는 끔찍하게도 지금까지 그녀가 했던 모든 일이 일리단의 주문을 도와줬을 뿐이라는 사실을 깨달았다. 그 주문은 희생자들의 영혼을 먹고 현실의 표면에 구멍을 냈다. 어느새 기온이 뚝 떨어지고, 무한의 가장자리에서 불어온 바람이 외마디 비명과 함께 밀려들었다. 일리단은 학살의 현장 위로 날아올라, 여유로운 승자의 태도로 모두를 내려다보고 있었다. 날개를 펼친 육체를 악의 오라가 에워쌌다. 그의 시선이 마이에브와 마주쳤다. 그가 손짓을 하자 분노한 신의 창과 같은 검은 마력이 마이에브를 향해 내리꽂혔다.

고통이 마이에브를 꿰뚫었고 그녀는 비틀거리다가 쓰러졌다. 타락한 오크들이 쓰러진 그녀에게 다가왔다. 그녀는 힘겹게 일어서려 했지만 힘이 부족했다. 커다란 날개가 펄럭이는 소리를 쫓아 위를 올려다보니, 자신을 내려다보는 일리단의 모습이 보였다. 증오와 악의가 서린 미소가 배신자의 야윈 얼굴을 뒤틀었다.

"그래, 마이에브. 이제 네가 나의 포로가 되었구나. 네 감옥 생활이 내가 겪은 것처럼 즐거운 시간이 되도록, 내 직접 힘을 써주마."

일리단은 고개를 돌리고는 타락한 오크들에게 명령을 내렸다. 그녀는 힘겹게 땅을 밀어내 몸을 일으키며 그를 공격하려 했다. 하지만 그의 주먹이 육중한 망치처럼 마이에브를 강타했고, 그녀를 다시 한번 땅바닥에 내동댕이쳤다.

"나는 다른 곳에 볼일이 있다. 하지만 앞으로 네 집이 될 곳은 이미 준비해놓았다. 너 같은 자도 가둘 수 있는 감옥이다, 감시관."

제 17 장

——

몰락 3개월 전

아카마는 굴단의 손아귀 높은 곳의 바위틈에서 차원문이 열리는 모습을 지켜봤다. 지금껏 많은 차원문을 봤지만, 그런 건 처음이었다. 압도적인 크기뿐만이 아니었다. 가늠할 수 없는 힘이 그를 두렵게 했다. 그 차원문은 수백 명의 영혼을 집어삼키고, 주위 수십 킬로미터 내의 마력을 모두 빨아들였다. 벼랑 꼭대기에서도 그 안에 담긴 부정한 힘을 느낄 수 있었다. 일리단은 대체 무슨 짓을 꾸미고 있는 걸까? 의회에는 감시관 마이에브를 생포하기 위한 함정이라고만 말해두었다. 마이에브에 대한 일리단의 증오를 잘 알고 있었기에, 다들 그 말을 믿었다. 하지만 이곳에서 직접 보니 계획의 톱니바퀴 안에는 다른 톱니바퀴가, 책략 안에는 또 다른 책략이 숨어 있었다. 마이에브를 붙잡는 것은 가장 중요한 의도를 감추려는 속임수에 불과했다. 아카마는 일리단에게 존경심을 품게 될 것만 같았다. 일리단은 그 스스로가 갖고 있는 씁쓸한 증오까지도 본인의 계획을 실현하는 데 이용할 줄 아는 자였다.

아카마의 내면에서 분노가 치밀었다. 배신자는 아카마의 동족은 살려주겠다던 약속을 무참히 어겼다. 그뿐 아니라 그들의 영혼까지 차원문에 쓸어 넣어버렸다. 그는 분노를 억눌렀다. 자신의 영혼이 겪은 일을 떠올려 보면, 이런 기분은 사치였다.

아카마는 차원문을 연 부정한 주문이 자신에게도 영향을 미칠지 궁금했다. 마이에브와 반역을 모의한 대가로, 일리단은 아카마의 육체에서 영혼의 일부를 분리했다. 대강당의 음침한 회랑 안에서, 그는 아카마의 영혼을 차마 언급할 수 없는 마법에 노출시키고, 그 일부를 떼어내 아카마의 망령을 만들어냈다. 그의 가장 신성한 소유물인 영혼이 자기 자신을 향한 무기로 변해버렸다. 일리단은 아카마의 망령을 자신의 의지에 결속시킨 후, 그걸 이용하여 아카마의 동족을 조종했다. 배신자는 언제든 마음 내키는 대로, 그 망령을 내보내 아카마를 내부에서부터 집어삼키게 할 수도 있었다. 그러면 나머지 뒤틀린 드레나이들 모두 아카마와의 정신적 결속에 따라 함께 타락하고 말 것이다. 지금 문제가 되는 건 아카마 자신의 목숨만이 아니었다. 동족 모두의 목숨과 영혼이 일리단의 손에 달려 있었다.

아카마는 긴 한숨을 내쉬었다. 마이에브와의 만남이 그저 그녀를 함정으로 유인하기 위한 것이었다는, 주인의 숙적을 선물로 바치려 했을 뿐이라는 주장을 일리단은 믿지 않았다. 아카마가 감시관 마이에브와 처음 접촉하던 순간부터 준비해왔던 이야기였다. 스스로 너무 오랫동안 되새기다 보니, 이제는 자신도 믿게 되어버린 이야기였다. 그는 일리단을 설득하지 못했다. 결국 마이에브를 일리단의 손에 넘겨줘야 했고, 그녀에게 깊은 죄책감을 느꼈다. 그녀는 아카마를 믿었지만, 그는 숙적의 손아귀로 마이에브를 밀어 넣었을 뿐이다.

지금도 일리단은 쓰러진 마이에브를 내려다보며 당당히 서 있었다. 그녀를 죽이려는 것 같지는 않았다. 뭔가 다른 것을 염두에 두고 있었다. 일리단은 마이에브 섀도송의 손아귀 안에서 매우 긴 시간 동안 고통을 견뎌야 했다. 일리단의 분노와 증오, 비통함의 중심에는 항상 그녀가 있었다. 그런 만큼 빠른 죽음을 베풀 리 없었다.

일리단의 거대한 주문이 날카로운 굉음과 함께 정점에 이르렀다.

아카마는 차원문으로 삼켜지는 드레나이와 뒤틀린 드레나이들의 영혼이 느끼는 고통과 공포를 함께 느꼈다. 현실의 균열은 호수 위에 쏟아진 기름처럼 반짝였다. 차원문의 실체가 소용돌이치며 열리자, 외계의 지형이 아카마의 눈에 들어왔다. 거대한 바위들이 허공에 떠 있고, 실체화된 초록색 마력의 방울이 공중을 날아다녔다. 그가 지금 바라보고 있는 세상은 가늠조차 할 수 없는 먼 곳에 있는 세계였다. 차원문을 여는 데 사용한 막대한 양의 마력으로 미루어 짐작해보면, 그곳은 굴단이 지금껏 접촉했던 그 어떤 세계보다도 먼 곳이리라.

아카마는 일리단의 꿍꿍이를 짐작해보려고 했다. 마이에브의 병력을 매복 공격한 군대는 관문 주위에 도열하여 경계 태세를 갖추기 시작했다. 왜지? 틀림없이 무언가가 그 차원문을 통과해 나타나는 경우를 대비하는 모양새였다.

그런 생각을 떠올리는 사이, 사원으로 통하는 차원문에서 새로운 병력이 나타났다. 문신이 새겨진 엘프 투사들 수십 명으로 구성된 무리였다. 일리단이 지금껏 훈련시킨 군대가 마침내 모습을 드러냈다.

아카마는 매혹과 공포를 동시에 느끼며 그들의 모습을 바라봤다. 아래쪽에 도열한 엘프 군대에게서 강력한 힘을 감지할 수 있었다. 모두 막강한 힘을 소유했으며 악에 물든 자들이었다. 초록색 관문의 빛을 받으며 도열해 있는 모습을 보니, 차원문의 어떤 요소가 그들 내면의 존재에게 힘을 더해주고 있다는 사실이 더욱 명백하게 드러났다.

배신자 일리단의 시선을 받으며 무리 지어 행군하는 모습을 보고 있자니, 병사들은 충격적일 만큼 일리단과 비슷해 보였다. 배신자의 자식들이라고 해도 믿을 것 같았다. 모두 일리단이 창조해낸 존재였다. 그들의 육신은 무언가 새로운 것으로 벼려지고 변형되었다. 하지만 그들의 존재 이유는 짐작조차 할 수 없었다.

반델 주위의 공기가 마력으로 차올랐다. 그래서인지 피부가 간질거리고 머리가 핑핑 돌았다. 앞쪽의 거대한 차원문은 마치 만찬 탁자 위에 놓인 음식이 굶주린 엘프를 유혹하듯 그를 이끌었다. 동료들도 같은 기분이라는 걸 알 수 있었다.

관문 주위의 지역은 마치 고대의 치열했던 전장처럼 변해 있었다. 녹슨 방어구를 걸친 해골과 바싹 마른 사체들이 사방에 널브러져 있고, 그 주위로 녹슨 무기가 쌓여 있었다. 그도 오늘 이곳에서 일어난 일을 몰랐더라면, 아마 아주 오래전 전쟁이 일어났던 장소라고만 생각했을 것이다.

하지만 영혼 시야가 그게 사실이 아님을 드러내 보였다. 부상자들과 죽어가는 자들이 여기저기 누워 신음을 흘리고 있었다. 검은 마력의 촉수가 차원문에서 뻗어 나와, 그들의 육신에서 아른거리는 영혼을 흡수했다. 영혼들은 공포에 질려 두 눈을 부릅뜨고는 입을 벌린 채 공중을 날아가, 구체에 접촉하는 순간 소멸했다. 처음 보는 광경이었지만 지금 그 영혼들이 마법에 삼켜지고 있고, 주문에 동력을 공급하고 있다는 걸 알 수 있었다.

반델은 검은 사원으로 통하는 차원문을 흘긋 바라봤다. 불과 한 시간 전까지만 해도 침상에서 일어나 지루한 훈련을 준비하고 있었다는 사실이 믿겨지지 않았다. 뭔가 심각한 일이 벌어지고 있다는 사실은 이미 짐작하고 있었다. 지난 며칠 동안 악마사냥꾼들은 반복해서 사원의 연병장에 집결하여 출정하는 예행연습을 했다. 하지만 그때까지만 해도 일리다리에 합류한 후 빈번하게 경험했던 여러 가지 군사 훈련 중 하나라고만 생각했었다.

앞서 사원을 떠났던 마법사들과 관련이 있으리라 짐작은 했었다. 그 외에도 이런저런 소문이 나돌았다. 하지만 그 당시에는 그런 것들이 먼 나라의 이야기로만 느껴졌다. 악마사냥꾼들에게는 그저 끝없는 훈련만이 반복될 뿐이었다. 하지만 뿔피리 소리가 울려 퍼지는 순간, 교관 베레디스는 모두에게 무기를 소지하고 안뜰에 집결하라는 명령을 내렸다.

차원문 밖으로 나서는 순간, 반델은 실제 전투는 거의 끝나가고 있다는 사실에 적잖이 놀랐다. 지난 며칠 동안 집결했던 병력이 그곳에서 전투를 벌였고, 다수의 희생자가 발생했다.

차원문을 여는 주문은 일리단의 아군과 적군을 구별하지 않았다. 어느 쪽에서 싸우든 영혼들은 모두 차원문의 마법에 빨려 들어갔다. 반델 역시 큰 부상을 당했더라면, 영혼이 삼켜지고 말았을 것이다. 그제야 그는 자신과 동료들이 마지막에 출정한 이유를 깨달았다. 그들의 진짜 임무가 무엇이든, 이곳에서의 전투와는 관련이 없다는 것만은 분명했다. 악마사냥꾼의 생명은 무언가 다른 일을 위해 보존되고 있는 듯했다.

아가리를 벌린 차원문이 앞쪽에서 아른거리는 모습을 보니, 자신의 진짜 임무가 무엇인지 알 것도 같았다. 소용돌이치는 차원문 너머로 지옥 마력과 악마의 기척이 느껴졌다. 바람이 세차게 부는 날, 주방 근처에 서서 요리 냄새를 맡는 듯한 기분이었다. 악마의 악취가 코를 찔렀다. 입술을 핥자 지옥 마법의 희미한 잔류물이 혀를 자극했다. 차원문은 그가 지금까지 본 것 중에서 가장 막강한 주문의 산물이었다. 새롭게 얻은 감각 덕분에 전에는 알 수 없었을 그 진짜 힘을 이제는 체감할 수 있었다.

한편으로 잿빛 골짜기의 숲속을 거닐었던 반델은 그 힘을 증오했다. 가족과 이웃들도 그랬을 것이다. 하지만 악마를 삼키고 일리단을 추종해온 그는 차원문의 실체를 황홀한 눈빛으로 바라봤다.

그는 카리엘에게 만들어줬던 은 목걸이를 어루만지며 룬이 새겨진 검을 확인했다. 반델은 전투 준비를 모두 마쳤다.

이제 곧 끝난다. 자신의 것이 아닌 내면의 목소리가 속삭였다.

일리단은 방어구를 입은 마이에브의 육신을 발굽으로 뒤집었다. 그녀가 원숙하고 강력한 투사라는 점에는 의심의 여지가 없었다. 일리단의 병력을 상대로 마이에브가 저지르는 살육을 목격하는 동안, 그는 직접 전투에 뛰어들고 싶은 욕구를 억제하느라 꽤나 애를 써야 했다. 그때까지만 해도 그녀가 또다시 달아나 어둠달 골짜기의 파괴된 지형 속으로 사라지지는 않을까 걱정했었다.

이제야 한 부대 전체를 동원하여 차원문을 지키게 했던 결정이 옳았음을 확신했다. 차원문이 열리기 전부터 필요했던 조치임이 증명되었으니까.

일리단이 집중력을 최대한 발휘하여 마력을 하나로 엮는 일을 끝마친후, 차원문을 완성하는 의식의 가장 중요한 순간에 마이에브가 나타나 그의 주의를 끌었다. 그래서 하마터면 마이에브의 공격이 성공할 뻔했다.

하지만 실패했다.

상관없었다. 마이에브는 이제 일리단의 포로가 되었고, 다시는 그를 귀찮게 하는 일이 없을 테니까. 만족감에 슬며시 웃음이 비어져 나왔다. 좋은 징조였다. 오늘의 일이 앞으로 어떻게 흘러갈지 보여주는 전조처럼 여겨졌다. 고대의 세계들을 지켜보는 힘이, 그의 행동에 힘을 싣고 있었다.

자만하지 마라. 일리단은 마음을 다잡았다. *우리는 의지의 힘으로 혼돈*

에서 질서를 이끌어 내리라. 무작위적인 확률에 따라 정해지는 일에서 규칙을 찾으려는 건 어리석은 짓이다.

그는 마지막으로 마이에브를 바라보며, 그녀에게도 자신만큼의 고통을 느끼게 해주겠노라 다짐했다. 일만 년에 걸친 고통은 그녀에게 너무 긴 시간이 될 것이다. 마이에브는 일만 년 후까지 살아남지 못할 테니, 그 모든 고통을 훨씬 짧은 기간으로 압축할 수 있는 방법을 찾아야 했다. 물론 이런 문제를 고민할 시간은 앞으로도 충분히 있겠지만.

차원문은 아른거리며 고동쳤다. 두 팔을 넓게 벌리고, 일리단은 거대한 주문의 마지막 말을 읊었다. 마력이 스스로 매듭을 지었다. 마법의 구조가 안정화되었다. 아른거리는 막이 걷히자, 공포의 군주의 고향인 나스레자로 통하는 길이 드러났다. 순수한 힘의 단검이 관문 주위의 현실을 잘라냈다. 차원문을 통해 지옥 마력의 격류가 흘러나왔다. 문신이 그 마력을 흡수하여, 그에게 더 큰 힘을 주입했다.

이 위대한 업적의 만족감은 마이에브를 사로잡고 느꼈던 만족감과는 비교도 할 수 없이 컸다. 그는 아웃랜드로부터 가장 먼 세계, 일리단이 아닌 그 누구도 갈 수 없는 세계로 통하는 차원문을 만들었다. 굴단도 그 주문을 발현시키고 마력을 수용하는 데에는 큰 어려움을 겪었었다. 이 차원문은 아웃랜드가 대재앙을 겪은 이후 가장 위대한 마법이 실현된 증거물이었다.

으스스한 초록빛이 하늘로 향한 추종자들의 얼굴을 비춰, 그들은 평상시보다 더 괴물 같은 모습이 되었다. 악마사냥꾼은 아주 오랜 시간을 들여 벼려낸 무기였다. 일리단은 그들이 첫 번째 전투에서 살아남을 수 있을지, 아니면 초보 대장장이가 만든 이빨 빠진 검처럼 산산이 깨지고 말 것인지 궁금했다. 그들은 크나큰 힘을 선물로 받은 이후, 교관들의 치밀한 훈련을 통해 다듬어졌다. 모두가 불타는 군단을 향한 복수를 갈망하는 자들이었다. 대부분의 동료들이 죽어나간 뒤에도 살아남은 자들이었다.

하지만 그들의 생존에는 별다른 의미는 없었다. 앞으로 몇 시간 후면 모두 소멸하고 말 운명인지도 몰랐다. 일리단 자신도 죽을 수 있었다. 변덕스러운 확률의 장난 때문에, 그의 삶 전체가 우주의 공허한 농담거리로 전락할 수도 있었다.

이제 그런 일들을 걱정하기에는 너무 늦었다. 그저 자신의 계산이 옳았으리라고, 모든 계획이 생각했던 대로 이루어지리라고 믿어야 할 때였다.

일리단은 손을 들어 올리며 날개를 펼쳐 병사들 위로 날아올랐다. 모든 시선이 차원문을 떠나 그에게로 향했다. 예상했던 그대로였다. 열린 차원문 앞에 내려서자, 주위를 가득 채운 마법에 피부가 간질거렸다. 외계 공기의 이질적인 내음이 코에 닿았다.

일리단은 악마사냥꾼들에게 따라오라고 손짓하고는, 재빨리 차원문을 통과하여 닥쳐오는 운명과 마주했다.

제 18 장

몰락 3개월 전

반델은 관문을 통과하여 일리단을 따라갔다. 그리고 마루 꼭대기로 달려가 엎드린 후, 누구의 눈에도 띄지 않고자 애썼다. 먼 곳에서 악마들의 기척이 느껴졌다. 악마 수천 마리가 우글거렸다.

이 외계의 세상에서는 거대한 바위섬이 마치 구름처럼 하늘을 떠다녔다. 모든 바위는 초록색으로 빛나고, 공전하는 작은 태양도 초록빛으로 타올랐다. 아래쪽으로 마루가 끝나는 지점에는 여기저기 분화구가 파인 평원이 펼쳐졌고, 그 위에는 매끈한 흑요석 방첨탑들이 공중에 떠 있었다. 아웃랜드로 통하는 차원문이 커다란 아귀를 벌렸다. 현실의 표면에 뚫린 구멍이 두 세계를 연결했다.

일리단의 그림자가 반델의 위쪽으로 내려앉았다. 언덕 꼭대기에 선 일리단은 문신으로 덮인 육체의 모든 근육이 팽팽하게 긴장된 모습이었다. 박쥐의 날개와 닮은 거대한 날개가 그의 어깨를 감쌌다. 야수의 뿔이 머리 옆으로 뻗어 나왔다. 룬천으로 만든 안대가 텅 빈 눈구멍을 가렸다. 기대감으로 가득 찬 야만적인 미소가 가느다란 입술을 뒤틀자, 반짝이는 송곳니가 드러났다. 그 역시 다가오는 악마들을 감지했다.

반델의 일부가 킥킥거리며 광기에 찬 웃음을 터뜨렸다. 그는 악마의 기척을 억눌렀지만, 오랫동안 그렇게 붙잡아둘 수는 없으리라는 걸 알고 있었다. 앞으로의 전투에서 살아남으려면 악마의 힘이 필요했다.

일리단이 몸의 중심을 옮기자 가죽 날개에서 삐걱거리는 소리가 났고, 그의 발굽이 바위에 부딪치며 불꽃을 피웠다.

주위의 그림자 속에 일리다리 악마사냥꾼 수십 명이 강력한 마법으로 몸을 숨긴 채 기다리고 있었다. 반델은 귀를 기울이고 있을 신에게, 그 마법이 충분한 위력을 발휘하게 해달라고 기도했다. 저 멀리 어둠 속에는 끔찍한 힘을 지닌 악마들이 기다리고 있었다.

앞으로 몇 시간 이내에 반델을 포함한 악마사냥꾼들은, 일리단이 수여한 선물이 목숨을 지키는 데 충분한 것이었는지 알게 될 것이다. 또한 몇 달에 걸친 가혹한 훈련과 끔찍한 희생이 과연 의미가 있는 것이었는지도 알게 되리라.

그럼에도 반델 안의 무언가는 암흑 티탄 살게라스를 섬기는 일을 갈망했다. 게다가 악마의 손길에 의해 변형된 부분만이 느끼는 갈망이 아니어서 더욱 두려웠다. 엘프의 영혼 일부도, 불타는 군단의 끝을 모르는 영광에 여느 지옥불정령처럼 열광했다.

일리단이 반델의 나약한 마음이 풍기는 악취를 들이쉬기라도 하듯 코를 벌름거렸다. 그의 목 깊은 곳에서 으르렁거리는 소리가 새어 나왔다.

그는 실패할 거야. 반델 내면의 악마가 속삭였다. *늘 실패했으니까. 일리단은 살게라스의 의지를 거역할 수 없어. 그 무엇도 그럴 수 없다고.*

반델은 깊이 숨을 들이쉬며 마음을 비우려 애썼지만, 아무 도움도 되지 않았다. 그저 주위에 가득 찬 마력을 느꼈을 뿐이었다. 마력을 거둬들여

사용하고 싶었다. 먼 곳의 악마들을 화산과도 같은 파괴의 해일로 휩쓸고 싶었다. 악마들을 처치하고 그 정수를 흡수하고 싶었다. 모조리 집어삼키고 싶었다.

그래. 악마가 속삭였다. 그러면 넌 일리단에게 도전할 수 있을 만큼 강해질 거야.

반델은 악마의 속삭임을 무시하려고 주위를 둘러봤다. 이 미행성은 순수한 마력이 응축되어 만들어진, 고동치는 다색 암석을 깎아 만든 세계였다. 주위의 어떤 바위를 만져봐도 피부를 간질이는 느낌이 전해졌다.

가슴속에서 심장이 천둥처럼 쿵쾅거렸다. 반델은 다가오는 적에게 집중하려 했다. 이제 준비가 되었다고, 자신에게 타일렀다.

일리단은 먼 곳의 악마들을 살폈다. 아직은 그 악마들도 그의 마음속에 떠오른 강력한 오라의 막연한 그림자에 불과했다. 적의 규모는 일리단의 병력을 압도했지만, 그건 문제가 아니었다. 이 전투의 승패를 결정짓는 건 마법이었다.

지옥 마력이 주위에서 소용돌이쳤다. 모조리 흡수하고 싶은 유혹을 억지로 참아야 했다. 일리단은 아서스가 남긴 상처를 더듬었다. 리치 왕의 사악한 검 서리한이 작은 조각을 남기기라도 한 듯, 상처는 여전히 근질거렸다. 그는 과거의 패배를 떠올리지 않으려고 상처에서 손을 뗐다. 지금은 그런 일을 되새기고 있을 때가 아니었다.

일리단은 병사들이 불안해하고 있다는 것을 느꼈다. 그들 내면에서 일어나고 있는 싸움에 공감했다. 그의 미소가 으르렁거리는 분노로 변했다. 추종자들은 사냥감의 냄새를 맡은 사냥개와 같았다. 일리단이 그렇게 만들었다. 이제 궁극의 시험이 다가왔다. 드디어 수 세기에 걸친 치밀한 계획이 정말 의미가 있었던지 알아낼 수 있을 것이다. 이 병력으로도 실패한다면 일리단은 죽게 될 것이고, 그긴 곧 일만 년에 걸친 준비가 모조리 수포로 돌아가는 걸 의미했다.

그런 일은 일어나지 않는다. 이 마지막 장애물에서 실패하는 일은 없을 것이다. 오랜 세월 동안 세운 계획인 만큼, 그런 일이 일어나도록 내버려 둘 수는 없다.

일리단은 지각을 확장했다. 마법으로 확장된 감각의 파장이 다가오는 적을 뒤덮었다. 심장이 한 번 뛰는 동안 그는 적의 숫자를 헤아렸다. 공포의 군주 수십 마리가 각각 지옥사냥개와 지옥불정령을 비롯한 온갖 악마들로 구성된 병력을 이끌고 있었다.

놈들은 강하다. 너무 강하다.

그 생각이 일리단을 언짢게 했다. 그는 뿔이 솟아난 머리를 가로저었다. 그리고 날개를 펼치며 절벽을 타고 치솟는 상승 기류에 몸을 실었다.

네 계산이 잘못됐다. 처음도 아니잖아.

아니, 틀렸을 리 없다. 모든 것이 준비되었다. 병력 또한 준비를 마쳤다.

적이 가까이 다가왔다. 외계의 대지를 따라 흐르는 악마의 군대는 막을 수 없는 해일이 되어 일리단이 기다리는 마루를 뒤덮으려 했다. 거대한 공포의 군주들이 하급 악마들 사이에서 거만한 몸짓으로 걸었다. 박쥐의 날개를 닮은 놈들의 거대한 날개는 바람이 없어도 펄럭였다. 뿔이 돌아난 머리를 이리저리 돌리며 적이 없는지 확인하는 모습이 보였다. 방어구 위에서 반짝이는 룬이, 수행단의 규모와 함께 그들의 지위를 표시했다.

농염하게 아름다운 서큐버스들이 채찍을 휘두르고 꼬리를 흔들며 음탕한 춤을 추었다. 껑충거리는 지옥사냥개들은 사냥감을 찾는 듯 코를 킁킁거리고, 상어와 같은 이빨을 반짝이며 더듬이를 꿈틀거렸다. 탄탄한 방어구를 갖춰 입은 지옥수호병은 거대한 도끼를 휘두르며 사령관의 명령을 기다렸다. 커다란 키에 팔이 여섯 개 달린 쉬바라는 일리단의 날카로운 감각으로도 거의 보이지 않을 만큼 흐릿하게 아른거렸다.

이들이 불타는 군단의 병력이었다. 헤아릴 수 없이 많은 세계를 집어삼킨 세력. 이들의 목표는 주인인 살게라스의 이름 아래 온 우주를 잿더미로 만들어버리는 것뿐이었다.

겉보기에 일리단은 혼자 서 있는 것처럼 보였다. 다른 모든 병력은 은신한 상태였다. 이 황량한 세계의 표면에 새롭게 열린 차원문이 적을 끌어들였다. 놈들은 감히 자신들의 영역에 침범한 자를 처벌하고자 오만하게 다가왔다. 불타는 군단의 영역 안에서 싸움을 거는 자는 흔치 않았다. 일리단의 평생에 비추어봐도, 그런 사건은 한 손에 꼽을 정도였다.

적의 병력은 아래쪽 평원에서 멈춰 섰다. 공포의 군주 중 가장 거대한 자가 주먹을 치켜들고는, 일리단을 가리키며 웃었다. 그 사악한 웃음소리가 사방에 메아리치고, 곧이어 다른 공포의 군주 수백 마리의 목구멍에서도 메아리쳤다. 모두 일리단을 조롱하고 있었다. 그리고 그중 일부는 자신들이 웃음거리가 되었다고 생각하기도 했다. 단 한 명의 적을 상대하기 위해 한 부대가 출정해야 했으니까.

일리단은 팔짱을 끼고 날개를 최대한 펼쳤다. 그리고 적을 내려다보며 적의 조롱을 그대로 되돌려주었다. 공포의 군주의 웃음소리가 조금씩 잦아들었다. 어느덧 웃음의 메아리도 사라지고 거대한 악마 군단에 침묵이 내려앉았다. 지옥불정령의 녹아내린 표피에서 탁탁거리는 소리만이 침묵 중에 들려왔다. 공포의 군주들의 지도자가 들어 올렸던 주먹을 내렸다. 거대한 유성이 하늘에서 떨어졌다. 쾅 하는 천둥소리가 전투를 앞둔 전장 위에 메아리치며 대기를 뒤흔들었다.

반델은 자신이 바위 사이에 숨어 있다는 사실이 기뻤다. 지금까지는 어떤 악마도 그의 기척을 눈치채지 못했다. 적의 악의가 자신을 향해 번져오는 게 느껴졌다. 마치 방출된 증오의 안개가 대기 속의 마법과 함께 응고된 것만 같았다.

저들에게 합류해. 반델의 내면에 도사린 악마가 속삭였다. *저들에게 합류하면 그 누구도 받지 못했던 보상을 받게 될 거야.*

반델은 유혹을 느꼈다. 악마는 진실을 이야기하고 있었다. 룬이 새겨진 칼의 칼자루를 만져보았다. 그 칼을 일리단의 등에 꽂아 넣는 건 아주 간단한 일이었다. 어차피 그는 배신자가 아니었던가? 엘프의 역사에서 그보다 더 죽어 마땅한 자가 있었나?

처치해. 악마가 속삭였다. *일리단을 제거하고 영원한 영광을 손에 넣어. 배신자를 처단하고 암흑의 신이 되란 말이다.*

나스레짐 군대가 전진을 시작하고, 천둥소리가 잦아들었다. 거대한 유성이 지면을 강타하자, 대지가 전율하며 불타오르는 지옥불정령이 나타났다. 정령은 분화구에서 몸을 일으킨 후, 공포의 군주의 나머지 병력과 함께 어슬렁거리며 걷기 시작했다.

유혹이 점점 더 커졌다. 일리단을 처치하기만 하면, 악마 형제들에게 성대한 환영을 받을 것이다. 그러면 공포와 후회 따위는 모두 버리고 영원히 살아갈 수 있었다. 가족을 지키지 못했다는 죄의식과 감당 못 하는 회한, 육신과 피로 이루어진 연약한 생물들과의 유대를 모두 묻어버릴 수 있었다.

반델은 자신을 초월하여 불타는 군단에 합류한 후, 정복자가 되어 온 우주에서 생명이라는 부정한 질병을 정화시킬 수 있었다. 이후에는 거센 창조를 촉발시켜 자신의 형상을 따르는 새로운 우주를 탄생시킬 수도 있었다.

잠시 동안 반델은 흔들렸다. 내면에 도사린 악마의 목소리에 귀를 기울이다가 문득, 그것이 자신의 목소리라는 사실을 깨달았다. 지옥사냥개를 삼켰던 그때, 그의 영혼은 오염되었다. 악마의 사악함을 흡수하며 뒤틀려버렸다. 다른 악마는 없었다. 그곳에 있는 건 반델 자신뿐이었다.

유혹하는 목소리에 굴복하는 건, 복수를 포기하고 죽은 아내와 아들과의 약속을 깨뜨리는 일이었다.

반델은 일리단을 죽이고 싶지 않았다. 일리단을 지금과 같은 존재로 만든 것들을 죽이고 싶었다. 일리단이 맞서 싸우려는 존재들을 통해, 반델은 그를 알게 된 이후 처음으로 '배신자'라는 말의 의미를 이해했다. 분명 끔찍한 잘못을 저질렀지만, 오직 일리단만이 적의 실체를 알고 있었고, 그 위협을 종식시키기 위해 필요한 일이라면 그게 무엇이든 행할 준비가 되어 있었다. 일리단은 정말 미쳤는지도 모른다. 그의 모든 계획은 결국 실패로 끝날지도 모른다. 하지만 또 다른 결과와 비교해보면, 차라리 일리단의 광기가 훨씬 나았다.

군단의 악마들이 산마루를 향해 진격해왔다. 이제 진짜 적들과 싸워야 할 때가 되었다.

나스레짐 군대가 비탈 위로 올라오기 시작했다. 필멸자의 세력이라면 힘겹게 산을 오르느라 속도를 늦춰야 했겠지만, 악마들은 지치지 않는 것 같았다. 지옥사냥개가 달려오고, 잠에서 깨어난 지옥불정령이 어슬렁거리며 다가왔고, 거대한 날개가 달린 공포의 군주 수십 마리가 고함을 치며 부하들에게 명령을 내렸다.

지금이다. 천둥 같은 목소리가 반델의 머릿속에 울려 퍼졌다. 일리단의 목소리였다. 악마사냥꾼들은 하나가 되어 은신에서 벗어났고, 사냥감을 향해 질주했다.

한순간 군단의 병력이 걸음을 늦췄다. 이렇게 작은 존재들로 구성된, 이렇게 적은 병력이 자신들을 공격한다는 사실을 이해하지 못하는 듯했다. 몇몇 공포의 군주는 다시 웃기 시작했다.

바위에 몸을 던지는 파도와 같이 포효하며, 두 개의 군대가 충돌했다. 악마들은 차원문에 접근해 문을 닫으려 했고, 악마사냥꾼들은 그저 죽이고, 죽이고, 또 죽이려 했다.

지옥사냥개가 반델을 향해 달려들었다. 한껏 벌린 아가리에는 상어의 이빨이 나 있었다. 반델은 마력을 집중하여 황록색 화살을 만들고 지옥사냥개의 주둥이를 향해 발사했다. 화살을 맞은 놈의 머리가 터져버렸다. 불에 타고 그슬린 살점 덩어리들이 지면에 떨어졌다. 적을 게걸스럽게 먹어 치우고 싶은 충동을 억누르면서, 반델은 앞으로 도약하며 단검들을 꺼냈다. 그는 몸을 굴려 거대한 모아그 종복 둘 사이로 파고들어 가, 적이 무기를 꺼내 들기도 전에 뒷무릎을 잘랐다. 그리고 벌떡 일어나 첫 번째 모아그의 눈구멍에 단검을 박아 넣었고, 곧이어 두 번째 모아그도 같은 신세가 되었다.

잠시 후, 반델은 공포의 군주와 마주했다. 키는 그의 두 배나 되고, 체격은 오우거보다 큰 그 위압적인 악마가 그를 내려다봤다. 공포의 군주가 거대한 쐐기 철퇴를 휘두르자, 반델은 옆으로 몸을 던져 피했다. 바위가 쪼개졌다. 초록색 먼지 구름이 피어올랐다.

반델은 몸을 일으켰다. 박쥐 날개처럼 생긴 적의 날개가 일으킨 강력한 바람에 머리가 쾅쾅 울리며 흔들리다가 곧 거대한 바위를 향해 날아갔다. 하지만 그는 재빨리 몸을 틀어 발로 바위를 차 충돌을 피했고, 그대로 몸을 굴려 일어섰다.

공포의 군주는 거대한 체격에 비해 놀라울 만큼 빠른 움직임으로 돌아서서 그를 향해 다가왔다. 반델은 손을 들어 지옥 마력의 화살을 악마에게 발사했다. 날개가 적의 몸을 감쌌다. 화살이 날개를 꿰뚫자, 악마의 날개는 해진 망토처럼 옆으로 축 늘어졌다. 그래도 악마는 다가오는 속도를 늦추지 않았다.

시야 한쪽에서 시아나가 다른 모아그 종복을 처치하고는 그 사체를 뛰어넘어 지옥수호병과 전투를 시작하는 모습이 보였다. 오른쪽에서 불길이 피어오르자 반델은 공중으로 뛰어올랐고, 곧 임프의 불화살이 그의 발아래로 지나갔다. 그는 몸을 뒤틀어 불길의 기류를 피했지만, 머리 위에는 부상당한 공포의 군주가 거대하고 번쩍이는 발굽을 치켜든 모습이 보였다.

발굽이 떨어져 내려와 아슬아슬하게 반델을 비껴갔다. 그가 단검을 휘둘러 적의 뒷무릎을 잘라내자, 고통으로 가득 찬 혐오스러운 괴성이 울려퍼졌다. 악마는 철퇴를 휘둘러 반델의 어깨를 강타했다.

반델이 보통 존재였다면 그 타격으로 인해 부러진 갈비뼈가 심장과 폐를 꿰뚫어 목숨을 잃었을 것이다.

그는 그 충격을 흡수하기 위해 몸을 굴리며 강타의 위력을 그대로 흘려보냈다. 동시에 앞서 불화살을 쏘았던 임프를 응징하는 것도 잊지 않았다. 지옥 화살에 명중당한 악마는 부글거리는 수액 웅덩이가 되었다.

반델은 위로 뛰어올라 왼손의 단검을 공포의 군주의 흉갑에 찔러 넣었다. 그리고 그대로 몸을 끌어올려 다른 단검으로 악마의 눈을 내리찍었다. 악마는 눈을 감싸며 반델을 공격하려 했지만, 그는 이미 악마의 눈에서 단검을 뽑아내 나머지 눈을 찌른 후였다.

반델은 착지하자마자 눈먼 괴물에게 질풍 같은 강타를 퍼부었다. 시간만 충분하다면 악마도 분명히 반델과 같은 마법을 사용하여 그를 찾아낼 수 있었겠지만, 그 치명적인 순간에 악마는 진짜로 눈이 멀어버렸다. 반델은 그 기회를 틈타 공포의 군주에게 또다시 단검을 찔러 넣었다. 단검이 악마의 몸을 꿰뚫자, 단검에 걸려 있던 마법이 그 상처를 부패시켜 더는 치유할 수 없게 만들었다.

칼날이 뼈에 닿으며 힘줄을 잘랐다. 도살자의 식칼이 황소의 근육을 자르는 듯했다.

악마는 반격을 포기하고 거대한 날개를 펄럭이며 자리를 피하려 했다. 하지만 앞서 날개에 입은 부상 때문에 악마는 벗어나지 못했고, 그 틈에 반델은 적을 조각조각 베어냈다.

잔혹한 감정이 반델의 손을 움직였다. 공격이 정확히 명중하자 크나큰 만족감이 느껴졌고, 이제 그의 내면에 있는 존재도 공포의 군주의 죽음을 만끽했다. 그 순간만큼은 일리단도, 그 무엇도 신경 쓰이지 않았다. 악마의 욕망이 그의 것과 하나가 되었다. 자신을 더 강하게 할 수 있다면 무엇이든 좋았다. 바로 이 순간 반델은 그 힘을 사용할 수 있었고, 동시에 살육의 만족감을 한껏 음미했다.

마침내 공포의 군주가 덩어리진 살점 한 무더기로 변해버렸을 때, 반델은 자신이 귀중한 시간을 낭비했음을 깨달았다. 사냥감은 아직 많았고, 그도 자신의 몫을 다해야 했다.

가까운 곳에서는 '바늘'이 쓰러진 지옥수호병 위에 올라탄 채, 한 자나 되는 바늘로 무심하게 바느질하듯 악마의 가슴에 찔렀다 뺐다를 반복하고 있었다. 엘라리지엘은 지옥사냥개를 추격한 끝에 놈의 숨통을 끊어놓았다.

거대한 바위 위에서 공포의 군주 한 무리가 최후의 저항을 하고 있었다. 두려워하기보다는 지금 무슨 일이 일어나는 것인지 도저히 이해할 수 없다는 듯 어리둥절한 표정이었다. 전투의 양상이 그들이 예상했던 것과 판이하게 다르다는 점만은 분명했다.

악마사냥꾼들은 날카로운 낫이 밀을 베어내듯 악마들의 군대를 베어냈다. 사방에 악마의 사체가 쌓였다. 엘프의 사체도 일부 있었지만, 양측의 규모를 생각해보면, 반델이 예상했던 것보다는 훨씬 적었다.

일리단은 공포의 군주들이 남아 있는 곳 뒤쪽 바위에 내려앉았다. 반델은 아웃랜드의 군주도 학살에 참여할 모양이라고 생각했지만, 일리단은 그저 가만히 서서 그들의 모습을 지켜보기만 했다.

악마사냥꾼들은 각자 하던 일을 멈추고 잠시 자신들의 군주를 바라보고는, 다시 공포의 군주에게 시선을 돌렸다. 악마들이 공격에 대비하려 했지만, 악마사냥꾼들의 해일은 적을 덮치고 그대로 삼켜버렸다.

일리단은 자신의 병력이 남은 나스레짐을 쓰러뜨리는 모습을 지켜봤다. 의혹이 사라졌다. 악마사냥꾼들은 그의 기대를 훌쩍 뛰어넘었다. 물론 이번에는 기습 공격의 이점이 컸다. 공포의 군주는 고향과 근접한 곳에서 이토록 야만적인 힘과 맞서 싸우는 일이 발생하리라고는 생각지 못했고, 자만심에 빠진 채 일리단의 군대에게 접근했던 것이다. 일이 늘 이렇게 쉽지는 않을 것이다.

그럼에도 승리의 달콤함이 희석되지는 않았다. 이곳에서 쓰러진 공포의 군주 하나하나는 이제 우주의 어느 곳도 파괴할 수 없었다. 바로 지금 여기서 놈들은 영원한 죽음을 맞이했다. 일리단이 그 비밀을 깨닫기까지 얼마나 오랜 시간이 걸렸던가? 적들을 처치했다고 착각했던 일이 얼마나 많았던가? 그가 목격한 환영이 답을 알려주었다. 일만 년에 걸친 수감 기간 동안에는 악마들을 어찌할 도리가 없었지만, 이제는 모든 것이 달라졌다.

일리단은 불타는 군단의 군주들이 상대에게 준 고통을 그대로 되돌려줄 생각이었다. 그는 죽은 부하들의 숫자를 헤아려보았다. 이십여 명이 채 되지 않았다. 지금 시점에서는 매우 아까운 손실이었지만, 조만간 악마사냥꾼은 더 늘어날 것이다. 군단은 일리단의 동족들에게 투쟁의 씨앗을 뿌렸다. 악마에 대한 복수를 갈망하는 자들은 끝이 없었다. 하지만 그것도 지금 고민할 문제는 아니었다. 우선은 이곳에 온 목적을 이루어야 했다.

시간이 중요했다. 지금 아군은 군단이 내보낼 수 있는 병력의 극히 일부와 마주쳤을 뿐이다. 무슨 일이 있었는지 파악하는 대로 이 도시의 주인들은 지원군을 요청할 것이다. 그런 일이 일어나기 전에 사라져야 했다. 부하 하나하나가 아무리 강해도, 막대한 병력의 적 앞에서는 패할 수밖에 없을 테니까.

일리단은 전진 명령을 내렸다.

악마사냥꾼들은 나스레짐의 도시를 빠르게 통과했다. 거대한 흑요석 탑들이 지옥 마법의 초록빛을 반사하여 은은한 빛을 뿌렸다. 반짝이는 검은색 도시가 그 빛 속에서 아른거렸다. 점점 더 많은 악마들이 그들을 둘러쌌다. 낙오자들이나 중요한 거점을 지키기 위해 남겨진 병력이었다. 일리다리는 토끼를 사냥하는 사냥개처럼, 마주치는 적을 모두 제거했다. 가장 강력한 공포의 군주조차도 이렇게 많은 적 앞에서는 상대가 되지 않았다.

일리단은 난투에 뛰어들고 싶은 욕구를 억눌러야 했다. 차원문을 여는 일에 그의 힘이 상당 부분 소진되어버렸기 때문에, 지금 그는 예상치 못한 위협에 대비하여 남은 힘을 아끼고 있었다.

앞쪽에서 가장 높은 탑이 어렴풋이 나타났다. 공포의 군주의 거대한 기록 보관실이었다. 그 건물 안에는 나스레짐이 살게라스를 섬기는 동안 알아낸 비밀이 셀 수 없이 보관되어 있었다.

아른거리며 나타났다 사라지기를 반복하는 입구 옆에서 거대한 지옥수호병이 침입자들을 막아섰다. 문신을 새긴 투사들은 손쉽게 악마를 쓰러뜨렸지만, 앞서 문이 있던 곳 앞에 멈춰 서서 당황한 눈빛을 교환해야 했다. 조금 전까지만 해도 아치형 입구가 뚫려 있던 곳에 지금은 돌벽이 버티고 있었다.

"부숴라." 일리단이 명령했다.

분명 문을 여는 쉬운 방법이 있을 테지만, 지금은 마법의 열쇠 따위를 찾아낼 시간이 없었다. 악마사냥꾼들은 손을 들어 올리고 방벽을 향해 지옥 불길을 쏟아부었다. 수백 줄기의 불꽃이 돌벽을 강타하고, 흔들고, 훼손시켰지만 벽은 견뎌냈다.

"한곳에 집중해라!"

일리단이 소리치자, 모든 불길이 돌벽의 중앙에 집중되어 파고들기 시작했다. 결국 벽은 견디지 못하고 무너져 내렸다.

일리단은 잔해를 뛰어넘어 탑 아래 깊은 곳으로 내려가는 긴 경사로를 흘긋 바라봤다. 지금까지는 굴단의 환영에서 봤던 기억과 일치했다. 악마사냥꾼들이 잔해를 뛰어넘고 건물의 내부로 흩어져서 정찰하는 모습을 보며, 일리단은 홀로 나직이 웃었다.

"내려가자."

일리단이 명령을 내리자 악마사냥꾼 모두가 경사로를 달려 내려갔다. 발걸음에 따라 발동되는 기이한 불빛이 바닥을 따라 움직였다. 마법으로 가득 찬 공기가 맥동하고, 나스레짐의 마법이 마력의 흐름을 하나로 엮어 강력한 주문을 형성했다. 마력이 공기를 아른거리게 만들고, 일리단의 발굽 아래 바닥을 쿵쿵 울렸다. 주위를 가득 채운 복잡한 마법 기계들은, 이 기이한 세계의 모든 것에서 흘러나오는 마력을 흡수했다.

이제 가까워졌다. 무척이나 가까웠다.

제 19 장

몰락 3개월 전

"죽어라, 더러운 벌레야!"

모아그 종복이 앞으로 돌진하며 외쳤다. 악마는 묘한 무기의 총열을 들어 올리고는 마법 불길을 쏟아냈다.

일리단은 대수롭지 않게 쌍날검을 휘둘러 그 땅딸막하지만 육중한 생물의 목을 잘라낸 후, 공포의 군주의 중앙 기록실로 들어섰다. 마치 동전을 쌓아 올린 것처럼 수많은 흑요석 원반이 겹겹이 쌓여 반짝이는 탑을 이루고 있었다. 원반은 각각 하나의 기록이었다. 일리단이 찾는 건 그중 하나였다.

그는 거대한 방의 입구에 서서 명령을 기다리는 악마사냥꾼들을 향해 고개를 돌렸다.

"들어오지 마라. 그리고 앞으로 오 분여 동안 무슨 일이 있더라도 입구를 지켜라."

부하들이 고개를 끄덕이자, 일리단은 다시 고개를 돌려 높이 쌓인 원반들을 바라봤다. 그는 팔짱을 끼고 주문을 외웠다. 반짝이는 마법 촉수가 높다란 원반의 탑을 향해 뻗어 나갔다. 곧이어 촉수가 원반에 접촉하는 순간 섬광 같은 영상과 기억의 파편들이 흘러들었다.

이 흑요석 원반은 공포의 군주의 기념비이자, 그들 세계의 심장이었다. 모든 승리의 순간과 정복의 역사, 그리고 모든 음모가 상세히 기록되어 있었다. 나스레짐은 누구나 자신의 이름을 이 원반에 각인하려고 발버둥 쳤다. 이것은 그 종족의 살아 있는 기억이었다.

이곳에는 수많은 세계에서 벌어진 헤아릴 수 없이 많은 전쟁의 기록이 담겨 있었다. 군단에 자신의 고향을 바치고도 결국 악마들의 배신으로 버려진, 오래전 잊힌 배신자들의 이름이 남아 있었다. 군단이 통과했던 모든 차원문과 그들이 불태운 모든 세계의 이름과 위치도 기록되어 있었다.

기록은 체계적이었다. 대부분 시간 순서로 정리되어, 가장 오래된 기록 원반이 각 탑의 맨 밑에 놓여 있었다. 그리고 중앙에 위치한 탑일수록 더 오래된 기록이었다.

일리단은 마력의 촉수를 중앙으로 뻗었다. 그가 원하는 기록은 중앙에 놓여 있을 것이다. 그의 정신을 스치는 영상 중 오래된 흔적이 나타나기 시작했다. 일리단은 악마들이 헤아리는 시간의 기준으로도 무척 오래전의 기록을 보고 있었다.

다급한 마음이 그를 밀어붙였다. 어딘가 먼 곳에서 관문이 열리고 있었다. 나스레짐이 고향 땅의 침공에 대한 대응을 시작했다.

전투의 소리가 들렸다. 아주 먼 곳에서 들려오는 것 같았지만, 사실 그건 일리단이 주문으로 기록에 연결되어 있기 때문이었다. 지금 지상의 도시에서 일리단의 병력이 밀려드는 적의 지원군과 전투를 시작했다. 그는 일이 끝날 때까지 부하들이 버텨주기만을 바랐다. 서둘러 끝내지 못하면, 이 기록실이 함정이 되어 그와 부하들은 나스레짐의 막강한 힘에 섬멸되고 말 것이다.

일리단은 깊이 숨을 들이쉬며 심장박동을 늦췄다. 그가 계획했던 모든 것이 정점에 이른 지금 이 순간, 실수를 할 수는 없었다. 실패는 감당할 수 없었다.

저기다. 일리단은 첫 번째 수호물을 발견했다. 아주 복잡한 주문으로, 거의 눈에 띄지 않았다. 이들 기록에 손을 대고 역사를 다시 쓰는 자가 있으면 경보를 울리도록 되어 있었다. 그는 경보 따위에는 개의치 않았다. 필요한 기록 하나만 손에 넣으면 이곳을 떠날 생각이었다. 일리단이 그 주문을 때려 부수자 즉시 방어 룬들이 깨어나는 것을 느꼈다. 주위에서 차원문이 열렸다.

거대한 지옥수호병이 원반의 탑 가운데에서 아른거리며 나타났다. 천둥처럼 커다란 마력의 박동이 울려 퍼졌고, 마법을 느낄 수 있는 자는 누구든 종소리처럼 청명한 그 소리를 들을 수 있었다. 멀리서 여럿의 대답이 밀려들었다.

이제 나스레짐도 일리단이 어디에 있는지 정확히 알게 되었다. 그는 공격하려는 지옥수호병을 향해 다가갔다. 쌍날검이 뻗어 나가 악마를 반으로 베어버렸다. 주위에서 다시 지옥수호병들이 나타났다. 일리단은 그들 모두를 베었지만, 점점 더 많은 지옥수호병들이 나타났다.

그는 영혼 시야로 주위를 둘러보며, 방어의 문양을 찾았다. 방어 문양은 각 원반 기둥의 밑동 주위에 각인되어 있었다. 그리고 각각의 문양은 중앙 기둥을 둘러싼 세 개의 주(土) 인장과 연결되어 있었다.

일리단은 가장 가까이에 있는 인장을 향해 쌍날검 하나를 던졌다. 회전하며 날아간 검은 바위와 충돌하며 주문을 깨뜨렸다. 칼날은 기둥을 맞춘 후 그의 손으로 되돌아왔다. 룬과 연결된 차원문들이 파괴되면서, 쏟아져 들어오던 지옥수호병의 수가 다소 줄어들었다.

일리단은 전방으로 달려 나가 뒤쫓는 악마들을 따돌리며 기둥을 돌았다. 앞쪽 바닥에 또 하나의 인장이 빛을 내뿜고 있었다. 그는 지옥수호병 둘을 베고, 날개를 펄럭이며 앞으로 쇄도한 후, 쌍날검으로 룬을 파괴했다. 그리고 마지막 인장을 향해 움직였다.

남은 지옥수호병들이 빛나는 세 번째 인장 주위로 모여들었다. 일리단은 공중으로 최대한 높이 도약한 후, 적들을 향해 몸을 던졌다. 쌍날검이 춤을 추기 시작했다. 그는 악마들을 절단하고, 몸을 숙여 적의 도끼를 피하고, 자신을 붙잡으려는 적의 손아귀를 베어냈다.

그리고 룬 문양의 중앙에 쌍날검을 꽂아 파괴했다. 막대한 마력이 역류하며 그를 공중에 띄워 올렸다. 악마들이 좌절감에 울부짖었지만, 그들이 통과해온 차원문은 모두 붕괴되었다. 이제 일리단은 차원문을 통과한 악마들만 상대하면 되었다. 더 이상의 지원군은 없었다.

다시 한번 그는 악마들 가운데로 뛰어들면서 그 힘을 그대로 이용하여 적을 흩어놓았다. 쌍날검이 몇몇의 목을 베고, 다른 몇몇의 팔다리를 잘랐다. 중앙의 기둥 옆에서 일리단은 움직임을 멈췄다. 그 오랜 세월이 지나, 마침내 원하던 목표에 접근했다.

일리단이 한 손을 뻗어 다시 탐색의 주문을 발동했다. 마력의 촉수가 원반을 더듬자, 영상이 물밀듯이 밀려들었다. 그리고 그중에서 아르거스의 봉인이 특히 눈에 띄었다. 강력한 힘이 담긴 영상이 그 위를 덮고 있었다. 일리단이 과거에 만났던, 결코 잊지 못할 존재들의 오라였다. 아키몬드와 킬제덴. 살게라스의 가장 막강한 부관이자, 불타는 군단의 진정한 주인이었다.

두 악마의 영적인 악취가 너무 강한 나머지, 철저히 준비를 했음에도 일리단의 정신은 압도되기 직전이었다. 아키몬드의 잔혹한 분노와 킬제덴의 치밀하고 섬세한 계략이 느껴졌다. 그들이 지금 이곳에 존재하지 않는다는 걸 알면서도, 끔찍한 적들에 둘러싸여 있는 기분이 느껴져 달아나지 않는 것만으로도 힘에 부쳤다.

온몸의 근육을 크게 부풀리며, 일리단은 탑에서 원반을 뜯어냈다. 남은 원반의 탑은 흔들리기는 했지만 쓰러지진 않았다. 그가 다른 주문을 외우자 원반이 그의 등 뒤로 떠오르더니 표면의 룬에서 사악한 녹황색 빛을 내뿜으며 몸 주위를 회전했다.

음울한 미소가 일리단의 입술을 뒤틀었다. 나스레짐에게 그를 기억할 무언가를 남겨줘야 했다. 그는 온 힘을 모아 아지노스의 쌍날검 하나로 기록의 탑을 갈랐다. 마력이 방출되고 불꽃이 피어나면서 오존과 유황 냄새가 주위를 가득 채웠다.

일리단은 공중으로 떠올라 기둥을 파괴하고, 주문을 훼손하고, 공포의 군주들이 그토록 자랑스러워하는 기록들을 부쉈다. 적들이 분노하는 모습을 상상하자 악마와도 같은 쾌감이 온몸으로 퍼졌다. 하지만 일리단의 일부는 그 많은 지식과 기록이 상실되는 것에 비통해하기도 했다. 한편 그의 다른 일부는 공포의 군주의 기록이 남아 있어서는 안 된다고 확신했다. 놈들은 기념비 따위를 남길 자격이 없었다.

입구 쪽에서 다시 나타난 적들을 막아내는 악마사냥꾼의 소리가 들려왔다. 일리단은 전투의 현장에 뛰어들었다. 한 공포의 군주의 등 뒤에 내려선 그는 쌍날검을 단 한 차례 휘둘러 악마의 머리를 목과 분리시켰다.

"병사들아, 집결하라! 이 더러운 곳을 빠져나가자. 우리의 목표물을 손에 넣었다!"

일리단이 우렁찬 목소리로 소리쳤다.

일리단과 그의 부대는 적과 싸우며 차원문까지 되돌아갔다. 사방에서 새로운 관문이 열리고 불타는 군단의 지원병들이 쏟아져 나왔다. 적은 아직 상황을 제대로 파악하지 못했는지, 산발적인 대응만을 반복하고 있었다. 곧 지휘관 누군가가 공격을 주도하기 시작하면 사정이 달라질 것이다. 그런 일이 일어나기 전에, 악마사냥꾼들은 서둘러 이 세계를 떠나야 했다.

모아그 종복 하나가 등에 짊어진 이상한 기계에서 불길을 뿜어내려고 했지만, 무기를 미처 사용하기 전에 반델의 손에 쓰러졌다. 임프 군단은 고지대에서 그들을 향해 불덩이를 쏟아부었다. 임프들이 마루 위쪽을 장악하고 있었다.

"베레디스, 부대를 이끌고 가서 마루 위쪽을 정리해라."

일리단이 명령을 내리자 베레디스는 고개를 끄덕인 후 손짓을 했다. 그는 쏟아지는 불덩이를 이리저리 피하며 병력과 함께 언덕 위로 달려 올라갔다. 악마들은 새된 소리를 지르며 악마의 언어로 욕설을 퍼부었지만, 곧 뒤돌아 달아나기 시작했다.

앞쪽에서 공허방랑자 한 무리가 나타났다. 다리는 없지만 탄탄한 방어력을 자랑하는 검은 악마들이 전장을 미끄러지듯 움직였다. 이들은 강했지만 느렸다.

"이대로 저 녀석들을 우회한다. 차원문으로 가라!"

일리단은 명령을 내린 후 잠시 멈춰 서서 주위를 둘러봤다. 기록실에서의 전투 중 희생자가 나왔고 지금도 소모전은 계속되고 있었다. 엘라리지엘이 쓰러지는 모습을 보고 일리단은 적을 무참히 베며 그녀 곁으로 접근했다. 먼저 도착한 반델이 엘라리지엘을 일으켜 세우고 있었다.

일리단은 고개를 끄덕였다. 가능하다면 어느 누구도 이 세계에 남겨두고 싶지 않았다. 부상자들은 치유할 수 있었다. 하지만 상처가 너무 심해

옮길 수 없는 이들은, 묵묵히 고통을 끝내주어야 했다.

앞쪽에서 아웃랜드로 통하는 차원문이 이글거렸다. 그곳에서도 전투가 벌어지는 중이었다. 군단 병력이 악마사냥꾼의 퇴로를 차단하고자 차원문을 막아서는 중이었다. 일리단이 지시한 대로, 아웃랜드 쪽에 남은 병력은 차원문을 통과하지 않은 채 출구를 지키고 있었다.

"쐐기 대형으로 서라! 그대로 적을 관통한다!" 일리단이 명령했다.

악마사냥꾼들은 단호하게 복창하며 돌진했다. 적과 싸우는 그들의 모습은 악마 그 자체였다. 문신과 흉터가 온몸을 뒤덮고, 육체 이곳저곳이 뒤틀린 형체들이었다. 그중 일부는 어둠을 껍질처럼 온몸에 두르고, 또 일부는 뒤틀린 황천의 자식들처럼 지옥 마법을 마음대로 휘둘렀다.

악마들은 그리 오래 버티지 못했다. 한순간 군단의 하수인들이 쓰러지고, 차원문이 일리단의 병력 앞에 나타났다. 그는 부하들에게 통과하라고 명령한 후 뒤로 돌아섰다. 멀리서 거대한 관문이 열리며 내뿜는 빛이 어둠을 몰아냈다. 마루 위쪽에서는 악마들이 쉬지 않고 쏟아져 나왔다. 일리단은 그들을 바라보며 웃었다.

오게 두어라. 일리단은 찾고 있던 것을 손에 넣었다. 군단은 이미 늦었다. 그 무엇도 일리단을 막을 수 없었다.

그는 차원문을 통과했다. 악마사냥꾼들은 이미 빠져나와 아웃랜드에 남아 있던 병력에 합류하고 있었다. 일리단은 나스레자의 전장을 마지막으로 한 번 훑어보며 살아 있는 부하가 그곳에 남진 않았는지 확인한 후, 구속 해제의 주문을 읊었다. 차원문은 격렬하게 마력을 방출하며 사라져 갔다. 차원문에 붙들려 있던 거대한 마력 전부가 나스레짐의 고향을 향해 쏟아지며 폭발을 일으켰다. 일리단이 악마들에게 남긴 마지막 선물이었다. 그 엄청난 폭발은 대륙이라도 산산조각낼 수 있었다. 그는 차원문 반대편에 공포의 군주 사령관들이 모여 있었기를 바랐다.

지난 수천 년 동안, 불타는 군단이 겪었던 패배 중 가장 큰 패배를 안겼다. 상당히 만족스러운 전투였다.

일리단은 차원문에 남은 마지막 마력이 붕괴되는 것을 지켜봤다. 그리고 자신의 부하들을 바라보며, 이 중에 첩자가 있지 않을까 생각했다. 틀림없이 있을 것이다. 하지만 오늘 있었던 일을 떠올려보면, 절로 미소가 지어졌다.

오늘 일리단은 수 세기에 걸친 기다림 끝에 흠잡을 데 없는 승리를 경험했다. 마이에브를 생포했고, 공포의 군주의 영역에 침공하여 은밀하게 보관된 악마의 비밀을 탈취했다. 본거지를 지키겠다며 몰려든 적의 대군을 도륙했다. 그의 계산이 옳았다면, 넬쥴의 마법이 드레노어를 파괴했던 것처럼 격렬한 마력 폭발이 나스레자를 산산이 조각냈을 것이다.

일리단은 병사들의 기대에 찬 눈빛을 바라봤다. 그는 마법으로 목소리를 증폭하여, 모여든 투사들에게 쩌렁쩌렁 울리는 소리로 말했다.

"오늘 우리는 불타는 군단이 일만 년 동안 경험해보지 못했을 패배를 안겼다. 공포의 군주를 학살하고 놈들의 세계를 파괴했다. 악마들에게 복수를 피할 수 없음을 알려주었다. 놈들이 할 수 있는 건 정의의 심판을 받고 죄악의 대가를 치르는 일뿐이라는 사실을 일깨워주었다."

자신들이 어떤 일을 해낸 것인지 그제야 실감한 악마사냥꾼들 사이로 환희의 물결이 번져 나갔다. 그들은 꽤 오랜 시간을 전투와 생존에만 집중해야 했다. 하지만 지금 이 순간만큼은 승리의 기쁨을 뼛속까지 만끽했다. 다시는 웃을 수 없으리라 생각했던 이들의 얼굴에 미소가 지어졌다. 악마의 분노도 잠시 사라지고, 차분한 마음이 그 자리를 채웠다.

"우리는 적 수천 마리를 처단했고, 적의 병력을 함정으로 이끌어 그보다 수백 배가 넘는 악마를 전멸시켰다. 그리고 이것을 손에 넣었다!"

일리단은 기록실에서 탈취한 원반을 두 손으로 높이 들어 올렸다. 빛을 받은 흑요석 원반이 찬란하게 반짝였다. 현장에 집결한 악마사냥꾼과 마법사 모두가 그 안에 담긴 힘을 느낄 수 있었다. 그중 특히 민감한 자들은, 일리단에게서 멀리 떨어진 곳에서도 원반에서 나오는 희미한 오라를 감지할 수 있었다.

첩자가 있을지도 모른다. 일리단은 스스로에게 경고했지만 주체할 수 없는 기쁨에 입이 절로 움직였다.

"우리는 킬제덴과 아키몬드의 고향으로 통하는 열쇠를 찾아냈다. 마침내 군단의 사령관들을 제거할 수 있는 곳, 아르거스의 위치를 알아냈다. 군단은 셀 수 없이 많은 세계를 파괴했고, 수많은 국가를 점령하거나 멸망시켰다. 이제는 놈들이 스스로 뿌린 씨를 거둬들여야 할 때가 왔다. 오늘 나스레짐을 학살한 것은 첫 번째 단계에 불과하다. 오늘 우리는 궁극의 승리를 향해 첫발을 내디뎠다. 적의 머리를 잘라내는 방법을 찾아냈다. 우리는 이 전쟁을 킬제덴에게로 이끌어갈 것이다. 그 악마에게 패배의 의미를 알려주자!"

첩자가 있어도 상관없어. 일리단은 생각했다. *이 계획을 불타는 군단에게 보고해도 상관없고. 놈들은 그저 오늘 내가 했던 일을 떠올리며 두려움에 전율할 것이다.*

제 20 장

몰락 3개월 전

마이에브가 깨어났다. 이곳에 갇힌 후 매일 그랬듯이 온몸이 쑤셨다. 지하 깊은 곳이었다. 근처 어딘가에서 물방울 떨어지는 소리가 들렸다. 공기 중에는 악마 특유의 유황 냄새와 함께, 씻지 못한 뒤틀린 드레나이의 체취가 섞여 있었다.

그녀는 자리에서 일어나 감옥의 창살을 다시 흔들었다. 어제에 비해 별로 약해진 것 같지 않았다. 그 창살은 지옥의 군주 같은 존재의 힘을 견딜 수 있게 벼려내고, 그 위에 몇 겹으로 룬과 주문을 씌워 강화한 것이었다.

마이에브는 주위의 룬을 조사했다. 영양을 공급하고 복원하는 주문이었다. 이곳에서는 굶어 죽을 수도 없었다. 자신의 몸에 상처를 입혀도 순식간에 치유되었다. 그녀도 아주 잘 아는 마법이었다. 일리단을 가둬놓는 동안 사용했던 마법과 비슷했다. 마이에브는 맨손으로 감옥을 부수려고 하다가 그 마법에 대해 알게 되었다. 잔뜩 조바심이 나서 분노한 채 주먹을 휘두르다 보니, 고통은 끔찍해도 뼈는 순식간에 다시 붙었고 피부는 찢어지는 순간 아물었다.

어떻게든 자살하는 방법을 찾아내더라도 그 마법이 자신을 되살릴 거라고 마이에브는 생각했다. 그녀의 영혼은 이 감옥 안에 귀속되었다. 그녀를 붙잡은 자가 풀어줄 의지가 없는 한, 벗어날 방법이 없었다.

처음에는 배신자가 곧 나타나서 고문을 하리라 생각했지만, 예상과 달리 일리단은 그러지 않았다. 복수의 과업을 실현하느라 너무 바쁘거나, 아니면 그저 자신이 나타날 때를 기다리며 마이에브가 공포에 사로잡히는 모습을 지켜보고 있는지도 몰랐다. 놈은 얼마든지 극도로 잔인해질 수 있었다.

한편 감옥의 경비병들에게서 받는 고통에는 부족함이 없었다. 모두들 침을 뱉고, 날카로운 막대기로 찌르고, 잿빛혓바닥 부족의 소변에 푹 젖은 음식을 주었다. 악마들은 칼날처럼 날카로운 말로 마이에브를 조롱했다. 특히 바가스라는 이름의 오만한 공포의 군주는, 명령이 내려오면 그녀에게 어떤 고문을 가할 것인지 지나치게 상세한 설명을 덧붙였다. 그녀는 상대에게 만족감을 주지 않겠다는 일념으로, 모든 모욕적인 언행을 차분하게 견뎌냈다. 지금까지 상황으로 봐서는 일리단이 그보다 더 심한 학대는 금지시킨 것 같았다. 그 누구도 일리단 자신보다 먼저 복수를 하게 둘 수는 없었을 테니까.

그 외에도 고통스러운 일은 얼마든지 있었다. 무더운 날에도 물 한 모금 마시지 못하거나, 며칠 동안이나 아무 음식도 먹지 못하고 뱃속이 화난 밤호랑이처럼 으르렁거리던 날도 있었다. 그녀가 죽지 않도록 마법이 목숨을 부지해주긴 했지만, 갈증이나 굶주림을 덜어주지는 않았다.

그리고 마이에브는 이보다 훨씬 더 큰 고통을 스스로에게 안겼다. 그녀는 자신을 믿고 따르던 이들 모두를 파멸로 이끌었다. 일리단을 향한 복수에 눈이 멀어, 아닌드라와 사리우스는 물론 지휘관으로서의 그녀를 신뢰했던 모든 이들을 죽게 만들었다.

그들 모두 자발적으로 자신을 신뢰했다고 되뇌어도 별 도움이 되지 않았다. 잠들지 못하고 누워 있을 때에는 늘 그들의 얼굴이 보였다. 다들 비난하는 표정으로 그녀를 바라보고 있었다. 꿈속에서는 그들이 죽어가는 모습을 보고 또 봐야 했다. 그녀는 자신을 돕지 않겠다고 했던 모두에게 저주를 퍼부었다. 나루, 알도르 사제회, 텔라아르의 아레크론. 그들이 그녀의 말을 들었더라면 지금과 같은 일은 일어나지 않았을 것이며, 배신자는 마땅히 있어야 할 곳인 자신의 무덤 속에 또다시 갇혔을 것이다.

하지만 그들을 저주한다고 해서 마음이 가벼워지지는 않았다.

마이에브는 배신자를 향한 전쟁을 이끈 것이 누구의 의지였는지 잘 알고 있었다. 죽어간 이들이 누구를 믿고 따랐는지도 알고 있었다. 그녀가 모두의 기대를 저버렸다. 마음 내키는 대로 아무에게나 비난의 화살을 돌려봐도, 결국 실패의 책임은 그녀 몫이었다.

어쩌면 그것이 가장 아픈 상처인지도 몰랐다. 마이에브는 철저히 실패했다. 일리단은 여전히 자유의 몸이었을 뿐 아니라, 그 어느 때보다 강한 존재가 되었다. 감옥 안의 그녀에게는 그 사실이 가장 고통스러웠다. 굶주림보다도, 조롱보다도 더 큰 고통이었다. 일리단은 자유의 몸인데, 그녀가 할 수 있는 일은 아무것도 없었다. 배신자가 그녀의 목숨을 거둘 때까지 무기력하게 이 감방 안에 처박혀 있어야 할 운명이었다. 마이에브의 삶과 죽음이 전적으로 일리단의 뜻에 달려 있다는 사실만은 분명했다.

일리단은 마이에브를 아예 무시하면서, 자신의 원대한 계획 속에서 그녀가 얼마나 하찮은 존재인지를 항변하는 중이었다.

가끔은 병력 중 일부가 탈출에 성공해서, 언젠가 자신을 구하러 오리라는 희망을 품어보기도 했다. 하지만 곧바로 그런 일은 절대로 일어나지 않으리라는 절망감에 빠져들었다. 극히 일부가 그 기습에서 살아남았다 해도, 동료들을 죽음으로 이끈 실패한 지도자에게 돌아올 리 없었다. 마이에브는 그들에게 승리와 영광을 약속했지만, 돌아온 것은 패배뿐이었다. 사실 그녀도 알고 있었다. 그녀를 찾아오는 이는 없을 것이다. 병사들은 모두 죽었다. 그녀도 그들이 쓰러지는 모습을 직접 보지 않았던가.

마이에브는 다시 한번 아카마에게 저주를 퍼부었다. 그토록 신의 없는 잿빛혓바닥의 지도자를 믿었었다니. 그자는 자기도 그녀만큼 일리단을 증오한다고, 자신에게도 배신자의 몰락을 도모해야 할 이유가 있다고 그녀를 설득했었다. 지금쯤 얼마나 비웃고 있을까? 자신이 어떻게 그녀를 기만할 수 있었는지, 또 그녀가 어떻게 그 모든 거짓말을 믿었는지 떠올리며 얼마나 즐거워하고 있을까? 마이에브는 아카마와의 모든 만남에 저주를 퍼부었다.

배신은 언제부터 시작되었던 걸까? 어째서 알아채지 못했던 걸까? 오레보르 피난처에서 처음 만났을 때부터 계획되었던 걸까? 그때부터 마이에브가 파멸을 향해 질주하는 꼴을 보며 일리단과 함께 웃고 있었을까? 그녀는 자신이 이토록 쉽게 속았다는 사실을 믿지 않으려 했다. 아카마의 말에는 조금이나마 진실이 섞여 있었을 것이다. 적어도 일리단이 카라보르 사원에 가했던 부정한 행위에 대한 아카마의 증오는 진실이었다.

돌아보면 아카마가 달라졌던 순간을 떠올릴 수 있었다. 오레보르 피난처에서의 마지막 만남 이후, 그는 급격히 노쇠하고, 약해지고, 초조해 보였다. 계략이 들통난 탓에 붙잡혀 고문을 당했던 것인지도 모른다. 무엇인지는 몰라도 일리단이 강력한 구속의 주문을 그에게 사용했을 것이다.

혹은 일리단이 그저 더 나은 제안을, 아카마의 더러운 영혼이 거부할 수 없는 그런 약속을 했는지도 모른다. 일리단은 설득력 있는 목소리로, 자신의 악의를 감언이설로 충분히 감출 수 있었다. 그 뒤틀린 드레나이에게는 어떤 약속을 했을까?

아니, 마이에브의 기억이 틀리지 않았다면, 아카마는 분명 차원문이 열리던 순간 그녀만큼이나 크게 놀랐었다. 자신의 목숨을 걸고 뒤틀린 드레나이의 영혼이 의식을 통해 파괴되는 일에 반대했다. 절망에 빠진 그녀가 두려워하는 것만큼 일이 단순하지 않았다.

경비병들이 침묵하고 있다는 걸 알아채기까지는 시간이 좀 걸렸다. 고개를 들어보니 그 이유를 알 수 있었다. 절뚝거리며 그녀를 향해 다가오는 건, 그 어느 때보다 늙고 피로해 보이는 아카마였다.

"맹세를 깨뜨린 개자식."

그 뒤틀린 드레나이가 자신의 말을 들을 수 있는 거리에 들어서자마자, 마이에브가 욕설을 내뱉었다.

"난 당신에게 맹세한 적은 없다, 마이에브 섀도송. 그건 당신도 마찬가지고."

아카마가 지친 목소리로 말했다. 경비병들도 귀를 기울이고 있었다. 아카마는 감옥에 다가서며 경비병들에게 물러나라고 지시했다. 병사들이 잠자코 그 말을 따르는 모습을 보니, 다들 그에게 겁을 먹고 있는 게 분명했다.

"그래, 벌레처럼 다시 배신자의 품으로 기어들어 갔구나."

"그래서 목숨은 붙어 있지."

"그것만으로도 학살당한 수많은 네 동족보다는 형편이 낫지."

그러자 아카마는 눈살을 찌푸리며 대꾸했다.

"당신 부하들도 마찬가지고."

마이에브는 쓰라린 죄책감을 얼굴에서 지우려고 애썼다.

"모두들 일리단에게 정의의 심판을 내리려다 죽었을 뿐. 나도 곧 그 뒤를 따를 것이다."

그녀의 말을 잠자코 듣고 있던 아카마가 감옥을 향해 손짓했다. 그가 마법을 쓰자 수호물과 주문이 아른거렸다.

"당신의 열정과 증오 그리고 분노가 당신을 어디로 이끌었는지 봐라. 이곳 풍경이 마음에 드나?"

"적어도 난, 멍청하게 서서 동족이 학살당하는 꼴을 지켜보고 있지는 않았다."

아카마는 잠시 말을 고른 후 대꾸했다.

"그래도 학살당한 건 마찬가지였지. 당신이 그들을 이끌었기 때문이다."

아카마의 말에 마이에브가 움찔거렸다. 자신의 움직임을 완벽하게 통제할 수 없었다. 감옥에 갇힌 생활이 영향을 미치는 모양이었다.

"그들은 신념을 위해 목숨을 바쳤다. 네 동족 중에도 그런 얘기를 할 수 있는 자가 있을까?"

"난 힘겨운 선택을 해야만 했고, 그건 내가 짊어져야 할 짐이다. 당신이라면 그게 어떤 건지 알겠지."

"너는 자신의 목숨을 보전하려고 너를 신뢰하던 이들의 목숨을 저버렸다."

마이에브는 쓸쓸한 기분을 목소리에서 감출 수 없었다.

"내가 어떤 일을 겪어야 했는지 당신은 모른다. 일리단은 내 육신에서 영혼을 뜯어내 마법으로 결속했다. 마음만 내키면, 그 영혼을 내보내 날 집어삼키게 하겠지."

마이에브는 그 말이 진실일까 곰곰이 생각해봤다. 만약 사실이라면 상당히 많은 부분이 설명된다. 물론 그저 또 하나의 거짓말인지도 모르지만.

"네 넋두리 따위는 들을 생각이 없다."

심장이 여러 차례 뛰는 동안 아카마는 침묵을 지켰다. 다시 입을 연 그의 목소리는 한결 부드러웠다.

"내 목숨만 위험했던 건 아니다. 내 동족 모두의 목숨이 위태로웠다. 배신자 일리단은 강력한 만큼 잔혹하기도 하니까."

"그래서 놈을 제거할 수 있는 기회를 내팽개치는 쪽을 선택했군."

"우리에게는 성공할 가능성이 없었다. 적어도 그땐 그랬지."

"이제는 가능성이 있다고 생각하나?"

아카마는 말을 멈췄다. 입을 벌리고 뭔가 말하려는 것 같았지만, 결국엔 입술만 핥으며 보일 듯 말 듯 고개를 저었다.

"일리단이 얼마나 강해졌는지 당신은 모른다. 나는 신이 아닌 자가 할 수 있으리라고는 생각지 않았던 마법을 일리단이 시전하는 모습을 봤다. 그는 온 우주를 가로지르는 차원문을 열었어."

마이에브는 아카마의 목소리에서 어딘가 이상한 구석을 느꼈다. 누군가 엿듣는 걸 두려워하기라도 하는 듯한 느낌이었다. 감시당하고 있는 걸까? 그럴 거라고 가정하는 편이 좋았다. 혹시 일리단에게 저항하는 계획은 아직 끝나지 않았고, 마이에브 자신도 그 계획에 포함되어 있는 걸까?

"놈이 왜 그런 일을 했다고 생각하지?"

"그는 악마의 군대를 학살하고 돌아왔다. 어쩌면 악마가 가득한 세계 하나를 파괴했을 수도 있지. 차원문을 통해 돌아왔을 때, 그는 그렇게 주장했다."

"그 말을 믿나?"

"나는 일리단이 진정으로 나스레짐과 불타는 군단 전체를 증오한다고 믿는다."

마이에브는 아카마의 목소리에서 의혹을 느꼈다. 혹시 지금 자신이 의심받는 상황을 피하기 위해 미리 준비했던 말만 하는 걸까?

"왜 이곳까지 찾아왔지? 내 처지를 비웃고 싶던가?"

"당신이 무사한지 확인하러 왔다. 일리단이 눈여겨보는 일이기도 하고 말이야. 그에겐 당신을 위한 계획도 있다."

마이에브의 입이 바싹 마르고, 심장이 방망이질 쳤다. 배신자가 그녀를 위해 준비한 계획이 무엇인지는 예상할 수 있었다. 이렇게 건강한 몸으로 살아남은 데는 다 이유가 있었고, 그건 그리 기분 좋은 이유가 아니었다. 일리단은 오랜 감옥 생활에 대한 대가를 그녀에게서 받아내고자 했다. 하지만 마이에브는 그 생각을 잠시 밀어두었다. 어떤 고문이라도 견딜 수 있었다. 두려워하는 모습을 드러내 적에게 만족감을 줄 생각은 추호도 없었다.

"놈이 널 시험하고 있군. 너를 믿지 않으니까."

마이에브가 이번에는 목소리에 조롱하는 기색을 한껏 담았다.

"그는 아무도 믿지 않는다. 당신도 그의 입장이라면 그렇지 않겠나?"

"난 절대로 놈처럼 되지는 않아."

"당신은 당신이 생각하는 것보다 일리단과 아주 많이 비슷하다. 지독하리만치 집착하는 모습까지 말이야. 당신 목적을 위해서 동료들까지도 아무렇지 않게 희생시켰다. 당신을 따르는 자들의 목숨을 모조리 제물로 바쳤으니까."

마이에브는 아카마를 한 대 후려치고 싶었지만 창살이 가로막았다. 그녀는 그의 주름진 얼굴을 노려보며 말했다.

"네 생각 따위는 듣고 싶지 않다, 아카마. 네 말은 그 무엇도 신뢰해선 안 된다는 사실을 처절하게 배웠으니까."

"원한다면 계속 그렇게 생각해도 좋다. 하지만 당신 가슴 깊은 곳을 들여다보면 내 말이 사실임을 알 수 있을 거야."

마이에브는 창살을 꽉 붙들었다. 당장이라도 창살을 비틀어 열고 아카마의 멱살을 잡을 듯한 태세였다. 아카마는 웃었다.

"아직 힘이 남아 있군. 그건 좋은 거야. 조만간 그 힘이 또 필요하게 될 테니."

"네 협박 따위에 겁을 먹지는 않는다, 이 늙다리야."

"협박인 것 같나? 생각해봐라, 마이에브 섀도송. 당신에 대한 계획이 있는 건 일리단 군주만이 아니다."

"그게 무슨 뜻이지?"

"내게도 계획이 있다."

다시 한번 아카마의 목소리에 묘한 어조가 담겨 있었다. 장막에 가려진 협박일까? 아니면 뭔가 다른 이야기를 하려는 걸까?

"추악한 놈 같으니. 네 꿍꿍이에 가담하고 싶은 생각은 없다."

마이에브는 아카마에게서 더 자세한 이야기를 끌어내고 싶었다.

"모든 일이 끝나기 전까지 당신에게 선택권은 없을 거다."

아카마는 돌아서서 절뚝거리며 멀어져 갔다. 그가 떠나는 모습을 지켜보며, 마이에브는 자기도 모르게 슬픔을 느꼈다. 적의 포로가 되어 깨어난 이후, 대화다운 대화를 나눈 건 이번이 처음이었다. 그리고 아카마는 적어도 낯익은 얼굴이었다.

이런 생각도 의도한 걸까? 그녀를 나약하게 만들고자 하는 배신자의 교묘한 술책 중 일부일까? 그렇다 해도 지금은 어쩔 수 없었다. 견뎌내고 참을성 있게 기다리면서 힘을 모아야 했다.

이제 마이에브에게 남은 건 시간뿐이었다. 배신자가 초래한 모든 죽음에 대한 대가를 치르게 해야 한다. 때가 되면 아카마 역시 그리될 것이다.

이제 일리단을 붙잡는 데 도움이 될 만한 주문을 만들어내야 했다. 자유를 되찾게 되면 그 주문을 시험해볼 생각이었다.

제 21 장

몰락 2개월 전

가혹한 태양이 지옥불 반도의 말라붙은 대지를 뜨겁게 달군 탓에 피가 땅에 떨어지자마자 말라버릴 지경이었다. 반델은 마지막 남은 악마들을 베어버린 후, 쓰러진 적의 눈에서 자신의 칼을 뽑았다.

주위를 둘러보니 전투는 이미 끝나 있었다. 일리단은 악마들이 필사적으로 지켜내려 했던 수레 곁에서, 팔짱을 끼고는 두 날개를 활짝 펼친 채 당당한 승자의 모습으로 서 있었다.

일리다리의 손에 죽어간 악마들의 사체가 사방에 널려 있었다. 반델의 악마가 그의 머릿속에서 굶주린 목소리로 속삭였다. 그는 악마의 살점을 심키고 싶은 욕구를 억누르며, 거내한 바위 위에 올라가 전장을 살펴봤다. 그리고 나스레짐과의 전투 이후 합류한 악마사냥꾼 무리를 향해서도 고개를 끄덕여 보였다. 그 후로 약 한 달이 흐른 지금, 공포의 군주의 기록실에서 벌어졌던 치열한 전투의 희생자들 수만큼 병력을 다시 채울 수 있었다.

그 전투 이후로 많은 병사들을 잃었다. 그 이후 몇 주 동안은 전투가 끊이지 않고 계속되는 것 같았지만, 사실 그렇지만도 않았다. 한 번은 일리단이 다음 작전을 세워야 한다며 자신의 성소에 틀어박히는 일도 있었다. 또 그 뒤로 며칠 동안은 신병들을 훈련시키고 감독하는 일만 맡기도 했다. 시간이 흐르고 일리단은 새로운 계획을 완성했고, 이후로는 모든 병력이 하루 종일 불타는 군단을 기습 공격하는 훈련만 반복했다.

벌써 수십 번의 전투를 치른 것 같았다. 나그란드의 괴철로 기지를 공격하기도 했고, 황천의 폭풍을 지나가는 수송대를 습격하기도 했다. 그 와중에 지옥불 반도를 통과하는 병력을 제거하는 일도 많았다.

이 전투들의 가장 큰 목적은 아웃랜드에 군단이 열어놓은 차원문을 닫는 것이었다. 분명히 필요한 일이었다. 불타는 군단의 주인들이 일리단에게 복수하려고 몸이 잔뜩 달아 있었으니까. 적의 침공은 점점 더 빈번해졌고, 침공해 오는 병력 역시 더욱 강해졌다.

하지만 그게 전부는 아니었다. 아제로스의 일부 지역에서도 새로운 차원문들이 열렸다. 여명의 설원과 아즈샤라였다. 일리단은 악마사냥꾼들이 그 차원문을 닫고, 관문을 만드는 데 사용된 마법 수정을 차지해야 한다고 주장했다. 또한 군단이 아웃랜드에서 아제로스로 침공해 들어가기 시작했으며, 어떻게든 이를 막아야 한다고 말했다.

악마들이 또 한 번의 대규모 공격을 준비하고 있는 건 분명했다. 적의 차원문을 모두 닫는 건 불가능했다. 게다가 적은 칼날 산맥과 나그란드 외곽에 막강한 거점을 세웠다. 반델이 엿들은 소식에 따르면, 일리단의 병력이 지금까지 알아내지 못했고, 앞으로도 상대할 일이 없을 괴철로 기지가 아직도 많이 남아 있다고 했다.

일리단이 뭔가를 만들기 위한 어떤 재료를 찾고 있다는 것 역시 분명했다. 반델이 짐작하기에, 일리단은 나스레자로 통했던 차원문을 또 하나 여는 데 필요한 재료를 모으고 있는 듯했다. 그의 계획에 대해 조금 더 자세히 알고 있는 자들의 이야기를 엿들었던 것인 만큼, 사실일 가능성이 높은 추론이었다.

지금 쓰러뜨린 악마들이 호위하던 금속관에서 수정을 비롯한 다른 마법 장비들을 찾아낼 수 있다 해도 반델은 크게 놀라지 않을 터였다.

전투를 마치고 감동적인 연설을 한 이후로 일리단은 부하들에게 자신의 계획에 대해 이야기하지 않았다. 그저 악마사냥꾼들을 이리저리 보내 군단을 공격하게 할 뿐이었다. 자신이 직접 병력을 지휘할 때도 있고, 엘라리지엘이나 반델에게 그 일을 맡길 때도 있었다. 일리단이 병사들과 동행하는 데는 별다른 규칙이나 이유도 없었다. 한 번은, 아직 불타는 군단에 충성하는 타락한 오크들을 학살하는 것에 불과한 변변치 않은 전투를 직접 지휘한 적도 있었다. 반면 상당히 막강한 적과 맞서야 할 때 동참하지 않은 경우도 있었다. 그가 별들의 배치가 알맞은 날이면 기이한 의식을 수행한다는 소문도 돌았다. 모두를 필연적인 승리로 이끌 마법을 만들어내고 있다는 소문이었다.

아래쪽에서 일리단은 악마사냥꾼들이 습격한 수송대의 유해를 살펴보고 있었다. 그들이 공격을 개시했을 때, 악마 종복이 대여섯 마리씩 짝을 지어 관을 들고 운반하던 중이었다. 지금 그 악마들은 모두 모래 위에 널브러져 있고, 반짝이던 금속관들은 빛을 잃어가는 중이었다.

일리단 앞에는 타락한 오크 하나가 공중에 떠올라 있었다. 군단의 병사들 중 하나가 일리단의 마법에 결박된 상태였다.

반델은 바위 위를 달려 내려갔다. 바위와 바위 사이를 뛰어넘으며, 한 걸음만 잘못 디뎌도 죽음을 향해 추락할 수 있는 벼랑을 건넜다. 그는 땅으로 뛰어내리자마자 몸을 굴려 일어선 후, 일리단 곁으로 다가갔다.

"보고할 게 있나, 밤추적자?" 일리단이 물었다.

늘 그렇듯 보지 않고도 반델이 거기 있는 걸 알아차린 듯했다. 지금은 반델도 그런 능력을 사용할 수 있었기에, 일리단과의 대면이 그리 불편하지는 않았다.

"주변 지역을 확보했습니다, 군주님. 즉각적인 위험 요소는 없습니다."

"내가 너라면 그렇게 확신하지 않을 것이다."

"무슨 말씀이십니까?"

"불타는 군단이 내 의도를 알아낸 모양이다."

"그것이 가능한 일입니까, 군주님?"

"어쩌면 우리 병력 가운데 적의 첩자가 있는지도 모르지. 이 금속관들 중에서 오직 하나에만 내가 찾던 지옥석이 들어 있었다. 나머지에는 그저 돌덩이가 가득 차 있을 뿐이야."

"어떻게 알아내신 겁니까?"

"내가 네게 준 시야를 사용해라."

반델은 금속관에 정신을 집중했고, 이내 일리단의 말을 이해했다. 관 하나는 반짝이는 수정으로 가득한 듯 환한 마력의 빛을 내뿜었다. 나머지 관은 빛나지 않았다. 일리단의 계획이 무엇이든, 다른 금속관에는 쓸 만한 마력이 담겨 있지 않았다.

자신의 생각을 증명하려는 듯 일리단이 허리를 숙이고 금속관 하나를 열었다. 반짝이는 보석과 함께 유리 조각들이 쏟아져 나왔다. 영혼 시야가 없는 자들이라면 속았겠지만, 마법 그 자체를 보는 이들을 기만할 수는 없었다.

"그렇다면 이게 함정이라고 생각하십니까?"

"그럴 수도 있지. 아니면 진짜 화물이 다른 경로로 이동하는 사이, 우리를 유인하기 위한 미끼에 불과할 수도 있고. 요즘 자주 들려오는 대군주 크룰이라는 자가 군단의 이전 사령관들보다는 꽤 영리한 모양이다."

"그게 누굽니까?"

"이제 알아내야지."

일리단은 마력의 사슬에 묶여 공중에 떠 있는 타락한 오크를 향해 돌아섰다. 오크는 얼굴을 뒤틀며 웃고 있었다.

"네놈이 누군지 안다, 배신자. 그 이름이 정말 잘 어울리는군."

"그 말을 들을 때마다 동전을 하나씩 받았다면, 지금쯤 가까운 달에 닿을 만한 동전 탑을 쌓았을 것이다. 너희는 도대체 창의력이라는 게 없는 것이냐?"

일리단의 말에 타락한 오크는 그를 보며 침을 뱉었지만, 타액은 마력의 사슬에 닿는 순간 지글거리며 증발해버렸다. 일리단이 타락한 오크에게 말했다.

"대군주 크룰에 대해 이야기해봐라. 네놈들의 새로운 장군에 대해 알아야겠다."

"아무 말도 하지 않겠다. 고문 따위는 두렵지 않아."

"그러시던지."

일리단이 가볍게 손짓했다. 내뻗은 손에서 마력이 쏟아져 나와 타락한 오크의 머리로 향했다. 사슬은 더 환하게 빛을 뿜었고, 타락한 오크는 비명을 질렀다. 곧 그의 영혼은 떠나고 껍질만 남았다. 반델은 그 모든 과정을 볼 수 있었다. 일리단이 말했다.

"대군주 크룰에 대해 말해라."

그러자 영혼이 떠난 시체가 입을 열고 웃었다.

"조급해할 필요 없다, 배신자. 그분이 오고 있으니. 직접 물어봐라."

금속관 안에서 마력이 맥동했다. 반델의 초자연적인 시각으로는 빛처럼 보였다. 마력이 휘돌며 공중으로 떠오르더니, 아른거리는 소용돌이를 형성했다. 잠시 후, 마력이 응축된 곳에 차원문이 생겨났다. 용광로와 같은 열기가 주위를 가득 채우더니 일리다리를 뒤로 밀어내고 타락한 오크의 사체를 불태웠다.

곧이어 거대한 형체가 나타났다. 양옆에는 타오르는 지옥불정령이 함께하고 있었다.

반델이 보기에 그 형체는 파멸수호병과 흡사했지만, 체격이 훨씬 컸다. 타우렌과 비슷한 물소의 뿔이 머리 위에 돋아나 있었고, 거대한 날개가 등 뒤로 길게 늘어졌다. 노란 악마의 룬이 팔 방어구에서 빛을 발했다. 오른손에 든 거대한 칠흑의 검에서는 푸른 룬이 은은하게 맥동했다. 그 검은 마치 잿빛 골짜기의 참나무라도 한 칼에 쓰러뜨릴 수 있을 만큼 컸다.

"네놈이 마그테리돈을 쓰러뜨린 녀석이구나. 별로 대단해 보이지는 않는데."

악마가 입을 열자 호탕한 목소리가 온 전장을 쩌렁쩌렁 울렸다. 악마의 발굽이 닿는 곳마다 대지가 공포에 질려 타오르기라도 하듯 불길이 타올랐다.

지옥불정령만 대동하고 악마사냥꾼 전원에 맞서려는 모습만 봐도 크룰의 자신감은 짐작하고도 남았다. 거대한 악마를 바라보며, 반델은 그 자만심에 충분한 근거가 있음을 깨달았다. 크룰의 강력한 힘은 빛으로 타올랐다. 막강한 마법의 격류가 악마 주위에서 소용돌이쳤다.

"너도 별 볼 일 없는 파멸수호병으로 보이는군. 네 형제의 고향이 박살났으니, 복수라도 하러 온 것이냐?"

일리단의 말이 끝나기 무섭게 크룰의 웃음소리가 사방으로 울려 퍼졌다.

"그날 일은 아주 훌륭했다. 파괴자들을 파괴하다니. 하지만 아니다. 난 복수를 하러 온 게 아니야. 네놈을 죽이러 왔다."

그러자 일리단은 쌍날검을 꺼내 들며 말했다.

"그렇게 말하는 놈들이 한둘이 아니다. 내가 널 마그테리돈 옆에 묶어두고, 네 피로 병력을 길러내겠다."

"내 피는 네 애완동물들을 불태울 거다. 널 섬기는 거라고는 그을린 껍질밖에 남지 않겠지."

거대한 파멸수호병이 말하는 순간, 차원문을 통해 더 많은 지옥불정령들이 밀려들었다. 바위로 이루어진 악마의 육체에서는 뜨거운 열기가 피어올랐다. 크룰과 함께 있으면 그들도 더 강해지는 것 같았다.

반델은 일리다리가 주위 언덕에 자리를 잡는 것이 느껴졌다. 공격할 준비가 되어 있었다.

"너희가 열고 닫는 차원문들을 추적해봤다. 꽤나 바빴더군. 아이언포지에 스톰윈드 성, 오그리마, 실리더스와 역병지대까지. 아제로스를 다시 침공하려는 것이겠지?"

일리단의 말에 대군주 크룰은 거대한 이빨을 드러낼 뿐이었다.

"나도 네놈이 우리 군에서 훔쳐낸 걸 조사해봤다. 일정한 규칙이 눈에 띄더구나. 관문을 또 하나 열려는 것이겠지? 아, 물론 어디로 통하는 것인지가 중요할 테고. 네놈이 잘난 척 지껄인 말도 들었다. 정녕 아르거스를 공격하려는 것이냐?"

"널 지옥불 성채에 가둔 후에 그 이야기를 마저 해보자꾸나."

"이야기할 시간은 이미 끝났다."

크룰의 말과 함께 거대한 심장부 사냥개가 차원문에서 나타났다. 야수의 붉은 피부에서는 뜨거운 불길이 타오르고, 거대한 어깨 위에 두 개의 머리가 올라앉아 있었다. 그 무시무시한 두 개의 주둥이에 비하면 지옥사냥개의 입은 작은 벌레 같았다. 탄탄한 어깨와 앞다리는 금속 방어구에 감싸여 있었다.

심장부 사냥개가 앞으로 달려 나오는 것과 동시에, 크룰은 암흑 마력의 화살을 일리단에게 쏘아 보냈다. 아웃랜드의 군주 일리단은 공중으로 도약해 공격을 피했다. 마력의 화살이 그의 뒤편 바위에 충돌하자, 바위는 백만 년에 걸친 풍화 작용을 한순간에 겪은 듯 잘게 바스러졌다.

반델은 크룰의 애완동물과 정면으로 맞섰다. 심장부 사냥개가 아가리를 벌렸다. 입안에서는 용암이 부글거리며 끓어올랐다.

지옥불정령들이 어슬렁거리며 다가왔다. 반델은 심장부 사냥개를 뛰어넘었다. 발이 한순간 사냥개의 뜨거운 금속 방어구에 닿았고, 그는 신발이 타버리기 전에 공중으로 도약했다. 반델이 쏘아 보낸 지옥 마력의 화살이 심장부 사냥개의 한쪽 머리에 적중하자 놈은 새된 비명을 질렀다. 공격당한 곳의 피부가 검게 변하며 부패하기 시작했다.

언덕으로부터 악마사냥꾼 수십 명이 달려들어 연거푸 지옥 마력을 심장부 사냥개에게 발사하고, 지옥불정령을 공격하여 숨통을 끊어버렸다.

크룰이 허공에 검을 휘두르며 힘을 끌어내자 암흑 마력이 쏟아져 나왔다. 연발 화살이 악마사냥꾼들에게 발사되었다. 일부는 부상을 당해 쓰러지고, 또 일부는 그 자리에 풀썩 주저앉았다. 크룰은 적의 죽음을 흡수하며 크게 부풀어 올랐다. 그의 뒤쪽에서는 거대한 차원문이 여전히 이글거리고 있었다.

반델은 도약의 정점에서 공중제비를 넘으며 두 개의 검을 꺼내 지옥사냥개의 등에 올라탔다. 악마의 불타는 피부에 닿자 고통이 전해졌다. 반델은 방어구의 약한 지점을 찾아 검을 꽂아 넣었다. 비늘투성이 육체를 꿰뚫는 우지직 소리가 만족스럽게 들려왔다. 곧이어 용암 같은 체액이 뿜어져 나와 반델의 피부를 태웠다. 그는 훌쩍 도약하여 옆으로 몸을 굴리고는 거대한 지옥불정령의 발을 피했다.

반델은 악마의 다리 사이로 뛰어들어 뜨거운 열기를 애써 무시하며 크룰에게 접근했다. 그 파멸수호병은 반델에게 신경도 쓰지 않았다. 온 정신을 일리단에게 집중하고 있었다.

일리단 주위로 마력이 소용돌이치며, 강력한 힘의 구름을 형성했다. 언덕에서 악마사냥꾼이 더 나타나 지옥불정령과 심장부 사냥개를 상대로 전투를 시작했다. 그들 중 일부는 돌진하여 크룰에게 직접 도전하기도 했다.

크룰이 날개를 펼치자 천둥과도 같은 소리가 뒤따랐다. 악마와 가장 가까이 있었던 자들은 뒤로 한참을 날아갔다. 몸이 무거워져 움직이기도 쉽지 않았다. 모두가 빠른 움직임에 의존하는 투사들이었기에, 그건 치명적인 약점이 되었다. 크룰이 거대한 검을 휘둘러 악마사냥꾼 하나를 반으로 갈랐다. 희생자의 피는 검의 룬에 흡수되어 사라지고, 크룰은 눈에 띄게 강해졌다.

반델 내면의 악마가 이 모든 죽음을 관찰하며 꿈틀거렸다. 크룰처럼 그 피를 삼키고자 갈망하고 있었다. 반델은 온 분노를 집중하여 재차 크룰에게 지옥 화살을 발사했지만, 마법은 악마 군주를 보호하는 오라에 부딪혀 그대로 소멸했다. 크룰은 검을 들어 올려 일리단을 향해 겨누고는, 또다시 거대한 암흑 마력의 화살을 발사했다. 일리단은 역주문으로 상대의 공격을 차단했다.

반델의 뒤쪽에서 낮게 으르렁거리는 소리가 들렸다. 심장부 사냥개가 사냥감을 노리는 소리였다. 그는 돌아서서 악마에게 맞섰다. 머리 하나는 절반쯤 뜯긴 상태였다. 용암으로 이루어진 체액이 옆구리의 상처에서 흘러내렸다.

그럼에도 그 생물의 초자연적인 생명력은 육체를 계속 움직이게 했다. 심장부 사냥개는 입을 떡 벌린 채 그를 향해 달려왔고, 이빨 사이로 불길이 새어 나왔다. 반델도 도약하며 야수에게 맞섰다. 검 두 개가 남은 한쪽 머리의 눈을 각각 꿰뚫었고, 그는 다시 도약하여 놈의 시선이 닿지 않는 사각지대로 들어섰다. 심장부 사냥개는 이리저리 고개를 돌렸다. 콧구멍을 크게 벌린 채 킁킁거리며 그를 찾으려 했다.

격분한 크룰은 악마사냥꾼들에게 달려들었다. 그들도 재빨리 도약해 피하려 했지만, 악마의 검은 두 명의 희생자를 더 낳았다. 반면 악마사냥꾼의 공격은 크룰에겐 고작 모기에 물린 정도에 불과한 것 같았다.

심장부 사냥개는 코를 땅에 대고 계속 킁킁거리며, 반델이 있는 쪽으로 움직이기 시작했다. 그는 지옥 마력의 화살을 놈에게 쏘아 보내고, 계속해서 안광을 내뿜어 적을 약화시켰다. 위쪽에서 막대한 힘이 방출되었다. 일리단이 한참 동안 정신을 집중하여 시전한 주문이 마침내 발동한 것이다. 거대한 지옥불의 화살이 크룰에게 내리꽂히고, 악마 군주는 바닥에 널브러졌다.

"안 돼! 이럴 수는 없어!"

대군주 크룰의 쩌렁쩌렁한 목소리가 전장을 가득 채웠다. 고통에 휩싸인 목소리였다. 화살이 적중한 흉갑은 크게 벌어져 있었다. 그 틈에서 맹독성 연기가 새어 나오고, 상처 입은 피부가 꿈틀거렸다.

크룰은 땅을 박차고 일어나 이글거리는 차원문을 향해 달렸다. 악마가 통과하자마자 차원문은 곧바로 닫혔다. 반델은 심장부 사냥개의 가슴에 검을 꽂아 넣은 후, 심장에 박힌 검을 그대로 버렸다. 지옥불정령들은 제자리에서 무너져 내리며 돌무더기가 되었다.

일리다리는 부상자들과 사망자들을 한데 모은 후 전장에서 떠날 준비를 했다.

일리단은 학살의 현장을 둘러봤다. 크룰이 강했다는 사실에는 의문의 여지가 없었지만, 그 악마는 교활하기까지 했다. 이번 일은 아주 세심하게 준비된 함정이었고, 그가 악마의 손아귀에서 벗어날 수 있었던 것은 크룰이 일리단의 힘을 얕봤기 때문이었다.

다시 아제로스를 향한 침공이 시작되는 것도 이제는 시간문제였다. 잘된 일일 수도 있었다. 일리단이 계획의 마지막 단계를 완성하는 동안, 군단의 주의를 돌릴 수 있을 테니까. 하지만 크룰이 아르거스를 찾으려는 일리단 자신의 계획을 알고 있었다는 사실이 마음에 걸렸다. 공격 준비를 끝내기도 전에 그 계획을 자랑삼아 떠들었던 건 분명 실수였다. 그때는 승리의 기쁨에 도취되어 이성이 마비된 모양이었다.

한편으로는 눈에 보이는 것보다 훨씬 더 많은 일이 벌어지고 있음을 알수 있었다. 일리단도 지금 뭔가를 놓치고 있었고, 막연한 불안감이 계속해서 일리단을 괴롭혔다.

검은 사원으로 돌아가서 가능한 한 빨리 준비를 마쳐야 했다. 갈망하던 순간이 다가오는 지금, 그 무엇도 잘못되어서는 안 된다.

제 22 장

몰락 2개월 전

연회장의 수풀 뒤에서, 반델은 몸을 웅크린 채 블러드 엘프들의 시선을 피했다. 그들은 껄껄 웃으며 수정 잔으로 에테르주를 벌컥벌컥 마셨다. 젊은 엘프 하나는 양쪽 팔에 여자를 하나씩 끼고 번갈아 입을 맞췄다. 또 한 명은 향락의 소굴 속 서큐버스를 흉내 내며 작은 채찍을 휘둘렀다. 키가 훤칠하고 아름다운 신도레이 여성이 칠현 류트로, 서로에게 살갑지 않은 타락한 오크 족장과 파멸수호병에 대한 즉흥곡을 연주했다.

대정원은 검은 사원 너머에서 벌어지는 끝없는 전쟁과 아무런 상관이 없는 고립된 세계 같았다. 그것이 반델이 이곳에 몰래 숨어든 이유이기도 했다. 검은 사원의 내부 구역은 엄숙한 모습으로 전쟁에 대비하는 요새의 나머지 구역과 극명한 대조를 이루었다. 이곳은 일리단의 블러드 엘프 추종자들이 여흥을 즐길 목적으로 만든 공간이었다. 대정원은 캘타스가 사라진 이후에도 일리단에게 충성을 다하는 블러드 엘프들의 피난처이자 보상으로 남아 있었다.

흥청거리는 주정뱅이들이 깔끔하게 손질된 정원 여기저기에 드러누워 있었다. 비단옷을 차려입은 여자들이 악마물고기를 작게 토막 내 요리한 음식을 남자들의 입으로 집어 날랐다.

악마사냥꾼이 검은 사원에 들어가는 일이 금지된 건 아니었다. 하지만 그렇다고 해서 초대를 받는 일도 없었다. 악마사냥꾼은 동족인 블러드 엘프뿐 아니라 오크와 뒤틀린 드레나이, 악마에 이르기까지 일리다리의 나머지 병력과 동떨어져 외따로 지냈다. 특별한 이유가 있지 않는 한 카라보르의 폐허로 그들을 찾아오는 이도 없었고, 악마사냥꾼 역시 그 누구와도 어울리려 하지 않았다.

반델 자신도 동료 악마사냥꾼들에게서 멀어지고 싶을 때가 있었다. 그는 파수병들을 따돌리고 사원을 빠져나와 이 부정한 장소에 침입해 자신의 잠입 솜씨를 연마하는 일을 즐겼다.

그는 어둠의 성역에서 거대한 사슬을 타고 올라가, 압도적으로 거대한 조각상을 경외심 어린 눈빛으로 바라봤다. 사티로스 수호자들은, 반델이 그들의 육신을 굶주린 눈빛으로 바라보는 걸 느끼기라도 했는지 몸을 움츠리며 멀어져 갔다.

반델은 오크가 들끓는 고어핀드의 경계초소를 잰걸음으로 지나고, 어둠달 부족의 날카로운 시선도 피했다. 마법 괴철로를 조사하여 주문술사들이 망자의 뼈를 되살리는 광경도 목격했다. 광활한 훈련장에 악마들이 집결하고, 용아귀 오크들이 거대한 전쟁 기계의 틈바구니에서 용들을 훈련시키는 모습도 내려다봤다. 흉벽을 기어올라 마이에브 섀도송이 갇혀 있는 감시자의 수용소로 이어지는 평원을 바라보기도 했다. 그중 그가 가장 좋아하는 장소는 대정원이었다.

분수에서 청명한 소리가 울려 퍼졌다. 처음 그의 마음을 끌었던 것은 흐르는 물소리와 잿빛 골짜기의 숲을 떠오르게 하는 익숙한 풀 내음이었다.

그 향취가 나이트 엘프의 고향과 한때 나이트 엘프였던 자신의 모습을 떠오르게 했다. 달콤한 고통이었다. 가족의 기억이 되살아났다. 그런 기억을 되새기면 마음이 차분하게 가라앉는 날도 있었다. 꽃을 꺾고 그 향기를 맡으면 카리엘이 잉태되어 있던 시절, 아내에게 꽃다발을 가져다주던 날이 떠오르기도 했다.

때로는 그런 기억이 내면의 악마를 흔들어 깨우고 복수를 갈망하게 하는 날도 있었다. 오늘 밤에는 그 기억이 흥청거리는 블러드 엘프의 죄 많은 웃음을 부러워하게 했다.

반델은 덤불 속에서 손을 뻗어 바구니에 담겨 있던 에테르주 한 병을 집어 들었다. 술주정꾼들은 서로에게 정신이 팔린 나머지 눈치채지 못했다. 그는 코르크 마개를 따서 한 모금 마셨다. 술이 혀를 적시자 잠시나마 마음이 편해졌다.

그는 이게 혹시 악마가 시킨 행동은 아닐까 잠시 생각하기도 했다. 하지만 오늘 밤에는 아무것도 신경 쓰고 싶지 않았다. 오늘 밤에는 지난 몇 주 동안의 전투는 모두 잊고 다른 일들을 떠올리고 싶었다. 불타는 군단이 새로운 공세를 준비하고 있다는 소문을 잠시나마 잊고 싶었다.

아래 구역으로부터 서큐버스의 달콤한 향기가 뜨거운 밤바람에 실려 그의 코를 더듬었다. 입에 침이 고였다. 살육에 대한 굶주림이 가슴속에 차올랐다. 모두 결속된 악마일 테고, 일리단을 섬기겠다고 맹세했을 것이다. 그 악마들은 분명 아군이었지만, 여전히 적으로 느껴졌고 사냥감으로 보였다.

주정꾼들 근처의 길을 따라 아카마가 터벅터벅 걸어가고 있었다. 그 뒤틀린 드레나이는 회의실을 빠져나와 대정원을 가로질러 사원 안쪽으로 향했다. 분명히 밤늦게까지 이어진 일리단과의 회의를 마치고 오는 길일 것이다. 아카마는 고개를 푹 숙인 채, 그 무엇에도 시선을 맞추려 하지 않았다. 어떤 버거운 무게가 그의 어깨를 짓누르는 모양이었다.

블러드 엘프 하나가 고개를 들고 아카마에게 소리쳤다.

"이봐, 늙다리 양반, 같이 술이나 한잔합시다!"

여자들 중 한 명이 키득거리며 웃었다.

"오, 루젠. 저치는 너무 못생겼잖아요."

"너와 비교하면 못생기지 않은 건 아무것도 없어, 알레샤. 이봐, 뒤틀린 드레나이. 그만 좀 절뚝거리고 술이나 마시자고! 이런 젠장, 알레샤! 에테르주는 어디 간 거야? 내가 안 보는 사이에 전부 마셔버리기라도 했어?"

반델은 블러드 엘프에게 건배를 제의하기라도 하는 것처럼 병을 들어올렸다. 그는 지금 짙은 어둠 속에 묻혀 있어서 누구에게도 보이지 않았다.

아카마는 아무 말 없이 절뚝거리며 가던 길을 계속 갔다.

"이봐, 늙은 괴물 아저씨. 너무 잘나신 분이라서 우리랑 술 한 잔도 함께 못하겠다는 거야?"

루젠의 목소리에는 어느새 분노가 담겨 있었다. 당장이라도 주먹을 휘두를 것 같았다.

아카마가 우뚝 멈춰 섰다. 그리고 고개를 돌려 블러드 엘프들과 시선을 맞췄다. 그는 아무 말도 하지 않았지만, 그 자리에 있는 모두가 아카마의 힘을 느꼈다. 어느새 그는 늙고 지친 뒤틀린 드레나이가 아니라, 강력하고 소름 끼칠 만큼 위압적인 존재로 바뀌어 있었다. 신도레이 주정뱅이 따위는 감히 범접할 수도 없는 존재였다.

위압적인 존재감이 밤공기를 가득 채우자, 블러드 엘프들은 올빼미 그림자를 본 토끼처럼 얼어붙었다. 한순간 모든 것이 정지했고 거친 폭력의 전조가 맴돌았다. 그 순간 아카마는 아무 일도 없었다는 듯 어깨를 으쓱하고는 싱긋 웃었고, 노쇠한 사제가 어린아이들에게 축복을 내리듯 자애로운 손짓을 했다. 그러고는 다시 절뚝거리며 멀어져 갔다.

블러드 엘프들은 한동안 입을 열지 못했다. 반델은 아카마와 그의 비밀스러운 슬픔에 대해 곰곰이 생각하면서, 아무도 모르게 그곳을 떠났다.

아카마는 어둠의 성역으로 향하는 길을 걸었다. 대강당을 지나면서는 걸음을 재촉하고 싶은 욕구를 억눌러야 했다. 늘 그랬듯이 그 끔찍한 장소를 지날 때면 공포가 치밀어 올랐다. 안쪽에 잿빛혓바닥 주문술사들의 힘으로 구속되어 있는 '그것'을 보고 싶지 않았다. 그것은 그의 일부였다. 영혼의 어둠 전체, 그리고 자부심과 야망, 의지의 상당 부분이 하나로 뭉쳐진 존재였다. 지금은 악마의 마력을 섭취하고 있지만, 자유롭게 풀려나기라도 하면 그것은 아카마를 내부에서부터 집어삼킨 후 남은 껍데기를 입고 세계를 누빌 터였다.

대강당에 있는 존재는 아카마의 내면을 먹어 치우고, 그의 목소리를 이용하여 추종자들을 어둠의 손아귀로 이끌 것이다. 이미 많은 백성들이 그 길을 따라 너무 멀리 떠나갔다. 그들은 동족의 이상보다도 일리단에 대한 충성심을 우선시했다.

뒤틀린 드레나이라는 이름은 그들에게 정말이지 잘 어울렸다. 악마들이 그들의 영혼을 회복할 수 없는 지경까지 조각냈다. 그들은 이리저리 떠도는 일에 익숙해진 나머지, 강한 목소리라면 그게 누구의 것이든 추종하려 했고 현재, 배신자의 목소리보다 더 강한 건 없었다.

아카마의 백성 중 일부는 노예들이 채찍에 반응하는 것처럼 자신의 주인에게 반응했다. 신속하게, 아무런 의심도 하지 않는 전적인 복종이었다. 스스로 생각하는 능력을 모두 잃어버리고, 필요하다면 어떤 끔찍한 행위라도 모두 수행한 후, 그 책임은 명령을 내린 자들에게 돌렸다.

아카마는 한때 동족의 가장 신성한 장소였던 곳을 더럽히는 사티로스와 악마들을 바라봤다. 흐느껴 울고 싶었다. 오래전 사원의 아름다운 정원이었던 장소에서 블러드 엘프들이 흥청거리는 꼴을 볼 때면, 분노에 차 포효하고 싶었다.

카라보르 사원에 일어난 일은, 드레나이의 운명을 상징적으로 보여줬다. 드레나이에게 일어난 끔찍한 일들이 모두 이곳에 뿌리를 내렸다. 그리고 그 악의 행렬을 이끄는 것이 바로 일리단이었다.

거만한 악마들이 성역을 활보하면서 아카마를 조롱했다. 다들 그에게 일어난 일을 알고 있었다. 그들의 눈에는 아카마 역시 자신들과 마찬가지로 거대한 의지에 구속된 노쇠하고 뒤틀린 드레나이에 불과했다.

모두 아카마가 그들에게 보여주고 싶은, 의도된 모습이었다.

그들도 아카마의 마음속 비밀의 방은, 아직 그의 생각이 지배하는 그곳만은 들여다볼 수 없었다. 아카마는 잠을 자는 동안에도 그곳을 지켰다. 일리단이라도 감춰진 그곳을 들여다볼 수는 없었다.

적어도 그곳이 있어 아카마는 스스로 생각하고 이야기할 수 있다고 여겼다. 가끔은 자신을 구속한 주문이 자기를 기만하는 건 아닐까 하고 생각할 때도 있었다. 그 주문 때문에 자신이 자유라는 환상에 빠져, 더 쉽게 복종하게 되는지도 몰랐다. 어쩌면 아카마는 생각보나 훨씬 너 백성들과 낳이 비슷한지도 몰랐다. 결국 아카마 자신이야말로 뒤틀린 백성들의 뒤틀린 지도자인지도 몰랐다.

아니, 그가 일리단에게 거역하는 날이 반드시 올 것이다. 아웃랜드 위로 떠오르는 태양만큼이나 분명하게. 그렇게 믿어야만 했다. 그는 일리단의 등장 밑에서 지금껏 확보해온 비밀 요원들을 이용할 것이다. 새로운 동맹을 찾아내고 그들과 함께 일리단의 의지에 맞설 것이다. 배신자는 광기 어린 계획을 수립하는 일에 지나치게 몰두한 나머지, 미천한 뒤틀린 드레나이 하수인에게 주의를 기울이지 않았던 것을 후회하게 될 것이다. 아카마는 이를 갈았다. 일리단은 굴단의 손아귀에서 뒤틀린 드레나이의 영혼들에게 행한 짓의 대가를 치르게 되리라. 배신자 일리단은 마이에브 섀도송의 목숨을 살려둔 것을 후회하게 될 것이다.

아카마는 잠시 멈춰 서서 꽉 움켜쥐었던 주먹을 풀었다. 입도 조금 벌렸다. 보잘것없이 초라한 뒤틀린 드레나이가 되어야 했다.

텅 빈 영혼의 공허함이 자신을 조롱했다. 이런 연극조차도 누군가가 허락했기 때문에 가능한 것인지도 모른다. 어쩌면 아카마는 일리단이 신뢰하지 않는 자들을 찾아내기 위한 미끼인지도 모른다. 마이에브에게 그랬던 것처럼, 일리단의 적을 함정에 빠트리기 위한 먹이인지도 모른다.

아카마는 숨을 깊이 들이쉬고는 다시 내쉬었다. 카라보르 사원의 수습생이었던 시절에 배운 것이다. 그는 이 장소가 평화롭고 순수한 안식처이자, 병들고 약한 자의 성역이었던 때를 떠올렸다. 그 생각에 잠시나마 마음이 가라앉았지만, 그 순간 벽에 비친 자신의 왜곡된 그림자가 보였다. 지금 그는 이 사원만큼이나 뒤틀려 있었고, 둘 다 예전의 모습으로 돌아갈 수 있을지 확신할 수 없었다.

당신을 저주한다, 일리단. 당신의 모든 계획을 저주한다. 이제 또 무슨 짓을 하려는 것이냐?

고위 황천술사 제레보르는 아르거스의 인장을 손에 들고 이리저리 돌려 보았다. 고개를 한쪽으로 기울이자 은색 왕관이 반짝였다. 두 눈에서는 초록빛 지옥 마력의 웅덩이처럼 호기심이 타올랐다.

"이걸 왜 그토록 오랫동안 찾으셨는지 알 것 같군요, 군주님. 이것만 있으면 원하는 것을 찾아내실 수 있습니다. 이 인장은 아르거스의 위치를 표시하는 나침반입니다."

일리단은 날개를 활짝 펼쳤다가 다시 어깨 주위로 접었다. 그러고는 비꼬는 말투로 물었다.

"그래? 확실한가?"

그 말투에 제레보르는 몸을 움찔했다.

"불타는 군단의 마법을 취급할 때는 섣부르게 확신할 수 없습니다. 그건 위험합니다."

여군주 말란데의 청아한 웃음소리가 의회 회의실을 가득 채웠다.

"언제나처럼 빠져나갈 구멍은 남겨놓는군요, 제레보르."

눈부시게 빛나는 성기사의 갑옷을 입은 파괴자 가디오스는 뭔가 말하려는 듯 입을 열었지만 곧 다시 다물었다. 그는 전쟁과 관련되지 않은 일에 대해서는 거의 말을 하지 않았다. 그 대신 베라스 다크섀도와 의미심장한 시선을 교환했다. 그 파리한 암살자도 동의하는 듯 미소를 지었다. 모두가 서로를 음해하려는 음모라도 꾸미는 걸까?

조바심에 일리단은 주먹을 움켜쥐었다.

"끝까지 들어보자, 말란데."

사랑스러운 여사제는 일리단을 향해 섭섭한 표정을 지었다. 그녀의 아름다운 외모는 수많은 엘프들의 시선을 끌었다. 그래서인지 일리단의 무관심을 일종의 도전이라고 생각하는 듯했다.

차가운 미소가 제레보르의 얼굴에 떠올랐다.

"이 인장을 이용하면 불타는 군단의 차원문과 관문망에서 길을 찾을 수 있습니다. 이것이 우리를 킬제덴과 아르거스에게로 이끌어줄 겁니다."

"그건 이미 알고 있다. 아니, 지금까지 늘 알고 있었다. 굳이 다시 언급하는 이유가 무엇이냐? 네가 진짜로 하고 싶은 말이 뭐냐?"

일리단이 짜증스럽다는 듯 되묻자 제레보르는 탁자 위에 펼쳐진 작전 지도를 내려다봤다. 지도에는 지금까지 일리단이 세운 계획이 모두 표시되어 있었지만, 그중의 무언가가 제레보르의 마음에 걸렸다.

"우린 놈들의 관문을 사용하여 아르거스에 갈 수 있습니다. 새로운 차원문이 꼭 필요한 건 아닙니다. 군주님께서는 물론 놀라운 일을 해내셨습니다만, 굳이 바퀴를 다시 발명하느라 시간을 낭비할 필요가 있겠습니까? 주문을 조금 변경하면, 군단의 차원문을 충분히 이용할 수 있을 겁니다."

"군단의 차원망을 사용하려면 다수의 차원문을 통과해야 하고, 그때마다 악마들은 우리를 막을 수 있는 기회를 얻게 된다. 하지만 나의 차원문은 단 한 번에 우리를 아르거스로 데려갈 것이다. 그러면 적을 기습 공격할 수 있을 뿐 아니라, 우리의 통신 체계도 간소화하여 쉽게 관리할 수 있다."

다른 세 명의 의원들은 일리단의 말 한마디 한마디에 동의하듯 고개를 끄덕였다. 제레보르는 질문을 멈추지 않았다.

"그 차원문이 정말 작동한다면 그렇겠지요, 군주님. 지금 어마어마한 위험을 감수하시는 겁니다. 지금껏 우리가 해왔던 그 어떤 일과도 차원이 다른 마력이 필요할 겁니다. 그보다는 이미 존재하는 것을 이용하는 게 좀 더 쉽지 않겠습니까?"

"쉽지만 훨씬 더 위험하지. 군단의 병력은 우리보다 천 배는 더 많다. 그 병력이 지금은 흩어져 있지만, 집결할 시간을 주게 되면 우리 전군을 순식간에 짓밟고 말 것이다."

제레보르는 인장을 눈높이까지 들어 올렸다. 그러면 일리단에게서 자신의 표정을 감출 수 있다고 생각하는 듯했다.

"게다가 그 관문을 여는 일이 잘못되면, 넬줄이 드레노어를 파괴한 것처럼 이 세계가 산산조각 날지도 모릅니다. 주문을 완벽하게 시전하지 못하거나 계산에 단 하나의 실수라도 있다면 이 세계는 절멸되고 말 겁니다."

일리단은 손을 뻗어 제레보르 손에 쥐어진 인장을 낚아챘다.

"계산에는 한 치의 실수도 없다. 주문은 완벽하게 시전될 것이다. 내가 직접 할 테니까."

"그대가 틀렸다면 어떻게 됩니까, 군주님?"

"나는 틀리지 않는다."

일리단은 제레보르를 주시했다. 거대한 체구로 그를 막아서고는, 날개를 느릿느릿 움직여 바람을 느끼게 했다.

제레보르는 일리단의 시선을 회피하며, 어깨를 축 늘어뜨린 채 두 손을 벌렸다.

"알겠습니다, 군주님."

그 순간 고위 황천술사 제레보르의 얼굴이 창백해졌다. 이마에 식은땀이 맺혔다. 그는 눈을 감은 채 눈살을 찌푸리며 정신을 집중했다.

"무슨 일이냐?" 일리단이 물었다.

"어둠의 문에 설치해놓은 수호의 주문이 지금 막 발동했습니다. 차원문이 작동을 시작한 것 같습니다. 누군가 아웃랜드와 아제로스를 연결하는 통로를 열었나 봅니다. 병력 한 부대가 동시에 통과할 수 있을 만큼 거대한 규모인데, 아무래도 지금 그 차원문을 통과하는 병력이 있는 것 같습니다."

제 23 장

몰락 2개월 전

언덕 위에서는 어둠의 문이 한눈에 내려다보였다. 그 압도적인 모습을 보고 있으려니 반델은 자기도 모르게 기가 죽었다. 거대한 운명의 계단 위쪽에서, 아제로스로 통하는 차원문은 스산한 빛을 내뿜었다. 하지만 그 모습에 기가 죽은 건 아니었다. 진짜 위협적인 건 그 주위를 둘러싼 적의 병력이었다.

대군주 크룰과의 전투 이후, 불타는 군단은 빠른 속도로 아웃랜드에 병력을 집결시켰다. 그리고 지금은 그 병력 대부분이 아래쪽 계곡에, 어둠의 문으로 향하는 길을 따라 집결해 있는 것 같았다. 수천 마리 악마와 수만 명의 추종자들이 광활한 병영을 구축했다. 모두 수십 개의 차원문을 동시에 열고 도저히 막을 수 없는 기세로 몰려들었다. 일리단에게 불타는 군단을 향한 저항이 얼마나 무모한 짓인지 증명하려는 듯했다.

점점 더 많은 군단의 병력이 장가르 습지대에서 지옥불 반도로 이어지는 길을 따라 행군했다. 그들의 궁극적인 목표가 아제로스 침공이라는 것은 의심의 여지가 없었다. 그의 고향으로 통하는 길이 다시 열렸고, 벌써 며칠에 걸쳐 군단은 그곳으로 병력을 쏟아붓고 있었다.

너무나도 많았지만, 저 병력이 전부가 아닐 터였다. 언덕 아래에 있는 모든 병사와 악마, 전쟁 기계는 충분히 위압적이었지만 변화의 의식 도중에 목격했던 환영을 돌이켜 보면, 저 병력은 불타는 군단이 동원할 수 있는 병력의 극히 일부에 지나지 않았다.

매일 더 많은 병력이 몰려들었다. 반델은 적이 이곳에 도착하기까지 이동해야 하는, 헤아릴 수 없이 먼 거리를 상상해보려 했다. 하지만 그들이 통과해야 하는 세계와 세계 사이의 광활한 거리는 상상조차 불가능했다.

어둠의 문 그 자체도 더할 나위 없이 위압적이었다. 거대한 아치 양쪽으로 커다란 로브 차림의 석상 두 개가 서 있는 모습은, 검은 사원 내에 있는 조각상을 떠올리게 했다. 두 석상은 스톰윈드의 성벽이라도 일격에 부술 수 있을 듯한 커다란 검에 기대서 있었다. 차원문 안쪽에서는 마치 별을 가둬둔 듯한 빛이 아른거렸다.

또 하나의 수송대가 길을 따라 나타나, 싣고 온 병사들과 탄약을 차원문의 그림자가 드리운 광활한 야영지에 내려놓았다. 일리다리는 지금까지 그런 수송대를 차단하고자 애를 썼었다. 매복 공격이나 정면 공격을 시도하기도 했지만, 아무 의미가 없었다. 적은 너무 많고 강했기에, 일리다리의 행동은 최후의 공격이 다가왔을 때 검은 사원을 방어하는 데 필요한 귀중한 자원을 낭비하는 것에 불과했다.

이 전쟁을 킬제덴에게로 끌고 가겠다던 일리단의 당찬 외침도 이제는 의미가 없어 보였다. 어린아이가 아버지의 갑옷을 입고 아버지의 검을 휘두르며 정예병에게 도전하는 꼴이었다.

반델은 모두의 얼굴을 훑어봤다. 일리단은 적의 강대한 병력에도 개의치 않는다는 듯 조롱하는 표정을 짓고 있었다. 바늘의 얼굴은 광기 어린 웃음으로 일그러져, 입술을 꿰맨 바늘땀이 이리저리 뒤틀렸다. 반면에 엘라리지엘은 겁에 질린 표정이 얼굴에 드러나 있었다. 내면의 악마가 그녀의 정신을 차지하고 조종하고 있는 건 아닌지 염려스러웠다.

반델 내면의 악마는 만족한 듯했다. 불타는 군단이 힘을 과시하는 모습을 보니 기분이 좋은 모양이었다. 지금의 반델이라면 저 강대한 병력의 일원으로 환영받을 것이다. 언제든 저 막강한 군단의 일원으로 합류하여, 온 우주가 폐허가 되고 다시 태어날 때까지 수많은 세계를 장난감으로 삼을 수 있을 것이다.

왜 여기에 온 것일까? 반델은 궁금해졌다. 일리단이 그저 병사들의 사기를 떨어뜨리고 싶어서 여기로 데려온 것일까? 그와 어울리지 않는 일이었다. 뭔가 목적이 있을 것이다.

반델은 일리단이 나스레자의 차원문에 행했던 일을 떠올렸다. 어쩌면 여기서도 비슷한 일을 계획하고 있는지도 몰랐다. 주문으로 차원문을 폭발시키면, 아래쪽에 집결한 병력 전체를 전멸시킬 수 있을 것이다.

물론 모든 악마사냥꾼도 함께 사라지겠지만. 불타는 군단은 언제든 새로운 병력을 동원할 수 있다. 하지만 일리단의 병력이 무덤 속에 들어간 후에는 누가 군단에 맞설 것인가?

왜 맞서야 하는데? 내면의 악마가 속삭였다. 왜 그래야 하는 거지? 반델, 너도 군단의 일원이다. 언제나 그랬어.

그 생각이 떠오르는 순간, 관문 주위에서 힘의 흐름이 수천 배 증가했다. 수많은 병력이 차원문을 통해 아제로스로부터 쏟아져 들어왔다. 오크와 인간, 나이트 엘프와 블러드 엘프가 함께였다. 수많은 그리핀이 하늘 높이 날아올랐고, 와이번들도 곁에서 함께 날았다.

주문이 아른거리며 대기를 가득 채웠다. 마법 무기들이 악마의 거죽을 갈랐다. 지옥수호병 한 무리가 운명의 계단을 막아서려 했지만, 거대한 망치를 든 커다란 오크가 나타나 악마들을 모두 날려버렸다. 그 곁에서는 방패를 든 인간이 오크를 지켰다.

종족과 진영을 초월하여 모두가 함께 싸우는 모습은 정말이지 경이로웠다. 크룰과 악마 군단의 위협 때문에 저들이 연합하게 된 것이 분명했다. 그 모습은 마치 얼라이언스와 호드가 함께 아웃랜드로 침공해 들어오는 듯한 광경이었다.

영웅들로 구성된 선봉대가 통과한 후, 점점 더 많은 병력이 밀집 대형을 이루고 차원문에서 나타나 주위에 자리를 잡았다.

거대한 격노수호병이 인간 측 방어선 한 곳을 돌파했다. 양손에 각각 육중한 도끼를 쥐고, 번쩍이는 방어구로 온몸을 감싼 악마였다.

오크 부대가 달려 나와 격노수호병을 막아섰다. 번개 화살이 대지를 가르고, 악마는 잠시 움직임을 멈췄다. 오크들이 적을 쓰러뜨렸다. 아제로스의 병력이 점점 더 많이 관문을 통과했다. 사상자는 끔찍하게 많았지만, 그들은 멈추지 않고 싸웠다. 인간과 오크, 트롤 하나가 쓰러질 때마다 다른 하나가 그 자리를 메웠다.

어둠의 문 반대편에 어마어마한 병력이 집결해 있는 게 분명해. 반델은 앞서 차원문을 통과했던 군단 병력의 규모를 떠올렸다. 얼라이언스의 모든 왕국과 호드의 모든 부족이 전투원을 모조리 동원한 게 틀림없었다. 한 세계 전체의 힘이 집결하여 불타는 군단에 맞서는 중이었다. 반델은 그것으로 충분하기만을 기도했다.

군단 야영지 중앙에서는 대군주 크룰이 고함을 지르며 명령을 내리고 있었다. 다가오는 전투에 대한 기대감을 즐기는 걸까? 아니면 괜스레 벌집을 들쑤신 일을 후회하는 걸까?

일리단은 잠시 웅크리고 앉아 날개를 활짝 펴고는, 고개를 한쪽으로 기울였다. 당황한 표정이 잠시 스쳐 지나갔다.

"크룰은 이 상황을 예상했을까? 일이 이렇게 되기를 원했을까?"

일리단이 혼잣말을 하듯 나직한 목소리로 중얼거렸다.

"어째서 호드와 얼라이언스 양쪽의 공격을 유발한 걸까요?"

반델의 물음에도 일리단의 시선은 전투 현장에 고정되어 있었다.

"아제로스에서 병력을 끌어내기 위한 계책인지도 모른다. 본거지를 떠나도록 유도한 후, 쉬운 먹잇감이 될 만한 곳으로 유인해낸 것인지도 모르지."

"이게 함정이라고 생각하십니까, 일리단 군주님?"

"그런 느낌이 든다. 하지만 이 함정은 누구를 위한 것일까? 영 마음에 들지 않는군."

반델은 그 말을 이해했다. 자신 속 악마가 드러내는 만족감도 왠지 신경이 쓰였다. 그 악마도 지금 이 상황에서 무언가를 느끼고 거기에 반응하는 걸까? 반델이 보기에도 그렇다면, 훨씬 더 강하고 경험도 많은 일리단이라면 이 상황이 얼마나 거북하게 느껴지겠는가?

잠시 동안 반델은 죄책감 같은 것을 느꼈다. 나이트 엘프 전투원들이 불타는 군단과 충돌하는 모습을 보니, 자신도 아래에서 그들과 함께 싸워야 한다는 강렬한 욕망이 차올랐다. 그는 악마사냥꾼이었고, 지금 저곳에는 아웃랜드의 역사상 가장 많은 악마가 집결해 있었다.

하지만 칼도레이인 반델에게 고대의 적인 일리단의 문신이 새겨져 있는 모습을 보면 과연 그의 동족은 무슨 말을 할까? 친구나 동료로 맞이하는 일은 없을 것이다. 오히려 맞서 싸워야 하는 악마들 중 하나로 받아들일 가능성이 더 컸다.

반델은 예전에 알고 있던 누군가가 아제로스 병력의 일원으로서 싸우고 있는 건 아닐까 궁금했다. 그리고 자신이 전장에 뛰어들어 옛 친구들을 죽여야 하는 건 아닐까 두려워졌다. 일리단이 만약 그런 명령을 내린다면, 반델은 어찌해야 좋을지 알 수 없었다.

악마사냥꾼인 반델은 배신자 일리단에게 충성을 바쳐야 했다. 하지만 그의 전쟁은 불타는 군단을 상대로 하는 것이지, 한때 가족이었던 이들을 상대로 하는 것이 아니었다. 비록 그들이 반델을 적이라 생각할지라도, 그는 적이 아니었다.

그렇다면 어떻게 해야 할까?

답은 간단했다. 싸우라는 명령을 받으면 그는 싸울 것이다. 칼도레이가 자신을 공격하면 그들을 죽일 것이다. 하지만 그런 일이 생기지 않는다면 최대한 피할 것이다.

점점 더 많은 병사들이 떼 지어 운명의 계단을 휩쓸었다. 폭력의 해일이 눈앞의 모든 것을 뒤덮었다. 한순간 불타는 군단의 야영지가 압도될 듯이 보였다. 그때 대군주 크룰이 전투에 뛰어들었고, 공세는 중단되었다.

한 계단 한 계단씩, 아제로스의 병력은 계단 위로 밀려났다. 악마의 공격은 잔혹하고 치명적이었다. 몸을 웅크리거나 피할 곳도 없었다. 그저 빠른 속도로 주문과 무기를 거칠게 교환하며 육체로 압박하는 방법뿐이었다. 결국 두 세력은 균형을 이루며 양측 모두 단 한 계단도 움직이지 못하는 교착상태가 되었고, 그 와중에도 전투의 기세는 조금도 수그러들지 않았다.

전투의 흐름이 불안정해지는 가운데, 아제로스 병력에 새로운 위협이 닥쳐왔다. 지옥수호병, 공포의 군주, 파멸수호병, 격노수호병으로 이루어진 군단의 부대가 야영지의 가장자리에 집결한 후, 전투를 벌이고 있는 세력의 시선을 피해 은밀히 협곡 아랫길을 따라 이동했다. 대군주 크룰이 직접 이들 병력을 이끌었고, 그 옆을 심장부 사냥개들이 지켰다. 크룰의 의도는 명확했다. 아제로스군을 측면에서 기습 공격하는 것이었다.

크룰의 병력이 정확히 어떻게 할 생각인지는 반델도 알 수 없었다. 파멸 수호병이 운명의 계단 측면을 날아서 올라가기라도 하려는 걸까? 그 악마의 하수인 중에는 날개를 사용할 수 있는 자들이 있었지만, 그건 기습의 이점을 살릴 수 없는 방식이었다. 경사가 가파른 측면에 몸을 밀착시키고 공격을 시작하기 직전까지 상대의 시선을 피하고자 할 가능성이 컸다. 마법사의 차원문을 사용하여 나머지 병력을 불러들일 수도 있었다.

일리단도 곧 눈치채고는 낮게 중얼거렸다.

"악마들이 오크의 측면을 공격한다면, 저들은 전투에서 패하고 아제로스로 후퇴해야 할 것이다. 그러다가 다수의 병력이 퇴로가 막혀 궤멸하겠지."

일리단은 생각에 잠긴 듯 읊조리는 투로 조용히 말했다. 여러 가지 가능성을 머릿속에서 거듭 되새겨보며, 최선의 선택지를 찾으려는 듯했다.

"그렇게 내버려 둬서는 안 됩니다."

반델은 그렇게 말하는 자신의 목소리에 깜짝 놀랐다. 일리단이 그를 향해 돌아섰다. 배신자가 그를 주목하고 있었다. 일리단은 자신의 몸을 감추기라도 하듯이 날개로 온몸을 감쌌다. 그는 고개를 한쪽으로 기울이며 말했다.

"물론 네 말이 옳다, 반델. 동료들과 함께 가서 악마가 계단에 도착하기 전에 공격해라. 놈들을 막아."

반델은 말을 꺼냈다는 이유로 보상을 받는 건지 처벌을 받는 건지 알 수 없었다. 지난번 전투에서는 일리단도 온 힘을 동원해서야 간신히 크룰을 물리칠 수 있었는데, 지금 반델이나 동료들에게는 그런 힘이 없었다. 아니 어쩌면 모두가 힘을 합쳐 불타는 군단의 야전 사령관에게 승리할 수 있을

지도 모른다. 어쨌든 직접 명령을 받은 만큼 복종할 생각이었다. 일리단이 무언가 승리에 필요한 계획을 세워두었을 것이라 믿으면서. 반델은 엘라리지엘을 비롯한 몇몇 악마사냥꾼에게 손짓하여 따라오라고 했다. 바늘도 그의 곁으로 다가왔다. 그들은 운명의 계단 위쪽에 있는 병사들의 시선을 피하면서, 크룰의 병력을 기습하기 위해 언덕 아래쪽으로 달렸다.

악마사냥꾼들은 표범처럼 민첩하게 내달렸다. 반델이 예상했던 대로 크룰의 병력은 계단의 그림자 속에 자리를 잡았다. 날개가 달린 악마들은 벌써 측면에서 날아오르기 시작했다. 수는 적어도 강력한 악마들이었기에, 제때 도착하기만 하면 전투의 흐름을 바꿀 수도 있었다.

반델은 전투의 함성을 내질렀다. 악마들이 그를 향해 시선을 돌렸다. 불타는 시선이 쏟아져 내렸다. 그는 가장 가까이에 있는 악마에게 지옥 화살을 쏴 방어구를 두른 적의 거대한 몸통을 불태웠다. 반델은 곧바로 악마들사이로 뛰어들어 적을 베고 때리고 찔렀다. 격노수호병이 가슴에 달린 기이한 무기에서 무언가를 방출시키자 반델은 재빨리 몸을 굴려 폭발을 피했다.

대군주 크룰이 반델을 주시하며 강력한 암흑 화살을 발사했다. 반델은 화살을 뛰어넘어 거대한 악마에게 접근했다.

"꼬마야, 네 주인은 내가 두렵다고 하더냐?"

크룰이 쩌렁쩌렁 울리는 목소리로 조롱하자 반델이 받아쳤다.

"아니. 네 상대는 나라고 말씀하셨다."

반델이 옆으로 한 걸음 비켜서는 순간, 크룰의 거대한 검이 조금 전까지 반델이 서 있던 곳을 파고들었다. 다행히 검은 피했지만 튀어 오른 돌멩이에 맞아 반델의 옆구리에서 피가 흘렀다. 그는 나뭇등걸만 한 크룰의 다리를 찌른 후, 다리 방어구 뒤편을 공격했지만, 크룰의 보호 오라 때문에 검은 그대로 튕겨 나왔다. 그는 앞으로 몸을 굴려 크룰의 뒤쪽으로 숨어들어 그의 시야에서 벗어났다.

광활한 계단의 그림자 안에서 잔혹한 백병전이 벌어졌지만, 여전히 위쪽 병사들의 시야에는 보이지 않았다. 반델이 몸을 굴려 전투 지점 한가운데로 진입했다. 그는 고개를 돌려 크룰이 벌써 다수의 악마사냥꾼과 전투를 시작했음을 확인했다. 그들 중 하나가 공성추 크기의 검에 반으로 잘려 쓰러졌다. 또한 그 파멸수호병은 수많은 마법 화살을 발사하여 상대를 꿰뚫었다. 거대한 심장부 사냥개가 곁에서 으르렁거렸다. 반델은 크룰의 등으로 뛰어오르려 했지만, 미처 도약하기도 전에 악마들이 그를 덮쳤다.

우선은 살아남는 데 온 신경을 집중해야 했다. 첫 번째 지옥수호병을 처치하고 뒤이어 또 하나를 제거했지만, 적을 아무리 베어도 다른 악마가 그 자리를 메웠다.

팔다리가 무거워지고, 마법 단검의 칼날도 무뎌지기 시작했다. 반델은 높다랗게 쌓인 엘프와 악마의 사체 틈바구니에서 싸우고 또 싸웠다. 죽이고 또 죽이다가 칼을 들어 올릴 힘조차 남지 않게 되자 주절거리던 머릿속 악마의 목소리도 사라졌다.

그는 자신이 곧 죽으리라는 것을 알았지만 개의치 않았다. 목숨값은 비싸게 치를 예정이었다. 가능한 한 많은 악마들을 함께 데려갈 테니까. 몇 달 만에 처음으로, 그는 평범한 엘프가 된 듯 지치고 무기력해진 느낌을 받았다. 쉴 새 없이 밀려드는 악마를 도저히 막을 수 없었다. 전투의 해일이 그를 다시 파멸수호병 쪽으로 밀어붙였다. 또 한 번 그는 크룰과 정면으로 맞서야 했다.

반델은 몸을 숙여 대군주가 휘두른 거대한 검을 피하려다가 쓰러졌다.

악마의 육중한 무기가 아슬아슬하게 그의 머리를 스쳐 지나갔다.

그는 자리에서 일어서려 했지만 그럴 수 없었다. 크룰이 그를 내려다보며 검을 들어 올렸다. 반델은 최후의 순간이 왔음을 깨달았다. 칼날이 아웃랜드의 핏빛 햇살을 받아 반짝이더니, 반델을 향해 빠른 속도로 하강했다.

반델은 고개를 돌리지 않았다. 마지막으로 절박하게 두 단검을 들어 올려 적의 무기를 막아내려 했다. 하지만 그 순간 크룰의 가슴이 폭발하며 구멍이 뻥 뚫렸고, 반델은 반대편에 서 있는 일리단의 모습을 볼 수 있었다. 막강한 마력의 화살을 발사한 여파인지, 쌍날검을 든 일리단의 주위로 번개가 이리저리 휘돌았다. 파멸수호병이 쓰러졌다. 반델은 무너져 내리는 악마의 거대한 육체를 피해 몸을 굴렸다. 또 한 번 일리단은 오랜 준비 시간이 필요한 강력한 주문을 시전하여 대군주에게 치명적인 일격을 가했다. 반델과 그의 동료들은 그저 적을 교란시키는 미끼일 뿐이었다.

"제거하셨군요."

반델의 말에 일리단은 속을 알 수 없는 미소를 지었다.

"어쩌면 그럴지도."

사방에서 전투의 소리가 들려왔다. 악마사냥꾼이 스무 명 정도 나타나, 악마들이 생각했던 방식 그대로 아제로스 병력의 측면을 파고들었다.

지도자를 잃은 채 기습을 당하고, 미지의 적과 맞선 악마들은 작은 무리들로 쪼개져 각개격파를 당했다.

반델은 자리에서 일어났다. 크룰의 부하들은 모두 죽었다. 그럼에도 그의 내면에서는 여전히 허기가 들끓었다. 군단의 하수인 일천 마리를 죽여도 채울 수 없는 굶주림이었다. 악마들로 가득한 세계 하나를 소멸시킨다 해도, 이 굶주림은 채워지지 않을 것 같았다.

그런 충동이 바로 군단 자체를 움직이는 것이었지만, 그 순간만큼은 개의치 않았다. 그저 계속해서 죽이고 또 죽이고 싶었다.

입술이 뒤틀린 채 날카로운 이빨이 드러났다. 그는 또 한 번 사냥감을 찾아 나서려 했다. 그때 일리단이 그의 어깨에 손을 얹었다.

"이제 그만해라. 지금은 때가 아니다. 다른 곳에서 해야 할 일이 있다."

한순간 반델은 아웃랜드의 군주 일리단을 후려치고 싶은 충동을 느꼈지만 가까스로 자신을 억눌렀다. 복수에 대한 갈망은 서서히 통제할 수 있는 감정으로 바뀌었다. 길게 숨을 내쉬자, 분노의 일부가 빠져나가는 듯했다.

"우리는 오늘 얼라이언스와 호드를 구했지만, 저들은 알지 못할 겁니다."

한참을 망설이던 반델이 말했다.

"저들이 그것까지 알 필요는 없다. 그저 여기 있는 것만으로도 충분하니까."

일리단의 미소에 깊은 만족감이 담겨 있었다.

"저들이 불타는 군단을 붙잡아두는 사이, 우리는 군단의 패배를 이끌어 낼 것이다. 내 적의 적은…."

악마사냥꾼들은 전투에서 물러나, 처음 전황을 조망했던 언덕으로 올라갔다. 반델은 고개를 돌려 다시 전장을 바라봤다. 아제로스 쪽에서 수많은 투사와 주문술사들이 쏟아져 나왔다. 그들은 부채꼴 진형으로 서서 측면 방어를 강화하고, 운명의 계단에서 적을 밀어내기 시작했다. 전세가 다시 그들에게 유리하게끔 바뀌었다. 아제로스의 병력이 아웃랜드에 확고한 거점을 구축한 것 같았다.

일리단이 당당하게 날개를 펼치며 말했다.

"이제 킬제덴의 옥좌로 가자."

제 24 장

몰락 2개월 전

초록색 용암이 삐죽삐죽한 현무암 골짜기를 따라 흘렀다. 대기는 열기와 지옥 마법으로 타올랐다. 뜨거운 공기가 일리단의 피부를 자극하고, 숨 쉴 때마다 폐를 가득 채웠다. 그는 주위를 둘러보며 돌출된 바위와 하늘로 솟은 망루 위에서 악마사냥꾼이 주위를 경계하고 있는 모습을 확인했다.

군단의 경비병들을 몰아내긴 했지만, 지금부터 실행하려는 의식이 악마 사령관의 주의를 끌 가능성도 있었다. 무아지경에 빠진 상태에서는 일리단도 싸우거나 피할 수 없어 몹시 취약했다. 큰 위험을 감수하는 일이었지만, 반드시 견뎌내야 하는 일이기도 했다. 그의 추종자 중 하나가 적과 내통했거나 조금이라도 지나친 야망을 품고 있다면, 그의 삶도 곧 끝나고 말 것이다.

킬제덴의 옥좌. 킬제덴이라는 이름이 붙은 만큼 어딘가 강력한 힘이 담겨 있는지, 이 장소는 악마 군주와의 연결 고리가 되어 묵직하게 공명하고 있었다. 거대한 마력이 주위를 가득 채우며 흘렀다. 굴단은 1차 대전쟁 이전에 이 산에서 오크 부족들을 불타는 군단에 예속시키는 의식을 치렀다.

굴단에게서 흡수한 기억을 바탕으로 일리단은 바로 이곳에서 주문을 시전해야 한다는 사실을 알게 되었다. 이곳에는 우주의 표면이 갈라진 거대한 틈이 존재했고, 그곳이 기만자의 소굴로 바로 연결되는 일종의 통로가 되었다. 그리고 오늘 밤, 뒤틀린 황천에서는 최근 몇 년 사이에서 가장 강력한 마력이 흘러나올 예정이었다.

일리단은 검은 바위 위에 불타는 글자로 새긴 거대한 문양의 가장자리를 따라 걸었다. 주문을 입으로 반복해서 읊조리며, 미약한 정신으로도 마력을 구속할 수 있도록 준비했다. 사방에서 막대한 힘이 똬리를 틀고 방출되는 순간만을 기다렸다. 이 주문을 벼려내기까지 몇 주의 시간이 걸렸다. 바로 이 지점에서, 바로 이 시간에, 모든 징후가 일치했을 때만 시전할 수 있는 주문이었다.

일리단은 이글거리는 하늘의 검은 구름을 바라봤다. 고통받는 대지의 심연으로부터 엄청난 높이의 용암 줄기가 분출되는 모습은, 거대한 상처에서 악마의 피가 쏟아져 나오는 것 같았다.

그는 나스레자에서 가져온 흑요석 원반을 꺼내 모든 감각의 힘을 그 물체에 집중했다. 불타는 군단 악마 군주들의 정신이 남긴 악취가 여전히 엉겨 붙어 있었다. 일리단은 영혼 시야로 원반을 면밀히 살피면서, 적의 모습도 직접 그려볼 수 있었다. 타협을 모르는 고통과 절망의 상징인 타락한 티탄 살게라스. 분노와 광기의 전쟁군주이자 살게라스의 주먹인 아키몬드. 수많은 자들을 손쉽게 타락시켰던 교활한 킬제덴.

그 끔찍한 삼인방에게 저항하는 건 제아무리 일리단이라도 가당치 않은 일인지도 몰랐다. 그는 아르거스의 인장에 손을 얹고, 그 위에 새겨진 룬을 손톱으로 긁었다. 차가운 금속이 끼익 비명을 질렀다. 이 모든 화염과 격노 속에서도 그 물체가 차갑다는 건 정말 이상한 일이었다.

일리단은 직접 만든 마법진 주위를 거닐면서 수호물을 확인하고, 마력이 제대로 들어오고 있는지, 혹시라도 실수를 한 곳은 없는지 확인했다. 이제는 한 치의 실수도 있어서는 안 된다.

괜한 시간 낭비였다. 어리석은 짓이었다. 너무 오래 기다리다가는 주문을 시전할 수 있는 기회가 사라지고 말 것이다. 다음 기회는 달들이 몇 번은 기운 후에야 다시 찾아올 것이다. 반드시 지금 해야만 했다. 하지만 아직은 마지막 한 걸음을 내디딜 수가 없었다. 모든 것이 계획대로 흘러간다면, 머지않아 그는 자신을 완전히 파괴할 수 있는 힘을 지닌 자들과 홀로 맞서야 할 것이다. 이 삶은 그리 달콤하지 않았지만, 막상 최후의 시간이 다가오니 그마저도 저버리기가 쉽지 않았다.

일리단은 마법진의 가장자리를 따라 계속해서 천천히 걸음을 옮기며, 미약한 마력으로 문양을 더듬었다. 넬쥴의 운명은 그에게 내려진 경고 같았다. 그 주술사는 악마 주인들을 거역했던 탓에 궁극의 대가를 치러야 했다. 일리단도 그와 같은 운명을 맞게 되지는 않을까 걱정하기도 했었다. 악마 군주들에게는 이 모든 것이 장난에 불과한지도 모른다. 이미 그들의 승리가 예정되어 있음에도, 그저 한 치 앞도 모르는 벌레들이 발버둥 치는 모습을 감상하며 여흥을 즐기려는 것인지도 몰랐다.

일리단은 크게 숨을 들이쉬고, 초록색 용암에서 풍기는 유황 냄새를 맡았다. 거대한 불지옥의 연기를 들이마시는 것 같았다. 폐가 뜨끔거리며 뜨겁게 타올랐다. 이제 시간이 없었다.

자신의 행동을 막을 수도 없고, 마지막 결정을 후회할 수도 없을 만큼 짧은 순간에, 그는 최후의 주문을 읊어 마력의 해일을 방출했다. 그의 영혼이 육체와 분리되며 뒤틀린 황천으로 떨어져 내렸다.

일리단 앞에 길이 열렸다. 룬으로 덮인 원반 안으로 떨어지는 듯한 기분이었지만, 그것은 환상이었다. 지금 일어나고 있는 일을 이해하기 위해 그의 정신이 만들어낸 풍경이었다. 현실에 기반을 둔 두뇌라면 도저히 이해가 불가능한 상황이었기에, 그의 정신은 최선을 다해 그가 받아들일 수 있는 정보로 상황을 바꿔놓았다.

뒤틀린 황천에 들어선 그의 영혼은 어느새 아르거스를 내려다보고 있었다. 뒤틀린 황천과 물리적 우주의 경계 지점에 자리 잡은 그 세계는, 불타는 군단의 지옥 마력으로 가득 차 있었다.

일리단은 다시 아르거스의 표면을 향해 머리부터 떨어져 내렸다. 수정 산맥과 아른거리는 바다로 가득한 그 행성은 한때 무척이나 아름다웠을 테지만, 이제는 차갑고 잔혹한 지옥도로 변해 있었다. 어둠이 온 세상을 뒤덮고, 타락과 상실감이 만연했다.

인장이 그의 손안에서 맥동했다. 이제는 진짜 원반이 아니라 마력에 의해 생성된 형상으로 변해 있었지만, 계속해서 일리단을 목적지로 이끌었다. 그를 끌어당기는 힘은 저항할 수 없을 만큼 강했지만, 그는 힘겹게 버티며 하늘의 별자리를 가슴에 새겼다. 그는 절박한 마음으로 하늘에서 낯익은 징표를 찾아내, 우주 속 자신의 위치를 계산하려 했다. 그와 동시에 뒤틀린 황천에서 흘러나오는 오로라 같은 마력의 흐름도 눈에 담았다.

이곳이 정말로 그가 찾던 곳일까? 일리단은 빠르게 주위를 회전하며 풍경을 살피고, 징표를 찾고, 자신이 만들어낸 주문의 힘에 저항했다. 다시 한번 아무런 감정 없이 차갑게 남겨진 육신과의 거리를 실감할 수 있었다. 편집증과 같은 감정이 마법으로 단련된 그의 감각을 자극했다. 잠시 동안 그는 다른 존재가 자신을 관찰하는 것을 느꼈다. 황급히 주위를 둘러봤지만 아무것도 눈에 띄지 않았다.

불길한 생각이 들었다. 그가 이 연결을 통해 킬제덴을 감지할 수 있다면, 악마 군주 또한 그의 기척을 느낄 수 있는 게 아닐까? 일리단은 그 어떤 마법사도 자신을 감지할 수 없도록 주문을 다듬었지만, 솔직히 기만자 킬제덴의 진짜 능력에 대해 자신이 얼마나 알고 있는지 확신할 수가 없었다.

하지만 이제 와서 그런 걱정을 하는 건 아무 의미가 없었다. 이미 되돌아갈 가능성 따위는 모두 배제한 후였으니까. 그의 영혼이 날카롭게 솟아 있는 수정 산맥으로 떨어져 내렸다. 내부를 가득 채우며 번진 타락 때문에 수정 산맥은 조금씩 무너져 내리고 있었다. 그렇게 가루가 된 수정에서 다시 악마들이 태어나, 외마디 비명을 지르며 거친 바위 협곡을 내려갔다. 사방에서 굴절된 빛이 아른거리며 춤을 추었다.

저 멀리, 갈라진 수정 협곡 위로 거대한 도시가 모습을 드러냈다. 그 안에는 일리단의 영혼을 소멸시킬 수 있는 힘을 지닌 존재가 도사리고 있었다.

영혼이 도시의 경계를 지나는 순간, 일리단은 마력이 쇄도하는 걸 느꼈다. 복잡한 풍수학적 규칙에 따라 배치된 그 도시 역시 한때는 무척이나 아름다웠으리라. 곡선미가 강조된 건축 양식은 아웃랜드의 드레나이 건축물을 떠올리게 했지만, 이쪽이 훨씬 더 섬세하고 아름다웠다. 아웃랜드에서 아무리 휘황찬란한 건물이라 해도, 지금 그가 스쳐 지나가고 있는 환상적인 건축물과 비교해보면 돼지우리에 불과했다. 이 도시의 건축물은 마법을 집중시키는 거대한 장치이기도 했다. 그가 알아낸 정보에 따르면, 한때 이 장치들 덕분에 온 세계의 평화와 조화, 균형이 유지될 수 있었다. 하지만 이제 일리단의 영혼 시야에 비친 그 장치들은 온통 공포와 절망만을 생성하고 있었다.

이 거대한 도시 중앙에는 장대한 궁성이 서 있었다. 그리고 그 안에는 가늠할 수 없이 불길한 존재가 도사리고 있었다. 그보다는 덜하지만 역시나 섬뜩하기 짝이 없는 존재들도 여럿 느껴졌다. 원반이 일리단을 이끈 곳이 바로 여기였다.

그의 영혼은 생각의 속도로 거리를 스쳐 지나갔다. 그는 속도를 늦추고, 움직임을 통제하고, 너무 빠르게 끌려가지 않도록 버텼다. 그리고 가까스로 궁성의 성벽 앞에서 멈춰 섰다.

다른 기척이 느껴졌다. 무언가가 가까운 곳에 숨어서 그를 지켜보고 있었다. 일리단은 모든 감각을 극한까지 확장했다. 뭔가 있는 건 분명했지만, 그게 무엇인지는 명확히 말할 수 없었다. 상대는 그와 마찬가지로 보호되고 있었다. 파수병일까? 아니면 다른 무엇일까? 그는 애써 주위를 살피며 기다렸지만, 아무 일도 일어나지 않았다. 움직여야 할 시간이었다.

일리단은 수정 회랑을 미끄러지듯 통과하며, 의미심장한 악의 힘으로 빛나는 룬들을 지나쳤다. 이 도시 전체를 비롯해 온 세계에 빛과 조화를 퍼뜨리던 모든 주문이 근본적으로 재구축되어 이제는 정반대의 역할을 하는 것 같았다. 룬을 살펴보자, 분노와 절망이 그의 마음을 가득 채웠다. 주문은 강력한 마법으로 보호되고 있는 일리단에게도 적지 않은 영향을 주었고, 그의 마음에는 정복의 기쁨과 파괴에 대한 갈망, 모든 것에 종말을 선포하려는 분노가 끓어올랐다. 여기 불의 룬으로 기록된 것은 불타는 군단의 교리였다.

일리단은 인장의 형상을 바라봤다. 이 세계는 아웃랜드와 아르거스를 연결하는 관문의 구심점이 될 것이다. 그는 주문의 마지막 단계를 발동시켰다. 흑요석 원반이 그의 손 안에서 맥동하며, 주위의 모든 마력을 흡수하고 이 장소와 더욱 강하게 결속되었다. 이 일이 끝나면 킬제덴의 옥좌에서 차원문을 열 필요도 없었다. 인장을 사용하여 완성된 이 연결 고리를 사용하기만 하면 될 테니.

암흑 마력이 그의 영적 형체에 스며들기 시작했다. 자신의 형체가 조금씩 무거워졌다. 영혼이 응고되어 주위의 마력을 흡수하며 끈적끈적한 물질을 만들어냈다. 이 암흑 미로의 핵에 가까이 다가가자, 기만자의 오라가 점점 더 강하게 느껴졌다. 그의 움직임이 느려졌다. 영적 형체가 조금씩 낮은 곳으로 내려갔다. 그토록 철저히 대비했건만, 지금 그는 어떤 끔찍한 마력의 그물에 붙들린 상태였다. 주문의 미로가 그를 둘러싸고, 그의 영혼을 사악한 마력으로 구속했다.

앞서 감지했던 존재감이 다시 느껴졌다. 일리단은 몸을 이리저리 돌리며 상대의 위치를 파악하려 했지만, 아무것도 보이지 않았다. 욕설을 내뱉었다. 그는 붙잡혔다. 이제 잘려나간 영혼이 기만자에게 흘러들어 가, 노예가 되거나 소멸하게 되는 것도 시간문제였다.

일리단은 필사적으로 주문에 저항했다. 마법의 심령체를 일부 벗어던지자 영혼의 무게가 조금이나마 가벼워졌지만, 그럼에도 악마 의회에 둘러싸인 킬제덴이 있는 광활한 옥좌로 흘러들어 갔다. 온통 붉은색으로 타오르는 에레다르 군주의 거대한 모습이 드러났다. 박쥐의 날개와 닮은 커다란 날개가 천장에 닿을 것만 같았다. 쐐기가 박힌 어깨 방어구에서는 호박색 불길이 타올랐다. 불타는 두 눈이 변형된 드레나이의 얼굴을 지배했다. 어마어마한 힘의 오라가 그 악마를 둘러싸고 있었다.

의심할 여지가 없었다. 일리단은 오래전에 잊힌, 아르거스에 있는 킬제덴의 궁성으로 통하는 길을 찾아낸 것이다. 하지만 불운하게도 타오르는 시선이 그에게로 향했다. 괴물 같은 얼굴에 뒤틀린 웃음이 떠올랐다. 먹잇감의 정신에서 풍기는 냄새를 맡기라도 하듯, 거대한 콧구멍을 벌름거렸다.

일리단은 자신을 지켜보던 다른 기척을 또다시 느꼈다. 그 존재가 그를 휘감았다. 발버둥 쳐봤지만, 도저히 떨쳐낼 수 없었다. 킬제덴의 두 눈이 그를 똑바로 바라봤다.

파괴의 위협으로 가득한 기만자의 시선이 잠시 일리단에게 머물렀지만, 조금 뒤 그대로 지나갔다. 무언가가 기만자의 시선을 일리단에게서 떼어놓았다. 그게 무엇인지 깨닫는 데는 시간이 조금 걸렸다. 그를 감쌌던 존재가 이제 그를 옥좌의 바깥으로 밀어냈다. 단 한 순간 느껴진 그 미지의 존재는 빛의 존재로, 너무도 찬란하여 바라보기가 고통스러울 정도였다. 그 순간 킬제덴의 알현실에서 거대한 분노의 포효가 터져 나왔다. 에레다르 군주도 그 존재의 기척을 느낀 모양이었다.

일리단을 감쌌던 구속이 사라졌다.

여기서 떠나라. 이곳에서 넌 살아남을 수 없다. 지금은 안 된다. 그의 머릿속 목소리도 사라졌다. 위치 이동의 주문이 그를 킬제덴의 옥좌에서 떨어트려 놓았다.

일리단의 영혼이 육체와 충돌했다. 그는 쓰러지기 직전에 가까스로 몸을 추스를 수 있었다. 뒤틀린 황천에서는 영원과도 같은 시간이 흘렀지만, 이 세계에서는 심장이 한 번 뛰었을 뿐이었다. 그의 손 안에서 아르거스의 인장이 진홍빛으로 타올랐다.

해냈다.

그는 살아남았고 필요한 정보를 알아냈다. 아르거스에 킬제덴이 있다는 사실도 확인했다. 불타는 군단의 두근거리는 심장을 찾아냈다. 그리고 다른 것도 있었다. 모든 것을 잃었다고 생각했을 때, 그를 도와주는 존재가 있었다. 하지만 그 안에서 느꼈던 빛을 되새겨보자, 쉽게 믿어서는 안 된다는 생각이 들었다.

킬제덴이 기만자로 불리는 데는 이유가 있었다. 어쩌면 이 모든 것이 그의 깊고 교묘한 함정의 일부인지도 몰랐다.

제 25 장

몰락 1개월 전

일리단은 검은 사원 대회의실의 커다란 지도 앞에 서 있었다. 조언가들이 들락거리고, 전령들은 새로운 소식을 전해왔다. 일리다리 의회의 블러드 엘프들은 아카마와 반델을 비롯한 악마사냥꾼 지도자들과의 논쟁을 쉬지 않았다.

일리단은 뿔 아래 관자놀이를 문질렀다. 영혼이 되어 아르거스에 다녀온 이후 잃었던 힘은 이제 거의 회복했고, 더는 지체할 수 없었다. 계속해서 밀어붙이며, 지금까지 알아낸 정보를 이용해야 했다. 하루속히 킬제덴과 맞서야 했다. 기만자가 모든 계획을 알아채고 그를 상대할 준비를 하도록 놔둬서는 안 된다. 그는 너무 깊이 생각에 잠긴 나머지, 여군주 말란데가 자신에게 말을 하고 있다는 사실조차 깨닫지 못했다.

"명령을 내려주세요, 일리단 군주님."

말란데는 다급한 목소리로 거듭 말했다. 일리단은 영혼 시야가 없는 자들이라면 불편하게 느낄 게 분명한, 텅 빈 시선을 말란데에게로 향했다.

"무슨 명령 말인가?" 일리단이 짜증스러운 듯 물었다.

"갈퀴송곳니 저수지 말씀입니다. 상황이 좋지 않아요. 여군주 바쉬가 실각하고 거대한 펌프들이 동작을 멈췄습니다."

갈퀴송곳니 저수지. 마법 기계들로 가득한 거대 펌프장의 모습이 그의 머릿속에 떠올랐다. 거대한 지하 동굴을 통해 수 킬로미터에 달하는 파이프들이 이어진 모습도 그려보았다. 아웃랜드의 모든 물을 통제하겠다던 바쉬의 계획도 다시 떠올랐다. 한때는 중요해 보였던 일이지만 너무 빠르게 상황이 달라진 지금, 그다지 손을 댈 가치가 없는 일처럼 보였다. 지금은 더 다급한 사안들이 많았다.

"어떻게 하면 좋겠습니까, 일리단 군주님?"

이번에는 파괴자 가디오스가 물었다. 그는 건틀렛으로 턱을 문질렀다.

"얼라이언스와 호드가 지옥불 반도에 교두보를 구축했습니다. 그리고 지옥불 성채를 습격하여 마그테리돈까지 처치했습니다. 우리도 반격을 해야 하지 않겠습니까?"

일리단은 성기사 가디오스의 질문을 곱씹어봤다. 무엇을 할 수 있단 말인가? 아제로스의 병력은 불타는 군단과 맞서고 그 이상의 일까지 해냈다. 일리다리의 요새 중 가장 강력한 성채를 점령했다. 그 외에도 지금까지 여러 가지 문제가 있었지만, 성채를 잃은 것은 장기적으로 꽤나 치명적인 대가를 치르게 될 터였다. 지옥의 군주의 피가 없다면, 타락한 오크를 더는 만들어낼 수 없을 테니까.

하지만 이제 장기적인 고민을 할 필요는 없었다. 조만간 일은 마무리될 것이고, 최후의 거점은 아웃랜드가 아니라 아르거스였다. 킬제덴이 머무는 진짜 위치를 알아내긴 했지만, 그건 영혼 형태였기에 가능했다. 이제는 실제 육신을 지닌 군대를 그곳으로 보내야 했고, 그런 차원문을 여는 데는 정말이지 막대한 마력이 필요했다. 그리고 그에게 남은 마력의 근원은 하나쁜이었다. 영혼을 사용해야 했다. 그것도 나스레자로 통하는 길을 열었을 때보다 훨씬 더 많은 영혼이 필요했다.

가디오스가 몸을 꼿꼿이 세웠다. 그는 강인한 손으로 흉갑을 두들겼다.

"일리단 군주님, 어찌하는 게 좋겠습니까? 얼라이언스와 호드가 모든 전선에서 세력을 확장하고 있습니다. 놈들은 불타는 군단뿐 아니라 우리 병력과도 싸우려 합니다. 검은 사원으로 퇴각해야 합니까? 아니면 반격하여 놈들을 몰아내야 합니까?"

아제로스인들이 불타는 군단에만 집중할 거라고 생각했던 일리단의 바람은 착각에 불과한 모양이었다. 배신자 일리단에 대한 증오가 너무나도 큰 나머지, 그들은 더 큰 위협을 무시할 준비가 되어 있었다. 크룰이 그들을 유인하여 아웃랜드를 침공하도록 만든 것을 보면, 아제로스인들도 마이에브 섀도송만큼이나 복수를 갈망한다는 사실을 알고 있었던 게 분명했다. 물론 크룰은 그 일의 대가를 톡톡히 치러야 했다. 조만간 마이에브에게도 찾아가서, 그녀에 대한 증오 역시 명백하게 보여줄 생각이었다.

하지만 지금은 그럴 시간이 없었다. 모든 존재의 운명이 그의 손에 달려 있었다.

"알아서 해라. 내가 주의를 기울여야 할 일은 따로 있으니."

일리단은 가디오스에게 건성으로 답하고는 긴 갈퀴가 돋아난 손을 휘둘러 지도 위의 표시들을 모두 흩어놓았다.

서늘한 침묵이 대회의실을 가득 채웠다. 모두의 시선이 일리단에게로 향한 채 그가 이끌어주기만을 기다리고 있었다. 실수였다. 아직은 자신을 믿고 있는 이들을 최후의 전투까지 이끌고 갈 필요가 있었다. 일리단은 지도가 놓인 탁자에 기대선 채 부하들을 하나하나 차례로 바라봤다. 악마사냥꾼의 지도자들, 아카마, 가디오스, 나머지 의원들과 다른 모든 이들까지.

"우리는 불타는 군단의 격노로부터 모든 존재를 보호하기 위한 전쟁을 치르고 있다. 아웃랜드를 몇 년 더 지키는 일 따위 아무 의미도 없다. 군단이 재집결하기만 하면, 압도적인 병력으로 우릴 제압할 것이다. 지금 여기에서 일어나는 일은 이제 더는 중요하지 않아. 오직 진짜 전쟁과 관련이 있는 일들만이 의미가 있다."

침묵은 더욱 짙어졌다. 악마사냥꾼들은 고개를 끄덕였다. 그들은 일리단과 같은 환영을 보았다. 다들 불타는 군단의 진짜 모습을 알고 있었다. 군단의 위협이 얼마나 무시무시한 것인지 실제적으로 이해했다. 다른 자들은 아무래도 그렇게까지 확신하지 못하는 듯했다. 일리단은 참을 수 없는 분노를 느꼈다. 무지한 얼굴들을 후려치고 싶었다.

일리단은 가까스로 그런 욕구를 억누르고, 상대방의 입장에서 상황을 바라보려고 애썼다. 다들 자신이 지배하는 영지, 즉 자기 힘의 기반을 잃는 것에만 초점을 맞추고 있었다. 전 우주를 위협하는 군단 앞에서는 아무 의미도 없는 자기 목숨을 잃을까봐 노심초사했다. 그들은 여기 아웃랜드에서 승리해봐야 자신의 목숨이 고작 몇 달에서 몇 년 정도 늘어나는 것뿐임을 이해하지 못했다. 모든 존재의 최후가 다가오고 있었다. 킬제덴을 처단하지 못하면, 불타는 군단을 파괴하지 못하면 피할 수 없는 운명이었다.

그들이 전체 그림의 극히 일부밖에 보지 못하는 것은 그들의 잘못이 아니었다. 일리단도 그들에게 자세한 설명은 하지 않았으니까. 그들의 야망과 탐욕을 자극하고, 충성심을 유지하기 위해 제시할 수 있는 것들에만 의존했다. 진짜 목적을 알려줘야 할 때가 왔다.

"우리는 이 전쟁을 킬제덴에게로 이끌어갈 것이다."

"전에도 그런 말씀을 하셨습니다, 군주님. 물론 저희 모두 동의합니다."

아카마의 목소리였다. 하지만 그의 목소리와 다른 의원들의 눈빛에는 결코 동의하지 않는다는 기색이 여실히 드러났다.

"하지만 군주님, 먼저 저희 진영을 안전하게 지켜야만 진짜 공격을 시작할 수 있습니다."

아카마의 말에 일리단은 고개를 가로저었고, 이제는 모두가 그를 주목하고 있었다.

"아르거스로 통하는 길이 열릴 때까지만 이곳을 지키면 된다."

아카마는 공포와 경외감 그 사이 어디쯤에 위치한 표정으로 그를 바라봤다.

"제 동족의 고향을 되찾을 준비가 되었다는 말씀입니까?"

"그렇다. 그곳을 더럽힌 자들을 모두 제거하고 다시는 깨어나지 못하도록 만들 것이다. 내가 그리할 수 있다."

"제 동족은 수천 년 전에 그곳에서 탈출했습니다. 이제 그 세계는 살게라스에게 복종하는 아키몬드와 킬제덴의 추종자들 차지가 되었지요. 지금 이곳과는 일천 개의 세계만큼 떨어져 있고, 따라서 우리는 일천 개의 차원문을 통과해야 할 겁니다."

고위 황천술사 제레보르는 이미 답을 알고 있다는 듯 능글맞게 웃었고, 베라스 다크샤도는 조용히 귀를 기울였다. 일리단은 악마사냥꾼들이 서서히 흥분하고 있다는 것을 느꼈다.

"드레나이가 달아났던 길을 따라가야 한다면, 네 말이 옳겠지. 나는 더 빠른 길을 택하려 한다."

"뒤틀린 황천을 통과하여 아르거스로 이어지는 차원문을 열 생각이십니까? 이런 말씀을 드리게 되어 죄송하지만, 군주님, 그건 불가능합니다."

"불가능하지 않다, 아카마. 극도로 어려울 뿐이지. 나는 아르거스로 통하는 길을 열 수 있다. 마력과 지식이 충분히 축적되면, 마법을 통해 무슨 일이든 할 수 있는 법."

아카마는 머릿속으로 빠르게 계산이라도 하고 있는 것 같았다.

"나스레자로 가기 위해 사용하셨던 마력을 제외하면, 그와 같이 축적된 마력은 없습니다."

일리단은 고개를 끄덕이며, 아카마에게 이야기를 계속하라고 지시했다. 하지만 반델이 느닷없이 목소리를 높이는 바람에 일리단도 놀라고 말았다.

"그럴 가치가 있습니까, 군주님? 우리가 정말 불타는 군단의 위협을 끝낼 수 있습니까?"

일리단은 모두의 얼굴을 차례대로 바라봤다. 진실을 말하자면, 일리단 자신도 알지 못했다. 그저 어둠 속에서 있는 힘껏 뛰어오르려는 것일 뿐. 그 무엇도 군단에게는 승리할 수 없을지도 모른다. 설령 킬제덴을 처치한다 해도 달라지는 건 아무것도 없을지 모른다. 하지만 한 가지만은 분명했다.

"나는 일만 년 이상 그 생각을 곱씹었다, 반델. 내가 처음 살게라스와 접촉했을 때부터, 불타는 군단의 진짜 정체를 알게 된 후로 계속 말이다."

일리단은 잠시 말을 멈추고 그때를 회상했다. 그가 본 것은 여느 악마사냥꾼과 같은 환영이었지만, 백배는 더 생생했다. 누구도 군단을 꺾을 수 없다고, 살게라스의 의지에 거역해 봤자 아무 의미도 없다고, 최선의 선택지는 군단에 합류하여 전 우주의 재구축에 힘을 보태는 것뿐이라고 그렇게 믿을 수밖에 없었던 환영이었다.

하지만 일리단의 정신은 붕괴되지 않았다. 그는 온전히 남았다. 그리고 그때 보았던 환영을 바탕으로 그 오랜 저항의 세월을 견뎌낼 수 있는 힘을 얻었다. 씁쓸하지만 그 문제에 대해 심사숙고해볼 시간은 충분했다.

"나는 만 년 동안 갇혀 있었다. 하지만 그 긴 시간 동안 가만히 앉아 있기만 했던 건 아니다. 내가 군단에 대해 아는 것을 모두 되짚어보았다. 군단에 저항할 수 있는 방법을 모두 검토해보았다. 가능한 모든 방법들을 두루 살폈다. 그게 내가 군단에 합류했던 이유다. 어떻게든 군단에 대해 알고 싶었기 때문이지. 그 지식을 위해 모든 것을 포기했다. 나는 살아 있는 존재 중에서는 그 누구보다도 불타는 군단에 대해 많은 것을 알고 있다. 물론 군단의 지배자들을 살아 있는 존재라고 본다면 얘기가 조금 달라지겠지만. 나는 많은 것을 배웠지만, 그 모든 것은 냉혹하고 끔찍한 한 가지 진실로 귀결될 뿐이다."

일리단은 주변을 돌아보며 말을 이었다.

"나는 군단이 오는 것을 기다리기만 해서는 결코 놈들을 처단할 수 없다는 사실을 배웠다. 군단은 너무도 강하다. 한 번 물리치고 쫓아 보낸다 해도, 놈들은 다시 돌아올 뿐이다. 천 번을 쫓아 보내도 다시 돌아온다. 그리고 그렇게 돌아올 때마다 군단은 더욱 강해진다. 놈들의 사령관들도 실수를 통해 배우고, 적의 전략을 상대로 철저한 대비책을 마련하는 것이다.

놈들은 불멸의 존재다. 영혼조차도 일반적인 곳에서는 소멸되지 않고, 뒤틀린 황천으로 돌아갈 뿐이다. 결국 놈들은 이전의 삶에 대한 기억을 모두 간직한 채, 뒤틀린 황천에서 다시 태어난다. 아무리 여러 번을 죽여도 다시 돌아올 전사와 싸운다고 상상해봐라. 게다가 그 전사는 앞서 상대가 자신을 처치하는 데 사용했던 기술들을 모두 기억하고, 그에 철저히 대비해서 돌아오는 것이다. 결국엔 그 누구라도 더는 아무것도 할 수 없는 순간이 찾아오고, 행운도 모두 사라지고 말겠지. 그래서 아제로스에서는 군단을 물리칠 수 없는 것이다. 악마의 영혼은 뒤틀린 황천이나 그들이 필멸의 존재가 되는 세계나 불타는 군단의 악마 마력으로 가득 찬 장소에서만 파괴할 수 있다. 나스레자가 그런 곳이었고, 아르거스도 마찬가지다.

불타는 군단을 물리쳤다고 생각한 자들은 얼마든지 있었다. 하지만 지금은 공포의 군주가 그런 세계의 잿더미 속에서 활개를 치고 있다. 지옥불 정령이 그들 자식의 무덤을 더럽힌다. 군단과 정면으로 맞서서는 승리할 수 없다. 누구나 종국에는 패배하고 말 것이다.

승리할 수 있는 길은 하나뿐이다. 불타는 군단을 파괴할 수 있는 곳에서 공격해야 한다. 가능성은 희박해도 그것만이 유일한 길이다. 달리 선택의 여지가 없구나. 우리가 할 수 있는 건, 가만히 서서 죽음을 기다리거나 이 전쟁을 살게라스와 그의 하수인들에게 이끌고 가는 것뿐이다. 우린 군단의 병력을 움직이는 사령관들을 제거할 것이다. 킬제덴을 처단하고, 아키몬드가 되살아났다면 그 역시 처단할 것이다. 살게라스도 병사들을 통제하려면 사령관이 필요하다. 놈들이 제거되면, 에레다르도 서로 다투기 시작할 테고 그러면 모두 쉽게 제거할 수 있으리라."

아카마와 다른 의원들 모두 공포와 경외감에 사로잡혀 일리단을 바라봤다. 악마사냥꾼들은 그저 고개만 끄덕였다.

"내가 이 전쟁을 아르거스로 이끌겠다. 너희는 모두 불타는 군단에 복수하겠다고 주장했었다. 그 누구도 갖지 못했던 기회를 내가 너희에게 주겠다. 우린 추수를 하듯 악마의 목숨을 수확하고, 놈들의 사령관을 되살아나지 못할 곳에서 제거할 것이다. 너희 모두는 나와 함께할 수 있음을 증명했다."

일리단은 자신의 말이 모두의 뇌리에 남기를 기다렸다. 자신을 따르라고 요청하는 게 아니었다. 그들이 가치 있는 존재라는 이야기를 했고, 그

건 진실이었다. 그러자 고개를 끄덕이며 동의하는 모습이 하나씩 눈에 들어오기 시작했다.

"이제 가라. 다른 이들에게 알려라. 아르거스로 통하는 길을 열 준비를 해라."

"어디로 가십니까?"

아카마가 쉰된 속삭임 같은 목소리로 물었다. 그는 놀란 기색을 감추지 못하고 턱의 촉수를 만지작거리고 있었다.

"수많은 영혼이 소멸의 때만 기다리고 있는 곳, 아킨둔으로 간다."

"드레나이의 무덤 말씀이십니까, 군주님? 그곳은 신성한 장소입니다."

일리단은 아카마를 뚫어져라 주시했다. 그의 목소리에서 반역의 기색을 감지하려는 듯이.

"내겐 아니다, 충직한 아카마여."

아카마는 천천히 고개를 숙였다. 어깨가 축 늘어졌다. 지금 이 상황이 마음에 들지 않겠지만, 아카마와 그의 백성들의 영혼을 위해 받아들일 수밖에 없으리라는 것을 일리단은 잘 알고 있었다.

일리단은 두 팔과 날개를 넓게 벌리며 모인 이들에게 지시를 내렸다.

"이제 모두 가라. 최후의 순간이 오기 전에, 각자 해야 할 일이 있을 것이다."

반델은 다른 이들이 회의실에서 떠나는 모습을 지켜봤다. 그리고 마지막으로 커다란 지도와 여기저기 분산된 병력에 대한 표시들을 바라봤다. 이제는 그것들이 장난감처럼 보였다. 그들이 수행해야 하는 진짜 싸움과는 아무 상관 없는, 어린아이의 놀이 같았다.

다른 이들을 따라 회의실에서 나가려다가, 그는 일리단의 말과 악마의 살점을 먹는 순간 자신이 보았던 환영을 다시 떠올렸다.

일리단의 말이 진실이라는 것은 단 한순간도 의심하지 않았다. 불타는 군단에 일반적인 수단으로는 맞설 수 없었다. 단 한 순간도 무한한 자원과 불멸의 병사들을 부리는 군대를 막아낼 수 있는 방어 전략 따위는 없었다. 이제 중요한 건, 일리단의 계획이라고 다를 게 있는가 하는 점이었다. 지난 몇 달간 배신자는 그 어느 때보다 비이성적으로 보였다. 그리고 이제야 반델은 그 이유를 이해했다. 그의 모든 계획이 정점에 이르고 있었다.

일리단은 아웃랜드에 대해서는 신경 쓰지 않았다. 지옥불 성채나 갈퀴송곳니 저수지도 신경 쓰지 않았다. 그에게는 아무 의미도 없었다. 지금까지 늘 그랬다. 모든 것이 궁극의 목적지에 도달하는 데 필요한 디딤돌일 뿐이었다.

반델은 다른 조언자들이 보지 못하는 것을 보았다. 일리단에게도 이 지점 이후로는 아무 계획이 없었다. 그는 거대한 심연의 가장자리에 서서, 어둠 속으로 향하는 긴 도약을 준비하고 있었다. 지금까지 일어난 모든 일들, 이를테면 성채를 차지하고 얼라이언스와 호드가 나타난 일까지 모두 일리단에게는 부차적인 일일 뿐이었다. 이제부터 어떤 상황이 벌어지든 몇 달 내에 모든 것이 무너지리라는 것을 알 수 있었다. 그들 모두 오래 살아남을 것 같지 않았다. 일리단을 따라 아르거스에 가든, 여기 남아 군단이나 얼라이언스와 호드 연합군과 싸우든, 다를 건 없었다. 그들은 모두 죽을 것이다.

그렇다면 이제 중요한 건 어떻게 해야 그들의 죽음에 의미가 있을 것인가 하는 문제였다. 일리단의 말에 조금이라도 진실이 담겨 있다면, 해야 할 일은 하나뿐이었다. 반델은 오래전에 카리엘을 위해 만들었던 목걸이를 쓰다듬었다. 그는 목적이 있어 여기까지 왔다. 불타는 군단에 맞서고,

가능하면 복수를 하기 위해서였다. 쓰디쓴 최후를 맞이하더라도, 그 목적은 반드시 이룰 생각이었다.

주위를 둘러보자 다른 악마사냥꾼들도 반델과 같은 결론을 내린 모습이었다. 그리고 블러드 엘프들은 늘 그렇듯, 어떻게든 이 상황을 이용하려하고 있었다.

반델은 무슨 일이 있어도 일리단을 따를 생각이었다. 그는 어깨 너머로 대회의실을 바라봤다. 일리단은 아직 회의실에 그대로 남아, 축 늘어뜨린 어깨를 쓸쓸히 날개로 감싸고 있었다. 그는 아홉 걸음을 걷고는 돌아섰다. 그리고 누군가의 시선을 느끼기라도 한 듯 허리를 꼿꼿이 펴고, 날개를 펼치고, 팔짱을 끼었다. 문이 미끄러져 닫히고, 반델은 자신의 지도자 역시 의혹에 휩싸여 있다는 것을 알 수 있었다.

일리단은 조용한 회의실에서 생각에 잠겼다. 텅 비어버린 회의실이 더 크게 느껴졌다. 살아 있는 존재들의 소리가 사라지자 그 장소도 죽어버린 것 같았다. 그는 지도가 놓인 탁자로 다가가 아웃랜드 제국의 무너진 요새들을 바라봤다. 뒤집힌 모형들과 작은 조각상들은 피만 쏟아지지 않았을 뿐, 수천 명의 죽음을 의미했다. 하지만 이미 오래전부터 그런 일에 대해서는 신경 쓰지 않았다. 그가 치러야 하는 대전쟁에서, 수만 명의 목숨쯤은 충분히 무시해도 될 손실이었다.

먼 옛날에는 그런 죽음이 일리단을 불편하게 했던 때도 있었다. 그랬었다는 사실을 이성적으로는 알고 있지만, 이제 더는 그런 감정을 느낄 수 없었다. 아니, 그게 어떤 기분이었는지조차 떠올릴 수 없었고, 그 점이 가장 언짢았다. 일리단은 아주 오랜 세월 동안 자신을 단련하며 의혹을 떨쳐냈다. 그리고 그 기간 동안 오직 자신의 전쟁과 관련이 있는 질문만을 던져왔다. 이제 이 텅 비어버린 방 안에서는, 침묵의 메아리만이 들려왔다.

반델과 아카마의 의혹은 모두 일리가 있었다. 일리단 자신이 틀렸는지도 몰랐다. 모두가 그를 비난하듯, 일리단은 이미 미쳐버린 것일 수도 있었다. 그는 갈래발굽 상아를 깎아 만든 오크 전사 조각상을 들어 올려 손가락 사이에서 이리저리 돌려보았다. 얼마나 많은 타락한 오크들을 아무런 번민 없이 사지로 몰아넣었던가? 원한다면 그 수를 계산해볼 수도 있었다. 마법으로 단련된 그의 정신은 전투 명령과 보급품 목록을 하나도 빠짐없이 기억했다. 하지만 그건 중요하지 않았다.

악마사냥꾼들에 대해서도 생각해봤다. 그들은 일리단의 동족이었다. 그 엘프들과 그의 관계는 가족과도 같았지만, 그것조차도 막연하기만 했다. 일리단은 그들과 너무 다른 길을 걸어왔다. 철저한 고독 속에서 만 년을 버텨오는 동안 함께한 건 마이에브와 감시자들뿐이었고, 그들 역시 멀리 있는 존재였다. 만 년을 홀로, 오직 생각과 계획과 환영만을 곱씹으며 살았다. 끔찍한 꿈을 꾸고, 결코 깨지지 않는 구속을 시험하며 만 년을 보내야 했다. 티란데가 그를 풀어주었던 그 순간까지. 일리단은 당장이라도 마이에브를 찾아가 최소한의 처벌이라도 가하면 어떨까 생각했다. 체스말이 손 안에서 잘게 바스러졌다.

그는 조각상의 파편을 지도 위로 던졌다. 다른 것에 정신을 팔 시간이 없었다. 전쟁에서 승리해야 했다. 의혹이 그를 괴롭혔다. 만약 틀렸다면 어떻게 해야 할까? 계산이 잘못된 것은 아닐까? 그의 환영은 절대로 틀리지 않았다. 어쩌면 다른 방법이 있는데도 그가 보지 못한 것일 수도 있었다. 그 모든 희생을 치르지 않고도 이 전쟁에서 승리할 가능성이 있는데, 그가 눈이 멀어 보지 못한 것일 수도 있었다. 그가 찾고 또 찾아도 방법을 찾아내지 못했지만, 그렇다고 그런 방법이 존재하지 않는다는 뜻은 아니었다.

배신자. 모두가 일리단을 그렇게 불렀다. 모두가 그렇게 기억하게 될 것이다. 다들 운 좋게 살아남아 뭐든 기억하게 된다면 그건 일리단이 모두를 구원했기 때문일 테지만, 어느 누구도 그 사실을 알지 못할 것이다. 그는 잠시 씁쓸한 희열을 느꼈다.

일리단은 어깨를 펴고, 날개를 펼치고, 뒤도 돌아보지 않은 채 회의실을 빠져나갔다. 아킨둔으로 가서 안식을 취하지 못하는 망자의 영혼을 상대해야 할 시간이었다.

아카마는 마이에브의 감옥 옆에 섰다. 경비병들은 잠시 내보냈다. 아카마가 마지막으로 일리단을 만났던 때의 이야기를 들으며 마이에브의 얼굴이 점점 더 창백해졌다. 지금 상황에서 여길 찾아오는 건 끔찍한 위험을 감수하는 일이었지만, 그래도 일리단을 향한 타는 듯한 증오를 누군가에게 털어놓아야만 했다.

구역질이 치밀어 오르는 공포가 뒤틀린 드레나이의 심장을 움켜쥐었다. 배신자는 또 한 번 드레나이의 신성한 장소를 더럽힐 생각이었다. 그 어떤 거리낌도 없었다. 아카마의 동족이 신성시해온 거대한 묘지조차 일리단의 압도적인 광기 아래에서는 안전하지 않았다. 무슨 일이 있어도, 어떤 대가를 치르더라도 일리단을 막아야 했다. 이제는 아카마도 그 사실을 깨달았다. 세포 하나하나가 그 필요성을 울부짖었다. 자신의 영혼을 걸어야 하더라도, 돌이킬 수 없는 최후의 계획을 실행에 옮겨야 할 때가 왔다.

"놈은 미쳤어. 늘 그랬다. 하지만 이건 내가 지금껏 들어본 것 중에서도 가장 정신 나간 계획이군. 아르거스로 통하는 길을 열겠다니! 그곳에서 지원군을 불러내 얼라이언스와 호드를 제거하려는 것 아닌가?"

마이에브의 말에 아카마는 고개를 저었다.

"당신은 그 자리에 없었다. 그자의 말을 듣지도 못했고. 그는 진심이었다. 그 계획을 실행에 옮길 생각이다. 다른 건 그 무엇도 신경 쓰지 않고 있어. 지난 몇 주 동안 그는 모든 것을 뒤로한 채 관문을 만든다는 단 한 가지 목표에만 전념했다. 주문과 주문을 만들어내고, 점성술 도표를 연이어 만들었지. 자신의 제국이 무너져 내리는 와중에도 그 외의 일은 아무것도 하지 않았다."

"관문을 이용해서 달아날 생각인지도 모르지."

마이에브의 목소리에서 걱정하는 기색이 묻어났다. 누구의 도움 없이도 자기가 사냥감을 추적해 붙잡을 수 있다고, 여전히 진지하게 믿고 있는 듯했다.

"여기서 멀리 떨어진 피난처로 통하는 길을 열려는 것인지도 모른다. 너도 짐작할 수 있겠지. 네 동족도 같은 일을 했었으니까."

"일리단은 도망치지 않는다. 나도 그자가 킬제덴을 찾아가 최후까지 싸울 거라고 믿는다."

마이에브의 비웃음 소리가 온 감옥에 울려 퍼졌다.

"놈은 패배할 거다. 그 모든 노력은 수포로 돌아갈 것이고. 너도 마찬가지다. 너의 그 소중한 사원 역시 얼라이언스와 호드의 수중에 들어갈 테고. 날 이곳에서 내보내라. 얼라이언스가 사원을 점령한다면, 내가 네 동족에게 돌려주겠다."

아카마는 마이에브를 바라보며 웃었다.

"그 문제라면 걱정할 필요 없다. 나도 나름의 계획을 세웠으니까. 당신은 그저 참을성 있게 기다리면 된다."

"그래서 이렇게 자주 날 찾아오는 건가, 뒤틀린 드레나이여? 아직도 너의 그 계획에 날 써먹을 생각인가?"

"그렇다면 어찌하겠나? 내가 당신을 풀어주고, 복수를 실현하게 해준다면?"

"너는 전에도 그런 약속을 했었다."

"아, 그때는 시기가 좋지 않았다. 하지만 지금은 달라."

아카마는 마이에브가 자신의 말에 담긴 의미를 되짚어보느라 침묵에 잠긴 그 순간을 즐기며 천천히 감옥을 나섰다. 굴단의 손아귀가 분출을 시작했는지 멀리서부터 대지가 흔들렸다. 최근 들어 자주 있는 일이었다. 악의 징조였다.

제 26 장

몰락 1개월 전

일리단이 아킨둔의 부서진 관문 앞에 내려서자, 발굽 아래에서 잿더미가 바스락거렸다. 머리 위로 묘지가 된 거대한 도시의 장벽이 하늘을 향해 치솟아 있었다. 주위를 둘러싼 황무지처럼 회색빛이었다. 썩은 고기를 찾아다니는 거대한 해골채찍 독수리들이 멀리 하늘을 가로질렀다. 늙고 병들어 예전의 힘을 모두 잃어버린 갈래발굽 한 마리가 비틀거리며 황무지를 지나갔다. 서늘한 바람이 먼지를 흩날리자 모래의 강이 흘러내렸다.

이 도시는 한때 티탄의 투구처럼 거대한 반구 형태였지만, 이제는 산산조각 나서 말라붙은 땅 여기저기에 흩어져 있었다.

멀리 해골 무덤을 내려다보는 두 개의 영혼 탑에서 마법의 맥동이 느껴졌다. 무엇에 사용되는 탑일까? 그걸 알 수 없다는 사실이 꽤나 언짢았다. 마법을 정복하기 위해 일생을 바쳤건만, 아직도 그의 지식에는 빈틈이 있었다.

평상시라면 그 누구보다 거칠고 공격적이었을 어둠달 부족의 타락한 오크들조차도 불안한 듯 쭈뼛거렸다. 이 죽음의 장소에 도사린 무언가가 분노로 가득한 정신에 침투하여 공포를 심었다. 그것 또한 상당히 언짢았다. 일리단을 섬기는 모든 오크 부족 중에서, 어둠달 부족이야말로 강령술과 암흑 마법에 가장 익숙한 자들이 아니었던가. 그들의 지휘관인 그림백 새도레이지가 우렁찬 목소리로 병사들의 사기를 북돋자 그제야 모두들 마음을 가라앉히고 명령을 기다렸다.

일리단의 입이 바싹 마르고 숨이 막혔다. 작은 뼛가루가 코로 들어오고 혀를 간지럽히는 듯, 뭔가 이상한 냄새와 불쾌한 맛이 느껴졌다. 모래 속에 묻혔던 뼈가 모두 밖으로 빠져나온 것만 같았다. 그는 애써 불안한 느낌을 무시하고 폐허를 살펴봤다.

끔찍한 재앙이 이 도시를 덮쳤다. 그건 분명했다. 거대한 금속 골조가 잔뜩 뒤틀린 채 부서진 석조 건물의 잔해에서 튀어나온 모습은, 썩어가는 사체에서 갈비뼈가 비어져 나온 것만 같았다.

아카마는 이곳이 죽은 드레나이의 유골이 매장되는 신성한 장소라고 했지만 뭔가 잘못된 것 같았다. 그와 상반되는 소문도 너무 많이 돌았다. 암흑의 의식 때문에 망자들이 죽음에서 깨어났다는 이야기. 오크들이 손대지 말아야 할 것을 건드려 끔찍한 악의 세력이 풀려났다는 이야기. 불타는 군단이 이곳에서 어떤 참혹한 무기를 시험했고, 그로 인해 발생한 악의 마력이 이 도시의 모든 것을 뒤틀었다는 이야기까지.

일리단은 진실을 알았다. 굴단의 해골에서 힘을 흡수할 때 그의 기억까지 물려받았기 때문이었다. 그 늙은 모사꾼은 한 무리의 흑마법사들을 보내 이 도시 안에 묻힌 유물을 찾으려 했다. 하지만 그때 살아남은 자들의 말에 따르면, 뭔가 일이 크게 잘못되어 아주 기이한 존재가 소환되었다고 했다. 그 존재가 아킨둔을 산산이 파괴하고, 거대한 반구를 쪼개고, 헤아릴 수 없이 많은 망자의 유해를 거대한 사막 지역에 흩뿌렸다.

일리단이 마침내 전진 명령을 내렸다. 타락한 오크들은 우렁차게 포효하며 망자의 도시 관문을 통과했다. 묵직한 발소리가 고대로부터 내려온 침묵을 더럽혔다. 어둠 속에서, 굶주린 과거의 존재들이 조용히 그들을 바라보며 기다렸다. 눈에 보이지 않는 일천 개의 눈이 그들을 관찰하는 듯했다.

거대한 아치 아래를 지나자, 발밑의 모래가 뽀드득 소리를 냈다. 모래가 어찌나 두껍게 쌓여 있는지, 타락한 오크들은 걷는 것조차 힘에 부쳤다. 일리단은 간단히 날개만 퍼덕여도 공중으로 떠올라 쉽게 지나갈 수 있었지만.

이 도시는 동심원 형태로 건설되었다. 일리단의 병력이 아치를 지나자마자 또 다른 무너진 잔해가 앞을 막아섰다. 계단이 위쪽으로 이어졌다. 좌우로는 한때 거대한 거리였을 통로가 굽어지며 멀리까지 이어졌다. 바깥쪽 장벽에는 안쪽의 무덤들로 통하는 입구가 여럿 뚫려 있었다.

모든 것이 무너져 내린 황량한 모습이었다. 바람이 잔해의 표면을 어루만지며 신음을 흘리고, 일리단의 날개를 건드렸다.

일리단은 타락한 오크들을 이끌고 낡은 계단을 올라가, 개선문의 잔해를 지나갔다. 그곳을 통과하자 대로처럼 넓은 장벽 위에서 안쪽의 또 다른 고리 모양 폐허가 내려다보였다.

나무의 나이테 같군. 일리단은 생각했다. 지금 서 있는 곳에서는 멸망한 대도시의 중심부가 한눈에 들어왔다. 이 도시는 한때 여러 층으로 건축되었고, 이곳도 그중 하나인 게 분명했다. 어쩌면 수많은 방과 전당을 품은 웅대한 건물이었을 수도 있었다. 이제 그 모든 게 무너져 내려 지면에 쌓여 있었다. 혼란스러웠다. 이 도시는 드레나이의 감성을 충족시키는 미지의 형태로 건설되었다. 그는 도시 중심부로 들어가고자 했지만, 쉽지 않을

것 같았다.

일리단 혼자라면 중앙 지역에서 날아 내려갈 수도 있겠지만, 타락한 오크나 영혼 흡수기가 담긴 거대한 함을 운반하는 자들은 그를 따라갈 수 없었다. 그는 바람을 맞으며 날개를 망토처럼 몸에 둘렀다. 여기 온 것이 실수라고 느껴졌다. 설명할 수는 없지만 무언가 불길했다.

그때 정찰병 하나가 돌아왔다. 얼굴 가득 승리의 웃음을 띠고 있었다.

"군주님, 지하로 들어가는 길을 찾았습니다!"

통로 양쪽에 기이한 형태의 화로가 늘어서 있고, 묘한 룬이 수놓아진 깃발에 빛을 비췄다. 부패한 뼈가 주위에 놓여 있었다. 고대의 향과 뼈 냄새가 대기를 가득 채웠다. 역겹고도 달콤한 부패의 향취가 공기 중에 고여 있었다. 목을 간지럽히는 사체 가루가 일리단의 코로 들어왔다.

지하 회랑의 입구를 지나자 모든 것이 달라졌다. 방벽을 지나 다른 차원으로 들어선 것 같았다. 돌화로에서는 지옥의 초록 불이 타올랐고, 앞쪽에서는 흐릿하게 아른거리는 드레나이 영혼이 공허한 눈빛으로 망각을 응시하며 다가왔다. 두렵다기보다는 슬픈 모습이었지만, 어딘가 불안해 보였다. 타락한 오크들은 위협하듯 으르렁거렸지만 공격하지는 않았다.

저 유령들은 대체 뭐지? 일리단에게 남아 있는 마법사의 정신이 의문을 품었다. 망자의 영혼이 육신을 떠나 이 세계를 방황하는 걸까? 그렇다면 어째서 저들은 아무것도 기억하지 못하는 걸까? 일리단의 영혼이 뒤틀린 황천을 지나갈 때처럼 각자의 본능에 따라 행동하는 걸까?

유령은 망가진 미치광이처럼, 일정하게 앞뒤로 움직였다. 병에 걸렸거나 미쳤거나 뭔가를 잃어버린 듯한 모습이었다. 어쩌면 이 도시를 잠들지 않는 망자의 터전으로 바꿔놓은 마법으로 인해 발생한 현상인지도 몰랐다. 일단은 섣부른 추측도 삼가야 했다. 계속 움직이는 게 현명했다.

일리단의 병력은 통로와 회랑으로 가득 찬 미로의 깊은 곳으로 들어갔다. 아킨둔은 광활한 고대의 건축물이었고, 지하의 구조물은 지상에 드러난 것보다 몇 배는 더 컸다.

영혼의 마력이 거미줄처럼 천장을 뒤덮었다. 지옥불 화로들이 뼈 무덤을 비췄다. 뼈들은 광기 어린 수집가가 뒤죽박죽 쌓아놓은 듯 높다랗게 쌓여 있었다.

여기저기 포석이 깨진 곳을 통해 지하실 아래의 바위가 드러났다. 아다만타이트 광석 조각이 반짝이는 곳도 있었다. 눈에 띄는 생물이라고는 여기저기 어둠 속을 누비는 주먹만 한 거미뿐이었다.

일리단과 일행은 기이한 다리를 건너 커다란 석관 옆을 지나갔다. 엄청난 크기의 고대 석관들이 줄지어 늘어선 막대한 규모의 전당에 들어서자, 스산한 존재감이 느껴졌다.

텅 빈 것으로 보였던 통로에는 드레나이와 유사한 빛나는 형체가 있었다. 그 형체에서 생명을 흡수하는 힘이 쏟아져 나왔다. 일리단은 마력 화살을 발사했고, 그의 힘 앞에 형체는 소멸했다.

그게 신호가 된 듯, 아른거리는 형체들이 어둠 속에서 모습을 드러냈다. 그들은 타락한 오크들에게 접근했지만, 룬 무기와 강력한 주문 앞에서 흐릿한 심령체로 파괴되어 사라졌다.

높다랗게 쌓인 뼈들이 서로 들러붙어 살아 움직이기 시작했다. 살점이 없는 손가락은 생전의 무기를 그대로 쥐고 있었다.

회랑 벽의 돌출부에서는 로브 차림의 드레나이들이 암흑 마법을 발동시켰다. 죽음의 힘이었지만, 그 힘을 끌어내는 건 살아 있는 자들이었다. 강령술이 망자를 깨웠다. 일리단은 타락한 오크를 보내 강령술사들을 처리했다.

여러 차례의 전투를 거치며 그들은 서서히 지하실의 중앙으로 향했다. 낭랑하고 스산한 뿔피리 소리가 울려 퍼지고, 끝없는 회랑을 따라 메아리쳤다. 침입자가 있다는 경고가 퍼지는 것이 분명했다. 수호자들이 소환되고 있었다.

좋아. 일리단은 생각했다. *영혼 흡수기에 먹일 영혼이 늘어나겠군.*

일리단의 병력은 계속 싸웠다. 기이한 영혼의 해일이 포효하며 그들에게 밀려들었다. 타락한 오크들이 하나둘씩 쓰러져갔다.

애석한 일이었다. 서둘러 영혼 흡수기를 설치했다면, 이 원대한 계획 안에서 그들의 죽음에 의미를 부여할 수도 있었을 것이다.

하지만 이 도시 아래 깊은 곳, 매장된 사체가 끝없이 늘어선 전당 밑에 그가 진짜로 원하는 곳이 있었다.

타락한 오크들은 영혼 흡수기 주위를 둘러쌌다. 그 장치는 황동, 지옥강철, 진은으로 이루어진 엘프 크기의 관 안에 담겨 있었다. 일리단이 공중으로 도약했다. 서늘한 바람이 날개 아래로 지나가는 것을 느끼며, 그는 관 위에 내려앉았다. 그가 주문을 읊자 덜컹거리는 소리와 함께 관이 열리고 영혼 흡수기가 모습을 드러냈다.

지옥무쇠 도관에서 마력이 맥동하며 유물의 측면에 각인된 룬을 따라 집중되었다. 일리단은 이 마법이 자랑스러웠다. 그는 나스레자로 통하는 차원문을 열었던 때, 망자와 죽어가는 자들의 영혼을 흡수하던 의식의 효과를 재현하는 데 성공했다. 영혼 흡수기가 활성화되면 아킨둔에 출몰하는 잠 못 드는 영혼들을 흡수하고, 분해하고, 그 힘을 저장할 수 있었다. 흡수기의 중앙에는 세 개의 눈물 모양 보석이 부착되어 있었는데, 지금은 흐릿한 검은색이지만 마력이 축적되면서 빛을 내뿜기 시작할 것이다. 그리고 모든 보석이 빛을 발하면, 아르거스로 통하는 차원문에 필요한 동력을 모두 모은 셈이 된다.

일리단은 유물의 힘을 발동시키고, 자신의 정신을 흡수기와 연결했다. 머릿속에서 느껴지는 유물은 아귀를 벌린 심연이 되어 마주치는 모든 것을 삼키려 하고 있었다. 영혼 흡수기에는 흉포하고 원시적인 정신이 담겨 있었다. 거기에 접촉하는 순간, 흡수기는 흡혈귀처럼 그의 생명력까지 빨아들이기 시작했다. 그는 보호와 지배의 주문을 시전하며, 악마를 지배할 때처럼 그 개체를 자신의 의지에 결속했다.

로브 차림의 드레나이들이 살아 있는 뼈 무리를 이끌고 나타났다. 그들이 공격 명령을 내리자, 타락한 오크들이 일리단 주위에 모여들었다.

"몇 분만 막아라. 그러면 승리는 우리 것이 된다."

타락한 오크들은 밀집 대형으로 서서 무기를 들어 올렸다. 살아 있는 망자의 물결이 그들을 덮쳐왔다. 하나하나는 타락한 오크의 상대가 되지 않았지만, 망자는 무리 지어 끝없이 밀려왔다. 그리고 망자들이 타락한 오크를 혼란에 빠뜨리는 사이, 강령술사에게서 암흑 마법의 화살이 날아왔다.

가장 끔찍한 건 영혼들이었다. 그들은 누구의 눈에도 띄지 않은 채 그 차가운 손으로 타락한 오크를 붙잡고 생명력을 빨아들인 후, 차갑게 식은 사체만을 남겨놓았다.

일리단은 계속해서 영혼 흡수기를 전력 가동했다. 시간이 없음을 알았기 때문에, 억지로 정신을 집중해야 했다. 타락한 오크들도 이렇게 강한 압박을 받으면 그리 오래 버틸 수 없었다. 이미 타락한 오크의 사체들이 교활한 강령술사의 마법에 되살아나, 자신의 동료들을 공격하기 시작했다.

영혼 흡수기가 일리단의 의지에 저항했다. 주위의 무언가가 흡수기를 향해 저항할 힘을 빌려주고 있었다. 일리단은 이를 악물고 큰 소리로 주문을 외웠다. 뼈들이 소멸하고, 방출된 암흑의 티끌이 흡수기의 아귀로 빨려 들어갔다. 타락한 오크들이 환호했다. 목숨을 지키기 위해 싸우는 것만으로도 벅찬 나머지, 자신들의 영혼 역시 곧 이 마법 기계에 흡수되리라는 사실을 잊어버린 것 같았다.

덮쳐오던 유령의 해일이 하수구로 흘러들어 가는 물처럼 부글거리며 영혼 흡수기에 빨려 들어갔다. 흡수기는 막강한 위력을 발휘했고, 암흑 마법은 마치 자석이 쇳가루를 끌어들이듯 영혼을 잡아당겼다.

첫 번째 보석이 악마의 태양처럼 환하게 빛났다. 주위를 돌아보니 이미 병력의 절반 정도가 쓰러져 있었다. 마법의 지원을 받지 못하는 만큼 전투에서도 밀리는 중이었다. 일리단도 전투에 뛰어들고 싶었지만 그럴 수 없었다. 정신을 집중하여 영혼 흡수기가 통제 불능 상태에 빠지는 일을 막아야 했다. 최악의 사태에는 흡수기가 폭발해, 모두의 목숨을 잃게 될 수도 있었다.

일리단은 흡수 속도를 증가시켰다. 더 많은 영혼들을 제거하고 그 힘을 흡수하여, 서둘러 의식을 마치고 전투의 흐름을 바꿔야 했다. 수많은 영혼이 비명을 지르며 흡수기 안으로 빨려 들어갔다. 주문을 유지하는 것 자체가 끔찍하게 고통스러웠다.

마침내 강령술사들도 그가 무슨 일을 하고 있는지 깨닫고는 일리단에게 공격을 집중했다. 마력의 화살이 일리단의 옆구리에 꽂혔다. 강렬한 고통이 그를 꿰뚫고 지나갔고, 하마터면 영혼 흡수기에 대한 통제력을 상실할 뻔했다. 그는 이를 악물고 구속의 주문을 유지했다. 흡수기가 다시 그의 힘에 저항했다. 일리단은 자신의 영혼 일부가 그 장치에 끌려들어 가는 것을 느꼈다.

일리단은 힘겹게 정신을 보호 태세로 바꾸고, 영혼 흡수기의 공격에 저항하며 자신의 생명력이 흡수되는 속도를 늦췄다. 그 바람에 흡수기에 대한 구속의 주문이 흐트러지기 시작했다. 이제 두 번째 보석까지 환하게 빛났다. 영혼 마력의 불꽃이 검은 눈보라처럼 그를 둘러쌌다. 막대한 마력이 우렁찬 소리를 내뿜으며 빠른 속도로 빨려 들어갔다. 조금만 더 버티면 모든 것이 끝날 듯했다.

타락한 오크는 이제 삼 분의 일 규모로 줄어들었다. 그림백 섀도레이지가 거칠게 포효하며 남은 병력의 사기를 북돋웠다. 그는 일리단을 향해 돌아섰고 한순간 희망과 믿음, 애원의 표정이 그의 얼굴을 스쳤다. 하지만 이내 병사들의 사기를 해치지 않으려는 냉철하고 단호한 가면이 그 자리를 대신했다.

일리단은 강령술사들의 주문을 차단할까 생각해봤지만, 그건 사실상 불가능했다. 영혼 흡수기를 제어하고 자신을 보호하면서, 동시에 공격까지할 수는 없었다. 그가 아무리 강력한 마법사라 해도 불가능한 일이었다.

일리단의 다리가 후들거리고 머리가 어지러이 돌았다. 힘이 점점 더 빠르게 빠져나갔고, 이제는 커져만 가는 영혼 흡수기의 힘을 억제하는 것만으로도 힘에 부쳤다.

예측하지 못한 상황이었다. 이 어둠의 장소에서 쓰러지게 될 거라고는 상상조차 하지 못했다. 이제 곧 그는 죽고, 모든 계획은 물거품이 될 것이다. 가장 좋은 방법은 영혼 흡수기를 억제하는 주문을 포기하는 것이었다. 그러면 지금까지 축적된 마력이 폭발하여 주위의 모든 것을 소멸시킬 수 있었다. 그러면 적어도 자신을 해치려는 자들에게 복수는 할 수 있었다.

하지만 그는 죽을 수 없었다. 아직 할 일이 있었다. 일리단의 운명은 실현되어야 했다. 불타는 군단을 막아야만 했다. 그는 마지막 남은 모든 의지를 끌어내 영혼 흡수기를 가동시켰다. 자신의 생명력까지 흡수된 탓에 일리단은 자기도 모르게 무릎을 꿇을 수밖에 없었다. 서서히 마지막 보석에 빛이 차올랐다.

버텨라, 버텨야 한다. 암흑 마력의 화살이 일리단의 육체를 채찍질하자, 고통이 온몸을 뒤덮었다. 그림백 섀도레이지도 그의 곁에서 쓰러졌다. 호위병들 중 일부가 대장 곁에서 싸우며 후퇴를 시작했고, 몸을 던져 살아 있는 망자와 그 주인들의 공격을 막아냈다.

마침내 마지막 보석까지 빛이 가득 찼다. 일리단은 마력의 흐름을 차단하는 주문을 읊조리며 흡수된 마력을 가뒀다. 그리고 천천히 일어나 마지막 남은 타락한 오크가 쓰러지는 모습을 보았다. 일리단은 남아 있는 힘을 모두 끌어내 검은 사원으로 돌아가는 차원문을 열었다. 마지막으로 들려온 것은 그와 영혼 흡수기가 사라지는 모습을 보며 강령술사들이 외치는 분노의 포효뿐이었다.

일리단은 숨을 크게 들이쉬며 성소의 차가운 돌 위에 앉았다. 이마에서 땀방울이 흘러내렸다. 숨을 쉬는 것조차 힘이 들었다. 성소 전체가 소용돌이치면서 그의 의식이 아득해졌다.

제 27 장

몰락 1일 전

일리단은 대회의실의 옥좌에 앉아 있었다. 아킨둔에서 돌아온 지 몇 주가 흘렀지만 약해진 몸은 도통 회복되지 않았다. 지금까지 되찾은 힘은 영혼 흡수기를 사용하기 전과 비교해보면 터무니없이 부족했다.

당장이라도 강령술사들을 추적해 박멸하기 위한 원정대를 내보내고 싶었다. 하지만 자원을 낭비할 수는 없었다. 그는 거대한 지도가 놓인 탁자를 바라봤다. 그의 군대는 만신창이가 되었다. 제국은 무너져 내리고 있었다. 그런 와중에 얼라이언스와 호드, 그리고 불타는 군단까지 그의 아웃랜드를 갈가리 짓찢었다. 일리단의 추종자들이 할 수 있는 일이라고는 어둠달 골짜기에 마지막 남은 몇몇 감시초소를 지키는 것뿐이었다. 가끔씩 기분 내킬 때 지휘관들이 전해오는 보고를 들어보면, 긍정적인 보고는 단 하나도 없었다.

하지만 자기 자신을 탓할 수밖에 없었다. 일리단은 타락한 오크 호위병들만 대동하고 아킨둔으로 향했었다. 그 망자의 도시에서 그를 기다리던 진짜 위험은 알지 못한 채, 악마사냥꾼의 힘은 최후의 전투를 위해 아껴놓겠다며 섣부른 결정을 내렸었다. 그런 자만심이 머지않아 그를 포함한 살아 있는 모든 존재에게 크나큰 대가를 요구하게 될 것이다.

그런 생각은 잠시 묻어두어야 했다. 지금은 그럴 여유가 없었다. 아직 희망이, 승리할 가능성이 남아 있다고 믿어야 했다. 일리단 자신이 전투에서 승리할 수 없다 해도, 악마사냥꾼이라면 승리할 수 있을 것이다. 그들은 강력한 존재였고, 바로 이 전투를 위해 계속 훈련해왔다. 그들 모두의 생명이 희생될 수도 있지만, 그런다 해도 승리는 그들의 몫이 되리라.

계속 그렇게 지껄이다 보면, 정말 그리 믿게 될지도 모르지. 애써 무시하려 했지만 씁쓸한 생각을 완전히 밀쳐낼 수는 없었다. 의혹이란 도저히 떨쳐버릴 방법이 없는 악마였다.

하나씩 하나씩, 블러드 엘프 의원들이 대회의실로 들어섰다. 표정을 보니 좋은 소식을 가져온 이는 없는 듯했다. 그는 움직이는 것조차 힘겨운 고통을 최대한 숨기며 옥좌에서 일어났지만, 모두의 날카로운 시선이 그의 모습을 쫓으며 세세히 관찰하고 평가했다. 지금 이곳을 찾아온 이들은 잔혹하고, 야망에 가득 차 있으며, 기존의 어떠한 도덕적 관념에도 얽매이지 않은 자들이었다.

그들은 늑대 무리가 병든 지도자를 보듯 일리단을 면밀히 살폈다. 그의 제국은 쇠퇴하긴 했지만 그래도 아직까지는 엄연히 제국이라 부를 수 있었고, 그의 추종자들 중에는 자기라면 그 제국을 제대로 통치하고, 잃어버린 것까지 모두 되찾을 수 있다고 생각하는 자들이 많았다. 어쩌면 그들의 생각이 옳은지도 모른다.

하지만 아무 상관 없었다. 일리단은 그저 지금 이 자리에서, 이런 우스꽝스러운 짓거리를 해야 한다는 사실 자체에 분개했다. 이들을 설득하면서 낭비해야 하는 시간은, 불타는 군단의 위협을 종결짓는 데 필요한 계획을 다듬는 일에 써야 하는 소중한 시간이었다. 그는 억지로 방 전체를 둘러봤다. 그 자리에 모인 모든 이들이 그의 공허한 시선에 담긴 끔찍한 힘을 마주해야 했다.

고위 황천술사 제레보르가 먼저 입을 열었다.

"황천의 폭풍에서 흥미로운 소식을 전해왔습니다. 폭풍우 요새와 배신한 캘타스 왕자가 패배했다고 합니다. 우리에게 득이 될지 독이 될지는 아직 모르겠습니다만."

일리단은 초조한 마음을 손짓으로 표현하며 그의 말을 잘랐다. 캘타스 왕자가 킬제덴과 한편이 된 만큼, 처참한 운명을 맞이해야 마땅했다. 이제 그자에게는 일리단의 시간을 투자할 가치가 없었다. 그는 여군주 말란데를 향해 고개를 돌렸다.

"칼날 산맥에서는 아무 소식이 없나?"

"용 학살자 그룰이 패배했습니다. 다른 동맹을 찾아보겠습니다. 시간이 조금 지연되었을 뿐이에요."

말란데의 말은 틀렸다. 그 산맥에서 다른 동맹은 찾을 수 없었다. 그래도 일리단은 그 말을 믿는다는 듯이 고개를 끄덕였다. 아무 상관도 없는 문제였다. 아르거스로 통하는 차원문을 구축하는 일을 다시 시작해야 했다. 모든 계획의 종지부가 될 마지막 의식을 시행해야 했다. 그때 가디오스가 입을 열었다.

"외람된 말씀입니다만, 일리단 님. 시간은 지금 우리 군에 상당히 부족한 자원입니다. 얼라이언스와 호드 양측에 반격을 개시하여 그들이 우리를 두려워하게 만들고, 영토를 되찾아야 합니다."

가디오스는 침략자들의 의도가 분명해진 이후 지난 몇 주간 그 주장을 계속 반복해왔다. 순수하게 군사적인 측면에서는 그의 말이 옳았다. 일리단의 목표가 아웃랜드를 지키는 것뿐이었다면, 지금쯤 이미 반격을 하고 있어야 했다. 하지만 그러기에는 상황이 너무 불리해지고 말았다. 이제는 세 개의 전선에서 동시에 전쟁을 감당할 병력이 없었다.

베라스 다크섀도가 그 점을 지적하고는 덧붙였다.

"두 진영 중 어느 한쪽과 연합하는 방법도 있습니다. 놈들이 서로를 견제하게 하는 거지요. 그러면 시간을 벌 수 있을 겁니다."

베라스는 일리단이 듣고 싶어 하는 말이 무엇인지 알고 있다고 생각하는 게 분명했다. 하지만 제레보르나 말란데는 그 생각에 동의하지 않는 모양이었다.

블러드 엘프들은 격론을 벌이기 시작했지만, 일리단은 아르거스로 통하는 차원문을 만드는 계획을 마음속으로 검토하느라 분주했다. 아직도 해야 할 일이 너무 많았다. 마법진을 그리려면 진은이 더 필요했다. 영혼 흡수기에 담긴 마력을 차원문에 공급할 때 필요한 완충 주문도 강화해야 했다. 마력이 일정하면서도 빠른 속도로 흐르게 하는 방법과 차원문을 원활하게 여는 방법도 찾아야 했다. 모든 것을 명확하게 시각화해야 했다. 그 어떤 오류도 있어서는 안 된다. 기회는 단 한 번뿐일 수도 있었다. 최후의 순간에 차원문을 연다 하더라도, 안정시킬 힘이 없다면 열린 상태를 유지하는 것이 불가능했다. 그들이 통과한 후에도 차원문이 안정적으로 열려 있게 할 방법을 찾아야 했다. 할 일이 너무나도 많았다.

"어떻게 생각하십니까, 군주님? 어떻게 해야 합니까?"

가디오스가 재차 물었지만 일리단은 갑자기 이 모든 일이 지겨워졌다. 그에게는 아무 의미도 없는 문제이건만, 무가치한 언쟁에 귀를 기울이는 것도 이제는 지긋지긋했다. 쇠약하고 무기력한 기분에 사로잡히는 것도 진절머리가 났다.

시간이 부족했다. 훨씬 더 중요한 일이 많은 지금, 이 모든 건 불필요한 장애물이었다.

"모두 내 눈앞에서 사라져라."

일리단은 손을 내저어 의원들을 해산시켰다.

일리단은 거대한 이전의 전당을 둘러봤다. 그는 한시도 낭비하지 않고 자신의 생을 통틀어 가장 크고 복잡한 차원문 마법이 될 최후의 주문을 만들었다. 직접 바닥에 선을 새기고 증류기로 진은을 끓인 후, 새긴 선 하나하나를 채워 나갔다. 가장자리에는 악마의 체액에 자신의 피를 섞어 룬을 각인했다. 사방의 벽은 그의 문신을 기반으로 하는 섬세한 수호의 상징으로 뒤덮였다. 문양이 교차하는 지점에는 악마와 마법사들의 해골을 놓고, 각각 필요한 부분에 문양을 작게 그려 넣어 마력의 흐름을 집중시키는 데 도움이 되도록 했다. 또한 아르거스 하늘에 펼쳐진 별자리를 함께 그려 넣었다. 마법진의 중앙에는 아르거스의 인장이 놓였다. 마력으로 가득 차 맥동하는 인장은 킬제덴의 세계와 직접적인 연결 고리가 되어, 차원문에서 방출된 마력을 인도하는 역할을 할 것이다.

모든 것이 아직 미완성 상태였다. 영혼 흡수기의 마력을 마법진에 공급할 마법 장치도 시험해보지 못했다. 노움 기계 장치처럼 구리와 황동, 지옥강철을 섬세하게 섞어 만든 거대 동력 생성기 역시 아직 완성되기 전이었다. 광대한 마법진도 마무리되어 가고는 있었지만, 그 속도가 기대했던 것보다 너무 느렸다. 그는 약화된 몸을 마법으로 보강하고 하급 마법사 십여 명에 필적하는 마력과 집중력을 부여했지만, 그것으로도 충분하지 않았다. 이처럼 거대하고 복잡한 마법을 완성하려면 밤하늘의 달들이 몇 번은 더 바뀌어야 했다. 일리단은 생명의 모래시계에서 모래가 너무 빨리 떨어지고 있는 듯한 기분이 들었다.

지금은 공황 상태에 빠질 때가 아니었다. 조바심은 실수로 이어지고, 이렇게 복잡한 마법에서는 아무리 작은 실수라도 끔찍한 재앙으로 이어질 수 있었다. 지금은 눈앞의 일에 오롯이 집중하고, 지금 이 시간에 할 수 있는 일을 해야만 했다.

아웃랜드와 아르거스 사이의 연결을 완료해야 한다. 도착 지점에도 룬을 새겨야 했다. 그는 향을 꽂고 주문을 읊었다. 마법 장치가 차례대로 가동을 시작하며 대기를 오존과 유황 냄새로 채웠다. 차원문을 여는 데 필요한 막대한 마력의 돌풍에 비교하면 미약한 날숨에 불과한 마력의 흐름이 마법 장치에서 방출되기 시작했다. 진은을 넣어 새긴 선에서 빛이 떠올랐다. 바닥의 마법진이 아르거스의 인장에 투영되어 공중으로 떠올랐다. 그는 다시 한번 육신과 영혼을 분리시켰다.

전에 비해 육체를 벗어나는 행위가 조금 수월해졌다. 아킨둔에서 영혼 흡수기가 영혼과 육신의 연결을 약화시키기라도 한 것 같았다. 그는 손을 뻗어 마법진에서 나온 마력을 가느다란 실처럼 엮은 후 자신의 영혼에 묶었다.

일리단은 섬세한 룬 문양을 따라 뒤틀린 황천으로 향했다. 영혼이 명멸하며 공허를 가로지르자, 아르거스가 다시 발아래에 나타났다. 그는 한때 아름답게 반짝였을 세계를 잠시 내려다본 후, 유리 협곡과 다이아몬드 산맥을 향해 떨어져 내렸다. 가능한 한 조심스럽게 움직여야 했다.

이번에는 차원문의 도착 지점이 될 곳을 마련할 생각이었다. 거미줄처럼 얽힌 마력이 그를 아웃랜드로 연결해주었다. 최선을 다해 감췄지만 노련한 마법사라면 얼마든지 간파할 수 있었다. 게다가 이 세계에는 그런 마법사가 발에 차일 정도로 많았다. 극도로 조심하는 수밖에 없었다.

문득 지난번에 조우했던 불가해한 존재를 떠올리자 불안해졌다. 그 당시에는 그를 돕는 것처럼 보였지만, 일리단은 불타는 군단의 악마들이 얼마나 교활해질 수 있는지 너무나 잘 알았다. 킬제덴이 기만자라고 불리는 데는 이유가 있었다.

일리단은 불타는 군단의 악마 지배자들이 거주하는 궁정에 조심스럽게 접근했다. 아웃랜드로 이어지는 마법의 흔적이 아무리 가늘어도, 그걸 아무리 잘 숨겨도 어느 순간 발각될지 모른다는 사실에 초조해졌다. 그는 기어가듯이 천천히 앞으로 나아갔다.

오래지 않아 영혼의 감각이 간질거리기 시작했고, 일리단은 누군가 자신을 감시하고 있음을 알아챘다. 그는 자신을 지켜보는 존재를 추적하려 했지만, 상대는 어느새 지각의 영역을 벗어난 후였다. 머릿속에 경고음이 울려 퍼졌다. 일리단이 한껏 경계 태세를 취하고 있는데도 그의 영역을 벗어났다는 사실 하나만으로도 상대에게 막강한 마법 능력이 있다는 걸 알 수 있었다. 그 존재는 일리단이 가장 취약한 순간, 즉 차원문의 도착 지점을 설치하고 있을 때 기습 공격을 시도할 수도 있었다.

그는 한참을 기다려봤지만, 아무 일도 일어나지 않았다. 어쩌면 편집증과 의혹을 유도하는 일종의 방어 주문에 휘말렸는지도 몰랐다. 킬제덴은 그런 교묘한 마법을 얼마든지 사용할 수 있었다. 일리단이 이곳에서 머무는 시간은 모두 낭비되는 것이나 마찬가지였고, 그런 시간이 길어지면 길어질수록 발각될 확률만 높아질 뿐이었다. 계획에 따라 계속 움직이거나, 일단 물러나 더 유리한 시간을 기다려야 했다.

지금이 아니면 할 수 없었다. 그는 킬제덴의 거대한 수정 궁성을 향해 하강한 후, 원하던 지점을 발견하고는 주문을 시전하기 시작했다. 검은 사원에 그려진 거대한 마법진이 작게 축소된 듯한 마력의 소용돌이가 나타났다. 일리단은 주위를 둘러보며 공격에 대비했다. 누군가 그를 발각했다면, 지금이 바로 공격해야 할 때였다. 어떤 주문도 발동하지 않았다. 경보도 울리지 않았다. 소용돌이는 거의 느껴지지 않는 마력의 잔향만 남겨두고 그대로 사라졌다.

그러자 일리단은 또다시 자신을 관찰하는 시선을 느꼈다. 감시자의 존재감이 더욱 강렬하게 전해졌다. 무언가가 호기심 가득한 시선으로 그의 행동을 지켜보고 있었지만, 그 존재감의 출처는 그 어디에서도 찾을 수가 없었다.

잠깐, 저게 뭐지? 아른거리는 빛의 희미한 오라였다. 일리단은 오라에 정신을 집중했지만, 그건 다시 그의 지각에서 사라졌다. 마치 그 빛의 소유자가 우주의 표면 속으로 들어가 버린 것만 같았다.

지금은 당면한 일에 집중해야 했다. 한눈을 팔 여유 따위는 없었다. 그는 수정 궁정을 스치듯 날아 새로운 장소로 들어섰다. 서큐버스들이 춤을 추고 악마 장군들이 여흥을 즐기는 거대 회랑이었다. 그는 차원문을 고정시키는 주문을 다시 한번 발동시키고, 가능한 한 빠르게 주문 시전을 마쳤다. 킬제덴의 옥좌에 가까이 다가온 만큼, 발각될 위험도 더욱 컸다.

분명, 광대하고 강력한 존재가 그를 내려다보며 행동을 관찰하고, 주문을 시전하는 방식을 지켜보고, 차원문이 고정되는 과정을 검토했다. 그럼에도 일리단은 주문 시전을 중단하지 않았다. 그랬다가는 의식 전체가 실패로 돌아갈 수도 있었다.

당면한 일에만 집중하는 수밖에 없었다. 언제든 강력한 힘이 그를 망각속으로 내던질 수 있었다. 그는 차원문의 고정 주문을 완성하고, 재빨리 주문을 틀어 관찰자를 드러나게 할 생각이었다. 하지만 또 한 번 상대는 그의 지각에서 벗어났다.

영혼 상태가 되어 감정이 제한되어 있었는데도 그는 화가 났다. 이렇게 장난감 취급을 받는 상황을 더는 용납할 수 없었다. 일리단이 여기까지 온 것을 킬제덴이 알아채고는 조롱하고 있는 것만 같았다. 적은 그의 주문이 완성되기 직전까지 내버려 두고 있었다. 마지막 순간에 그의 영혼을 포획하려는 게 분명했다.

이제 세 개의 지점만 고정하면 어떻게든 모든 게 마무리된다. 마음 한구석에서는 탈출을 시도해야 한다고 경고했다. 또 한편으로는 상황이 아무리 불리하더라도 상대가 누구든 당장 끌어내 한바탕 날뛰고 싶기도 했다.

다음 두 개의 지점은 쉽게 고정되었다. 그럴 때마다 관찰자의 시선이 돌아왔고, 그의 행동에 대해 큰 호기심을 드러냈다. 하지만 일리단이 아무리 노력해도 상대의 모습을 드러내게 할 수는 없었다.

일리단은 조심스럽게 움직여 거대한 알현실로 다가갔다. 막대한 악마의 마력이 그곳에 집중되어 있었다. 킬제덴과 부관들이 그곳에 있었다. 일리단은 각별히 조심해야 했다. 지금처럼 영혼의 상태라면, 알현실에 집결한 적들은 일리단을 벌레처럼 짓뭉갤 수 있었다. 게다가 그 적들은 모두 뛰어난 마법사였기 때문에 언제든 일리단을 발견할 수 있었다. 그는 탁월한 마법 능력을 발휘하여 자신의 모습을 감추고, 극도로 조심하며 차원문의 마지막 고정 주문을 시전해야 했다.

일리단은 재차 움직임을 멈추고, 숨은 관찰자를 저주했다. 언제라도 적의 공격이 시작될 거라고 생각했기에, 지금 이 일이 얼마나 부질없는 짓인가 싶었지만 달리 선택의 여지가 없었다. 그가 여기서 붙잡힌다면, 다른 누군가가 그의 원대한 계획을 실행에 옮길지도 모른다. 물론 끔찍이도 헛된 희망이었다. 아제로스와 아웃랜드에는 일단 그만한 솜씨를 갖춘 마법사가 많지 않았고, 그나마 능력이 뛰어난 마법사가 있다 해도 일리단의 계획을 완수하고자 할 가능성은 거의 없었다. 하지만 달리 어떤 선택의 여지가 있겠는가? 여기까지 왔으니 어떻게든 하던 일을 계속해야 했다.

일리단은 마음을 가다듬고 마지막 고정의 주문을 발동시켰다. 가장 위험한 순간이었다. 이번 마력의 소용돌이는 쉽게 사라지지 않고, 묵직한 힘으로 맥동한 후 가장 멀리 있는 고정 지점으로 전달되었다. 그리고 차례차례 다음 고정 지점으로 이동하며 거대한 별을 그리더니, 거미줄처럼 복잡한 룬 문양을 그리며 아웃랜드 성소에 있는 마법진을 이 세계에 그대로 복제했다.

조화로운 공명과 함께 두 개의 거대한 상징이 연결되었다. 일리단은 지칠 대로 지쳤지만 만족감에 한껏 상기되었다. 마침내 아르거스와 아웃랜드가 연결되었다. 일단 마법진만 완성되면 차원문을 열 수 있었다. 그렇게 승자의 기분을 만끽하는 순간, 공격이 시작되었다.

놀라운 힘이었다. 그의 영혼은 오크가 어린아이를 들어 올리듯 위로 치솟아 올라갔다.

바다의 강렬한 저층류에 휘말린 것만 같았다. 아무리 거세게 저항해도 빠져나갈 수 없었다. 그는 최악의 상황을 대비하여 힘을 보존하기 위해, 모든 움직임을 멈췄다.

일리단은 빛의 평원에 내려섰다. 눈앞에는 완벽한 기하학적 선으로 이루어진 존재가 빛을 발하고 있었다. 그 존재는 이리저리 회전하며 시야에서 사라졌다가 전혀 다른 형태로 다시 나타났다. 그 변화를 눈으로 쫓는 것만으로도 머릿속이 복잡해졌다.

일리단은 영혼 형태에서 사용할 수 있는 가장 파괴적인 주문을 방출하고자 준비했지만, 그 존재는 공격해 오지 않았다. 전에도 그와 비슷한 존재를 만난 적이 있었다. 샤트라스의 빛의 정원에서였다. 하지만 이 존재는 아달과 그 추종자들보다도 월등한 힘을 지니고 있었다.

"나루로군."

긴 침묵이 흐른 후 일리단이 입을 열었다.

"나는 나루의 장로다. 이 우주의 나루 중 가장 오랜 시간 머물러왔지."

"당신은 왜 여기에 있는 것인가? 살게라스나 킬제덴을 섬기는가?"

유쾌한 웃음이 나루에게서 번져 나왔다. 웃음소리가 눈에 보이기라도 하듯, 빛의 불꽃이 그 형체의 주위를 떠돌았다.

"그렇지 않다."

희미한 안도감이 밀려왔다. 하지만 이 또한 경계를 늦추게 하려는 속임수일 수도 있었다.

"그렇다면 여기서 뭘 하고 있는 것인가?"

"너를 기다렸다."

"내가 올 줄 알았다고?"

"너나 너와 비슷한 누군가가 오기로 되어 있었다. 이 우주는 세계를 파괴하려는 자들에게 으레 용사를 보내고는 하니까."

"우주가 조금 더 나은 용사를 선택했다면 좋았을 텐데."

미처 고민할 겨를도 없이, 일리단의 입에서 조소가 튀어나왔다.

"나는 그렇게 생각하지 않는다. 너는 너다. 네 평생의 시간이 지금의 너를, 거대한 악마의 심장을 겨눌 수 있는 무기로 벼려냈다."

"나는 이 쌍날검보다는 조금 더 지적인 존재라고 믿고 싶다."

"그래서 너는 위험하다."

"그래, 이 우주가 킬제덴을 처단하는 일에 날 임명한 모양이군."

냉소적인 목소리였지만 작은 희망이 일리단의 마음속에서 깜빡이기 시작했다. 이 나루의 말이 사실이라면, 승리할 가능성이 없지는 않았다. 하지만 소용돌이치는 빛은 부정을 의미했다.

"아니. 네 적은 킬제덴보다 훨씬 강하다. 살게라스나 불타는 군단보다도 더욱 강하다."

"그것 참 멋지군. 그놈들도 충분히 강한데 말이지."

이 모든 것이 비열한 웃음을 짓고 있을 킬제덴의 함정일 수 있다는 의혹이 다시 찾아왔다. 그는 쓸쓸한 입맛을 억눌렀다. 그의 모든 희생이 물거품으로 돌아간 것 같았다. 이게 정말 함정이라면 그의 투쟁도 여기서 끝이었다. 설사 그렇지 않다고 해도 상황은 그가 생각했던 것보다 더 나빴다.

"공허는 불타는 군단보다 훨씬 강력한 적이다. 빛의 궁극적인 대척점이기도 하지. 아제로스와 아웃랜드의 모두가 힘을 합쳐야만 저항할 수 있다."

나루는 맥동을 멈추고는 말을 이었다.

"나를 믿지 않는가? 신념과 희망을 잃었구나. 그렇다면 이걸 알아둬라."

일리단이 미처 대비하기도 전에, 순수한 빛의 화살이 나루에게서 뿜어져 나왔다. 그 빛은 그의 텅 빈 눈구멍을 강타하고 그곳에 황금의 빛을 남겼다. 일리단은 끔찍한 고통을 각오했지만, 그런 일은 없었다. 이와 같은 마법은 언제나 그를 고통 속에서 몸부림치게 했다. 지옥 마법의 사용자와 만나면 결과는 늘 같았다. 그러나 이번에는 그의 시야에 잠시 아른거리는 빛이 떠올랐다가 사라졌고, 어느새 그는 끔찍한 전장을 내려다보고 있었다.

산처럼 쌓인 사체들 사이에서 날개 달린 형체 하나가 빛의 군대 선두에서 싸우고 있었다. 그의 쌍날검은 황금빛으로 타올랐다. 그는 강력한 일격으로 적을 산산조각 냈다. 주위의 병사들은 경외감과 놀라움이 가득한 눈으로 지도자를 올려다봤다. 일리단은 그 지도자의 모습이 자신과 같다는 사실, 즉 자신과 동일하게 변형된 육신과 맹렬하게 타오르는 눈을 지니고 있다는 사실을 깨닫기까지는 시간이 걸렸다. 이 빛의 화신은 침착하고, 강인하고, 평화로워 보였다. 모든 고통이 사라진 그의 얼굴에는 자신감이 가득했다.

일리단이 바라보는 사이, 날개 달린 형체는 공허의 악이 만들어낸 거대한 어둠의 개체들을 모두 넘어서 전장 위로 날아올랐다. 머리 위로 후광이 비쳤다. 육체는 태양보다 더 밝게 빛나기 시작했고, 앞으로 뻗은 두 팔에서 빛의 광선이 쏟아져 나와 적을 휩쓸었다.

어딘가 옳다고 느껴지는 광경이었다. 마치 아직 도래하지 않은 미래를 미리 목도하는 것 같았다. 잠시 동안 그 광경을 믿어보려 했지만, 의혹은 곧 되돌아왔다. 진실이 아닐 수도 있었다. 일리단이 지금까지 걸어온 길과는 너무 달랐다. 그 모습은 일리단의 모습이 아니었다. 지금의 일리단은 투사이자 살인자였고, 옳은 일에 대한 사명감 때문이 아니라 어둠과 욕망에 이끌려 지금에 이르렀다.

"너는 죽음을 거부할 것이다."

환영이 사라지고 나루의 목소리가 들렸다.

"내가 그 모습을 보았다. 과거에 무엇이었든, 또 지금 무엇이든, 너는 빛의 용사가 되리라."

나루의 목소리에 담긴 절대적인 확신이 그대로 일리단에게 전해졌다. 잠시나마 빛이 자신을 포용하는 것을 느끼며, 그의 심장에 안도감이 차올랐다. 그는 바라던 것 이상의 구원을 만났다. 나루와 고요히 소통을 계속하자 평화가 그를 채웠다. 찰나에 불과한 순간이었지만, 소통이 끝났을 때 일리단은 일생이 지나간 기분이었다.

"너는 영웅이 될 것이다. 하지만 대가가 따른다." 나루가 말했다.

"늘 그렇더군."

그 순간도 끝이 났다. 일리단은 평화로운 기분에 휩싸인 채 일어섰다. 아른거리는 평원과 같았던 빛의 격자가 사라지고, 그와 나루 주위에 아르거스가 다시 나타났다. 아르거스는 지금껏 계속 그곳에 있었다. 일리단이 나루와 함께 들어섰던 세계는 모두 빛의 존재가 발현시킨 힘의 산물이자 환상이었다.

갑작스러운 공포가 일리단을 덮쳐왔다. 발각되었을 수도 있었다. 불타는 군단의 하수인들이 접근하고 있는지도 몰랐다. 나루가 아군이든 적군이든, 지금은 둘 모두 위험했다.

"안녕히." 나루가 말했다.

빛의 손이 반짝이며 뻗어 나와, 일리단의 이마를 어루만졌다. 일리단은 마치 또 하나의 문신이 피부에 새겨지는 듯한 감촉을 느꼈다. 이마에서는 기이한 열기가 느껴졌다. 그 힘은 다른 문신에 담긴 지옥 마력과 다투는 듯했지만, 곧이어 지옥 마력과 하나로 합쳐지더니 그대로 사라져버렸다.

접촉이 끊어지고, 나루는 처음부터 존재하지도 않았던 것처럼 눈앞에서 사라졌다. 지금의 모습과는 너무나 달랐던 일리단 자신의 모습이 떠올랐다. 그게 사실일까? 정말 구원에 이르는 길이 남아 있을까? 지금껏 그런 일이 가능하다고는 감히 생각도 하지 못했지만, 나루는 그렇게 믿고 있었다. 나루는 일리단을 믿었다. 잠시나마 일리단도 자기 자신을 믿었다. 그는 마음을 추스른 후 그런 생각은 나중에 다시 고민하기로 하고 일단 묻어두었다. 아직은 해야 할 일이 있었다.

일리단은 차원문을 고정한 지점들을 확인했다. 고정 지점의 흔적은 희미하게 느껴질 뿐이었지만, 모두 그대로 남아 있다는 것을 알 수 있었다. 그는 그 흔적이 악마들의 눈에 띄지 않기를 기원했다. 이제 떠나야 할 시간이었다. 이미 너무 오랫동안 머물렀다.

천공의 이동 주문을 시전하자, 그의 영혼은 뒤틀린 황천을 가로지른 후 천둥과 같은 기세로 육신을 향해 되돌아갔다. 영혼의 감각을 일깨워보면 이마 앞에 룬이 하나 떠 있음을 알 수 있었다. 나루가 그에게 남긴 징표였다. 그 사실을 깨닫고 나자, 룬은 나루와의 만남이 없었던 일인 것처럼 흐릿하게 사라졌다.

일리단은 잠시 멈춰 서서 마법사 특유의 기억력으로 나루와의 만남을 떠올려 보았다. 그는 실제로 있었던 일임을 확신했고, 나루가 보여준 환영 역시 진실이리라 생각했다. 물론 그 존재가 일리단의 정신에 장난을 친 것이라면 그 모든 것에 아무 의미도 없을 터였다. 하지만 나루가 그렇게 강력한 힘을 지녔다면….

꼬리에 꼬리를 무는 생각 때문에 미쳐버릴 것만 같았다.

육체를 되찾고 이에 적응하는 동안, 그가 설치한 보호의 주문을 뚫고 문을 두드리는 소리가 들렸다. 그가 주문을 외워 잠긴 성소를 개방하자, 문이 스르르 열리고 의원들의 모습이 나타났다.

"일리단 군주님."

고위 황천술사 제레보르는 일리단을 바라보며 말을 이었다.

"무슨 일이 일어나고 있는지 직접 보시는 게 좋겠습니다. 검은 사원이 공격받고 있습니다."

위낙 다급한 목소리였던 탓에 일리단은 그를 쉽게 물릴 수 없었다. 일리단은 명상하던 자세에서 그대로 일어나 의회의 의원들과 함께 걸었다. 그제야 한 명이 보이지 않는다는 것을 알 수 있었다.

아카마는 어디에 있는 걸까?

제 28 장

몰락 1일 전

마이에브가 고개를 들자 감옥 입구에 선 아카마가 보였다.

"또 헛된 약속을 하러 온 건가?"

목소리에서 쓸쓸한 기색을 떨쳐내기가 쉽지 않았다. 아카마는 절뚝거리며 다가와 고개를 한쪽으로 기울인 채 그녀의 얼굴을 바라봤다. 그 시선이 어찌나 강렬한지 마이에브는 마음이 불편해졌지만, 결코 그런 내색은 하지 않으려 애썼다.

"아니. 몸은 좀 어떤가? 아직 힘이 남아 있나?"

아카마의 목소리에는 지친 기색과 함께 두려움이 담겨 있었다.

"이 감옥에서 꺼내주면 보여주지."

마이에브는 지난 몇 달 동안 힘을 키우는 데 집중했다. 지금은 자신이 그 어느 때보다 강해졌다고 확신했지만, 그를 구속하는 주문은 꼼짝도 하지 않았다.

"무기를 쥐는 방법은 기억하나?"

아카마의 물음에 마이에브는 그를 비웃어주려 했지만, 어딘가 달라진 그의 태도를 보면서 쉽게 말을 꺼낼 수 없었다.

"그것만은 절대 잊을 수 없지."

"그러길 바란다."

"여긴 왜 왔지?"

"호드와 얼라이언스가 카라보르 사원을 공격하기 시작했다. 알도르 사제회와 점술가 길드도 협력하고 있고, 일부 나루까지 가세했다."

그간 아카마에게서 들어보지 못한 단호한 목소리였다.

"배신자가 날 죽이라고 당신을 보낸 건가? 제 손으로는 날 죽일 용기도 없는 모양이지?"

아카마는 뭉툭한 손가락을 입술에 가져다 댔다. 잿빛혓바닥의 지도자는 자기가 했던 말을 돌이켜 생각하다가, 잠시 희미한 미소를 떠올렸다.

"지금 일리단에게 당신은 그리 중요하지 않아. 자기 제국이 불타고 폐허가 되고 있는 지금 이 순간에도, 그는 다른 일에 정신이 팔려 있다. 당신과 내게는 다행스러운 일이지."

마이에브는 희망을 품었다. 하지만 겉으로는 침착하고 냉철한 모습을 유지했다. 속아 넘어간 모습을 드러내 적들을 만족시키고 싶지는 않았다.

"그렇다면 놈을 끌어내릴 수 있을 것 같나?"

"누가 알겠나? 지금도 그는 아웃랜드에서 가장 강력한 존재이고, 자신과 거의 동등한 힘을 지닌 부관들에게 호위를 받고 있다. 검은 사원은 이 세계에서 독보적인 요새인 만큼, 그 안에서 몇 년이라도 버틸 수 있을 것이다. 그 사이에 적들은 내분이나 일으킬 테지. 그를 오랫동안 알아온 만큼, 그의 몰락이 쉬울 거라고 생각하지는 않아."

"그럼에도 배신자를 제거할 수 있다고 생각하는 거겠지."

"충분히 강한 소규모 병력이라면 사원에 잠입할 수 있다. 적절한 지원을 받기만 하면 의외로 손쉬울 수도 있지.”

“물론 그 도움을 주는 건 너여야 할 테고. 미안하지만 난 너를 믿을 수 없다. 이런 제안이야 전에도 얼마든지 들어봤으니까. 마지막으로 이런 제안을 들었던 후로는 영 뒤끝이 좋지 않아서 나와 내 동료들이 지금 이 꼴이 되기도 했지. 내 기억이 맞다면 당신 동족도 마찬가지였던 것 같은데.”

아카마는 수치스러워하는 표정을 감추지 않았지만, 그렇다고 그녀의 시선을 외면하지도 않았다.

“이번에는 어떻게든 결과가 달라질 것이다.”

“난 너를 믿지 않아.”

“내가 당신을 설득하겠다.”

“어떻게?”

마이에브는 최대한 이죽거리며 물었지만, 가슴속에 희망이 차오르는 걸 막을 수는 없었다.

“물러서라.”

아카마는 그녀가 물러서기를 기다린 후, 강력한 마법의 흐름을 불러일으켰다. 마이에브를 구속했던 주문이 그대로 깨져버렸다. 믿을 수 없는 광경을 앞에 두고, 그녀는 감옥의 문을 밀었다. 문은 쉽게 열렸다.

마이에브는 아카마에게 달려들어 그 목을 비틀어버리고 싶은 충동을 느꼈지만, 지금 그녀는 맨손이었고 상대는 강력한 마법을 다루는 자였다. 게다가 부르기만 하면 달려올 경비병들도 얼마든지 있었다.

“노쇠한 뒤틀린 드레나이여, 지금 이게 장난을 치는 거라면 죽여버리겠다.”

자기도 모르게 마이에브의 입에서 거친 말이 튀어나왔다.

“무기와 방어구 없이는 쉽지 않을 것이다.”

"그 문제라면 네가 지금 해결해줄 거라고 믿는다."

"그래, 당신 믿음은 틀리지 않았다. 적어도 이번에는 말이지."

마이에브는 건틀릿을 손에 끼고 투구가 왕관이라도 되는 듯이 경건하게 머리에 썼다. 복잡하게 엮인 보호 마법이 온몸을 감쌌다. 그녀는 안도의 한숨을 내쉬었다. 드디어 힘을 되찾았으니, 또다시 수감되는 일은 없을 것이다. 만약 이 모든 것이 함정이라면, 이번에는 기꺼이 적의 손에 목숨을 버릴 생각이었다.

아카마는 근처 초소에서 그녀의 초승달 본그림자를 들고 서 있었다. 마이에브는 그에게 가는 길에 악마의 사체를 여럿 볼 수 있었다. 남아 있는 간수들은 잿빛혓바닥 부족뿐이었다. 악마는 모두 죽었다. 아쉬운 일이었다. 그녀도 그 괴물들을 죽이고 싶은 마음이 굴뚝같았으니까.

마이에브는 오만한 태도로 손을 뻗어 자신의 무기를 요구했다. 아카마는 가만히 초승달 본그림자를 내려다봤다. 마이에브가 무기를 손에 넣으면 가장 먼저 할 일이 무엇일지 고민하는 것 같았다.

"내가 널 죽일까 봐 두렵나?"

"당신이 그런 시도를 할까 봐 두렵다."

"그러지 말아야 할 이유가 있을까?"

"당신은 어리석지 않으니까. 이세 우리 둘 다 징닌칠 이유는 없다, 마이에브 섀도송. 당신이 자유의 몸이 된 건, 내가 풀어줬기 때문이다. 어린애처럼 유치하게 복수를 갈망하기보다는 나와 함께 우리의 진정한 적을 몰락시키는 것이 좋지 않겠나."

"난 두 가지 모두 할 수 있다."

"아니, 그럴 수 없다. 오직 나만이 당신을 카라보르 사원에 들여보낼 수 있어. 오직 나만이 당신을 배신자에게 안내할 수 있다. 이제 누굴 죽이고 싶은지 선택하라. 나인가, 배신자인가? 선택은 당신 몫이야."

"왜 너를 또 한 번 믿어야 하지?"

"당신을 풀어주기 위해 내 목숨보다 더한 것을 걸었기 때문이다. 나는 내 영혼과 동족의 운명까지 이번 일에 걸었어. 당신을 살려둔 것도 모두 이유가 있었다, 마이에브 섀도송. 나는 귀한 보물이라도 되는 것처럼 당신 생명을 돌봤다. 지금 나와 뜻을 함께한다면, 일리단과 마주하고 어쩌면 제압할 수 있을지도 모른다. 나를 죽이면 이곳에서 빠져나갈 수는 있겠지만, 다시는 배신자를 처단할 기회가 없을 것이다. 자, 어떻게 하겠나?"

더는 아무 말도 하지 않고, 아카마는 초승달 본그림자를 그녀의 손에 쥐어주었다. 그리고 모든 준비를 마친 모습으로 그녀를 바라봤다. 마이에브는 초승달 본그림자의 묵직한 무게를 느끼며 이리저리 돌려보았다. 함정 주문 같은 게 걸려 있다 해도, 지금은 눈치챌 수 없겠지. 한순간 아카마의 교활한 심장을 꿰뚫고 싶은 충동을 느꼈지만, 그녀는 애써 분노를 억눌렀다.

"목숨은 살려주마. 난 배신자 일리단을 심판하겠다."

"아니, 복수를 해라. 그편이 더 만족스러울 테니."

일리단은 흉벽 너머를 바라봤다. 방어구에 감싸인 육체들이 꿈틀거리는 파도를 이루며 검은 사원의 성벽으로 밀려들었다. 방어막을 향해 수많은 마법 주문이 쏟아졌다. 수천 명의 병사들이 사원의 악마 방어군과 맞서 싸우기 위해 진격했다.

필멸자가 아닌 존재의 기척도 느껴졌다. 나루의 맥동하는 힘이었다. 아르거스에서 나루 장로가 했던 약속은 무엇이었을까? 나루 중에서 오직 한 명만이 일리단의 운명을 믿었던 모양이다. 아래쪽에 모여든 존재들은 그를 공격하려는 게 분명했으니까.

일리단은 어깨를 으쓱했다. 날개가 펄럭거려 동작이 훨씬 커 보였다.

"상관없겠지."

의원들은 충격을 받은 표정이었다. 몇몇은 억지웃음을 지은 채 아무렇지 않은 듯 보이려고 애썼다. 일리단에게 자신들을 구원할 계획이 있을 거라고 믿는 눈치였다.

"그대의 판단을 믿습니다, 군주님."

파괴자 가디오스의 말에 일리단이 냉정하게 대꾸했다.

"검은 사원의 성벽을 믿어라. 그리고 너희 주문과 검을 믿어라. 아래로 내려가서 전투 준비를 해라. 손님들이 금방 떠날 것 같지는 않으니, 융숭한 대접을 해줘야겠다."

일리단은 마이에브가 구출되기 전에 처형하라는 명령을 내리면 어떨까 생각했다. 형벌이 너무 가볍긴 해도, 그게 지금 할 수 있는 최선의 복수일 테니까. 누가 그 일을 하면 좋을까? 아카마가 적당할 것이다. 그런데 이 뒤틀린 드레나이는 대체 어디로 간 것일까? 일리단은 잿빛혓바닥의 지도자에게 부여한 주문을 발동시켰다. 아직 그대로 남아 있었다. 결속된 망령도 언제든 필요할 때 내보낼 수 있었다. 그 사실을 떠올리면 왠지 만족스러웠다. 하지만 일리단은 생각을 고쳐먹었다. 지금은 마이에브를 죽일 때가 아니다. 그녀에게 합당한 고통을 안겨줄 기회는 앞으로도 얼마든지 남아 있었다.

얼라이언스 휘장을 입은 드레나이 성기사 한 무리가 검은 사원의 정문을 향해 진격해왔다. 저 고지식한 미련퉁이들이 앞장서는 것도 당연했다. 어디서든 악의 세력에 맞서야 한다고 믿는 저들의 아둔한 머릿속에서는 일리단이야말로 진정한 악의 근원이었으니까. 그들 눈에는 일리단의 겉모습까지도 그가 악한 존재임을 나타내는 생생한 증거였다. 일리단의 악마 수호자들이 달려 나가 그들을 맞이했다. 마법 망치가 지옥의 무기와 충돌했다. 휘몰아치는 전투의 아수라장 속에서 누가 승리했는지 파악하는 건 쉽지 않았지만, 잠시 후 얼라이언스 병사들이 뒤로 밀려났다.

야수를 닮은 호드의 트롤 부대가 합류하여 성기사들을 지원했다. 전투의 한가운데에서 어둠에 잠긴 형체가 돌아다니며 놀라운 힘과 치명적인 기량으로 악마들을 쓰러뜨렸다. 일리단은 은신 주문으로 몸을 감춘 그들을 흐릿하게나마 볼 수 있었지만, 다른 악마들은 그렇지 못했다.

이번에는 아제로스 연합군의 공격 부대가 승리할 것 같았다. 하지만 그 순간 하늘에서 유성이 쏟아져 내려 주위를 강타했고, 바윗덩이가 갈라지며 지옥불정령이 우르르 나타났다. 사원의 흑마법사 중 하나가 손을 쓴 듯했다.

일리단은 상황을 면밀히 분석했다. 사원에는 보급품이 충분했고, 마술사들이 악마 지원군을 무한히 불러낼 수도 있었다. 물론 상대측에도 마법사들을 비롯하여 일리단의 흑마법사에 대응할 수 있는 자들이 있을 것이다.

멀리서 피어나는 먼지 구름이 공격 측에 지원군이 도착했음을 알려주었다. 수적으로는 아제로스 연합군 쪽이 우세했고, 그 세력은 앞으로도 계속해서 커질 것이다. 얼라이언스와 호드는 한 세계 전체에서 자원을 끌어올 수 있었고, 그곳에는 끝없는 전투로 단련된 병력이 가득했다. 장벽 너머에 도열한 병력만 봐도, 얼마나 강한 투사들이 모였는지 충분히 짐작할 수 있었다.

일리단은 아군의 방어 측도 신중히 살폈다. 용아귀 부족 오크들이 모여 있는 병영 위로 그 부족의 용들이 편대비행을 하고 있었고, 병력은 공성기계 주위에 부대별로 도열한 상태였다. 어둠의 성역 입구에서는 궁극의 심연이 적을 기다렸다. 그 심연불정령의 그늘 아래에서, 덩치 큰 일리다리 공포술사가 무기를 들고 날개를 펄럭이며 행군했다.

침입자들이 어떻게든 궁극의 심연을 물리친다 해도, 어둠의 성역으로 들어가면 결속된 악마들과 마술사들을 상대해야 했다. 그리고 그 너머에는 겹겹이 둘러싸인 경비병 부대가 기다리고 있었다.

일리단은 다시 공격 측을 살펴봤다. 정문 주위에서 큰 소란이 일어났다. 거대한 공성추가 마법의 힘으로 굴러오고 있었다. 알도르 사제회와 점술가 길드의 병력이 물밀듯이 밀려와 악마 방어군과 전투를 계속했다.

사원의 방어 태세가 얼마나 단단한지는 중요하지 않았다. 적의 수가 너무 압도적이라서, 결국 이 사원이 무너지는 것은 시간문제였다.

기만자 킬제덴. 그 악마가 저들을 또 한 번 속이는 데 성공한 모양이었다. 기만자가 자신의 병력을 이끌고 여기까지 오지 않은 건, 그럴 필요가 없다는 걸 이미 알았기 때문이었다. 그의 적들끼리 서로 싸우면서 약해질 것이 뻔했다. 그리고 이 전투가 끝나면, 불타는 군단이 난입하여 모두를 학살할 것이다. 일리단이 사원의 방어를 강화하는 건, 결국 킬제덴을 돕는 행위가 될 뿐이었다.

하지만 달리 어떻게 할 수 있겠는가? 항복하는 건 아무 의미도 없다. 공격자들은 일리단을 처단하겠다고 맹세한 자들이었다. 차원문이 완성될 때까지만 버티면 된다. 그런 후에….

불타는 군단과 아르거스를 찾는 일에만 정신이 팔렸던 것이 일리단의 실수였다. 그 생각만으로도 날개가 온몸을 옥죄어 들어 억지로 풀어야 했다.

이 전쟁은 막간극에 불과했다. 검은 사원은 아웃랜드에서 가장 막강한 요새였다. 아르거스로 통하는 관문을 열 시간은 충분했다. 지금 시작하기만 하면 되는 일이었다.

일리단은 마법진의 전당으로 돌아왔다. 머리가 아팠다. 온몸에 힘이 없었다. 모든 일이 의혹투성이였다. 차원문을 완성할 시간이 정말 충분할까? 검은 사원을 공격해온 병력이 방어선의 약점을 찾아내기라도 한다면? 아니, 계산이 잘못되기라도 했다면? 하수도를 통과하여 성채로 숨어들 수 있는 길이 아직 남아 있었다. 대장군 나젠투스에게 나가 병력과 정령들을 맡겨 방어를 강화해야 했다.

일리단은 절반쯤 완성된 마법진을 바라봤다. 평생의 역작이었다. 굴단의 해골을 들어 올려 손 안에서 이리저리 굴려보았다. *늙은 오크여, 네가 최후의 순간에 느낀 기분이 이런 것이었느냐? 시작하기도 전에 패배하는 그런 기분이었더냐?*

일리단은 마법진의 가장자리로 걸어가서 자신의 피로 각인한 기호들을 살펴봤다. 그리고 당장이라도 깨어날 것처럼 강한 힘으로 맥동하며, 전 우주를 가로지르는 통로를 열어줄 주문을 읊조리기 시작했다.

모든 것을 고려했다고 생각했었다. 시간은 충분하다고 생각했었다. 그는 해골을 돌려 텅 빈 눈구멍을 들여다봤다. 죽음의 미소가 그를 조롱했다.

나루가 보여주었던 환영을 떠올렸다. 그 환영도 그를 조롱했던 것일까? 해골을 꽉 움켜쥐자, 당장이라도 산산이 부서질 것만 같았다.

이게 끝은 아니었다. 일리단은 검은 사원의 방어군을 집결시킬 것이다. 필요하다면 직접 관문을 고정시키는 역할이라도 할 것이다. 피치 못할 상황이라면 온전히 의지의 힘만으로 길을 열 작정이었다. 이 마지막 장애물을 극복하지 못하고 실패하는 일은 결단코 없으리라.

일리단은 불타는 군단의 심장을 강타할 것이다. 그 어떤 대가를 치르더라도.

제 29 장

몰락의 날

마이에브는 검은 사원의 거대한 성벽을 주의 깊게 살폈다. 머리 위로 드높이 치솟은 요새에서는 끔찍한 힘이 번져 나왔다. 바위로 된 거대한 쐐기가 하늘을 찌를 듯 성벽 위로 삐죽삐죽 솟아올랐다.

아카마는 사막에서 목이 말라 죽어가는 자가 반짝이는 샘을 바라보는 시선으로 검은 사원을 응시했다. 두 눈 속에서 희망과 절망이 싸우고 있었다. 그는 주위에서 벌어지는 전투와 소음은 모두 무시했다. 아카마의 두 눈은 오직 그 신성한 장소만을 바라보고 있었다.

마이에브는 사방에서 벌어지는 전투를 마냥 무시할 수 없었다. 이미 알도르 사제회와 점술가 길드의 연합군은 공격을 시작했고, 일리단이 그쪽에 정신이 팔린 사이에 아카마는 검은 사원으로 침투할 것이다.

나루 지리가 마이에브와 아카마, 아제로스의 새로운 동맹군을 대상으로 보호의 주문을 시전하는 것을 보며, 마이에브는 씁쓸한 생각이 들었다. 그녀가 직접 일리단을 추적하던 때만 해도, 샤타르는 그녀를 돕지 않겠다고 했었다. 그들의 도움만 받았더라면, 굴단의 손아귀에서도 사정이 많이 달라졌을지 모른다. 어쩌면 동료들이 살아남았을지도….

마이에브는 아제로스의 연합군 측을 흘긋 바라봤다. 그들의 힘과 초조함이 느껴졌다. 그들은 지난 몇 주 동안 비밀리에 아카마와 협력하여 그가 직접 수행할 수 없는 임무를 대신 처리해왔고, 이제는 직접 일리단을 공격할 준비를 하고 있었다. 검은 사원에 침투하는 건 생각만으로도 그들을 흥분시켰고, 또 두렵게 만들었다. 마이에브는 나루의 주문 시전이 끝나기만을 초조하게 기다렸다. 어느새 복수의 시간이 손에 잡힐 듯 다가왔다. 이번에는 배신자도 도망칠 수 없을 것이다.

가까운 곳에서 악마의 끔찍한 기척이 느껴졌다. 특유의 유황 냄새가 대기를 가득 채우고, 불타는 육체와 부패한 내장의 악취가 그 뒤를 따랐다. 그 안에 담긴 무언가가 마이에브를 뼛속 깊은 곳까지 뒤흔들었다. 수많은 세계의 운명을 건 전쟁과 가치 있는 전투의 냄새였다.

알도르 사제회 병력이 번쩍이는 나루의 곁을 지나, 커다란 날개를 퍼덕이는 악마들과 싸우러 가는 모습을 바라보다 말고 눈부신 빛을 피해 눈을 가려야 했다. 주문이 대기를 가득 채우고 마법이 부여된 무기가 적에게 내리꽂혔다. 일리다리는 물러났다. 검은 사원의 성벽 위에서 한 병력이 야유를 보냈다.

머리 위에는 거대한 황천 비룡들이 맴돌고 있었다. 그중 한 무리가 몰려와 무시무시한 비전 마법을 구름처럼 토해냈다. 마이에브는 탁 트인 공간에 서서 비룡에게 도전했다. 방어구를 모두 갖춰 입은 그녀는 용의 공격에 아무런 해도 입지 않았다. 나루의 힘이 자신을 둘러싸며 아른거리는 빛을 발하는 것을 느낄 수 있었다.

대지가 뒤흔들렸다. 다시 한번 유성이 떨어져 내려 지면을 강타하고, 그 분화구에서 지옥불정령 한 무리가 나타났다. 모래바람이 전장을 뒤덮었다. 기병대가 탈것을 달려 전투에 뛰어들었다.

그때 아카마가 그녀를 향해 손짓하며 복청을 높였다.

"때가 되었다, 마이에브! 분노를 방출할 시간이다!"

마이에브는 입술이 뒤틀리며 웃음이 비어져 나왔고 곧장 달려 나갔다. 뒤에는 아카마와 아제로스 동맹군, 알도르 사제회와 점술가 길드의 막강한 병력이 뒤따랐다. 앞에는 꿈틀거리며 무리 지은 악마들이 살육의 현장을 가득 채우고 있었다. 사티로스와 지옥수호병, 그리고 그보다 더 끔찍한 것들이 마중을 나왔다. 한껏 흥분한 목소리로 마이에브가 외쳤다.

"오랜 세월 동안 지금 이 순간을 기다려왔다. 일리단과 놈의 개들아, 모조리 없애주마!"

혼란스러운 전장 한가운데로 날개 달린 공포의 군주들이 나타났다. 지옥의 힘으로 가득 찬 악마들이 마이에브의 머리 위로 거대한 몸집을 드러냈다. 그녀는 초승달 본그림자로 가장 가까이 있는 공포의 군주를 베어 날개의 일부와 다리를 잘라냈다. 악마가 땅에 쓰러지자 그녀는 적의 등 위로 뛰어올라 무기를 내리꽂았다. 그 칼날은 적의 척추를 꿰뚫고 땅에 닿을 정도로 깊이 박혔다.

악마의 생명이 꺼져가는 사이, 그녀는 무기를 뽑아 들고 점멸하여 다른 악마의 등 뒤에 나타났다. 그리고 엘룬의 이름을 외치며 악마에게 성스러운 일격을 날렸다.

아카마와 동맹군이 주문을 쏟아내자 사방이 마력으로 가득 찼다. 공포의 군주와 여러 하급 악마들이 맹렬한 공격 앞에 줄줄이 쓰러졌지만, 악마들은 끝도 없이 나타났다. 가까운 곳에서 차원문이 새로 열리고, 지옥 마법이 사방을 채우며 고동쳤다. 차원문에서는 거대한 나스레짐이 나타났다. 비대한 진홍빛 육체가 왠지 낯익었다. 감옥에 갇힌 마이에브의 감시를 맡았던 간수 중 가장 끔찍했던 바가스였다. 그 악마가 마이에브에게 약속했던 고문의 기억이 모조리 떠올랐다. 어떻게 가능했는지는 몰라도, 감옥에서의 대학살은 피했던 모양이다. 마이에브는 이번에야말로 바가스가 달아나는 일이 없도록 확실히 처리할 생각이었다.

그 순간 아카마가 외쳤다.

"우리 모습을 목격한 자들은 모두 없애라! 일리단에게 전해져서는 안 된다!"

마이에브는 용수철처럼 앞으로 튀어나가 나스레짐을 향해 무기를 휘둘렀다. 둘은 공격을 주고받았다. 바가스는 강했지만, 마이에브는 더 강했다. 초승달 본그림자가 공포의 군주의 가슴을 덮은 육중한 방어구를 꿰뚫었다.

"최후를 맞이해라, 이 더러운 악마야!"

바가스는 믿을 수 없다는 표정으로 아래를 내려다봤다. 아카마가 절뚝거리며 마이에브의 곁으로 다가왔다. 바가스는 잿빛 헛바닥의 지도자에게 시선을 고정한 채 마지막 남은 숨을 그러모아 말했다.

"네 운명은 결정되었다, 아카마. 주인님께서도 네놈이 배신했다는 걸 알게 되리라!"

그러자 아카마는 고개를 가로저었다.

"이제 아카마에게 주인이란 없다."

그 말이 끝나기가 무섭게 차원문이 다시 한번 고동쳤고, 악마의 무리가 쏟아져 나왔다. 그 모습을 보자 마이에브는 끔찍한 분노가 차오르는 것을 느꼈다. 그녀는 악마 무리 한가운데로 몸을 던지고는 좌우로 무기를 휘두르며 피의 바다에서 물살을 헤치는 뱃머리처럼 적을 갈기갈기 찢어놓았다.

적은 사방에서 몰려들어 마이에브를 붙잡으려 했다. 지옥강철 도끼가 방어구를 스쳤다. 악마의 발톱이 흉갑을 파고들었다. 그녀는 분노에 가득 차 무기를 휘두르면서도 임무에 실패하지 않으려면 악마들이 쏟아져 나오는 차원문을 닫아야 한다는 사실을 떠올렸다.

뒤쪽에서 아카마가 검은 사원으로 진입하라고 명령하는 소리가 들려온 것 같았다. 아무래도 차원문은 그녀가 혼자 닫아야 할 모양이었다.

반델은 검은 사원 성벽의 총안을 통해 밖을 내다봤다. 그리고 대정원의 블러드 엘프 주정꾼들에게서 얻어낸 에테르주를 한 모금 마셨다. 술은 혓바닥을 기분 좋게 간질였다.

대규모 전투가 또 한 번 관문 밖에서 벌어졌다. 아래를 내려다보니, 점술가 길드와 알도르 사제회 연합군이 악마 경비병들을 향해 돌진하는 모습이 눈에 들어왔다.

거대한 먼지 구름이 피어올라 전장을 뒤덮었지만, 반델은 먼지 사이로 치열한 전투를 엿볼 수 있었다. 블러드 엘프 전사가 사티로스의 손에 쓰러졌다. 알도르 사제가 눈부신 빛의 힘으로 지옥수호병을 폭파시켰다. 싸움을 지켜보는 행위에는 어딘가 묘하게 흥분되는 구석이 있었다. 특등석에 앉아 세계의 최후를 지켜보는 듯한 기분이었다.

나루의 하수인들이 뒤틀린 드레나이 한 무리를 돕고 있는 것처럼 보였다. 저건 혹시… 아카마인가?

얼마 전부터 그 노쇠한 뒤틀린 드레나이가 사라져버렸다는 소문이 돌았다. 적의 세력에 완전히 합류하여 알도르 사제회와 점술가 길드의 지도자들과 함께 검은 사원을 정복할 계략을 꾸미고 있다는 소문이었다. 그런데 아무래도 그 소문이 사실인 듯했다.

반델 내면의 악마가 분노를 내뿜었다. 전투와 학살의 기억이 명멸하며 머릿속을 채웠다. 하지만 그는 손쉽게 그런 감정을 억제할 수 있었다.

공격 측 병력이 집결하는 모습을 보자 희미한 분노가 다시 떠올랐다. 어리석은 것들. 지금 여기서 무슨 일이 벌어지는지도 이해하지 못하는 걸까? 저들은 지금 자신들이 아웃랜드의 악마 지배자를 공격하는 줄 알고 있었다. 정말 무지한 자들이었다.

하지만 누구나 그렇게 오해할 만했다. 결속된 악마들이 사원을 지키고 있는 모습을 보면, 침략자들도 그렇게 오해할 수밖에 없을 것이다. 일리단은 자신의 최측근을 제외하고는 그 누구에게도 자신의 진짜 의도를 설명한 적이 없었다.

물론 어떻게 설명했더라도 달라지는 건 없었을 것이다. 어차피 아무도 그를 믿지 않았을 테니까. 다들 그 이야기가 전부 교활한 계략의 일부라고 여겼을 것이다. 아니, 어쩌면 그게 사실인지도 몰랐다. 지금까지 모든 일을 목격하고, 수행하고, 경험한 반델조차도 여전히 확신하지 못했다.

배신자 일리단의 머릿속에서 무슨 일이 벌어지고 있는지 누가 알겠는가? 반델은 에테르주를 한 모금 더 마시고는 화염 폭발 주문이 성벽의 방어막을 깎아내는 모습을 지켜봤다. 언제쯤 악마사냥꾼도 부름을 받아 전투에 참여할 수 있을까?

아카마는 소규모 병력을 이끌고 카라보르 사원의 성벽으로 다가갔다. 마이에브는 아카마와 다소 거리를 두고 악마의 차원문 근처에서 싸우고 있었다. 아카마는 그녀가 승리하기를 바랐다. 적어도 그가 동료들과 함께 사원에 진입할 때까지는 버텨주길 원했다.

사방에서 수많은 악마가 빛의 시종들과 전쟁을 벌이고 있었다. 뒤쪽에서는 가슴 시린 나루의 존재감이 느껴졌다. 그 존재감은 배신자를 섬기기로 결정했을 때, 아카마가 저버려야 했던 모든 것을 떠올리게 했다. 그가 잃어버렸고, 지금 되찾으려 하는 모든 것.

아카마는 아제로스 동맹군의 열망으로 가득 찬 얼굴과 뒤틀린 드레나이 호위병들의 믿음직스러운 표정을 지켜보았다. 그리고 자신의 내면에서 영혼 일부가 떨어져 나가고 남긴 텅 빈 공허를 살폈다. 벌써 오랫동안 온전히 하나가 된 기분을 느끼지 못했다. 계속해서 이렇게 사느니 죽음을 택하는 편이 나았다.

그래서 좋았다. 일이 잘못되면 바로 죽음을 맞이하게 될 테니까. 어쩌면 그것이 최선의 결과일지도 모른다.

지난 몇 달 동안 아웃랜드의 지배자는 그 장엄하고 광기 어린 계획에 정신이 팔려 있었다. 물론 그걸 계획이라고 부를 수 있다면 말이지만. 지금도 아카마는 배신자가 정말로 아르거스로 통하는 차원문을 열려고 하는 것인지, 아니면 그것 또한 기만의 일부일 뿐인지 확신할 수 없었다. 일리단이 마이에브를 사로잡는다는 핑계로 나스레자로 통하는 차원문을 여는 일을 감췄던 이후로, 아카마는 배신자의 말은 그 무엇도 믿지 않기로 결심했다. 아카마는 그때 차원문을 여는 동안 죽어간 드레나이와 동족의 모습을 떠올렸다. 삼켜졌던 그들의 영혼을 떠올렸다. 그리고 아킨둔에서 같은 운명을 맞이한 드레나이 영혼들을 떠올렸다. 일리단이 그런 끔찍한 짓을 반복하게 내버려 둘 수는 없었다.

지옥강철과 수호물이 하수구를 막고 있었다. 최소한의 방어선이었다. 그 너머에는 더 끔찍한 것들이 기다리고 있었다. 아카마는 입구를 여는 주문을 시전한 후 안으로 들어섰다.

앞쪽으로 검은 사원의 하수도가 길게 뻗어 있었다. 길고 더러운 바위투성이 통로를 지나면, 정령과 나가가 가득한 방으로 이어졌다. 먼 곳에서 나가 대장군 나젠투스의 포효가 들려왔다.

아카마는 일행들이 준비가 되었기를 바랐다.

일리단은 영혼 상태로 마법진 위를 살피던 중에 성소의 문을 두드리며 자신을 부르는 여자 목소리를 들었다. 영혼 아래에 누워 있는 육신의 귀를 통해 소리가 들려왔다. 그는 영혼을 육체 안으로 밀어 넣은 후 주위를 둘러봤다. 문을 여는 주문을 읊조리자, 입구의 봉인이 사라졌다.

여군주 말란데가 모습을 드러냈다. 광대한 마법진을 본 그녀의 눈에 경외심이 떠올랐다.

"일리단 군주님, 적군 일부가 관문 안으로 들어왔습니다. 대장군 나젠투스가 하수도 입구에서 쓰러졌어요. 적이 움직이고 있습니다."

일리단이 그 말을 이해하기까지는 시간이 조금 걸렸다. 나젠투스는 소규모 병력과 함께 봉인된 하수도 입구를 지키고 있었다. 그곳으로 지원군도 보냈었다. 나가 용사와 그 정도의 병력이라면 다수의 적이 몰려와도 충분히 막아냈어야 했다. 뭔가 크게 잘못되었다.

배신. 사원 내부에 반역자가 있었다. 블러드 엘프나 아카마의 동족이 개입했을 것이다.

시간이 된 모양이었다. 일리단은 굴단의 해골을 집어 들었다. 해골에 남아 있는 웃음이 그를 조롱했다. 이제 해야 할 일은 한 가지뿐이었다. 영혼 흡수기의 힘이 필요했다. 사용해야 할 곳이 있었다.

제 30 장

몰락의 날

마이에브는 악마의 사체로 쌓은 산 위에 서 있었다. 거친 숨소리가 터져 나왔다. 승리의 황홀감이 심장을 불태웠다. 그녀는 차원문을 닫았고, 끝이 없어 보이던 악마의 해일을 막아냈다. 심지어 악마가 더 있었으면 좋았으리라는 생각마저 들었다. 그랬다면 악마의 사체를 저 성벽만큼 높이 쌓아 올리고, 아카마처럼 하수도를 통과하지 않고도 성벽을 넘을 수 있었을 테니까.

그 순간 낯익은 마력이 사원 깊은 곳에서 고동치며 폭발하듯 번져 나왔다.

안 돼! 그녀는 그 마력의 의미를 알았다. 굴단의 손아귀 산기슭에서도 같은 마력을 느낀 적이 있었다. 일리단이 요새 안에서 또 다른 차원문을 여는 중이었다. 바가스가 통과한 것보다 더 큰 차원문을. 현실의 표면이 갈라지고 그 틈이 확장되면서 불길한 마력이 대기를 가득 채웠다. 어쩌면 배신자가 뒤틀린 황천 깊은 곳에 존재하는 새로운 악마를 소환하는지도 몰랐다. 혹은 탈출을 계획하는 것일 수도 있었다. 그런 일이 다시 일어나게 내버려 둘 수는 없었다. 당장 검은 사원으로 들어가야 했다. 오늘 모든 것을 끝내야 하리라.

마이에브는 점멸하여 전장을 빠르게 가로지른 후, 하수도로 이어지는 길을 통과했다.

이번만큼은 일리단도 달아날 수 없을 것이다.

반델은 은빛 방어구를 입은 형체가 악마의 군대를 철저히 도륙하는 모습을 지켜봤다. 굴단의 손아귀에서 치른 전투에 대해 이야기할 때 여러 차례 언급되어 꽤나 익숙한 여자였다. 마이에브 섀도송. 불가능한 일이었다. 그 여자는 지금 악마들의 감시를 받으며 감시자의 수용소에 갇혀 있어야 했다. 끔찍한 구속의 주문이 감옥을 켜켜이 둘러싸고 있을 텐데. 아카마가 그녀를 풀어준 것이 분명했다. 그때였다.

내게로 와라, 나의 악마사냥꾼들이여.

그 목소리는 반델의 머릿속에서 울렸다. 원초적인 부름이었다. 온몸의 문신을 떨리게 하고, 두뇌를 파고들어 거부할 수 없는 충동을 이끌어냈다. 그와 함께 목적지가 떠올랐다. 요새 깊은 곳, 의회의 대회의실이었다.

반델은 억지로 성벽에서 걸음을 옮겨 맞은편 계단을 향해 달렸다.

주위는 온통 부산했다. 병사들이 방어 태세를 갖추기 위해 이리저리 뛰었다. 뿔피리 소리와 북소리가 사원 깊은 곳에서 울려 퍼졌다. 경고 신호였다. 사원 어딘가의 방어선이 뚫린 모양이었다.

멀리서 요란한 전투의 소음이 들려왔다. 내면의 악마가 당장 그곳으로 가라며 반델을 재촉했다. 살육에 참여하고, 영혼을 거두라고 했다.

내게로 와라, 나의 악마사냥꾼들이여.

다시 한번 명령이 그의 머리를 울렸다. 이번에는 뼛속까지 떨리게 하는 소리였다. 뒤틀린 황천에서 소환되는 악마들도 이런 기분을 느끼는 걸까?

이해할 수 없고, 저항할 수도 없는 힘에 떠밀려 끌려오는 걸까?

왜 저항하고 있는 걸까? 그 목소리는 일리단의 것이었고, 반델이 눈물을 흘릴 만큼 다급한 기색이 담겨 있었다. 사원 깊은 곳 어딘가에서 강력한 마력이 꿈틀거렸다. 반델에게도 익숙한 힘이었다. 차원문이 열리고 있었다. 하지만 어디로 통하는 것인지는 알 수 없었다.

일리단이 탈출하려는 것일까? 아니면 적들이 만들어낸 것일까? 어쩌면 요새 안의 배신자들이 다른 곳에서 지원군을 불러들이려는 것인지도 몰랐다. 아니면 일리단이 직접 차원문을 열었을 수도 있다. 이번 마력도 나스레자로 통하는 차원문이 열릴 때와 유사했다. 일리단이 마침내 아르거스로 통하는 길을 연 것일까? 진실을 알아내는 방법은 하나뿐이었다.

어둠 속에서 다른 악마사냥꾼들의 움직임이 느껴졌다. 그들 내면의 악마가 느껴졌다. 반델은 욕설을 내뱉었다. 아무래도 적의 공격을 지켜보느라 그는 지금 일리단에게서 가장 멀리 떨어져 있는 악마사냥꾼인 것 같았다. 그는 훌쩍 도약하여 계단 꼭대기에 올라섰다.

내게로 와라, 나의 악마사냥꾼들이여.

재차 반복되는 그 목소리는 커다란 종이 울리는 것처럼 머릿속을 가득채웠다. 그 메아리가 서서히 잦아들자, 반델은 외로움을 절감해야 했다. 사원 깊은 곳에서 그를 부르는 듯한 느낌이 더욱 강렬해졌다. 어딘가 다른 곳으로 통하는 길이 열렸지만, 그 차원문도 곧 닫힐 것이고 반델 자신이 그곳에 제때 도착할 가능성은 없으리라는 생각이 들었다.

그는 표범과도 같은 민첩한 몸놀림으로 계단을 내려갔다. 온몸을 던지며 발을 굴러, 중력의 힘을 속도에 보탰다. 다급한 마음이 계속해서 반델을 재촉했다. 두려움이 전부가 아니었다. 사원이 곧 무너지리라는 절망감 때문도 아니었다. 이 부름에 응하지 못하면 영원토록 그 사실을 후회하게 될 것이고, 결국 운명을 손에 넣지 못하리라는 것을 알 수 있었다.

반델은 훈련장을 향해 전력으로 달렸다. 문밖에서 궁극의 심연이 거대한 분노의 포효를 내질렀다. 심연의 정령과 강대한 적의 전투가 한창인 듯했다.

용들이 머리 위로 날았다. 주문이 쏟아졌다. 악마들이 어둠의 성역을 향해 움직였다. 강력한 침입자들의 이동 경로를 차단하려는 듯했다. 모든 것이 혼란 속으로 빠져들었다.

마이에브는 하수도를 지나 참혹한 전투의 여파가 아직 가시지 않은 현장으로 들어섰다.

그녀는 드넓은 안뜰에 서 있었다. 근처에 널브러진 황천 비룡은 자신이 죽었다는 걸 아직 인지하지 못하는 듯 꼬리를 꿈틀거렸다. 아카마와 그의 동맹군은 일리단의 방어선을 침투했다. 수백 명의 용아귀 오크와 악마들이 여기저기 흩어져 있었다. 강력한 마법이 방출된 흔적이었다. 오른쪽에는 거대한 공성 장비들이 늘어서 있었고, 그 너머에는 티탄에게나 어울릴 법한 계단이 높다랗게 솟아올라 있었다. 검은 사원의 깊숙한 곳으로 통하는 길이었다.

그 거대한 차원문이 열리고 있는 것이 아직도 느껴졌다. 마이에브는 주위를 둘러보다가 충격적일 만큼 낯선 무언기를 목격했다. 왼쪽 벽의 아치형 입구에서 악마와 닮은 형체 하나가 나타났다.

반델은 계단을 올라가 훈련장으로 들어섰다. 방출된 마법과 죽음의 냄새가 풍겼다. 죽은 용과 악마들이 사방에 널려 있었다. 타락한 오크의 사체도 작은 언덕을 이루며 쌓여 있었다. 한때 무적의 세력으로 보였던 자들이 패배했다. 이 끔찍한 살육이 지나간 자리에 살아남은 자는, 은빛 방어구를 입고 둥근 원형의 칼날이 달린 무기를 사용하는 나이트 엘프뿐이었다. 온몸에 강력한 마법 방어구를 차려입은 그녀의 이름은 마이에브 섀도송이었다. 반델이 흉벽에서 내려오는 사이, 그녀는 지체 없이 사원에 진입한 모양이었다. 어떤 마법이 작용한 것도 같았다.

마이에브는 그를 노려보며 당장이라도 공격해올 듯이 무기를 들어 올렸다.

반델은 멈칫했다. 같은 나이트 엘프와 싸우고 싶지 않았다. 그저 상대를 지나쳐 일리단의 소환에 응하고 싶을 뿐이었다.

"악마의 자식아, 죽을 준비를 해라."

마이에브는 말이 끝나기 무섭게 갑자기 사라졌다. 반델은 뒤쪽에 뭔가 불쾌한 기운이 엄습해오는 걸 느끼고 재빨리 앞으로 몸을 던졌다. 날카로운 칼날이 허공을 갈랐다. 그는 몸을 굴려 일어나 마이에브를 바라보며 말했다.

"당신과 싸우고 싶지 않아."

마이에브는 욕설을 내뱉었다. 누군가 그녀의 일격을 피한 건 정말 오랜만이었다. 불가능한 일이건만 이 괴물이 해냈다. 그녀의 상대가 얼마나 강한 존재인지를 단적으로 보여주는 일이었다.

마이에브는 상대를 살펴봤다. 일리단과 닮은 구석이 있었지만, 그 배신자보다는 덜 괴물 같았다. 키가 크고 채찍처럼 마른, 한때 칼도레이였던 존재. 배신자와 비슷한 문신과 비늘이 온몸을 뒤덮고 있었다. 텅 빈 눈구멍 안에는 지옥 마법의 초록색 불길이 타올랐다. 날개와 발굽은 없었지만, 절대로 부인할 수 없는 악마의 특징이 드러났다. 한때는 엘프였는지 몰라도 이제는 다른 존재가 되어 있었다. 엘프와 악마의 끔찍한 혼종으로, 아마 아카마가 이야기했던 기괴한 정예 부대의 일원인 듯싶었다.

마이에브는 괴물을 향해 무기를 휘둘렀다. 악마의 힘에 사로잡힌 엘프는 칼날 위로 풀쩍 뛰어올랐다. 그녀가 돌아서서 다시 공격하려는 찰나, 상대는 한쪽으로 비켜서며 마이에브를 피했다.

"그만. 이럴 필요는 없다."

하지만 마이에브는 상대의 목소리 안에 도사린 분노를 느낄 수 있었고, 그런 얄은 속임수에 넘어갈 생각도 없었다. 그녀는 칼날을 겨누고 상대를 향해 다가갔다.

"네 목숨을 취하겠다, 이 괴물아."

그 섬뜩한 무기가 재차 반델을 향해 날아왔다. 그는 칼날 위로 풀쩍 뛰어오른 후, 공중제비를 돌아 마이에브의 뒤쪽에 내려섰다. 그녀의 등을 주문으로 공격할 기회였다. 하지만 반델은 한순간 주저했고, 그녀는 다시 돌아서서 그를 마주 보았다.

"나는 당신 적이 아니야."

반델의 말에도 불구하고 마이에브는 초승달 본그림자를 다시 한번 휘둘렀다. 반델이 무기로 공격을 막아내자 불꽃이 튀었다.

"당신과 나는 같은 편이다!"

마이에브는 우뚝 멈춰 섰다. 곧이어 그녀의 차가운 웃음소리가 전투로 폐허가 된 안뜰에 낭랑하게 울려 퍼졌다.

"넌 일리단을 섬긴다. 난 그자를 죽이려 하고. 우린 결코 같은 편이 아니다."

"난 불타는 군단과 싸우기 위해 이곳에 왔다. 나이트 엘프와는 싸울 생각이 없어."

초승달 본그림자의 칼날 끝이 최면을 걸듯이 좌우로 움직이기 시작했다. 반델은 한 걸음 물러서며 공간을 확보했다.

"넌 일리단의 낡은 거짓말에 속고 있어." 마이에브가 소리쳤다.

"거짓말이 아니다. 난 수백 마리의 악마를 처단했어. 숨이 남아 있는 한, 더 많은 악마를 처치하려 한다."

"이제 그럴 일은 없다."

마이에브가 밤호랑이처럼 재빠르게 달려들었다. 반델이 몸을 날려 피하자, 초승달 본그림자가 그가 서 있던 지점을 가로질렀다. 그는 반격하고 싶은 욕구를 억눌러야 했다. 내면의 악마는 어서 공격하라고 떠들어댔다. 반델은 애써 격앙된 감정을 억눌렀다.

"불타는 군단은 살아 있는 존재 모두를 멸절하려 한다. 그 학살에 맞서려면 우린 모두 연합해야 해."

"죽은 뒤에 네 악마 주인들하고나 연합하거라."

마이에브의 공격은 번개 같았다. 반델은 재빨리 뒤로 물러섰지만, 칼날이 그의 볼을 스치며 상처를 냈다. 입술 위로 흘러내린 피가 혀끝에 닿았다.

반델도 더는 참을 수가 없었다. 마이에브와 이성적인 대화는 불가능했다. 도망칠까 하는 생각도 해봤지만, 그녀를 등지고 멀리 달아날 수 있을 것 같지는 않았다. 상대는 너무 강하고 너무 빨랐다. 맞서 싸워야 했다.

죽여야 해. 반델의 정신 뒤편에 도사린 악마가 말했다. *둘 중 하나는 반드시 죽어야 할 테니까. 그녀가 널 살려주진 않을 거야.*

반델은 부인하고 싶었지만 악마의 말은 사실이었다. 받아들여야 했다. 그는 지옥 마력의 화살을 나이트 엘프에게 쏘아 보냈다. 마이에브는 아무렇지 않게 칼날로 화살을 막아 소멸시켰다. 반델은 일리단이나 그의 최고위 부관들을 제외하고는 저런 식으로 공격을 막아낼 수 있는 자들이 또 있을까 싶었다. 지금의 목표는 마이에브를 죽이는 게 아니었다. 그녀의 분노를 마주하고서 살아남는 것이었다.

마이에브가 눈을 가늘게 떴다. 이제야 악마의 진짜 얼굴이 드러났다. 그는 지옥 마법으로 그녀를 공격하려 했다. 잠시나마 그녀도 그 괴물의 주장을 믿을 뻔했다. 그녀를 공격하지 않고 방어만 하면서, 진실한 목소리를 계속 들려줬으니까.

멀리서 차원문이 열리는 소리가 최고조에 이르렀다. 사냥감이 도망치려 하고 있었다. 이제 이 싸움을 끝낼 때였다. 그녀는 변형된 엘프를 향해 무시무시한 공격을 퍼부었다. 초승달 본그림자가 눈에 보이지도 않을 만큼 빠르게 번쩍였다. 상대도 검을 들어 올려 막았다.

반델은 날카로운 칼날의 소용돌이 속에서 춤을 추었다. 마이에브의 공격에서 벗어나기 위해 할 수 있는 건 그것뿐이었다. 공격할 기회를 좀처럼 찾을 수 없었다. 상대는 너무 빠르고, 또 너무 강했다.

분노로 가득 찬 마이에브의 공격을 막아내느라 근육이 벌써부터 아파왔다. 공격을 막는 것만으로도 팔이 어깨에서 뜯겨져 나갈 것만 같았다. 검을 잡고 있는 것조차 힘이 들었다.

반델은 가능한 한 빠르게 마이에브에게서 물러났다. 어딘가에 걸려 넘어질 걱정은 하지 않았다. 영혼의 지각으로 주위의 모든 것을 인지할 수 있었다. 남은 시간이 점점 줄어들고 있었다. 내면의 악마가 거세게 저항했다. 악마는 달아나는 걸 원치 않았다. 싸우고 죽이기를 원했다. 그는 악마의 힘을 받아들였다. 온몸의 구멍에서 어둠이 흘러나와 그의 육체를 감싸고 보호했다. 팔이 더 강해졌다. 움직임은 더 빨라졌다. 반델은 이제 마이에브의 공격을 받아낼 수 있었다. 하나의 검으로는 상대의 칼날을 막고, 다른 하나를 뻗어 그녀를 공격했다. 무기가 적의 방어구를 스치며 귀에 거슬리는 소리가 났다.

그는 공격에 공격을 거듭했다. 감시관 마이에브는 한 걸음씩 뒷걸음질 쳤고, 반델은 그녀의 첫 번째 공격 이후로 물러나야 했던 거리를 모두 되찾았다. 마이에브가 다시 무기를 휘두르자 그는 훌쩍 뛰어올라 칼날을 피한 후 단검으로 그녀의 투구를 내리찍어 균형을 무너뜨렸다. 마이에브가 쓰러지는 순간 그는 지옥 마력의 화살을 발사했고, 마법은 그녀의 가슴을 강타했다. 악마가 계속해서 그를 밀어붙였다. *저 여자를 죽여. 죽이라고!*

마이에브는 바닥에 쓰러졌다. 일리다리의 공격은 고통스럽기보다는 놀라웠지만, 그럼에도 지옥 마력은 방어구 위에서 폭발하며 꽤나 고통스러운 아픔을 남겼다. 어둠에 휩싸인 악마가 그녀를 내려다봤다. 강력한 힘의 오라가 단검을 쥔 그의 손 주위에서 어른거렸다.

마이에브는 엘룬의 빛과 자신의 힘을 끌어내 점멸했고, 쓰러져 있던 자리에서 사라졌다.

반델은 녹황색 마력의 화살이 조금 전까지 마이에브가 쓰러져 있었던 지면을 강타하는 것을 지켜봤다. 뒤쪽 공기가 위치를 바꾸는 것이 느껴졌지만, 돌아서는 속도가 한순간 늦어졌고 그녀의 공격을 막을 수 없었다.

초승달 본그림자가 오른쪽에서 날아와 그의 팔을 베었다. 통증과 함께 피가 흘러내렸다. 그는 뒤로 몸을 던지며, 그 공격이 눈속임이었음을 깨달았다. 마이에브의 둥근 칼날이 그의 머리를 가격했다. 칼날이 닿는 순간 반델은 몸을 날려 피했지만, 고통까지 피할 수는 없었다. 어둠이 시야를 삼켰다.

반델이 마지막으로 본 것은 카리엘이었다. 아들의 얼굴에 실망한 표정이 떠올랐다. 이제 복수를 할 수 있는 길은 사라졌다.

"네 주인도 이렇게 쓰러질 것이다."

마이에브의 목소리가 들렸다. 그리고 암흑이 그를 인도했다.

아카마는 대강당으로 들어섰다. 괴수의 뼈로 만든 선반이 문간의 양옆에 늘어서 있었다. 뒤쪽에는 거대한 제단이 보였다. 으스스한 마력을 발산하며 깜빡이는 빛이 이 더럽혀진 공간에 그림자를 드리웠다. 동맹군은 이미 그 안의 저항 세력을 대부분 제거했고, 지금은 일리단이 아카마의 정신에서 끄집어낸 망령을 상대하고 있었다. 그건 마치 형체를 갖추고 악한 생명력이 부여된 그림자 같았다. 그 자체로는 완벽한 존재이자 암흑 마법의 기적이라 부를 만했고, 그걸 만들어낸 일리단의 사악한 천재성을 잘 보여주는 상징물이었다.

도둑맞은 영혼의 거대한 형체가 아제로스의 동맹군들 위로 높이 치솟았다. 아카마의 기적을 느낀 망령은 자신의 육체를 향해 움직였고, 암흑 마력의 촉수를 뻗어 아카마를 강타했다. 동맹군도 정면으로 달려들어 망령에게 주문을 퍼붓고, 검을 앞세워 돌진했다. 아카마는 고통과 맞서 싸우며 쓰러지지 않고 버텼다. 비명을 지르고 싶었지만 이를 악물었다. 그는 자신을 공격하는 마법의 갈래를 살폈다. 모두 망령에게 이어지고 있었다.

아제로스에서 온 동맹군들은 아카마가 요청한 일을 모두 해냈다. 대강당으로 통하는 길을 열고, 그곳을 지키던 잿빛혓바닥 변절자들을 처치하고, 잘려 나간 아카마의 악한 영혼을 구속하던 주문술사들을 하나씩 제거했다. 이제 아카마의 망령이 풀려나 그를 향해 다가오고 있었다. 어떻게든 아카마를 죽이고 그 육신을 차지한 후, 그를 통해 잿빛혓바닥 전체를 지배하려는 것이었다.

아카마는 두려움과 경외심 가득한 시선으로 자신의 영혼을, 저 망령을 바라봤다. 자기 안의 사악함이 실체화된 대상을 마주하는 경험을 어느 누가 할 수 있겠는가? 또한 내면의 모든 어둠과 맞설 수 있는 자가 얼마나 되겠는가?

다른 이들에게 그 망령은 그저 아카마의 사악한 그림자처럼 보였다. 하지만 아카마는 자기 안에 도사리고 있던 모든 사악함이 응축되어 태어난 대상임을 잘 알고 있었다. 비열하고 치졸한 행위의 가장 작은 부분부터 가장 큰 것까지 전부 모여 있었다. 망령을 바라보자, 형제의 장난감을 탐내던 아이가 보였다. 동족의 지도자 자리를 놓고 경쟁하던 상대가 때 이른 죽음을 맞자 흡족해하던 자신의 모습이 보였다. 경건하고 선한 모습을 내보이던 자신의 내면에 도사리고 있던 어둠이 보였다. 허영과 이기심, 욕망, 영광을 향한 탐욕이 보였다. 아카마를 지금 이 자리까지 이끌어온 모든 악마들이 보였다.

어떤 면에서는 일리단이 그를 해방시켰다고도 할 수 있었다. 하지만 아카마는 힘의 일부를 빼앗긴 것이기도 했다. 그 어둠 속에는 그를 마법의 지배자이자, 동족의 지도자로 만든 수많은 요인들이 담겨 있었다. 그는 늘 자신이 보잘것없는 존재라고 생각했지만, 이 환영을 보고 있으려니 그런 겸손함은 추종자들을 속이기 위한 가면에 불과했다는 사실을 깨달을 수 있었다.

아카마는 이런 모든 환영들이 망령의 공격 때문에 생겨난 것이라고, 망령이 그의 의지를 꺾고 굴복시켜 영혼의 나머지 부분을 끌어내고 남은 육신을 차지하려는 수작이라고 말하고 싶었다. 하지만 그것은 사실이 아니었다. 이 어둠은 그의 일부였다. 그리고 그 어둠 속에는 더 큰 힘이 담겨 있었으므로, 다시 받아들여야 했다. 그리고 그 어둠과 하나로 합쳐졌을 때 비로소 필요한 일을 해낼 만한 힘을 되찾을 수 있었다.

아제로스에서 온 동맹군으로부터 맹렬한 공격을 받으며, 망령은 조금씩 약해지고 있었다.

아카마는 마침내 그 주문을 이해하고 해제할 수 있었다. 그렇게 망령의 마력을 자신 안으로 끌어들였다. 그가 만들어낸 소용돌이가 영혼을 불러들였고, 망령은 그의 안으로 들어왔다. 한순간 그는 어둠의 황홀경에 빠져 전율을 느꼈다. 그리고 자신의 악한 분신을 사슬로 묶어 자신에게 구속했고, 자신과 하나가 되도록 통합했다. 힘이 돌아오는 것이 느껴졌다. 힘과 자부심, 야망이 다시 흘러들어 오는 것이 느껴졌다. 그는 다시 진정한 아카마가 되었다.

끝났다. 그는 숨을 깊이 들이쉬며 모든 힘이 자신의 육신으로 밀려들게 했다. 잿빛혓바닥 부족민들이 대강당으로 밀려들어 그를 올려다보며 한 목소리로 외쳤다.

"아카마 만세!"

차원문을 여는 주문의 지속적인 고동이 사라졌다.

마이에브는 쓰러진 적을 뛰어넘었다. 더는 시간을 낭비할 수 없었다. 이미 너무 늦었는지도 몰랐다. 일리단이 영원히 달아나기 전에 찾아내야 했다. 그녀는 거대한 지옥불정령이 죽어가며 남긴 타오르는 바위를 지나 내달렸다.

그리고 거대한 요새 안으로 뛰어들었다. 죽은 사티로스와 악마들이 거대한 전당 안에 여기저기 널려 있었다. 잿빛혓바닥 부족이 무리 지어 돌아다녔다. 마이에브를 바라보는 시선에 적의는 없었지만, 호의도 없었다. 모두 그녀가 누구인지 알고 있는 듯했다. 마이에브는 그들이 자신을 공격하는 건 아닐까 염려하며 경계했다. 알아낼 방법은 하나뿐이었다.

마이에브는 가장 가까이 있던 자에게 다가가 최대한 위엄 있는 목소리로 물었다.

"아카마는 어디에 있나?"

그 잿빛혓바닥 부족민은 그녀를 빤히 바라봤다. 그의 태도는 어딘가 조금 달랐다. 지금까지 뒤틀린 드레나이들은 대개 어딘가 비굴해 보였다. 감옥에 갇혀 있던 그녀를 감시하던 자들 중 뒤틀린 드레나이들은 결코 그녀와 눈을 맞추려 하지 않았었다. 하지만 지금 그녀 앞에 선 자와 그의 동료들 모두 당당한 눈빛으로 그녀의 눈을 바라봤다. 두려운 표정을 짓지도 않았다. 그들은 자신과 동등한 자를 상대하듯, 마이에브를 바라봤다.

"사원 깊은 곳에 있다. 배신자에게 최후를 안기려 하고 있지."

그의 대답에 마이에브는 고개를 끄덕이며 말했다.

"좋아. 내가 가서 돕겠다."

제 31 장

몰락

일리단은 지친 몸을 이끌고 대회의실로 들어섰다. 악마사냥꾼들은 떠났다. 할 수 있는 일은 모두 마쳤다. 일리단도 악마사냥꾼들과 함께 가고 싶었다. 하지만 차원문을 계속 열어두려면, 그 한쪽 축이기도 한 일리단은 여기 남아 있어야 했다.

이제는 기다리는 일만 남았다. 차원문을 열어두는 것만으로도 그와 영혼 흡수기의 힘이 모두 소진될 정도였다.

여군주 말란데가 일리단을 바라봤다.

"잿빛혓바닥이 배신했습니다. 노예들이 감히 우리를 향해 칼을 겨눴군요. 검은 사원의 문이 열렸습니다."

"진작부터 이럴 계획이었을 겁니다."

파괴자 가디오스가 덧붙였다.

일리단은 마법사의 감각을 펼쳤다. 아카마의 망령에 걸어두었던 구속의 주문이 사라져 있었다. 아카마는 자신을 해방시켰고, 그 과정에서 동족 역시 해방시켰다. 그 노쇠한 뒤틀린 드레나이가 생각했던 것보다 더 교활한 모양이었다. 이렇게 또 한 가지 계산이 틀렸다. 일리단은 아르거스로 통하는 차원문을 만들고 악마사냥꾼들을 훈련시키는 데 정신이 팔려 아카마에게 신경을 쓰지 못했다. 그래도 뒤틀린 드레나이의 지도자가 죗값을 치르게 할 방법을 찾아낼 작정이었다.

"차원문이 열리는 걸 느꼈습니다. 그대가 탈출하신 줄 알았습니다, 군주님."

고위 황천술사 제레보르의 목소리였다. 그의 표정에는 지도자가 아직 여기 남아 있어 안도하는 마음과 그 이유를 알 수 없어 당혹스러운 감정이 뒤섞여 있었다. 설명을 듣고자 기대했다면 실망하게 될 터였다.

일리단은 주위의 모든 것들이 자신을 향해 다가오는 걸 느꼈다. 사태가 파국을 향해 치닫고 있었다. 계획은 이제 고작 절반 정도에 이르렀건만, 어느새 그는 운명의 덫에 걸리고 말았다. 일리단은 나루가 보여줬던 계시를 떠올렸다. 이제는 나루가 정말 빛의 존재였는지조차 의심스러웠다. 어쩌면 그 모든 것이 킬제덴이 만든 함정의 일부였는지도 몰랐다. 가장 중요한 순간에 운명이 그의 편이라는 거짓된 믿음을 주었다. 그렇게 오랜 시간 준비해온 모든 것이 무너져 내리고 있었다.

악마사냥꾼들은 아마도 실패할 것이다. 결국 일리단은 파멸이 기다리는 곳으로 그들을 내몬 것인지도 몰랐다. 이제 그가 할 수 있는 일은 이곳을 지키는 것뿐이었다. 무력하게 항복하여 적에게 만족감을 줄 생각은 없었다. 다시는 감옥에 갇히지 않을 것이다.

일리단은 의회의 의원들을 바라봤다. 그들은 여전히 그가 이끌어주기를 바라고 있었다. 일리단이 무겁게 입을 열었다.

"이곳을 지켜라. 사원의 정상으로 가는 길을 막아라. 나는 주문 하나를 시전해야 한다. 그 주문이 전투의 흐름을 바꿀 것이다. 적들을 물리칠 수 있는 길이 남아 있다. 우리는 아직 패배하지 않았다."

아카마는 고위 황천술사 제레보르의 사체를 넘었다. 앞쪽에 사원의 정상으로 통하는 봉인된 문이 나타났다. 힘겨운 전투를 치열하게 치른 끝에 이곳까지 올 수 있었다. 달콤한 향기를 풍기는 정원과 블러드 엘프들의 으리으리한 거주지를 지나며, 수많은 사체와 산산조각 난 파수병들의 잔해를 남겨놓았다. 앞쪽에 자리한 거대한 검은 문 뒤에서 일리단은 사악한 마법을 완성해 가고 있었다. 지금은 또 어떤 끔찍한 주문을 시전하고 있는 걸까?

아제로스에서 온 동맹군들은 아카마의 다음 지시를 기다렸다. 아카마가 그들을 보며 말했다.

"이 문이 배신자와 우리 사이에 있는 마지막 관문일세. 비켜서게나, 친구들."

아카마는 정상으로 통하는 길을 봉인한 주문을 살폈다. 다수의 마법 갈래가 교차하며 복잡하고 환상적인 주문이 완성되어 있었다. 평범한 마법사가 그 주문을 풀어내는 데는 평생이 걸릴 테지만, 다행히 아카마에게는 주문을 풀어야 할 이유가 없었다. 그저 산산이 조각내기만 하면 그만이었다.

아카마는 온 힘을 끌어내 문을 향해 내뿜었다. 어째서인지 그 연약해 보이는 문은 그의 힘을 버텨냈다. 그는 힘을 더 끌어냈고 곧이어 그가 시전한 마력이 봉인을 갈기갈기 짓찢었다. 하지만 그것으로는 충분하지 않았다. 그의 어깨가 축 늘어졌다. 모든 위험을 무릅쓰고 여기까지 왔는데 이렇게 벽에 부딪힐 줄은 몰랐다.

"혼자선 할 수 없구나…."

노쇠한 아카마는 좌절감에 빠져 자기도 모르게 혼잣말을 중얼거렸다.

그 순간 주위에 다른 이들의 존재감이 느껴졌다. 강력한 영혼들, 낯익은 유령들이었다. 오늘 있었던 치열한 전투로 인해 카라보르 사원에서 빠져나와 주위를 떠돌던 존재들이었다.

"아카마 님, 당신은 혼자가 아닙니다."

영혼 중 하나가 말했다. 한때 그의 친구이기도 했던 현자 우달로의 모습을 하고 있었다.

"자네의 백성은 항상 자네와 함께할 것이야!"

또 다른 영혼은 현자 올룸의 모습을 하고 있었다. 아카마는 경외감에 휩싸였다.

옛 친구여, 그대들을 이렇게 빨리 만나게 될 줄은 몰랐구나. 올룸은 아카마의 가장 가까운 동료였다. 하지만 그가 배신자를 제거하려는 계획을 세우고 있다는 사실을 여군주 바쉬와 나가들이 밝혀내면서 비극이 시작되었다. 올룸은 아카마에게 자신을 죽임으로써 잿빛혓바닥은 일리단에게 충성하고 있음을 증명하라고 충언했고, 아카마는 깊은 슬픔을 머금은 채 그 말을 따라야 했다.

영혼들이 그에게 힘을 보탰다. 속도는 더뎠지만, 밀려드는 힘의 격류에 구속의 주문이 조금씩 깨지기 시작했다. 구속에서 벗어난 종족 전체의 의지가 그 힘을 뒷받침했다.

주문이 무너져 내렸고, 유령들은 사라지기 시작했다. 아카마는 진심을 담아 외쳤다.

"형제여, 자네의 도움에 감사하네. 우리 백성들은 구원받게 될 것이야!"

아카마에게 여유가 있었다면 아마 기쁨의 눈물을 흘렸을 것이다. 올룸의 희생 덕분에 그는 이 문 앞까지 이를 수 있었다. 그리고 그의 영혼이 도와준 덕분에 이 문을 열 수 있었다. 좋은 징조였다. 하지만 아카마의 영혼 안에서는 승리의 기쁨과 알 수 없는 두려움이 치열하게 다퉜다. 이제 곧 그와 동맹군은 배신자와 마주하게 될 것이다. 이토록 긴 시간이 흘렀건만 아카마는 자신이 일리단의 모든 계획과 마주할 준비가 되어 있는지 확신할 수 없었다.

일리단은 검은 사원의 정상으로 통하는 문의 봉인이 부서지는 것을 느꼈다. 그렇게 빠른 시간 내에 파괴하다니, 아카마는 정말로 강해진 모양이었다. 일리단을 섬기는 동안 그는 많은 것을 배웠다. 주인의 마법에 역주문으로 대응하는 방법도 그간의 배움에 포함되어 있었다. 일리단은 날개로 몸을 감싼 채 웅크리고 앉아, 일생일대의 전투가 시작되기 전에 마지막으로 힘을 흡수했다.

두려움을 느끼며 아카마는 사원 정상으로 들어섰다. 지금 이 순간에도 승리는 확실하지 않았다. 아카마와 잿빛혓바닥 부족이 사원의 문을 열고 알도르 사제회와 점술가 길드, 그들의 동맹군까지 모두 불러들인다고 해도, 배신자는 어떻게든 상황을 반전시킬 수 있는 자였다.

일리단은 정상의 맞은편에 웅크리고 앉아 있었다. 중앙에는 거대한 철망이 카라보르 사원의 심장부로 떨어지는 중앙 우물을 덮고 있었다. 배신자는 손에 해골을 들고, 자신의 필멸성에 대해 곰곰이 생각하는 듯했다. 그는 시체처럼 가만히 앉아 조금도 움직이지 않았다. 스스로 목숨을 끊기라도 한 것일까.

아카마는 옛 주인의 주위를 떠도는 오라를 살펴봤다. 그는 아직 살아 있었다. 막대한 마력이 그의 안에서 샘솟았다. 일리단은 힘을 모으고 있었다.

주위를 가득 채운 아카마의 동맹군은 초조한 듯 무기를 점검했다. 일리단은 적이 모두 들어오기를 기다리고 있는 듯했다. 마치 압도적인 적의 병력 따위 상관없다는 듯, 그저 적을 한곳에 몰아넣으려고 하는 것 같았다. 일리단이 불러낼 수 있는 힘을 생각해보면, 그에게 두려움 따위 없으리라는 것도 충분히 납득할 수 있었다.

일리단의 변형된 수하들은 어디에 있는 것일까? 아카마는 주위를 두리번거렸다. 사원에서의 전투를 치르면서도 아카마는 악마사냥꾼들이 나타나기를 기다렸지만, 그들은 보이지 않았다. 앞서 열렸던 거대한 차원문도 마찬가지였다. 그는 일리단이 그 차원문을 통해 도망쳤을 거라고 예상했었다. 사실 반쯤은 그랬기를 바랐다. 그랬다면 여러 목숨을 대가로 치러야 할 이 최후의 전투를 피할 수 있었을 테니까.

침입자들에게 준비할 시간을 주었다는 사실이 배신자 일리단의 자신감을 명백히 드러냈다. 아카마는 그 생각을 잠시 외면한 채, 힘을 끌어모았다.

일리단은 자신에게 맞서기 위해 집결한 병력을 찬찬이 바라봤다. 검은 사원의 심장부에서 이렇게 많은 적을 보니 기분이 이상했다. 아카마가 그들과 함께 서 있는 모습은 더욱 낯설었다. 노쇠한 뒤틀린 드레나이가 이런 짓을 할 만큼 대담하다는 사실을 아직도 믿을 수 없었다. 아카마는 일리단이 마련해둔 모든 함정을 피하고 모든 족쇄에서 빠져나갔다. 그리고 이제는 일리단과 맞서 싸우고자 동맹을 맺은 자들과 함께 이곳에 서 있었다.

분노가 일리단의 심장을 채웠다. 그는 아카마를 맹렬히 노려보며 분노와 경멸을 드러냈다.

"아카마, 너의 불충은 그리 놀랍지도 않구나. 너희 흉측한 형제들을 벌써 오래전에 없애버렸어야 했는데….”

아카마는 독이 담긴 일리단의 말에 자기도 모르게 몸을 움츠렸다. 하지만 그는 잠시 몸을 추스른 후 목소리를 높여 말했다.

“일리단! 너의 통치를 종식시키기 위해 우리가 왔다. 우리 종족은 물론 아웃랜드 전체를 해방시키리라!”

“입을 잘도 놀리는구나. 허나, 가당치도 않다!”

“때가 왔다! 기다리던 순간이!”

일리단은 뒤틀린 드레나이와 아둔한 동맹군을 노려봤다.

“너흰 아직 준비가 안 됐다!”

거대한 체구의 전사가 무리 중에서 나섰다. 육중한 판금 갑옷을 갖춰 입고, 보호의 주문이 온몸을 감싸고 있었다. 방어 마법이 그물처럼 전사와 아제로스의 마법사들을 연결하고 있는 것을 일리단은 바로 알아챘다.

일리단은 전방으로 도약하며 엄청난 힘으로 쌍날검을 휘둘렀다. 전사는 방패를 들어 올려 그의 공격을 막았다. 일리단은 허점이 생긴 것을 틈타 왼손의 검을 휘둘러 상대의 목을 그었다. 전사의 목덜미에서 피가 솟구쳤지만, 치유의 주문이 밀려들어 피를 멈추고, 찢긴 피부를 아물게 한 후, 잘린 핏줄을 연결했다.

일리단은 흡혈 어둠의 마귀를 소환했다. 이 생물은 뒤틀린 황천에서 빠져나와 꿈틀거리며 현실에 들어서자마자, 전사를 치유한 주문술사를 향해 달려들었다. 어둠의 마귀를 막지 못하면, 순식간에 더 많은 마귀들이 생성될 것이다.

각종 주문이 소나기처럼 일리단에게 쏟아졌지만, 그의 방어를 뚫지 못했다. 필멸자치고는 분명 능력 있는 주문술사였지만, 아웃랜드의 군주에게는 상대가 되지 못한다는 사실을 일리단은 보여줄 생각이었다.

일리단은 두 팔을 넓게 펼치고 불을 소환했다. 거대한 불길이 주위로 솟아오르며 공격자들을 불태웠다. 그중 한 명이 비명을 지르며 쓰러졌고, 온몸이 검게 그을리는 사이 양쪽 눈알이 열기를 견디지 못하고 터져버렸다. 일리단은 웃었다. 늘어선 적들 가운데 주문을 쓰는 자들은 황급히 주문의 방향을 바꿔 자신들을 보호하기 시작했다.

일리단은 뒤쪽에서 두 개의 검을 든 어둠의 형체를 느꼈다. 그 검을 뒤덮은 맹독에 코가 간질거렸다. 그가 돌아선 것은 공격자가 검을 그의 등에 꽂으려던 찰나였다. 일리단은 한 손으로 적의 목을 붙잡았다. 그리고 주문을 외워 상대의 몸에 불을 붙였고, 한쪽으로 집어 던져 뼛속까지 타들어가게 했다.

화살이 일리단의 머리를 향해 날아왔다. 그는 고개를 돌려 뿔로 화살을 튕겨냈다. 거대한 야수가 그를 향해 달려들었다. 그는 어둠의 장벽을 소환하여 야수와 주위 모든 적의 생명력을 흡수했다. 모두의 마력이 일리단을 향해 쏟아져 들어와 그의 주문에 불을 지폈다. 그는 또 한 번 공격을 막아내고, 공격자를 베어버렸다.

격렬한 기쁨이 핏줄을 타고 흘렀다. 일리단은 자신이 선사한 적의 죽음에 희열을 느끼며, 스러지는 생명의 달콤한 맛을 만끽했다. 적이 하나씩 쓰러질 때마다 환희가 온몸을 가득 채우고, 하늘을 향해 승자의 포효를 외치고 싶은 욕구가 들끓었다. 적들은 일리단을 죽이러 왔지만 그들은 결국 일리단이 그리 쉽게 죽지 않는다는 사실만 깨닫게 되었다.

배신자 일리단이 싸우는 모습은 경이로웠다. 그것만큼은 아카마도 인정해야 했다. 아카마가 힘닿는 데까지 지원하고 있음에도 아제로스 최강의 투사들로 구성된 동맹군이 하나둘씩 쓰러지기 시작했다. 지금의 일리단을 공격하는 건 부상당한 미치광이 늑대를 공격하는 것과 같았다. 배신자는 가능한 한 많은 적을 죽음의 길동무로 데려가고자 하는 게 분명했다. 더욱 끔찍한 건, 그칠 줄 모르는 일리단의 야만성 때문에 그가 이길지도 모른다는 사실이었다. 만일 여기서 그가 승리한다면, 그는 달아나 검은 사원의 방어 세력을 규합할 수도 있었다. 그렇게 된다면 아카마의 동족은 멸절을 피할 수 없었다.

마이에브는 어디에 있는가? 아카마는 초조해졌다. 이 시점에서 감시관 마이에브가 나타난다면 전투의 흐름이 달라질 수도 있었다.

"부하들아, 이 반역자에게 응당한 처벌을 내려라!" 일리단이 외쳤다.

아카마는 일리단의 충성스러운 부하들이 접근하는 것을 느꼈다. 이들이 나타나 공격대의 측면을 공격한다면…? 아카마가 크게 소리쳤다.

"이놈들은 내가 처리하겠소! 친구들, 어서 배신자를 공격하시오!"

아카마는 돌아서서 다가오는 파수병들과 맞붙었다. 이제부터 동맹군은 일리단과 직접 맞서야 했다.

파수 골렘의 거대한 형체가 마이에브를 내려다보고는, 커다란 금속 손을 뻗어 그녀를 붙잡으려 했다. 마이에브는 단 한 번의 공격으로 블러드 엘프의 피조물을 쓰러뜨린 후 주위를 둘러봤다. 드넓은 연회장은 전투의 흔적으로 가득했다. 독 바른 단검을 손에 든 밤의 무희들의 사체가 꽃밭 여기저기에 널브러져 있었다. 신도레이 마법사의 잘린 사지와 머리가 그 곁에서 나뒹굴었다. 아카마와 동맹군이 남긴 파괴의 흔적을 따라가는 것은 어렵지 않았다.

마이에브는 계단을 달려 올라갔다. 위쪽 어딘가에서 막대한 마력이 방출되는 것이 느껴졌다. 배신자의 마력이라는 사실을 쉽게 알 수 있었다.

최후의 전투가 그녀 없이 시작되려는 것 같았다. 마이에브는 전투의 현장을 향해 질주하며, 정의의 심판이 너무 늦지 않기만을 엘룬께 기도했다.

성기사가 번쩍이는 망치를 내리꽂았다. 그 무기는 일리단 앞쪽의 지면을 강타하며 석판을 쪼갰다. 일리단은 공중으로 도약한 후, 날개를 힘차게 펄럭이며 공격자들의 면면을 살폈다. 그리고 두 팔을 넓게 벌린 후 불길의 힘을 불러냈다. 거대한 화염구가 적진 한가운데로 떨어져 내렸다. 화염폭풍을 피해 달리는 전사의 망토가 불타오르며 유성의 꼬리 같은 흔적을 남겼다.

일리단은 앞쪽 지면에 시선을 고정하고 푸른 악마의 불길을 소환했다. 가엾게도 그 안으로 뛰어든 드루이드의 몸에 불이 붙었고, 바닥을 구르며 꺼뜨리려 해도 불은 계속해서 그의 육신을 태웠다.

번개가 지면으로부터 일리단을 향해 날아들었다. 대담한 마법사 하나가 얼음의 힘으로 그의 힘을 차단하려고 시도하자, 주위의 공기가 차갑게 식었다. 일리단은 그 마법사에게 어둠의 화살을 비처럼 쏟아부었다. 화살에 육신이 갈기갈기 찢기며, 마법사는 새된 비명을 질렀다.

이제 이 아둔한 자들에게 진정한 힘의 의미를 알려줄 때가 왔다.

일리단이 쌍날검을 바닥에 던지고 그 안의 힘을 불러냈다.

"어찌 감히 나를 건드리려 하느냐? 보아라, 아지노스의 불꽃을!"

불의 정령 한 쌍이 그의 부름에 응했다. 불줄기에 연결된 채로, 두 정령은 방어 대형으로 돌아선 공격자들을 덮쳤다.

일리단은 그 틈에 잠시 휴식을 취했다. 아래쪽에서는 침략자들이 그의 소환수에게 마법 무기와 주문의 포화를 쏟아붓고 있었다. 용사 둘이 더 쓰러지고 나서야 타오르는 정령들도 사라졌다.

일리단은 마지막 남은 힘을 그러모으며, 죽음의 손아귀에 붙잡히기 전에 가능한 한 많은 적을 제거하겠다고 결심했다.

그는 공격자들 한가운데로 뛰어들어 지옥 마력을 더 끌어냈다. 그 힘이 온몸을 감싸고, 그를 무소불위의 악마로 바꿔놓았다. 그는 불길을 휘둘러 적의 육체와 피, 영혼까지 모조리 태워버렸다.

보호 주문을 온몸에 두른 여자 흑마법사가 지팡이를 높이 들고 그에게 달려들었다. 일리단은 주먹을 날렸지만, 여자를 감싼 마법이 공격의 위력을 흡수했다. 점점 더 많은 주문이 그의 몸을 강타했고, 부패의 씨앗이 일리단의 몸속에 뿌리를 내렸다. 씨앗이 썩어 들어가기 시작했다. 그는 자신의 몸을 둘러싼 어둠에 의지를 부여한 후, 그 어둠의 형체를 떼어내 적을 공격하도록 했다. 그리고 적의 공격이 거듭될 때마다 이를 반복했다.

일리단이 지옥 불길의 해일을 적에게 쏘아 보냈다. 전투가 시작되었을 때보다 그가 약해졌기 때문인지, 아니면 쉬운 적은 이미 모두 쓰러졌기 때문인지, 적을 처치하기가 점점 더 어려워졌다. 마법의 화살이 계속해서 일리단을 강타하며 그의 힘을 소진시켰다. 적들이 그를 쓰러뜨리기 위해 총력을 기울이기 시작했고, 적의 공세는 정점에 이르렀다.

그리고 한순간 고요함이 찾아왔다. 일리단이 맹렬했던 공격의 폭풍을 이겨낸 것이다. 그는 몸을 꼿꼿이 세우고 수많은 적을 노려보며 말했다.

"필멸의 종족들이여, 나에 대한 증오가 고작 이 정도냐?"

그 순간 귀에 익은 차가운 목소리가 검은 사원 정상의 고요함을 깨뜨리며 메아리쳤다.

"나만큼 널 증오하는 이가 또 있을까? 일리단! 네게 받아야 할 빚이 남았다!"

일리단은 고개를 돌렸다. 너무나도 익숙한 방어구 차림의 형체가 무기를 겨눈 채 그곳에 서 있었다. 처음에는 환영이리라 생각했다. 알 수 없는 주문이 일리단의 상상 속 깊은 곳에서 끌어낸 유령이라고 생각했다. 하지만 그의 영혼 시야는 다른 말을 했다. 그 형체에는 엄연히 무게와 부피와 존재감이 있었다. 일리단에게 그 방어구는 익숙했다. 그 무기도 익숙했다. 목소리와 자세에 담긴 오만함 역시 너무나 익숙했다. 의심의 여지가 없었다. 감시관 마이에브가 일리단 앞에 서 있었다.

일리단의 내면에서 분노가 들끓었다. 입을 열기가 힘들었다. 제법 오랜 시간 그녀를 손에 쥐고도 죽이지 않았는데, 그런 그녀가 지금 이곳에 와 있었다. 오랜 수감 생활의 기억이 물밀듯이 밀려왔다.

"마이에브… 어떻게 이런 일이…?"

하지만 답은 이미 알고 있었다. 아카마. 갇힌 그녀를 책임지던 건 바로 그자였다.

아카마의 동맹군이 다가와 한 줄로 전투 대형을 형성했다. 마이에브가 나타나고 일리단이 당황하는 모습을 보며 힘과 자신감을 회복한 모양이었다.

투구 밑에서 마이에브의 입술이 뒤틀리며 차가운 미소를 짓는 모습이 눈에 선했다.

"아, 기나긴 사냥이 마침내 끝을 맺는구나. 바로 오늘 정의는 실현되리라!"

마이에브는 초승달 본그림자를 휘두르며 전방으로 내달렸다. 일리단은 그녀를 막으려 했다. 사악한 그림자가 그녀를 향해 손톱을 휘둘렀다. 불의 해일이 마이에브를 덮쳤다. 하지만 방어구로 모든 공격을 막아내며 그녀는 계속해서 거리를 좁혔다. 그렇게 접근한 그녀는 일리단을 향해 그 칼날을 휘둘렀고, 일리단 또한 검으로 공격을 막아냈다. 둘은 한순간 마치 연인처럼 몸을 맞대고 섰다. 그녀는 일리단 안에서 타오르는 격노와 억눌린 증오, 강렬한 마력을 느꼈다.

마이에브는 몇 달간의 수감 생활 동안 준비해온 주문을 읊조렸다. 마법이 앞쪽 지면에서 빛을 발하자, 그녀는 한 걸음 뒤로 물러났다. 배신자가 지면을 내리치자 주문이 발동했다. 마력의 올가미들이 함정에서 뻗어 나와 일리단의 힘을 흡수했다. 그제야 상황을 깨달은 일리단의 얼굴이 일그러졌다.

아카마의 동맹군도 무기를 들고 마법을 시전하며 전투에 합류했다. 폭풍 같은 공격이 일리단을 덮쳤다. 일리단은 적을 향해 쌍날검을 휘두르고, 몸을 틀어 적의 공격을 피하면서 바삐 주문을 막아냈지만, 그 와중에 격노와 체력을 상당히 잃고 말았다. 비틀거리며 앞으로 걸음을 내딛자 마이에브의 또 다른 함정이 발동했다. 마법의 충격으로 휘청거리는 그에게 아제로스의 병력이 달려들었다.

마이에브의 두 눈은 오직 자신의 숙적인 일리단만을 바라봤다. 일리단도 그렇게 생각했겠지만, 그녀도 이번이 최후의 조우가 되리라는 것을 알고 있었다. 둘 중 하나는 이 전투에서 죽게 될 것이다. 그녀는 아닌드라와 사리우스, 지금 이 순간을 위한 여정에서 죽어간 모든 이들을 생각했다. 자신의 수감 생활을 떠올렸다. 그 모든 것이 정의를 실현하려는 그녀의 굶주림을 더욱 깊어지게 했다. 그녀의 일생은 지금 이 순간을 위한 것이었으리라.

마이에브와 일리단의 무기는 너무 빠른 속도로 움직여 눈으로 쫓을 수도 없었다. 무기가 무기를 막았다. 주문이 주문을 파괴했다. 일리단이 무엇으로 공격하든, 마이에브는 막아냈다. 그녀가 공격할 때마다 승기가 조금씩 기울었다. 마이에브 쪽으로. 일리단의 표정을 보면 그도 이 사실을 알고 있는 듯했다.

더 많은 주문이 일리단을 강타했다. 마이에브는 다른 이들에게 이제 그만 멈추라고 말하고 싶었다. 일대일의 싸움에서 그를 처단하고, 오직 혼자만의 승리를 만끽하고 싶었다. 하지만 그러기엔 이미 너무 늦은 상태였다. 마이에브도 정의가 실현되는 것으로 만족해야 했다.

끝은 갑작스럽게 찾아왔다. 쇄도하는 주문으로 주위가 흐릿해진 순간 마이에브의 칼날이 일리단의 몸을 꿰뚫었고, 피부를 찢고 갈비뼈를 관통하여 악마의 모습으로 변형된 가슴속에서 고동치던 심장에 이르렀다.

일리단은 반격을 포기하지 않았다. 그의 입술이 뒤틀리며 오만한 미소를 지었다. 그는 당장이라도 다른 주문을 시전할 것처럼 보였지만, 자신에게 일어난 일을 깨닫고는 고통에 휩싸인 채 무너져 내리며 무릎을 꿇었다.

일리단은 믿기지 않는 눈빛으로 위를 올려다봤다. 그의 시선이 마이에브의 시선과 마주쳤다. 그녀는 차갑게 그를 응시했다. 사냥감을 쓰러뜨린 포식자의 눈빛이었다. 만족감과 광기, 그리고 또 다른 무언가가 시선 속에 담겨 있었다. 마이에브는 일리단을 처단했지만, 자신이 무엇을 했는지 아직 깨닫지 못한 듯했다.

"아, 끝났군. 네놈이 졌다."

가슴속에서 고통이 폭발하듯 통증이 극심해지는 것을 느끼며, 일리단은 그 말이 사실임을 깨달았다. 마침내 그의 시간은 끝이 났다. 그 오랜 연구와 전투, 긴긴 수감의 세월이 모두 끝났다. 마이에브를 바라보며, 일리단은 스치는 듯한 연민을 느꼈다. 그녀는 일리단이 죽음으로써 그녀 자신의 삶도 끝이 났다는 사실을 이해하지 못하고 있었다. 일리단은 가까스로 말을 이어나갔다.

"네가 이겼다… 마이에브. 하지만 사냥감이 없는 사냥꾼은… 살아갈 힘을 잃는 법… 너도… 내가 없으면… 아무것도 아니야…."

암흑이 일리단을 뒤덮었다. 한순간 그는 인장의 환영을 보았다고 생각했다. 나루가 그의 이마에 찍은 것과 같은 인장이었다. 그 인장이 한순간 찬란한 금빛으로 타오르고, 우주는 암흑 속으로 떨어졌다.

마이에브는 일리단의 사체를 내려다봤다. 눈을 가늘게 뜨고 사냥감이 정말 죽었는지 확인했다.

자신이 무엇을 기다리고 있었는지 알 수 없었다. 승리의 기쁨도, 지나치게 지연된 임무 완수의 만족감도, 그 무엇도 느낄 수 없었다.

사체는 초라했다. 그 압도적인 힘도, 그 장대한 존재감도 모두 빠져나가 사라져버렸다. 그저 마이에브의 칼날에 숨이 끊어진 또 하나의 괴물이 쓰러져 있을 뿐이었다. 일리단의 시신을 내려다보며 그녀는 생각했다. *이 순간을 위해 만 년의 세월을 기다렸던 걸까?* 그 오랜 시간과 쓰러져 간 수많은 생명의 대가로는 턱없이 부족해 보였다.

마이에브는 일리단의 말을 떠올렸다. 아웃랜드의 군주 일리단은 최후의 순간을 맞이하며 그들에게 마지막 저주를 걸었던 걸까? 주위를 감싼 방어 주문은 모두 온전했다. 일리단이 정말 그녀에게 저주를 걸었다면, 그 주문은 역사 속 그 어떤 마법사가 시전했던 것보다도 은밀한 주문일 것이다.

아니, 그의 말에 마법은 없었다. 진실뿐이었다. 마이에브는 긴 삶에서 너무 오랜 시간 배신자를 사냥하는 일에 헌신했기에, 이 순간 깊은 상실감을 느꼈다. 어딘가가 텅 비어버렸다.

"놈이 옳았어. 공허감이 밀려오는군. 난 아무것도 아니야."

마이에브가 낮게 중얼거렸다. 그녀는 아카마와 그의 동맹을 바라봤다. 이 일이 모두 그들 탓일까? 그들이 그녀의 승리를 도둑질한 것일까? 광기에 가까워진 한순간, 그녀는 그들을 공격하는 것도 고려했었지만 그 생각을 마음 한구석으로 밀어두었다.

"용사들이여, 안녕히…."

마이에브는 그 말을 끝으로 그녀에게 다가오는 아카마에게 눈길조차 주지 않은 채, 발걸음을 돌렸다.

아카마는 마이에브가 떠나는 모습을 지켜봤다. 뒤틀린 드레나이는 일리단의 지원군을 몰아내며, 동맹군에게 일리단을 처단할 시간을 주었다. 그리고 아제로스의 동맹군은 강대한 나이트 엘프의 도움을 받아 결국 그 목표를 이뤘다. 아카마는 마이에브에게 감사하고 싶은 마음도 있었지만, 그녀가 그렇게 무심히 떠나버렸다는 사실에 마음이 놓였다. 그토록 폭력적이고, 충동적이고, 강력한 존재가 이런 상황에서 무슨 짓을 할지 알 수 없었다. 그녀에게는 아카마를 증오할 충분한 이유가 있었다. 그는 마이에브가 자신에게까지 복수의 칼날을 겨누지 않아 마음이 놓였다.

아카마는 옛 주인의 모습을 내려다봤다. 어쩐지 그가 작아 보였다. 아카마는 허리를 숙여 일리단의 육신을 들어 올리자 마치 영혼이 모두 빠져나간 듯, 어린아이보다 가벼웠다. 아직 알 수 없는 일이 있었다. 악마사냥꾼들은 어디로 가버린 것일까? 어째서 전투에 참여하지 않은 것일까? 그는 일리단이 열었던 차원문을 감지했다. 그 문을 통과했다면 그들은 대체 어디로 간 것일까? 정말 아르거스로 간 것일까? 아카마는 그 생각을 잠시 묻어두기로 했다. 그런 건 나중에 고민해도 될 테니. 지금은 승리가 남긴 것들을 처리해야 했다.

검은 사원의 정상은 악마들이 전쟁을 벌이기라도 한 듯한 모습이었다. 바위는 녹아내리고 용암이 되어 흘렀다. 그림자가 있지 않아야 할 곳에 그림자 조각이 머물러 있었다.

이 땅을 정화해야 한다는 생각이 들었다. 망자에 대한 기도가 이루어질 수 있게 제단도 세워야 했다. 해야 할 일이 참으로 많았다. 하지만 그의 동족이라면 할 수 있었다. 그들은 다시 온전히 하나가 되었고, 함께라면 이루지 못할 일이 없었다.

"성스러운 축복의 빛이 이 음산한 전당에 다시 한번 내리쬐리라."

아카마는 절뚝거리며 아웃랜드의 지배자 일리단의 시신을 뒤로한 채 그곳을 떠났다.

반델이 깨어났다. 그것을 깨어난 것이라고 부를 수 있는지는 모르겠지만. 마이에브의 무기에 베인 팔에는 커다란 흉터가 남았다. 상처는 모두 아물었지만 기운이 없었다. 깊은 상처 때문에 머리가 깨질 듯 아팠다.

주위를 둘러보자 훈련장에 알도르 사제회와 점술가 길드 투사들이 가득 모여 있는 것이 보였다. 그들은 승리의 노래를 부르고, 다 함께 술잔을 들어 올려 벌컥벌컥 마시며 서로의 등을 두드렸다. 두 진영 사이의 갈등은 모두 사라졌다.

그 병사들 사이에 잿빛혓바닥 부족이 섞여 있었다. 뒤틀린 드레나이들은 자신감을 완전히 되찾은 모습이었다. 더는 무기력하지 않은 태도로 당당히 걸었다. 그들은 부족의 유산을 되찾은 진정한 주인의 모습으로 주위를 둘러봤다.

반델은 팔다리를 움직여봤다. 다행히 움직일 수 있었다. 그는 그림자 속으로 들어가 자신의 모습을 감췄다.

"배신자가 죽었다!"

한 블러드 엘프가 의기양양하게 외쳤다. 그 외침에 열렬한 환호성이 터져 나왔다. 한때 용아귀 부족이 용을 불러 모으고, 일리단을 섬기는 악마들이 거닐었던 광활한 정원에 기쁨으로 가득 찬 환호성이 이리저리 메아리쳤다.

사실일까? 대학살의 여파를 바라보고 있노라니, 그것은 분명 사실이었다. 반델은 불타는 군단의 위협을 떠올렸다. 적의 진짜 힘을 이해했던 유일한 지도자가 사라졌으니 앞으로 어떤 일이 벌어질까? 동료들은 어디에 있는 것일까?

반델은 감각을 한계까지 내뻗어 다른 악마사냥꾼을 찾았다. 모두 사라졌다. 애초에 존재하지 않았던 것처럼. *모두 죽은 걸까? 내가 마지막 남은 악마사냥꾼이란 말인가? 일리단의 위대한 전쟁은 시작도 하지 못하고 끝나버린 걸까?*

칠흑 같은 절망이 반델을 뒤덮었다. 승리의 노래가 울려 퍼지는 가운데 그는 흐느껴 울고 싶었다. 이 영웅 후보생들은 자신들이 무슨 짓을 했는지 알지 못했다.

모든 것을 잃었다. 이제 이곳에서 할 일은 없었다. 그는 적들 한가운데로 뛰어들어 정신없이 칼을 휘두르다가 이번에야말로 확실하게 죽음을 맞이하고 싶었다. 그는 오래전 카리엘을 위해 만들었던 목걸이를 내려다봤다. 이제 복수는 없을 것이다. 그는 자리에서 일어났다. 적을 공격하고 학살하는 데 필요한 지옥 마력을 끌어냈다.

그 순간 목소리가 들려왔다. 익숙한 목소리였다. 일리단의 목소리. 너무 희미해서 머나먼 우주의 가장자리에서, 아니면 죽음의 반대편에서, 아니면 그의 기억 속 가장 깊은 곳에서 들려오는 것만 같았다.

너희는 준비해야 한다.

반델은 잠시 멈춰 서서 차오르는 분노를 가까스로 억눌렀다. 그 목소리는 기억이라고 하기에는 너무도 생생했다. 일리단이 그를 처음 소환했을 때처럼, 또 한 번 그에게 말을 걸고 있는 것 같았다. 영혼의 일부가 살아남기라도 한 것일까?

그 문제는 나중에 다시 생각해볼 시간이 있을 것이다. 지금은 해야 할 일이 있었다. 악마를 처단해야 했다. 복수를 끝내야 했다. 준비해야 한다는 일리단의 전갈을 다른 이들에게 전하고, 다른 이들을 훈련시키고, 최후의 날에 대비해야 했다. 불타는 군단이 최후의 승리를 위해 다시 나타날 때를 기다려야 했다.

반델은 악마의 마력을 흡수하며 어둠 속으로 걸어 들어가, 밤의 한가운데로 사라졌다.

일러두기

    지금까지 독자 여러분이 읽은 이야기는 블리자드 엔터테인먼트의 화려한 수상 경력을 자랑하는 워크래프트 세계관에 기반을 둔 작품이다. 「일리단」은 온라인 롤플레잉 게임 '월드 오브 워크래프트'에 등장하는 캐릭터와 사건, 장소를 토대로 하고 있다. 월드 오브 워크래프트에서 게임 플레이어는 각자의 영웅을 생성하고, 수천 명의 다른 플레이어와 함께 또 하나의 광활한 세계를 탐험하며, 그 안에서 각종 모험과 퀘스트를 수행한다. 다채롭게 진화하는 게임 속에서 플레이어는 이 소설에도 등장하는 강력하고 흥미로운 캐릭터들과 협력하고 또 싸워야 한다.

    2004년 11월에 출시된 월드 오브 워크래프트는 세계에서 가장 유명한, 대규모 다중 사용자 온라인 롤플레잉 게임이 되었다. 최근 출시된 '월드 오브 워크래프트: 군단' 확장팩에서는 다시 한번 아제로스 침공을 개시한 불타는 군단에 맞서야 하는 마이에브와 일리다리 악마사냥꾼의 활약이 펼쳐진다. '군단'과 '드레노어의 전쟁군주'를 비롯하여 기존 확장팩에 대한 자세한 정보는 Worldof Warcraft.com에서 확인할 수 있다.

작가에 대하여

　윌리엄 킹(William King)은 스무 권 이상의 소설을 발표하고 오리진스 상(Origins Award)을 수상한 게임 디자이너이자 남편, 아버지, MMO 게임 플레이어다. 그의 단편 소설은 인터존(Interzone)과 올해의 SF 걸작선 제7권(The Year's Best Science Fiction: Seventh Annual Collection)에 게재되기도 했다. 윌리엄 킹의 워해머(Warhammer) 소설은 영어판으로 75만 권 이상 판매되고 여덟 개의 언어로 번역되었으며, 에이너리온의 피(Blood of Aenarion)는 2012년 데이비드 게멜 레전드 상의 최종 후보로 선정되었다.

williamking.me
@WilliamKing9
Facebook에서 윌리엄 킹을 만나보자.